W0319422

CURSED

LA REBELLE

ILLUSTRÉ PAR
FRANK MILLER

ÉCRIT PAR
THOMAS WHEELER

CURSED

LA REBELLE

Traduit de l'anglais (États-Unis)
par Nathalie Peronny

Mise en couleur par Tula Latoy

Gallimard

Titre original : *Cursed*

Édition originale publiée aux États-Unis par Simon & Schuster BFYA,
un département de Simon & Schuster Children's Publishing Division.

Tous droits réservés.
L'ouvrage ne peut être reproduit en tout ou en partie, sous aucune forme
ni par aucun moyen sans le consentement préalable et écrit de l'éditeur.
Tous les personnages et événements évoqués dans ce livre, autres que ceux qui relèvent
clairement du domaine public, sont fictifs, et toute ressemblance avec des personnes réelles,
vivantes ou non, serait une pure coïncidence.

© Tom Wheeler, 2019, pour le texte
© Frank Miller, 2019, pour les illustrations
© Éditions Gallimard Jeunesse, 2019, pour la traduction française

Pour Marjorie Brigham Miller
F.M.

Pour Luca et Amelia,
les deux plus grandes aventures de ma vie.
Puissiez-vous chacune brandir l'épée
de votre propre histoire
T.W.

Cependant se mêlait aux hymnes sacrés
Une voix pareille à celle de l'onde, car comme icelle demeurant
Au plus profond ; sereine, au mépris des orages
Qui ébranlent le monde, et quand frémit la surface
Voici qu'elle marche sur les eaux
comme le fit notre Seigneur.

Lord Alfred Tennyson
Les Idylles du roi

Ma foi, dit Merlin,
je sais qui tu cherches,
car tu recherches Merlin ;
aussi ne cherche plus,
car tu m'as trouvé.

Thomas Malory
Le Morte d'Arthur

La face de l'étang se troubla et Nimue sortit lentement de l'eau,
l'épée du pouvoir entre les mains…

CHAPITRE 1

Cachée dans une botte de foin, le regard brouillé par les larmes, Nimue trouvait que le père Carden ressemblait presque à un esprit de lumière. Il se tenait dos au soleil, nimbé de ses rayons aveuglants et les bras tendus vers le ciel, si bien qu'il semblait flotter parmi les nuages. Sa voix s'éleva avec des trémolos par-dessus le bêlement affolé des chèvres, le fracas du bois brisé, les hurlements des enfants et les supplications de leurs mères.

– Dieu est amour. Un amour purificateur, un amour sanctificateur, un amour qui nous unit.

Ses yeux bleu pâle survolèrent la petite assemblée pathétique et gémissante qui se tenait prostrée dans la boue à ses pieds, cernée de moines en robe rouge.

– Dieu nous observe, poursuivit-il. Et aujourd'hui, Il sourit. Parce que nous avons accompli Son œuvre. Son amour nous a purifiés. Nous avons cautérisé la chair putréfiée !

Des braises tourbillonnaient dans la fumée qui s'élevait tout autour de lui. Sa bouche était luisante d'écume.

– Nous avons repoussé la corruption du démonisme, chassé les esprits sombres de cette terre. Oui, Dieu sourit, aujourd'hui !

Carden abaissa les bras. Ses lourdes manches retombèrent comme des rideaux, révélant la trentaine de croix enflammées sur la petite colline derrière lui. C'est à peine si l'on distinguait les corps des suppliciés dans l'épaisse fumée noire du bûcher.

Biette, une robuste petite villageoise mère de quatre enfants, se redressa telle une ourse blessée et avança péniblement à genoux vers le prêtre, mais l'un des moines tonsurés lui assena un coup de botte entre les épaules pour lui écraser le visage contre terre. La pauvre se retrouva impuissante, à grogner dans la boue.

Les oreilles de Nimue s'étaient mises à siffler dès qu'elle avait franchi l'entrée du village sur le dos de sa jument, Crépuscule, en compagnie de son amie Pym. Elles avaient tout de suite vu le premier cadavre en travers de la route. Il leur avait semblé reconnaître Mikkel, le fils du tanneur (celui qui cultivait les orchidées pour les rituels de mai), mais son crâne avait été défoncé par un objet lourd. Les deux adolescentes n'avaient guère eu le temps de s'attarder : le village était déjà en feu et les Paladins Rouges grouillaient de partout, les mouvements de leurs longues robes rouges semblables à la danse des flammes. Au sommet de la butte, une demi-douzaine de Sages du village brûlaient déjà sur des croix de fortune. Les hurlements de Pym lui parvenaient de très loin. Nimue était pétrifiée, incapable de penser. Où qu'elle regarde, les gens suffoquaient dans la boue ou étaient traînés de force hors de leurs huttes. Deux paladins tiraient la vieille Betsy par les bras et les cheveux à travers l'enclos où elle gardait ses oies. Les bêtes affolées s'éparpillaient en caquetant, ce qui ne faisait qu'ajouter au chaos ambiant. Très vite, les deux amies s'étaient perdues de vue et l'adolescente avait couru se réfugier dans le tas de foin, où elle n'osait presque plus respirer.

Autour d'elle, des moines s'affairaient avec des ballots d'objets confisqués. Tous convergèrent à l'arrière du chariot sur lequel se tenait le père Carden pour déverser leur butin à ses pieds. Le prêtre baissa les yeux et opina. C'était exactement ce à quoi il s'attendait : racines d'if et d'aulne, figurines en bois représentant les dieux anciens, totems et ossements d'animaux. Il soupira avec patience.

– Dieu voit tout, mes amis. Il voit ces instruments d'incantation démoniaque. Vous ne pouvez rien Lui cacher. Il combattra ce poison. Protéger les vôtres ne fera que prolonger vos souffrances. (Il épousseta quelques cendres tombées sur sa robe de bure grise.) Mes frères attendent vos confessions. Je vous conseille de libérer votre parole sans tarder, car les outils de l'Inquisition n'ont aucun secret pour eux.

Les Paladins Rouges s'avancèrent dans la foule afin de choisir des victimes au hasard. Nimue vit ses proches et ses amis se blottir désespérément les uns contre les autres pour ne pas être séparés. Les hurlements redoublèrent quand des enfants furent arrachés aux mains de leurs mères.

Insensible à ce spectacle, Carden descendit de son chariot et traversa la chaussée pour aller s'entretenir avec un grand moine large d'épaules et également revêtu de gris. L'homme avait les traits hâves sous son lourd capuchon. D'étranges taches de naissance lui éclaboussaient le contour des yeux et les joues comme des larmes noires. Nimue ne pouvait pas entendre ce qu'ils disaient, mais Carden posa la main sur l'épaule du moine en un geste paternel et lui murmura quelque chose à l'oreille. L'autre acquiesça à plusieurs reprises, la tête penchée. Le prêtre fit un geste en direction de la Forêt de Fer ; le moine opina une dernière fois avant d'aller enfourcher un cheval blanc.

Nimue tourna son regard vers la forêt, derrière le village. Un garçon d'une dizaine d'années errait seul au milieu de la route. Écureuil ! Il avait la joue en sang et traînait une épée derrière lui. La jeune fille bondit hors de sa cachette pour se précipiter vers son ami. Le cheval du moine aux larmes noires arrivait déjà derrière elle.

– Nimue ! s'écria Écureuil en lui tendant la main.

Elle le plaqua contre le mur en torchis d'une hutte à l'instant où le moine les dépassait au grand galop.

– Je ne retrouve plus mon père !

– Écureuil, écoute-moi : cours jusqu'au grand frêne et cache-toi dans le tronc jusqu'à la nuit. C'est compris ?

Il se débattait pour échapper à son étreinte.

– Papa !

Nimue le secoua par les épaules.

– Tu dois t'enfuir, Écureuil, aussi vite que tes jambes pourront te porter ! Compris ? (Il hocha la tête.) Sois vif et intrépide. Cours comme tu le fais pendant les courses au renard. Tu sais que personne ne peut te rattraper !

– Personne, répéta le gamin en rassemblant son courage.

– Tu es le plus rapide d'entre nous !

Nimue ravala ses larmes. Elle n'avait aucune envie de le laisser partir.

– Tu me rejoindras ? l'implora le garçon.

– Promis. Mais je dois d'abord retrouver Pym, ma mère et ton père.

– J'ai vu ta mère partir vers le temple, annonça Écureuil. Des paladins la poursuivaient.

L'adolescente sentit son sang se glacer. Elle se tourna vers la colline boisée qui abritait le temple. Puis se concentra à nouveau sur Écureuil.

– Vif comme le renard, lui ordonna-t-elle.

– Comme le renard, répéta le garçon d'un air grave en jetant des coups d'œil à la ronde.

Les paladins les plus proches étaient trop occupés à rouer de coups un fermier pour s'intéresser à eux. Sans un seul regard derrière lui, Écureuil s'élança vers le cœur de la Forêt de Fer.

Nimue, elle, partit en courant vers la colline. Elle dérapa dans la boue ensanglantée piétinée par les sabots des chevaux. Comme elle se relevait, un cavalier surgit à l'angle d'une hutte en flammes. La jeune fille eut à peine le temps d'entrevoir la boule du fouet métallique qui tournoyait au bout de sa chaîne. Elle tenta de l'esquiver, mais l'arme la percuta à la base du crâne; la violence du coup la projeta sur un tas de petit bois. Le monde autour d'elle vacilla, des étoiles éclatèrent derrière ses paupières et un liquide chaud lui inonda le creux de la nuque. Assommée au milieu des bûches éparses, Nimue aperçut un arc cassé en deux à côté d'elle. L'arc brisé. Le faon. Le conseil des Sages. Pont-les-Faucons.

Arthur.

Dire qu'une seule journée s'était écoulée. Cela paraissait impossible. Juste avant que le noir se referme sur elle, une pensée terrible la traversa : tout était sa faute.

CHAPITRE 2

– Pourquoi tu t'en vas ? demanda Écureuil en escaladant le bras moussu d'une statue brisée.

– Je ne pars pas tout de suite, le rassura Nimue.

La jeune fille examinait un rameau couvert de fleurs violettes qui poussait entre les racines apparentes d'un vieux frêne. Elle aurait préféré changer de sujet, mais Écureuil insista.

– Mais pourquoi est-ce que tu veux partir ?

Elle hésita. Comment lui avouer la vérité ? Cela ne ferait que le blesser, ajouter à son incompréhension et générer à coup sûr un flot d'autres questions. Elle voulait partir parce qu'elle se sentait rejetée par son propre village. Crainte. Jugée. Épiée. Montrée du doigt. Les enfants n'avaient pas le droit de jouer avec elle à cause des cicatrices dans son dos. À cause des sombres rumeurs qui entouraient son enfance. Parce que son père l'avait abandonnée. Parce qu'elle était *maudite*. Et, qui sait... peut-être l'était-elle vraiment ? Sa « connexion » – c'était le mot qu'employait sa mère, mais Nimue préférait celui de « possession » – aux Invisibles était puissante et effrayante, très différente de celle de tous les autres membres du clan Célestien. Elle se manifestait de façon imprévisible, parfois étrange, souvent violente, par le biais de visions ou de crises ; parfois le sol tremblait, se dérobait sous ses yeux, ou bien les objets en bois qui l'entouraient adoptaient des formes grotesques. Ces phénomènes s'accompagnaient toujours d'une sensation de nausée. Et la laissaient chaque fois dans le même état : couverte de sueur, honteuse et épuisée. Seule l'influence de Lénore, sa mère, l'archidruidesse du village, lui avait évité de se faire chasser sous les coups de bâton et les jets de pierre. Pourquoi causer inutilement de la peine à Écureuil ? La mère de celui-ci, Nella, était comme une sœur pour Lénore ; elle était comme une tante pour Nimue. Elle épargnait donc au garçon tous ces ragots malveillants. Écureuil la considérait comme une adolescente ordinaire, voire un brin ennuyeuse (surtout pendant les promenades éducatives en forêt). Tant mieux. Mais elle savait que cette douce illusion ne durerait pas.

Nimue eut un pincement au cœur en contemplant les collines verdoyantes et ancestrales de la Forêt de Fer, si débordantes de vie, emplies des sons de la nature et du chant des oiseaux. Les visages insondables des statues des dieux anciens se dressaient sur la terre noire, dans l'enchevêtrement du feuillage. D'aussi loin que remontaient ses souvenirs, elle avait toujours connu leurs noms : Grand-Nez, Dame Triste, Cicatrice Chauve, vestiges d'une civilisation disparue depuis longtemps. Quitter cet endroit lui donnerait l'impression de dire adieu à de vieux amis.

Plutôt que de semer la confusion dans l'esprit d'Écureuil, elle préférait s'en tenir à son mensonge.

– Je n'en sais rien. Ne ressens-tu jamais l'envie de voir des choses que tu ne connais pas ?

– Un Aile-de-Lune, par exemple ?

Nimue sourit. Écureuil scrutait toujours la canopée de la forêt, guettant l'apparition de l'un des énigmatiques membres de ce clan.

– Oui, par exemple. Ou pourquoi pas l'océan ? Les Cités perdues des dieux solaires ? Les Temples Flottants ?

– Ça n'existe pas, tout ça, marmonna Écureuil.

– Comment en être sûr, à moins d'aller voir par soi-même ?

Le garçon fit la moue.

– Est-ce que tu vas partir pour toujours… comme Gauvain ?

La seule mention de ce prénom remplit Nimue d'une bouffée de joie. Elle se revoyait arrimée au cou de Gauvain, parcourant ces mêmes bois sur son dos, à l'âge de sept ans. Lui en avait quatorze, et les bienfaits des fleurs, des plantes et des essences d'arbre de la Forêt de Fer n'avaient déjà plus aucun secret pour lui. Il connaissait tous les remèdes et les poisons, les décoctions pour obtenir des visions ou ravir un cœur, savait quelles écorces d'arbre une femme enceinte devait mâcher pour déclencher le travail ou comment prédire les caprices du ciel en observant les nids d'oiseaux. Assise sur ses genoux, blottie entre ses longs bras protecteurs comme ceux d'un grand frère, elle observait avec lui l'éclosion des œufs de milan pendant qu'il lui apprenait à lire l'intérieur des coquilles brisées pour constater la bonne santé de la forêt.

Jamais il ne l'avait jugée à cause de ses cicatrices. Son sourire avait toujours été sincère et bienveillant.

– Peut-être reviendra-t-il un jour, soupira Nimue.

Sa réponse recelait plus d'espoirs que de certitudes.

– Tu pars à sa recherche, c'est ça ? gloussa Écureuil.

– Quoi ? Bien sûr que non. Ne sois pas stupide, dit-elle en lui pinçant le bras.

– Aïe !

– Maintenant, écoute-moi, reprit-elle d'un ton plus autoritaire. Parce que j'en ai assez de te sauver la mise pendant les leçons !

Elle lui désigna un buisson entouré d'orties. Écureuil affecta l'indifférence.

– Racines d'osha. Elles protègent de la magie noire.

– Et ?

Il se gratta le nez d'un air pensif.

– Elles... apaisent les maux de gorge ?

– Tu as de la chance, le taquina Nimue.

Elle souleva un caillou, révélant de petits bourgeons blancs cachés en dessous. Écureuil réfléchit en se curant une narine.

– Des sanguinaires, dit-il. Idéales pour jeter des sorts. Et aussi pour soigner la gueule de bois.

– Que sais-tu de la gueule de bois ? fit Nimue en lui donnant une bourrade amicale.

Il éclata de rire et, d'un bond souple, atterrit sur le tapis de mousse. L'adolescente s'élança à sa poursuite, mais c'était peine perdue : jamais elle ne le rattraperait. Écureuil passa comme une flèche sous le menton affaissé de Dame Triste et grimpa aux branches d'un arbre. De là-haut, il avait une vue imprenable sur Roseprée, ses huttes et ses prairies.

Nimue le rejoignit, un peu essoufflée, et savoura la brise qui soufflait dans ses cheveux.

– Tu vas me manquer, déclara soudain Écureuil en lui prenant la main.

– Voyez-vous cela ! dit-elle d'un ton narquois avant de l'enlacer d'un bras. Toi aussi, tu vas me manquer, dis donc.

– Ta mère sait que tu t'en vas ?

Nimue réfléchissait encore à sa réponse lorsqu'elle sentit l'appel des Invisibles vibrer au creux de son ventre. Tout son corps se crispa. C'était une sensation fort désagréable, comme l'impression qu'un intrus cherchait à entrer chez vous pendant que vous y étiez. Sa gorge s'assécha. Sa voix était rauque lorsqu'elle dit à Écureuil :

– Allez, file. La leçon est terminée.

– Hourra ! s'exclama le garçon.

Il redescendit de l'arbre et disparut bientôt entre les rochers, laissant Nimue seule avec sa nausée.

Les Célestiens n'étaient pas étrangers aux Invisibles – ces esprits de la nature dont, d'après la légende, descendait le clan de Nimue. Au contraire, ils les convoquaient par le biais de rituels en diverses occasions, petites ou solennelles. Si l'archidruide présidait aux cérémonies importantes de l'année et arbitrait les querelles entre les Sages et les familles du village, le rôle de l'Invocateur consistait à prier les Invisibles afin qu'ils bénissent les récoltes, fassent venir la pluie, facilitent une naissance ou aident les esprits des morts à rejoindre le soleil. Mais comme l'avait appris Nimue dès sa plus tendre enfance, ces invocations étaient surtout d'ordre cérémoniel. Les Invisibles répondaient rarement, voire jamais. L'Invocateur, choisi en raison de son lien privilégié avec eux, devait se contenter de deviner le sens de leurs messages à la forme des nuages ou au goût de la terre. Pour la plupart des Célestiens, la présence des Invisibles avait la discrétion d'un filet d'eau, d'une goutte de rosée. Pour Nimue, elle avait la force bouillonnante d'un torrent.

Mais la sensation qu'elle éprouvait en cet instant précis différait de l'ordinaire. Alors que l'appel bourdonnait dans son ventre, une sorte de calme enveloppa peu à peu la Forêt de Fer. Comme un silence. Nimue sentit son cœur cogner dans sa poitrine – sous l'effet non de la peur, mais de l'excitation. Il se passait quelque chose. Elle l'entendait au bruissement des feuilles, aux stridulations des cigales, au souffle du vent. Au cœur de ces sons, l'adolescente distinguait des mots, pareils à des murmures prononcés au milieu d'une pièce bondée. Un fol espoir s'alluma en elle : elle était sur le point d'établir une connexion sans précédent avec les Invisibles. Elle allait enfin obtenir des réponses. Comprendre pourquoi elle n'était pas comme les autres.

Il y eut un mouvement dans son dos. Elle se retourna. Un jeune faon se tenait là, juste devant. Le bourdonnement dans son ventre s'accentua. L'animal l'observait de ses yeux noirs et profonds, bien plus anciens et vénérables que la souche de l'arbre mort à côté d'elle ou que les rayons du soleil qui dansaient sur sa joue.

N'aie pas peur. Nimue entendit nettement la voix. Elle ne résonnait pas dans sa tête. C'était celle du faon. *La mort n'est pas la fin.*

L'adolescente retint son souffle. Elle n'osait plus bouger. Le silence mugissait à ses oreilles. Une peur immense, comme les confins d'un rêve, l'envahit tout entière. Elle lutta contre l'envie de fuir ou de fermer les yeux en attendant que la vague passe, comme elle le faisait d'ordinaire. Non, pas cette fois : elle voulait vivre pleinement cet instant. Après toutes ces années, les Invisibles avaient un message à lui transmettre.

Le soleil disparut derrière un nuage et un grand frisson assombrit la forêt. Malgré son appréhension, Nimue soutint le regard du faon. Elle était la fille de l'archidruidesse ; elle ne se déroberait pas à l'esprit secret des Invisibles.

– Qui va mourir ? s'entendit-elle demander.

Une corde vibra entre les arbres, suivie d'un sifflement, et une flèche vint se planter dans le cou du faon. Au même moment, une nuée de corbeaux s'envola. La connexion était rompue. Furieuse, Nimue fit volte-face et aperçut Josse, l'un des fils jumeaux du berger, le poing levé en un geste triomphal. Elle se tourna de nouveau vers le faon : il gisait immobile à terre, le regard vitreux.

– Pourquoi as-tu fait ça ? s'écria-t-elle tandis que Josse s'avançait entre les branchages pour récupérer sa proie.

– À ton avis ? Je rapporte le dîner.

Il souleva l'animal par les pattes arrière et le hissa en travers de ses épaules.

Un feuillage argenté se dessina le long du cou de Nimue et s'enroula comme du lierre grimpant sur ses joues à mesure que sa colère enflait. L'arc du jeune chasseur se tordit comme de la pâte à pain avant de se briser d'un coup sec, lui blessant les mains. Horrifié, l'adolescent lâcha le faon et jeta son arc, qui s'entortilla sur le sol tel un serpent à l'agonie.

Josse leva les yeux vers elle. Contrairement à Écureuil, il était au courant des ragots qui circulaient au village.

– Espèce de sorcière !

Il la repoussa violemment avant de se pencher pour ramasser son arc mutilé. L'adolescente s'apprêtait à le frapper au visage quand sa mère apparut, telle une vision spectrale, à l'orée du bois.

– Nimue !

La voix glaciale de Lénore la coupa net dans son élan. Josse ramassa l'animal mort et les morceaux brisés de son arc en reniflant avant de s'éloigner d'un pas furibond.

– Ça ne se passera pas comme ça, pauvre folle ! Tout ce qu'on dit de toi est vrai !

– C'est ça, t'as raison ! répliqua-t-elle. Tremble de peur et laisse-moi tranquille !

Josse partit sans demander son reste, et Nimue se sentit rapetisser sous le regard réprobateur de sa mère.

Quelques instants plus tard, la jeune fille trottinait derrière l'archidruidesse sur les pavés ancestraux et élimés du Chemin du Soleil Sacré vers l'entrée secrète du Temple Creux. Lénore marchait d'un pas souple et gracieux, mais elle avait toujours dix mètres d'avance sur sa fille.

– Tu iras chercher du bois, tu le sculpteras et tu rendras à Josse un arc tout neuf, lui ordonna-t-elle.

– Josse n'est qu'un crétin.

– Et tu présenteras tes excuses à son père, ajouta Lénore.

– Anis ? Il est encore plus crétin que son fils. Ce serait gentil de prendre ma défense, pour une fois.

– La viande de ce faon nourrira plus d'une bouche affamée, fit observer sa mère.

– C'était bien plus qu'un simple faon, répliqua Nimue.

– Les rituels de rigueur seront respectés.

– Tu ne m'écoutes pas, grommela l'adolescente.

Lénore se retourna vers elle, courroucée.

– Quoi, Nimue ? Qu'as-tu de si intéressant à raconter ? (Elle baissa la voix.) Tu sais pertinemment ce que les gens disent de toi. Ce qu'ils pensent. Tu ne fais qu'attiser leur peur en te comportant ainsi.

– Ce n'était pas ma faute, se récria Nimue, à la fois honteuse et indignée.

– Ta colère n'appartient qu'à toi. Tu en es l'unique responsable. Tu ne sais pas te contrôler, tu te moques de tout. Le mois dernier, c'était la clôture de Hawlon…

– Il crache par terre quand je passe devant lui !

– Sans parler de l'incendie dans l'étable de Gifford…

– Arrête de rabâcher cette histoire !

– Le jour où tu changeras d'attitude ! (Lénore prit sa fille par les épaules.) C'est ton clan. Ces gens sont les membres de ta communauté, pas tes ennemis.

– J'ai déjà fait tellement d'efforts… C'est vrai, je t'assure ! Jamais ils ne m'accepteront. Ils me détestent.

– Alors montre-leur. Aide-les à comprendre. Parce qu'un jour, quand je ne serai plus là, tu devras leur servir de guide.

– Leur servir de guide, moi ? pouffa Nimue.

– Tu as un don unique, répondit Lénore. Tu ressens la présence des Invisibles d'une manière que je ne connaîtrai jamais. Mais ce don est un honneur, pas un passe-droit. Tu dois l'accepter avec grâce et humilité.

– Tu parles d'un cadeau...

Une cloche résonna au loin. Lénore contempla l'ourlet sale et déchiré de la robe de Nimue.

– Tu ne pouvais pas faire une exception ? Un jour comme aujourd'hui ?

La jeune fille haussa les épaules en signe d'impuissance.

– Allez, viens, soupira sa mère.

Elle écarta lentement un rideau de feuillage et commença à descendre un vieux colimaçon de pierre aux marches tapissées de mousse. Nimue s'aida de ses mains le long des murs sculptés à la gloire des dieux anciens pour ne pas glisser dans le périlleux escalier menant jusqu'à l'imposant Temple Creux. Les rayons du soleil plongeaient jusqu'en contrebas grâce à une trouée naturelle dans la canopée et répandaient leur lumière sur l'autel.

– Pourquoi suis-je obligée de venir ? marmonna Nimue en abordant avec soin les marches lisses et déformées.

– Nous devons choisir l'Invocateur qui me succédera au titre d'archidruide. C'est une cérémonie importante et tu es ma fille, par conséquent ta place est à mes côtés.

Nimue leva les yeux au ciel. Enfin, elles atteignirent le rez-de-chaussée, où étaient déjà réunis les Sages. Certains d'entre eux se rembrunirent à la vue de l'adolescente, qui évita ostensiblement leur cercle pour aller s'asseoir d'un air boudeur contre l'un des murs les plus éloignés.

Clovis, fils de Gustave le Guérisseur, méditait à genoux devant l'autel. Le jeune druide s'était toujours montré d'une loyauté sans faille envers Lénore, et ses connaissances en matière de magie médicinale lui valaient le respect de tous.

Les Sages étaient assis en tailleur. Lénore prit la main de Clovis pour l'aider à se relever. Gustave était présent lui aussi, revêtu de ses plus beaux habits et rayonnant de fierté. Lénore se retourna pour s'adresser au cercle des Sages.

– Nous autres, Célestiens, remercions la lumière qui donne la vie. Nés à l'aube…

– … pour mourir à la nuit, répondirent les Sages à l'unisson.

Lénore ferma les paupières et pencha la tête comme si elle écoutait un son. Peu à peu, le tracé lumineux de branches de lierre argentées lui remonta le long du cou et traversa sa joue pour s'enrouler autour de son oreille.

Les Doigts d'Airimid. Ils apparurent en même temps sur le visage de Nimue et sur celui de tous les Sages présents dans le cercle.

L'archidruidesse rouvrit les yeux.

– Les Invisibles sont à présent parmi nous, déclara-t-elle en guise de préambule. (Elle marqua une pause.) Depuis que notre chère Agatha nous a quittés, nous n'avons plus d'Invocatrice. Nous sommes donc sans successeur, sans gardien des Reliques et sans prêtre des Récoltes. Agatha avait une connexion profonde avec les Invisibles. C'était une amie chère et dévouée. Nul ne pourra jamais la remplacer. Mais les neuf lunes ont passé, et le temps est venu de désigner notre nouvel Invocateur. Si bien des qualités sont requises pour cette tâche, aucune n'est plus essentielle que le maintien d'un lien pérenne avec les Invisibles. Et malgré toute la tendresse que nous portons à notre cher Clovis (Lénore adressa un sourire bienveillant au jeune druide, resté debout devant l'autel), les Invisibles doivent impérativement approuver notre choix.

L'archidruidesse murmura une prière ancienne et leva les bras. La lumière qui tombait du ciel se fit soudain plus vive, comme les feux d'une forge, et des étincelles s'en détachèrent pour voleter dans l'air. Un même halo rayonnait de la mousse recouvrant les obélisques et les vieux rochers pour se mêler aux étincelles en un lumineux nuage flottant au-dessus du sol.

Paupières closes, Clovis écarta les bras afin de recevoir la bénédiction des Invisibles. Les étincelles affluèrent vers lui en une nuée amorphe avant de se rétracter ; elles s'éloignèrent alors de l'autel pour se diriger vers Nimue, qui ouvrit des yeux incrédules à mesure que le nuage l'enveloppait. Elle leva même un bras pour se protéger, bien que les étincelles ne présentent aucun danger.

Pourtant, la scène provoqua une grande agitation parmi les Sages.

Lénore se tenait bien droite, l'air émerveillé, tandis que des murmures courroucés s'élevaient autour d'elle. Gustave se leva pour protester.

– Ce rituel est impur !

– Clovis est le successeur désigné, lança une voix.

– Nimue perturbe la cérémonie ! s'écria une autre.

– Clovis est talentueux et bienveillant, et son avis m'est précieux. Mais la nomination de l'Invocateur échoit aux Invisibles, répondit Lénore.

– Pardon ? bredouilla Nimue.

Les joues en feu, mortifiée par ces regards accusateurs, elle adressa un coup d'œil rageur à sa mère avant de se lever d'un bond pour tenter d'échapper au nuage d'étincelles. Mais ce dernier s'obstinait à la suivre et à l'envelopper de lumière.

Florentin, le meunier, en appela à la logique.

– Lénore, serais-tu en train de nous suggérer que… Voyons, Nimue n'est-elle pas trop jeune pour accéder à de telles responsabilités ?

– Seize ans est un âge précoce pour devenir Invocatrice, il est vrai, concéda Lénore, qui ne semblait guère étonnée par la tournure des événements. Mais son lien puissant aux Invisibles dépasse toutes ces considérations. Un bon Invocateur doit connaître l'esprit des Invisibles et guider les Célestiens vers l'équilibre et l'harmonie sur les deux plans de l'existence. Depuis son tout jeune âge, Nimue a le don d'attirer les Invisibles.

Lucien, un vénérable druide qui appuyait sa silhouette voûtée sur une solide branche d'if, prit à son tour la parole :

– Elle n'attire pas seulement les Invisibles, me semble-t-il ?

Nimue sentit les cicatrices dans son dos la tirailler. Elle ne devinait que trop bien ce qui allait se passer.

L'archidruidesse pinça imperceptiblement les lèvres – seule manifestation visible de sa colère. Lucien lissa sa barbe blanche d'un air faussement innocent.

– Après tout, poursuivit-il, elle est marquée du signe de la magie noire…

– Nous ne sommes pas des enfants, Lucien. On nous appelle peut-être les Danseurs du Soleil, mais cela ne signifie nullement que nous ignorons la présence des ombres. Oui : quand elle était enfant, Nimue a été entraînée dans la Forêt de Fer par un esprit maléfique qui aurait pu la tuer, ou pire encore, sans l'intervention des Invisibles. N'est-ce pas justement le signe qu'elle est l'Invocatrice désignée ?

– C'est le joli conte qu'on nous a toujours raconté, en effet, railla Lucien.

Nimue aurait voulu rapetisser et se réfugier dans un trou de souris. Mais les particules lumineuses ne la lâchaient pas. Agacée, elle tenta de les disperser à maintes reprises, mais elles revenaient chaque fois l'entourer en un halo persistant.

– Que veux-tu insinuer à propos de ma fille, Lucien ?

Gustave intervint en conciliateur, soucieux de préserver les chances de son fils :

– Et si nous procédions une seconde fois au rituel sans la présence de Nimue ?

– Serions-nous en train de remettre en cause la sagesse des Invisibles sous prétexte que nous n'apprécions guère leur choix ? s'agaça Lénore.

– C'est une corruptrice ! éructa Lucien.

– Retire immédiatement ces paroles, lui ordonna l'archidruidesse.

Mais le vieux druide n'en fit rien.

– Nous ne sommes pas les seuls à nous méfier d'elle. Son propre père l'a désavouée en choisissant d'abandonner son clan plutôt que de vivre sous le même toit qu'elle !

Cette fois, Nimue entra dans le cercle des Sages.

– Je n'ai aucune envie de devenir votre fichue Invocatrice ! Vous êtes contents ? Ça ne m'intéresse pas !

Avant que sa mère puisse l'arrêter, elle pivota sur ses talons et partit en courant vers le vieil escalier dont les parois sculptées lui renvoyèrent l'écho des cris indignés des Sages derrière elle.

CHAPITRE 3

Nimue ne reprit son souffle qu'une fois ressortie à l'air libre, dans la fraîcheur de la Forêt de Fer. Elle ravala ses larmes, bien trop furieuse pour se laisser aller à pleurer. Elle aurait voulu noyer ce vieil imbécile de Lucien et arracher les cheveux de sa mère pour lui avoir imposé cette fausse cérémonie grotesque.

Pym, sa meilleure amie, une fille très grande à la silhouette dégingandée, portait péniblement une gerbe de blé à travers champs lorsqu'elle vit Nimue apparaître à l'orée du bois et descendre la colline d'un pas lourd.

– Nimue ! (Elle lâcha tout pour accourir vers elle, mais la jeune fille poursuivit son chemin comme une flèche.) Que se passe-t-il ?

– Je suis la nouvelle Invocatrice, lui répondit Nimue sans même se retourner.

Pym marqua un temps d'arrêt.

– Tu es quoi ? Attends, c'est ta mère qui te l'a dit ?

– Quelle importance ? C'était truqué.

– Hé, attends-moi !

Pym avait du mal à la suivre, déjà éreintée par son travail aux champs.

– Je hais cet endroit. Je m'en vais, c'est décidé. Je prends le bateau dès aujourd'hui !

– Que s'est-il passé ? demanda Pym en l'obligeant à se retourner.

Malgré son expression farouche, l'adolescente avait les yeux brillants de larmes. Elle les essuya d'un revers de manche.

Pym se radoucit un peu.

– Nimue ?...

– Ils ne veulent pas de moi. Et je ne veux pas d'eux, déclara-t-elle d'une voix tremblante.

– Je ne comprends rien à ce que tu dis !

L'adolescente entra dans la hutte de torchis qu'elle partageait avec sa mère et sortit un sac en toile de sous son lit, pendant que Pym piaffait d'impatience dehors. À l'intérieur du sac se trouvaient une épaisse cape de laine, des mitaines et une paire de chaussettes, un savon à la cendre de bois, un silex, une gourde en peau, des noix et des pommes séchées. Nimue emporta au passage quelques gâteaux de miel disposés sur la table et ressortit aussi vite qu'elle était entrée.

Pym lui emboîta le pas.

– Je peux savoir où tu vas ?

– À Pont-les-Faucons.

– Maintenant ? C'est de la folie !

Avant que Nimue puisse répondre, des cris éclatèrent. Un peu plus loin sur la route, un attroupement s'était formé autour d'un garçon qu'on aidait à descendre de cheval. Même à cette distance, Nimue vit que la robe blanche du cheval était maculée de sang. L'un des hommes portait l'inconnu dans ses bras : il avait la peau bleu pâle, de longs bras très fins et des doigts grêles particulièrement adaptés à l'escalade des troncs d'arbres.

– Un Aile-de-Lune, lâcha Pym dans un souffle.

Les villageois se hâtèrent d'emporter le blessé jusqu'à la maison du guérisseur, et des messagers partirent en direction de la Forêt de Fer pour prévenir les Sages. Lénore en tête, ils arrivèrent quelques minutes plus tard, l'air grave. Ils passèrent devant Nimue en la regardant à peine, excepté Lucien, qui lui adressa un sourire narquois avant de pénétrer dans la hutte.

Les deux adolescentes s'accroupirent sous les fenêtres tandis que Lénore et les Sages entraient à leur tour. Les Ailes-de-Lune étaient des êtres rares, timides et nocturnes, adaptés à la vie au sommet des arbres au fin fond des forêts. Leurs pieds ne touchaient presque jamais le sol, et leur peau pouvait imiter la couleur et la texture de n'importe quelle écorce. En plus de ces particularités, de très anciennes querelles entre Célestiens et Ailes-de-Lune achevaient de rendre insolite et troublante la présence de ce garçon à Roseprée.

Son souffle était rauque, sa voix faible.

– Ils sont venus de jour, pendant que nous dormions... Ils portaient des robes rouges. (Il toussa violemment. Son râle s'intensifia.) Ils ont mis le feu à la forêt, nous piégeant à la cime des arbres. Beaucoup sont morts dans leur sommeil, asphyxiés par la fumée. D'autres se sont tués en sautant. Et pour ceux comme moi qui ont réussi à atteindre le sol... le moine aux larmes noires nous attendait. Avec son épée. Les survivants... ont été pendus sur des croix...

Une nouvelle quinte de toux le laissa à bout de souffle, les lèvres humides de sang. Lénore tâcha de l'apaiser tandis que Gustave s'affairait à la confection d'un cataplasme.

– Ce problème ne concerne plus seulement les contrées du Sud, désormais, prévint Félix, un robuste fermier membre du conseil des Sages. Les Paladins Rouges se déplacent vers le nord. Et nous sommes en plein sur leur chemin.

– Tant que nous ne saurons pas où ils se rendent et combien ils sont, personne n'est autorisé à quitter le village, déclara Lénore.

Florentin protesta :

– Comment vendre nos produits si nous ne pouvons pas nous rendre au marché ?

– Nous enverrons nos éclaireurs dès aujourd'hui. Avec un peu de chance, ces mesures ne dureront qu'un cycle lunaire. Entretemps, nous devrons faire contre mauvaise fortune bon cœur. Ouvrir nos champs. Partager nos vivres. Et tendre la main aux autres clans.

Pendant que les Sages débattaient à l'intérieur de la hutte, Nimue éloigna Pym de la fenêtre pour l'entraîner vers l'écurie.

– Tu veux quand même partir ? demanda Pym.

– Bien sûr, répondit Nimue.

Attendre ne ferait qu'empirer les choses. Elle devait s'en aller dès maintenant.

– Mais ta mère vient justement d'interdire la route de Pont-les-Faucons !

Nimue entra dans l'écurie, décrocha sa selle et prépara sa jument, Crépuscule, pour le départ.

– Je ne te laisserai monter à bord d'aucun bateau. Je refuse que tu nous quittes !

Nimue s'efforça de prendre un ton sévère.

– Pym…

– Pas question, assena la jeune fille en croisant les bras.

Pont-les-Faucons se trouvait à une quinzaine de kilomètres de Roseprée, par-delà une plaine vallonnée et une forêt profonde. C'était un gros bourg dont les tavernes attiraient aussi bien les artistes que les mercenaires. Un marché s'y tenait tous les jeudis. Aux yeux des Célestiens, comme Nimue et Pym, c'était une ville aussi impressionnante que Rome. Ou que le bout du monde. Un imposant château fort en bois dominait la ville du haut d'une colline au nord. Plus d'une dizaine de pendus nourrissaient les corbeaux depuis sa plus haute muraille, sinistre mise en garde à l'intention des voleurs et des étrangers.

Pym frissonna en les voyant et resserra son capuchon autour de son visage.

– Ces capes ne servent à rien pour se cacher. Et j'ai vaqué à mes corvées toute la journée. Je pue.

– Je t'avais dit de ne pas venir, lui rappela Nimue. Et tu ne pues pas du tout. Bon, juste à peine…

– Je te déteste, grogna Pym.

– Tu es belle comme un cœur et tu sens la violette, roucoula Nimue pour l'amadouer tout en dissimulant ses longs cheveux sous sa capuche.

Les membres du peuple Faë laissaient toujours leurs cheveux lâchés, contrairement aux citadines de Pont-les-Faucons qui les portaient sous une guimpe ou une pièce de tissu quelconque.

– Tu es complètement folle, murmura Pym.

– C'est pour ça que tu m'aimes, avoue.

– Je ne t'aime pas. Je suis folle de rage contre toi et je compte bien t'empêcher de partir !

– Je mets une pointe d'aventure dans ta vie…

– Tu y mets surtout du danger et des punitions.

Les gardiens de la porte orientale les laissèrent entrer sans la moindre difficulté. Elles attachèrent Crépuscule dans une petite écurie près de l'entrée et se dirigèrent à pied vers le port de la baie de Scarcroft, fréquenté par les pêcheurs locaux et les marchands maritimes. Des mouettes particulièrement bruyantes planaient au-dessus des rafiots et des petits voiliers de commerce avant de plonger en piqué vers les nasses remplies de poissons frétillants qu'elles essayaient de dérober. En approchant du quai grouillant de monde, Pym se mit à trembler de nervosité.

– Comment peux-tu être certaine qu'ils te laisseront monter à bord ?

– Le *Bouclier de Cuivre* accepte quelques dizaines de pèlerins à chaque trajet. On m'a dit que c'était le bateau qu'avait pris Gauvain. C'est le seul qui traverse la mer jusqu'aux Royaumes Désertiques.

Nimue contourna un garçon derrière une caisse de crabes vivants.

– Pas étonnant que ce soit le seul. Pourquoi, à ton avis ? Parce que personne ne veut se rendre aux Royaumes Désertiques, voilà pourquoi ! Je ne te comprends pas. Devenir Invocatrice est un immense honneur. Tu auras le droit de porter des tenues magnifiques, des bijoux… Où est le problème ?

– C'est plus compliqué que ça, répondit Nimue.

Elle aimait son amie comme une sœur, mais elle évitait de lui parler des Invisibles. Pym n'aimait que ce qu'elle pouvait voir et toucher. C'était le seul sujet que Nimue veillait à ne jamais aborder avec elle.

– Au moins, ta mère veut te garder à la maison. La mienne veut m'obliger à épouser un poissonnier.

– Je sais, fit Nimue avec compassion. Aaron le Puant.

Pym la foudroya du regard.

– Très drôle !

Nimue retrouva son sérieux en pensant à l'énormité de ce qu'elle s'apprêtait à faire. Elle se tourna vers son amie, soucieuse de lui faire comprendre son choix.

– Les Sages ne m'accepteront jamais. Tu le sais.

Ce n'était pourtant qu'une partie de la vérité.

– On se fiche de ce que pensent ces vieux oignons fripés.

– Et s'ils avaient raison ?

Pym haussa les épaules.

– Tu as des visions, et alors ?

– Et aussi des cicatrices.

– Ça te donne de la personnalité, répliqua Pym. Ne m'en veux pas, j'essaie juste de t'aider.

Nimue éclata de rire et la prit dans ses bras.

– Que ferais-je sans toi ?

Pym sentit des larmes lui piquer les yeux.

– Alors reste, idiote.

Mais Nimue secoua la tête d'un air résigné avant de se remettre en marche le long du quai. Son amie la suivit en courant comme une volaille affolée.

– Et s'ils découvrent que tu es une Faë ? dit-elle. Ou s'ils voient les Doigts d'Airimid ?

– Ça n'arrivera pas, répondit Nimue tout bas. Tu prendras bien soin de Crépuscule, promis ?

– Oui. Combien as-tu dans ta bourse ?

– Vingt pièces d'argent, soupira Nimue.

– Et si on te les vole ?

– Oh, arrête un peu ! s'énerva la jeune fille comme elles arrivaient devant le capitaine du port.

Chauve et luisant de sueur, l'homme était assis derrière une table, occupé à chasser les mouettes qui le frôlaient d'un peu trop près.

– Pardonnez-moi, monsieur... lequel de ces navires est le *Bouclier de Cuivre* ? s'enquit Nimue.

Le capitaine ne leva même pas le nez de son registre.

– Le *Bouclier de Cuivre* est déjà parti hier.

– Mais je... je croyais... (Nimue se tourna vers Pym.) Gauvain était parti au milieu de l'hiver. Nous ne sommes qu'en novembre. Le bateau devrait encore être à quai !

– Va dire ça aux vents d'est, répliqua le capitaine d'un ton bourru.

– Quand reviendra-t-il ? demanda Nimue, ses rêves d'évasion désormais réduits à néant.

Cette fois, l'homme la regarda de ses yeux las.

– Dans six mois ! Tu vas me ficher la paix, à présent ?

Une bagarre entre pêcheurs venait d'éclater non loin, menaçant l'installation des nasses et effrayant les oiseaux. Le capitaine en oublia les deux jeunes filles et accourut pour mettre fin au grabuge.

– Hé, là ! Ça suffit ! Pas de ça sur mon port !

Nimue se tourna vers son amie, au désespoir.

– Je fais quoi, maintenant ?

Pym lui rangea une mèche de cheveux rebelle sous sa capuche.

– Au moins, je profite de toi un peu plus longtemps.

La jeune fille tourna son regard vers l'horizon. Encore six mois de plus à rester au village. Cela lui paraissait une éternité.

Son amie passa un bras autour de ses épaules.

– Pour commencer, fais la paix avec ta mère, lui recommanda-t-elle en reprenant le chemin de la porte orientale, par où elles étaient entrées.

– Oh, regarde, une caravane de pèlerins ! s'exclama Nimue en changeant soudain de direction.

– Les pèlerins détestent les Faë. C'est la pire idée du monde.

Nimue savait qu'elle courait un risque, mais retourner à Roseprée était au-dessus de ses forces.

– J'ai la solution, poursuivit Pym, espiègle : je deviens Invocatrice à ta place, et tu épouses Aaron le Puant !

Nimue ne put s'empêcher de sourire.

– Il n'est pas question que je...

– Eh bien, tu vois ! Ta vie n'est pas si affreuse, tout compte fait !

Nimue partit en courant, et son amie pressa le pas pour la rattraper.

C'était jour de marché. Il était quasi impossible d'avancer dans la rue étroite encombrée de charrettes à bœufs et d'attelages de chevaux traînant des blocs de pierre vers le chantier de la future cathédrale. De jeunes paysans aux pieds nus pourchassaient un troupeau d'oies égarées. Les quatre membres d'une même famille (des pèlerins, à en juger par leur tenue) jetèrent un regard mauvais aux deux adolescentes, et le père marmotta quelque chose sur leur passage.

– Tu vois, fit remarquer Pym : même sous nos capes, ils ont senti que nous étions des Faë. Pourquoi ne leur as-tu pas demandé de t'emmener ?

Nimue se renfrogna.

– Nous achèterons du fromage et du pain pour la route, poursuivit son amie, et nous tâcherons de rentrer avant la nuit.

La longue artère débouchait sur la grand-place de la ville. Les filles se mirent à saliver en humant de bonnes odeurs de pain chaud. La femme du boulanger avait disposé sur une table des brioches rondes à peine sorties du four et, sur une autre, des tourtes au brie et des gâteaux d'épices. Un jongleur vêtu d'une tunique élimée bondit devant elles ; non loin, une troupe de comédiens ambulants était en train de monter une petite estrade.

Pendant que Pym applaudissait, Nimue balaya la place du regard. Son attention fut attirée par deux cavaliers en robe rouge qui observaient la foule d'un air maussade. Ils étaient à peine sortis de l'adolescence et ne devaient pas être beaucoup plus vieux qu'elles. Ils arboraient la même tonsure à l'arrière du crâne et la même silhouette filiforme, mais l'un dépassait l'autre d'une bonne tête. Nimue agrippa la main de son amie et lui désigna les deux hommes d'un mouvement du menton.

– Je crois que c'est eux.

– Qui ça ? demanda Pym en se tordant le cou dans tous les sens.

– Les Paladins Rouges.

Son amie ravala son souffle et plaqua sa main contre sa bouche.

– Sois plus discrète, lui ordonna Nimue.

La jeune fille obtempéra, mais ses yeux étaient écarquillés par la peur.

– Je veux me rapprocher d'eux, dit Nimue en empêchant Pym de la retenir.

Elle se fraya un chemin au milieu des badauds et des chalands tandis que les deux cavaliers en rouge longeaient lentement une rangée de stands d'artisans à l'autre bout du marché. Ils s'arrêtèrent devant l'étal d'un forgeron. L'un des moines dit quelque chose au commerçant, qui acquiesça et sélectionna une dague parmi les modèles d'épées exposés. Il la tendit au moine ; ce dernier examina l'arme, haussa les épaules d'un air convaincu et la glissa dans l'une des sacoches fixées à sa selle avant de redonner un coup de talon à son cheval. Le forgeron, mécontent, exigea d'être payé. Le plus petit des deux moines fit demi-tour sur sa monture et lui flanqua un coup de pied en pleine poitrine. L'homme fut projeté en arrière contre son étal, et toutes les épées tombèrent avec fracas. Le paladin tourna à cheval autour de lui, histoire de voir s'il osait encore protester. Le forgeron ne dit rien. Il se contenta de se retirer derrière son stand. Le moine ricana et jeta un coup d'œil narquois à la ronde, défiant quiconque d'intervenir. Commerçants et paysans évitèrent soigneusement son regard. Satisfait, le paladin rejoignit son frère.

– Ils ont volé la dague, commenta Nimue d'un ton outré.

– Et alors ? lui chuchota Pym, qui marchait en baissant la tête pour mieux se fondre dans la foule.

Nimue sentit sa colère monter. Elle suivit les cavaliers à une cinquantaine de pas tout en veillant à utiliser les pèlerins, les paysans et les camelots comme autant d'écrans derrière lesquels se cacher. Mais la traque se compliqua quand les paladins s'engagèrent dans une ruelle étroite entre l'édifice de la mairie et l'officine du maître des pesées. Nimue entraîna Pym le long d'une arcade parallèle où l'on vendait des paniers d'herbes aromatiques et de légumes. Elle parvint à ne pas perdre de vue les tonsures des deux moines, qui ballottaient au rythme du pas de leurs chevaux, jusqu'à ce qu'ils s'éloignent trop. Elle s'arrêta, tira Pym par la manche jusqu'au bout de l'arcade, puis dans la ruelle qui la prolongeait, obstruée par la présence de chevaux de bât. Les paladins étaient là, qui rejoignaient deux autres de leurs frères sous l'échafaudage installé devant une maison. Au sommet, des ouvriers réparaient un toit endommagé par les intempéries. Les deux adolescentes se cachèrent dans le renfoncement d'une porte à une trentaine de pas du groupe de paladins.

– Ça y est, on les a vus. Maintenant, fichons le camp, souffla Pym à l'oreille de son amie.

Mais Nimue, faisant la sourde oreille, s'avança seule dans la ruelle et se glissa derrière une charrette qui passait juste devant elle. Elle marcha au côté du cheval sur quelques mètres, jusqu'à ce qu'il arrive face aux Paladins Rouges. Ces derniers durent interrompre leur conversation. La ruelle n'était pas assez large. Le maçon qui conduisait la charrette eut une grimace embarrassée.

– Excusez-moi, mes frères, leur lança-t-il en écartant les rênes de son cheval.

Les moines, visiblement agacés par cette interruption, reculèrent pour le laisser passer. Profitant de ce moment de confusion, Nimue se faufila entre les chevaux des moines, sortit la dague de la sacoche du voleur et la glissa d'un geste souple dans la grande manche de sa pèlerine. Quand le plus petit des deux moines se tourna vers elle, il n'aperçut que le mouvement de sa jupe comme elle tournait à l'angle de la rue.

Pym sortit de sa cachette et regagna précipitamment l'animation de l'arcade. Elle venait tout juste de reprendre son souffle lorsqu'elle sentit une lame pressée contre sa gorge. Son sang se glaça.

– La bourse, ou la vie ! ordonna une voix féminine que l'adolescente reconnut aussitôt.

Elle se retourna et s'en prit à une Nimue hilare, avant de s'esclaffer à son tour.

– Aïe ! Arrête, tu me fais mal ! protesta Nimue en se protégeant la tête.

– Je ne m'arrêterai pas, espèce de folle !

Pym continua à la frapper en riant jusqu'à ce qu'une marchande de légumes les invective pour avoir dérangé ses choux.

Les deux filles détalèrent en direction de la grand-place et se mêlèrent de nouveau à la foule du marché. Nimue retourna sur le stand du forgeron, où des coups de marteau résonnaient depuis l'intérieur d'une tente, et replaça la dague volée sur l'étal au milieu des autres épées.

CHAPITRE 4

Les deux amies se mirent à flâner. Il y avait de la musique, un peu plus loin. Deux troubadours avaient déposé leurs épées contre une roue de chariot et improvisé un récital. Nimue constata qu'un certain nombre de filles semblaient tombées en pâmoison devant le chanteur et sa voix de miel :

Verte ondoyait la prairie, bleu était le ciel
Quand je reçus la flèche de ma belle,
La nuit de juillet scintillait d'étoiles,
Et sous la lune pâle, nous dansâmes.

Elle l'observa, intriguée. Il avait un visage enfantin, une silhouette fine aux larges épaules et de longs cheveux qui luisaient d'un éclat cuivré au soleil. Son ami, moins gracieux, jouait fort correctement de son luth chinois.

*Chante ô, lang di lang, ô belle d'*été,
Chante ô, land di lang, belle d'été, lang lo.

Le jeune homme avait une voix agréable, même s'il semblait à la peine dans les aigus. Mais il dégageait quelque chose qui fascinait Nimue. L'appel des Invisibles vibra à l'intérieur de son ventre et résonna jusqu'à ses tympans. Elle toucha sa joue pour s'assurer que les Doigts d'Airimid n'étaient pas apparus. « Qui est-ce ? » se demanda-t-elle. Ce n'était pas un Faë, assurément. Mais les Invisibles essayaient de lui dire quelque chose à propos de ce garçon. Elle s'efforça de chasser le bourdonnement dans son ventre, en vain. S'agissait-il d'une mise en garde, d'une sommation ? Ou un peu des deux ?

Pym fit claquer sa langue et lui donna un coup de coude.

Mais que l'automne est froid, belle d'été,
Les hirondelles partent au sud, qui fuient le vent mauvais.

Le chanteur arrêta soudain son regard sur Nimue et laissa le vers suivant en suspens :

Et le vin chaud…

L'adolescente sentit ses joues s'empourprer. Elle tourna la tête, gênée, avant d'oser plonger son regard dans les yeux gris du chanteur, ces prunelles grises qui lui évoquaient les louveteaux de la Forêt de Fer – alertes, malicieux, bientôt dangereux. Le jeune homme reprit sa chanson :

… mais vint une damoiselle aux yeux bleus de glace,
Chante ô, lang di lang, ô belle d'hiver…

Il adressa un sourire à Nimue.

– Tu lui plais, chuchota Pym.

Nimue ne put s'empêcher de pouffer. Mais entre le papillonnement dans son ventre et le regard du chanteur, tout cela devenait par trop intense; elle tourna les talons pour se replonger dans la foule du marché. Un jongleur dansait au milieu d'une ronde d'enfants. Lorsqu'il laissa tomber ses balles par mégarde, l'une d'elles roula à terre devant Nimue pour être aussitôt récupérée par... le jeune chanteur. Qui, au lieu de la rendre au jongleur, la tendit à la jeune fille.

– Vous avez perdu ceci, mademoiselle.

Nimue prit la balle avec un sourire narquois.

– J'ai une tête de jongleuse, vraiment?

Le garçon la dévisagea.

– Mais oui. Je sais ce qui manque.

Entre-temps, le jongleur avait repéré sa balle égarée mais ne la récupéra pas pour autant. Le chanteur s'empara du chapeau de son ami joueur de luth et le posa sur la tête de Nimue.

– Parfait! déclara-t-il.

Pym pouffa de rire, le musicien protesta, et Nimue décida de jouer le jeu :

– Je ne jongle qu'avec le feu, déclara-t-elle.

– Je l'aurais parié, lui répondit le chanteur du tac au tac.

À en juger par ses manières brusques et sa tunique de piètre qualité, il devait être mercenaire ou, à tout le moins, épée à louer. On recommandait aux Célestiens d'éviter ce genre d'individus sur les routes forestières autour de Roseprée.

Le jongleur, qui commençait à perdre son sens de l'humour, arracha sa balle des mains de Nimue au moment où le chanteur se coiffait à son tour du chapeau de ménestrel.

– Assez de mystères! En vérité, c'est moi, le grand maître

jongleur, Giuseppe Fuzzini Fuzzini – deux fois Fuzzini – et cetera ! Je recherche une jeune apprentie pour marcher dans mes pas !

Le chanteur saisit deux navets sur le stand d'un fleuriste et se lança dans son propre numéro de jonglerie tout en esquivant le véritable jongleur, qui s'était joint aux enfants pour tenter de lui arracher son chapeau. Nimue ne put s'empêcher de rire. Le jeune mercenaire tapait des pieds tout en essayant de jongler, ce qui compliquait singulièrement l'exercice, compte tenu de ses talents limités en la matière. L'artiste et ses navets se retrouvèrent bien vite à terre.

– Envie d'une bière ? fit-il à Pym et Nimue en les éloignant du fleuriste pour les entraîner vers une taverne bruyante baptisée L'Aile du Corbeau.

– Désolée, mais il faut qu'on rentre, répondit Pym.

– Au contraire, on meurt de soif, rétorqua Nimue en s'élançant la première.

– Voilà qui est parler !

Le jeune homme sourit et lui emboîta le pas.

– Je m'appelle Arthur, dit-il aux jeunes filles en posant une bière devant chacune d'elles.

Il tira une chaise autour de leur petite table. La salle était bien remplie. Autour d'eux, les habitués leur jetaient des regards méfiants.

– Moi, c'est Nimue. Et voici Pym.

Elle assena un coup de coude à son amie, qui se fendit d'un sourire forcé.

– Nimue. Bien joli prénom, commenta Arthur en levant sa chope. Je dois dire que j'aime beaucoup vos grandes capes et vos airs de mystère. Vous êtes nonnes dans un couvent, ou quelque chose comme ça ?

– Non, répondit Nimue. Tueuses à gages.

– J'en étais sûr.

Arthur jouait le jeu, mais Nimue voyait bien qu'il essayait de leur tirer les vers du nez.

– Vous vivez à Pont-les-Faucons ?

– Dans les parages, dit-elle, guère pressée de lui fournir les renseignements qu'il voulait.

« Ce n'est qu'une bière avec un gars du coin, quel mal y a-t-il à cela ? » Elle sirota une première gorgée. Ses lèvres la piquèrent aussitôt. La bière était amère et tiède, mais son goût s'améliorait à mesure qu'elle en buvait.

– Et toi ?

– Oh, je suis juste de passage…

– Tu es une épée à louer ?

– Pas du tout. Nous sommes des chevaliers, affirma Arthur.

Il tourna la tête vers une tablée particulièrement remuante où se déroulait une partie de dés. L'un des joueurs, un habitant de la ville, se leva brutalement en grognant :

– Bande de voleurs !

Celui qui tenait les dés était un imposant mercenaire arborant une cotte de mailles et au crâne chauve bosselé par les coups reçus au combat, en parfaite harmonie avec son nez crochu. Il se leva à son tour, et son allure menaçante suffit à faire fuir son adversaire mécontent. Son regard torve ne cessait de dériver en direction des deux jeunes filles.

– Bohort ici présent a commandé l'armée de lord Adelard avant que le pauvre vieux ne soit lâché par son propre cœur, expliqua Arthur.

Bohort n'avait pas du tout l'allure d'un chevalier. Ses compagnons et lui vociféraient comme s'ils cherchaient la bagarre. Les autres habitués regardaient fixement le fond de leurs chopes. La taverne ne désemplissait pas. Le soleil brillait de mille feux derrière la fenêtre donnant sur la porte occidentale de la ville. Un barde faisait tourner son rebec. La voix suraiguë de Pym parvint soudain aux oreilles de Nimue.

– ... la tombée de la nuit ! Hé, oh, il y a quelqu'un ? Ta mère va nous passer un de ces savons !

– Alors inutile de continuer.

Un autre client venait de perdre aux dés contre Bohort. Il lui jeta une bourse en tissu remplie de pièces pendant que les « chevaliers » se moquaient de lui.

– Nimue, tu m'entends ? La traversée de la forêt est dangereuse de nuit, et nous n'avons pas de quoi nous payer un hébergement en ville. Qu'est-ce qu'on va faire ?

– Restez encore un peu, fit Arthur en posant délicatement sa main sur celle de Nimue.

– Arthur ! Pourquoi est-ce que tu te caches ? aboya Bohort. Viens plutôt nous présenter tes nouvelles amies !

Le jeune homme grimaça avant d'esquisser un sourire. Il se leva pendant que les joueurs échangeaient des messes basses en ricanant.

Pym implora Nimue du regard, mais celle-ci finit sa bière, s'essuya la bouche dans sa manche et suivit Arthur jusqu'à la table de jeu. « C'est ça, de vivre dans le monde, se dit-elle. L'aventure à chaque coin de rue ! » Elle s'imaginait déjà gagner une bourse de pièces d'argent et s'acheter une place confortable dans la luxueuse caravane d'un marchand en route vers les mers du Sud. Ou, plus raisonnablement, de quoi se loger en ville avec Pym en attendant de réfléchir à la prochaine étape. La bière la faisait vaciller un peu sur ses jambes tandis qu'elle s'avançait vers l'autre table.

– Messieurs..., commença Arthur.

– Les gars, l'interrompit Bohort, on dirait qu'Arthur s'est dégoté une charmante petite camarade !

Nimue n'aimait pas l'attitude de ces hommes. Elle ne vit qu'une tablée remplie de sosies de Josse : beaucoup de cervelles vides et de fanfaronnade.

– Allez les filles, soulevez un peu vos jupes, qu'on voie la marchandise !

Bohort les toisait comme du bétail.

– Continuez sans nous, camarades, fit Arthur en entraînant les deux adolescentes vers la sortie.

– J'ai envie de jouer, moi, déclara Nimue, ignorant les rires gras autour d'elle.

Bohort, occupé à compter les pièces d'argent de ses doigts boudinés, leva les yeux vers elle.

– Non. Mauvaise idée, fit Arthur.

– Nimue ! s'étrangla Pym dans un souffle.

Un large sourire illumina le visage mal rasé de Bohort.

– Avec plaisir, ma chère.

Les autres mercenaires sifflèrent pour marquer leur approbation.

– Mademoiselle a cinq pièces d'argent ? s'enquit Bohort.

– Hélas, non.

– Pas grave, les écarts de mises sont autorisés. (Il marqua une pause, lui jeta un regard torve.) Et si on jouait pour un baiser ?

Pym attrapa l'épaule de son amie.

– On s'apprêtait justement à partir...

Mais Nimue se dégagea.

– D'accord.

Nouveaux cris de joie tout autour de la table.

Arthur secoua la tête. Nimue se tourna vers Bohort.

– Mais si je gagne, ajouta-t-elle, j'emporte dix pièces d'argent.

L'homme ricana.

– Marché conclu. (Il ramassa les dés entre ses énormes mains.) Mademoiselle connaît les règles ?

– On choisit un nombre, c'est ça ?

– Presque. Il suffit d'obtenir un sept, dans n'importe quelle combinaison. Deux et cinq. Trois et quatre. Six et un. Voyez ? Vous avez toutes les chances de l'emporter, ma belle. Rien de plus facile. Je viens d'avoir une bonne passe, mais ça ne va pas durer.

Bohort fit glisser les dés vers elle. Nimue les soupesa. Ils étaient pipés, bien entendu. N'importe qui était condamné à perdre. Mais Nimue n'était pas n'importe qui. Elle jeta les dés sur la table et ferma les yeux pour invoquer les Invisibles. Son ventre vibra légèrement et une branche de lierre argenté s'enroula sur sa joue, heureusement dissimulée sous sa capuche. « Les Invisibles m'ont répondu », songea l'adolescente avec satisfaction. Parfois, par petites touches, elle parvenait à canaliser leur pouvoir.

Mais Pym aperçut les Doigts d'Airimid et écarquilla les yeux de terreur.

Les dés donnèrent un trois et un quatre.

Bohort constata le résultat. Ses compagnons se redressèrent sur leurs chaises, sans un mot. Lentement, le mercenaire releva les yeux vers Nimue.

– Relance-les.

– Pourquoi ? J'ai gagné.

L'homme ramassa les dés et les lui rendit.

– On garde les deux meilleurs lancers sur trois. C'est honnête, non ?

– Ce n'était pas ce qu'on avait dit.

– Obéis, Nimue, et fichons le camp d'ici, la supplia Pym.

– Alors je veux vingt pièces d'argent si je gagne, déclara Nimue.

Bohort se cala en arrière sur sa chaise, qui grinça sous son poids.

– Non mais vous l'entendez, cette sotte ? s'esclaffa-t-il. Tu veux vingt pièces d'argent ? Alors j'exige l'équivalent en nature.

– Marché conclu.

Pym agrippa son amie par le bras.

– Arrête !

Nimue prit les dés et les secoua entre ses mains. Les Doigts d'Airimid réapparurent sur sa joue. Elle lança les dés sur la table : six et un. Les mercenaires poussèrent des cris incrédules avant de se taire en voyant la tête de leur chef.

– C'est de la sorcellerie ? gronda-t-il.

Le silence s'abattit dans la taverne. Nimue sentit tous les regards tournés vers elle.

Va-t'en, idiote, sors de là ! lui ordonna une voix tout au fond de sa tête.

La jeune fille l'ignora et sourit à son adversaire.

– Pourquoi ? Les sorcières vous feraient-elles peur ?

Le bourdonnement des Invisibles emplit ses oreilles et la force éclata hors d'elle. La surface de la table en bois se hérissa de formes hideuses et acérées tandis que la chaise de Bohort développait des excroissances pareilles à des lianes qui s'enroulèrent autour de sa gorge et de sa poitrine. Le mercenaire laissa échapper un son guttural et la table se renversa sur lui avec ses godets de bière et ses pichets de vin. Ses camarades se relevèrent d'un bond, terrifiés.

– Des sorcières Faë ! s'exclama l'un d'eux.

– Vous deux, là, dehors ! vociféra le patron de la taverne en désignant les jeunes filles. Les gens comme vous n'ont rien à faire ici !

– Désolée ! bafouilla Pym.

Nimue était dans un état second. Cette séquence magique l'avait laissée sans forces, comme si son propre corps ne la soutenait plus. Elle sentit Pym l'entraîner précipitamment vers la sortie. Sur le pas de la porte, elles bousculèrent sans le vouloir le Paladin Rouge voleur d'épée.

– Pardon, mon frère, marmonna Nimue en abaissant son capuchon avant de filer dehors.

Pour la première fois de la journée, la peur venait de l'assaillir.

CHAPITRE 5

Nimue et Pym se hâtèrent de franchir l'enceinte de la ville, dont les portes se refermaient déjà. La plupart des exposants du marché étaient repartis depuis longtemps. Une fois la nuit tombée, les visiteurs devaient s'annoncer aux gardes qui surveillaient l'entrée.

Un pâle croissant de lune luisait entre les nuages. À un kilomètre et demi de distance, le seul bruit à la ronde était le martèlement des sabots de Crépuscule, lancée au galop sur la route.

– Puis-je savoir quelle mouche t'a piquée ? Tu sais que la pratique de la magie est interdite en ville ! C'est même passible de pendaison !

– Je ne l'ai pas fait exprès. Je… je ne me sens pas très bien, répondit Nimue.

La migraine lui vrillait le crâne. Elles n'avaient presque rien mangé à part les quelques provisions emportées dans son sac, et la bière lui était montée à la tête.

– Pourquoi t'en être prise à ces…

– Ces idiots ne me font pas peur, marmonna Nimue.

Avec les Paladins Rouges, en revanche, c'était une autre histoire. Sa colère était retombée, remplacée par une vague sensation de malaise. Elle avait l'impression de flotter au-dessus de son propre corps et de se voir faire n'importe quoi.

– La moitié du village doit être en train de nous chercher.

– Je suis vraiment désolée. Essaie de t'endormir contre moi. Je vais nous ramener à la maison.

Pym grommela, submergée par la fatigue, et s'appuya contre le dos de Nimue. Cette dernière ne se faisait aucune illusion sur les deux heures de route qui les attendaient. Crépuscule n'était pas un cheval de guerre et elle avait tendance à paniquer en présence des loups. Sans parler des bandits de grand chemin qui pullulaient dans ces bois, toujours à l'affût d'un paysan de retour du marché avec sa bourse remplie d'argent frais.

Ses pensées furent interrompues par le bruit d'un cheval à l'approche derrière elles. Pym rouvrit mollement les yeux.

– Que se passe-t-il ?

– Chut ! fit Nimue en scrutant les alentours de la route à la recherche d'un endroit où se cacher.

Elle sentit l'affolement la gagner.

Hélas, Crépuscule choisit ce moment précis pour jouer les juments bornées : elle resta obstinément immobile au beau milieu de la route malgré les coups de talon de l'adolescente, tandis qu'une silhouette solitaire se rapprochait derrière elles. Désemparée, Nimue sortit un couteau à fromage qu'elle avait caché dans les replis de la selle.

– On ne bouge plus ! s'écria-t-elle.

Pym lui agrippa les épaules.

– Je me rends, répondit une voix familière. (Une fière jument noire sortit de l'ombre. Son jeune cavalier tenait à la main une pèlerine de laine.) Ça n'appartiendrait pas à l'une de vous, par hasard ?

En reconnaissant Arthur, Nimue sentit de nouveau son ventre vibrer. Elle porta la main à sa gorge et s'aperçut alors seulement qu'elle n'avait plus son vêtement.

– Tu as fait tout ce chemin pour me rendre ma cape ?

– C'est une très belle cape.

– Es-tu seul ? s'enquit Nimue en scrutant la pénombre de la route derrière lui.

– Oui. Avec Égypte ici présente, précisa-t-il en tapotant l'encolure de son cheval.

Nimue se rapprocha juste assez pour récupérer sa pèlerine.

– Je n'avais jamais vu quelqu'un infliger une telle humiliation à Bohort, poursuivit-il.

Difficile de savoir s'il était impressionné ou effrayé par elle. Nimue jeta sa cape sur ses épaules, répugnant à admettre qu'elle se faisait elle-même peur.

– Dommage. Il aurait besoin qu'on lui botte les fesses plus souvent.

– Et toi, tu devrais te montrer plus prudente.

– Je n'ai pas besoin de tes conseils, rétorqua la jeune fille avec morgue, mais consciente qu'elle était allée trop loin à la taverne.

– Ah oui ? fit Arthur, amusé. Tu maîtrises toujours la situation, pas vrai ?

Son sourire était peut-être charmeur, mais son ton était pour le moins agaçant.

– Autant qu'un mercenaire qui obéit bêtement aux ordres sans rien dire.

– Merci, intervint Pym, pour la cape. Il ne fallait pas.

– C'est la première fois que je rencontre des gens comme vous…

– Et alors ? dit Nimue.

– Vous ne connaissez peut-être pas aussi bien le monde que vous le croyez. Prenez ce bandit baptisé Narine Ronde, par exemple. Il adore se cacher juste après ce virage pour surprendre les voyageurs.

Pym eut l'air horrifiée.

– Laisse-moi deviner : tu le sais parce qu'il travaille pour toi ? rétorqua Nimue.

Arthur parut gêné.

– Il travaille pour Bohort, de temps à autre.

– Quelle troupe de nobles chevaliers, railla Nimue.

– Écoute, tout ce que je dis, c'est que les Faë n'ont aucun intérêt à pratiquer la sorcellerie en public par les temps qui courent.

– Nous ne sommes pas des sorcières.

– Je ne te parle pas des hommes comme Bohort, insista Arthur, mais des Paladins Rouges. J'ai vu les champs incendiés. Pas toi ?

– Des dizaines, mentit Nimue.

– C'est une odeur qui ne s'oublie pas. Elle se répand sur des kilomètres à la ronde. Les seigneurs du Sud restent terrés derrière leurs fortifications et laissent les paladins faire tout ce qu'ils…

Nimue lui fit signe de se taire. Elle avait cru entendre un bruit, apporté par le vent de la nuit.

Tout était silencieux.

Puis des murmures leur parvinrent de la clairière.

– Des gens arrivent vers nous.

Nimue arracha les rênes des mains d'Arthur et entraîna leurs deux chevaux au bas du talus qui bordait la route pour s'enfoncer dans la pénombre d'un pré. Elle sifflota tout bas aux oreilles de sa jument, qui alla d'instinct se réfugier derrière un

boqueteau de jeunes arbres. Le petit groupe attendit sans faire de bruit. Crépuscule souffla tout bas, et Nimue lui caressa l'encolure pour la calmer.

Au bout d'une éternité, quatre cavaliers apparurent et s'arrêtèrent au beau milieu de la route, à l'endroit qu'ils venaient de quitter. L'un d'eux brandissait une lanterne pour observer les alentours.

– Un complice de Narine Ronde ? chuchota Nimue.

– Je ne les connais pas, répondit Arthur dans un souffle.

Ses traits se figèrent et il agrippa d'instinct le pommeau de son épée.

« Finalement, il tient plus du loup que du louveteau », songea Nimue.

Elle sentit une vibration profonde en elle et tenta de la repousser. Mais quelque chose émanait d'Arthur. C'était comme une énergie sauvage, presque primaire, un feu intérieur. Nimue n'avait jamais rien ressenti de tel, et cela éveillait à la fois sa curiosité et sa peur. Ce garçon n'avait décidément rien d'ordinaire.

Là-bas, sur la route, les hommes éclatèrent d'un rire gras. À en juger par leurs intonations vulgaires et leurs chevaux malingres, ce n'étaient pas des Paladins Rouges. Ils finirent par repartir, et la lueur de leur lanterne disparut au loin. Arthur commença à se détendre.

– Suis-moi, lui murmura Nimue.

Tournant le dos à la route, elle s'enfonça dans la pénombre.

– On va où, comme ça ? lui demanda-t-il.

– Établir un camp de nuit. Pas question de reprendre la route avant demain matin.

Une demi-gourde de vin plus tard, Pym ronflait d'un sommeil bienheureux dans l'herbe.

À la lueur du clair de lune, Nimue s'empara de l'épée longue d'Arthur et se mit à tournoyer autour de lui. Il éclata de rire.

– Qu'est-ce que tu fais ?

– Je t'encercle, murmura-t-elle.

Arthur fronça les sourcils. Sa seconde épée à lame courte était posée par terre, à côté de lui.

– Tu t'es déjà servi d'une épée ?

– J'ai déjà tué des centaines de gens.

Arthur fit un pas en avant.

– Attention, le mit-elle en garde.

Elle agitait l'arme d'un geste menaçant, mais Arthur continua à se rapprocher.

– Ce sera un combat à mort, alors ?

– S'il le faut, oui.

Elle agrippa la poignée à deux mains.

Arthur feinta par la gauche. Nimue abattit sa lame, mais ne fendit que l'air.

– Tu te bats seulement avec l'estoc, lui expliqua-t-il. Quel gâchis d'épée.

Nimue s'avança vers lui, prête à recommencer. Arthur ne fit pas mine de bouger.

– Tu parles trop ! s'écria-t-elle.

Mais il évita son estocade à la dernière seconde.

– Il n'y a pas que la lame qui compte, dit-il. (Il cala un pied entre les siens et croisa l'épée de Nimue au niveau de la garde.) Il y a aussi la garde…

Leurs deux épées l'une contre l'autre, pointe contre terre, il fit ensuite semblant de frapper Nimue au menton avec le pommeau de son arme.

– Le pommeau…

Il mima un coup de genou à l'arrière du sien.

– Les jambes… (Enfin, il retourna son coude vers sa joue.) Et le poids du corps.

Nimue se renfrogna.

Arthur, lui, jubilait.

Jusqu'à ce que la jeune fille lui assène un coup de tête.

– Par les dieux ! s'exclama-t-il en titubant vers l'arrière, la main plaquée sur son nez.

– Et il y a aussi la tête, conclut Nimue.

Le jeune homme ricana en contemplant ses doigts pleins de sang.

– Laisse-moi deviner : tu aimes te battre dans les tavernes ?

Nimue se rua vers lui et il para son offensive in extremis. Elle retenta sa chance et, cette fois, frôla la joue d'Arthur. Il n'en revenait pas.

– Tu es dangereuse, toi.

– Enfin une parole sensée ! Alors, tu te rends ?

– Sûrement pas, grommela-t-il en l'attaquant.

Nimue pivota pour le bloquer, mais elle échoua. Le jeune homme glissa sa lame contre le pommeau de son épée et, d'un coup sec, la lui arracha pour la projeter dans l'herbe.

– Tu as eu de la chance, dit l'adolescente en frictionnant son poignet endolori.

Arthur rangea son arme dans son fourreau et prit la main de Nimue entre les siennes.

– Tu dois tenir ton épée un peu lâche, comme les rênes d'un cheval.

Pym soupira dans son sommeil et marmonna des mots inintelligibles. La nuit était froide et humide, mais Nimue se sentait réchauffée par le contact des mains d'Arthur.

– Qu'est-ce que tu fabriques ? demanda-t-elle en le sentant lui masser l'intérieur de la paume.

– Ça te gêne ?

– Tu abaisses ta garde.

– Ton épée gît dans l'herbe. J'ai gagné.

– Ah oui ?

Nimue sortit son canif des replis de sa jupe et le lui pressa dans le cou.

– C'est bien un couteau à fromage ? s'esclaffa Arthur.

– La lame est juste assez aiguisée. (Elle accentua la pression.) Alors, tu te rends ?

– Tu es une vraie terreur.

Nimue le regarda droit dans les yeux. Ses prunelles grises étaient parsemées de vert, comme des paillettes d'émeraude. La vibration enfla dans son ventre, gagna sa poitrine et sa gorge pour la submerger totalement. Elle se sentit basculer en avant. Une force irrésistible la propulsait vers Arthur avec une telle intensité qu'elle faillit hurler. Un flot d'images se mit à déferler dans sa tête : *une lame aux reflets verts comme ceux des yeux d'Arthur... une main lépreuse tendue vers elle... des visages de pierre sculptés dans la paroi d'une grotte... une femme aux cheveux roux coiffée d'un casque à tête de dragon... une chouette au dos perforé d'une flèche... Nimue elle-même en train de se noyer, ses poumons emplis d'eau... et...*

La jeune fille revint à elle en suffoquant, parcourue de frissons incontrôlables. La nausée l'envahissait, à cause du vin en partie, mais aussi de son angoisse à l'idée d'avoir été la proie de nouvelles visions devant Arthur. Elle ne se souvenait pas à quel moment elle s'était endormie. Elle grelottait dans ses vêtements mouillés par la brume. Le soleil peinait à percer les nuages bas. Nimue n'avait jamais eu aussi froid de sa vie. Elle secoua son amie, encore endormie.

– Pym, réveille-toi. On lève le camp.

L'adolescente s'exécuta dans une torpeur ensommeillée. Elles passèrent sans bruit devant Arthur, assoupi sur l'une de ses sacoches de selle en guise d'oreiller, remontèrent sur le dos de Crépuscule et regagnèrent la route enveloppée de brouillard.

Elles cheminèrent ainsi durant une heure, trop trempées et dépitées pour dire quoi que ce soit. Elles ne croisèrent pas âme qui vive, à l'exception d'un dentiste ambulant de retour de sa tournée aux confins de la campagne. Il semblait avoir passé sa fin de nuit à boire, ce qui ne l'empêcha pas de leur proposer un examen dentaire gratuit ; elles déclinèrent poliment. Le regard de l'homme s'attarda alors sur les breloques qui ornaient le bracelet de Nimue et signalaient son appartenance au peuple Faë. Il blêmit et désigna la route devant elles avant d'interrompre son geste, comme lâché par son courage. Sans plus attendre, il leur souhaita une bonne journée et poursuivit sa route vers Pont-les-Faucons.

La brume finit par se dissiper et les deux jeunes filles sentirent les frissons de leur nuit glaciale s'estomper. La forêt s'épaissit peu à peu autour d'elles et la chaussée se fit bientôt plus étroite, signe qu'il ne leur restait plus qu'un ou deux kilomètres avant d'atteindre Roseprée, quand apparut soudain devant elles, au beau milieu de la route, un bœuf de trait avec ses chaînes mais sans sa charrue. Son joug en bois pendant à son cou, l'animal les croisa avec un regard affolé avant de poursuivre sa course effrénée. Nimue le suivit des yeux, perplexe, avant de tourner la tête. Une terrible colonne de fumée noire se dressait entre les arbres, et des braises tourbillonnaient dans les rayons du soleil qui filtraient à travers le feuillage.

Nimue sentit son cœur battre à tout rompre.

Elle éperonna Crépuscule. Au sortir de la forêt, des hurlements déchiraient l'air.

CHAPITRE 6

Les immenses portes en chêne de la grande salle du château Pendragon s'ouvrirent en grinçant. Deux valets de pied entrèrent, revêtus de livrées jaunes ornées de trois couronnes rouges, l'emblème de la maison royale. Ils traînaient derrière eux un mage à demi conscient. Ses souliers en cuir souple glissaient sur le sol, et sa barbe châtain clair semblait éclaboussée de vin. Les deux hommes le tinrent debout devant le jeune souverain, assis sur son trône.

– Merlin, déclara le roi Uther en lissant sa barbiche noire et soyeuse. Tu tombes à pic.

– Cela nous a pris un certain temps, Sire, mais nous l'avons retrouvé au milieu des choux, expliqua fièrement le robuste Borley, l'aîné des deux valets. Il est ivre, hélas.

– Comme c'est surprenant, assena Uther avec un rictus glacial.

Merlin repoussa les valets, lissa sa longue robe bleu nuit et vacilla brièvement sur ses jambes avant d'aller s'appuyer contre un pilier.

– Tu nous avais promis la pluie, Merlin. Des paroles en l'air, comme d'habitude.

– Le ciel est capricieux, Votre Majesté, répondit le mage en agitant les doigts vers le plafond.

Le roi Uther jeta un morceau de viande froide à ses chiens-loups.

« Il se doute de quelque chose, analysa Merlin à travers sa brume alcoolisée. Il a compris mon secret. » Qu'importe, ils continueraient tous deux à faire semblant. Âgé d'à peine vingt-six ans, Uther était un souverain encore immature et peu sûr de lui. Il détestait reconnaître ses erreurs ou ses faiblesses. Le fait que Merlin, le légendaire sage, son conseiller secret, soit un ivrogne doublé d'un imbécile et non le plus grand sorcier de tous les temps était sans doute une vérité trop humiliante à assumer pour le jeune roi. « Mettons fin à cette mascarade une fois pour toutes », songea le mage. Merlin l'Enchanteur n'était en réalité que Merlin l'Usurpateur. Sa magie l'avait quitté depuis bientôt dix-sept ans. Seuls ses solides réseaux d'espionnage, sa volonté et son orgueil, sans parler de la nature cupide des hommes, lui avaient permis de faire illusion durant tout ce temps. Merlin en avait assez. Mais au fond de lui, il ne pouvait se résoudre à avouer la vérité. Par peur, sans doute. Il tenait à garder sa tête bien accrochée entre ses deux épaules. En outre, avouer sa déchéance achèverait de la rendre plus réelle. Plus définitive.

Sir Béric, l'autre conseiller d'Uther, un gaillard replet à la barbe tressée (ainsi qu'un traître et un lâche, comme le savait Merlin), accueillit ses paroles d'un air pincé.

– La famine engendrée par cette période de sécheresse provoque des scènes de panique dans vos provinces du nord de la

Francie, Sire. Le père Carden et ses Paladins Rouges en profitent pour semer la terreur. Ils ont déjà incendié plusieurs villages Faë.

Les traits d'Uther s'assombrirent.

– On peut toujours compter sur les Paladins Rouges, lança-t-il à Merlin. Ils sont d'une fiabilité exemplaire. Combien de villages massacrés, sir Béric ?

L'homme consulta un rouleau de parchemin.

– Hmm… près d'une dizaine, Votre Majesté.

Si le roi espérait une réaction de la part de Merlin, il fut certainement déçu. Le sorcier se contenta de se servir une coupe de vin. Uther se tourna vers son second conseiller.

– Vois-tu, Béric, Merlin est un être complexe. Son peuple périt dans les flammes, mais cela ne l'émeut pas le moins du monde. Cela dit, il n'a jamais été un homme du peuple. La boue des villages du Sud le dégoûte. Non, il préfère profiter du confort de notre château et boire notre bon vin de prune. N'est-ce pas, Merlin ?

– Ces événements n'ont rien d'étonnant, Sire. Les Faë ont toujours été de meilleurs agriculteurs. En période de disette, la populace invente toujours mille prétextes pour aller piller leurs réserves. Le père Carden et sa clique ne sont que l'instrument de ces haines ancestrales. (Le mage essuya le vin qu'il venait de renverser sur sa tunique.) Toutefois, si Sa Majesté est d'accord, les Seigneurs de l'Ombre pourraient peut-être nous prêter main-forte.

Uther ne répondit pas. D'un geste, il ordonna qu'on lui remplisse sa coupe. Un échanson s'exécuta.

La seule mention du cercle d'espions de son mage suffisait à réveiller la paranoïa du roi. Merlin le savait pertinemment. Cela rappelait au souverain qu'il avait tout intérêt à ne pas se fâcher avec son conseiller. Les Seigneurs de l'Ombre le perturbaient plus que les champs de croix enflammées du père Carden. Les Faë étaient nuisibles et donnaient peu aux caisses du royaume, mais les Seigneurs de l'Ombre constituaient un tout autre problème : c'était une confédération secrète de sorciers, de mages et d'ensorceleurs, chacun à la tête de réseaux, de guildes et de cellules opérant à tous les niveaux de la société, des abjectes colonies de lépreux jusqu'aux plus hauts rangs de la cour, et totalement hors du contrôle du roi.

Ce que Merlin omettait de préciser, c'est que les Seigneurs de l'Ombre étaient devenus encore plus dangereux pour *lui* que pour Uther. Il s'était fait des ennemis jurés au sein de l'organisation, à l'affût du moindre signe de faiblesse ou de déclin de sa part, et les rumeurs sur sa magie disparue se multipliaient au même titre que les sombres projets des assassins et des tueurs à gages qui voulaient sa peau.

Et quelle était sa réponse à tout cela ?

« Encore du vin », songea-t-il amèrement, las de tout ce cirque.

Des serviteurs apportèrent un plateau de victuailles pour le roi, qui était resté plongé dans un silence lugubre depuis l'évocation des Seigneurs de l'Ombre.

– Le souper, Votre Majesté, annonça le serviteur.

Uther se leva de son trône, sans quitter Merlin du regard, et alla s'asseoir à table. On lui présenta son plat – des médaillons de bœuf – mais cette vision n'améliora guère son humeur.

– Nous avions demandé des colombes, grogna-t-il.

– Toutes nos excuses, Votre Majesté, répondit le serviteur, mais il semblerait qu'un problème se soit déclaré au colombier. Des, hum... des cadavres d'oiseaux y ont été retrouvés.

Merlin se rembrunit à ces mots.

– Combien ?

Intimidé par le mage, le serviteur répondit d'une voix légèrement tremblante.

– Eh bien... neuf, Sire.

Un homme qui perd la vue gardera toujours le souvenir de la couleur bleue. Ainsi Merlin, même privé du don de Clairvoyance, savait-il encore reconnaître un mauvais présage.

Neuf colombes.

Neuf était le chiffre de la magie, mais aussi celui de la sagesse et du commandement. Ces colombes mortes étaient une puissante mise en garde annonçant la fin de la paix et l'imminence d'une guerre.

– Comme c'est appétissant, soupira Uther. Laissez-moi.

Le serviteur et les valets s'empressèrent de quitter la salle du trône.

Le roi commença à découper sa viande.

– Il est un peu tard pour faire intervenir tes ensorceleurs.

– Pas forcément, Votre Majesté. Avec l'encouragement adapté, ils pourraient...

Uther abattit son poing sur la table, faisant tressauter la vaisselle et effrayant ses chiens, qui se mirent à aboyer.

– Sécheresse ! Famine ! Pillages dans les campagnes ! Nous ne pouvons nous permettre d'offrir un visage aussi pathétique à nos ennemis ! Sais-tu que le Roi des Glaces et ses pillards vikings surveillent nos côtes en attendant le bon moment pour attaquer ?

Sir Béric baissa la tête, quelque peu effrayé par la colère de son roi.

Puis Uther se tourna vers Merlin, les yeux brûlants de rage.

– Nous voulons la pluie, Merlin ! Et au diable, toi et tes Seigneurs de l'Ombre ! Ma mère pense qu'ils n'existent même pas.

Nullement impressionné, le mage se contenta d'enfouir ses mains à l'intérieur de ses longues manches.

– Sa Majesté la reine mère peut être certaine qu'ils ne sont que trop réels. Sa Majesté réclame la pluie, et nous redoublerons d'efforts pour la satisfaire.

– Bonne idée, répliqua sèchement Uther. (Comme le mage s'éloignait déjà en faisant virevolter les pans de sa longue robe bleue, il poursuivit :) Nous savons que tu veilles jalousement sur ta vie privée, Merlin. Il serait dommage que le monde entier ait vent de ton rôle de conseiller auprès de nous. Qui sait quels ennemis pourraient sortir du bois à cette nouvelle ?

Le mage acquiesça pour signifier qu'il avait compris le message, et les grandes portes de la salle du trône se refermèrent sur lui en claquant.

Aussitôt engouffré dans les couloirs labyrinthiques du château Pendragon, il se mit à marcher prestement, l'esprit parfaitement clair, ses sens aiguisés comme ceux d'un renard. Il décrocha une torche d'une applique murale et s'enfonça dans un passage secret. Au bout de quelques pas, il s'arrêta et tendit l'oreille ; un bruit résonnait au loin devant lui, comme un grattement suivi de légers soupirs. Il se remit en marche. À l'angle du tunnel, la flamme de sa torche éclaira une pie à terre en train de tournoyer sur elle-même, agitant ses ailes dans les affres de l'agonie. La pie était une puissante émissaire en sorcellerie, mais aussi un symbole prophétique. Merlin leva son regard insondable vers le plafond.

Quelques instants plus tard, les poumons en feu, il gravissait péniblement les dernières marches de la plus haute tour du château. Lorsqu'il atteignit enfin le sommet, il fut d'abord frappé par le silence. Puis il vit les oiseaux morts qui jonchaient le sol, certains encore agités de faibles soubresauts. Leur quantité était un détail alarmant en soi, mais c'était surtout leur position qui retenait l'attention. Les pies étaient mortes par groupes de trois. Elles formaient dix groupes de trois cadavres, précisément disposés sur le sol.

Dix : une renaissance. Un ordre nouveau. Des pies mortes.

La fin de la prophétie ?

Neuf colombes.

Les pensées de Merlin s'entrechoquaient dans sa tête. Un puissant chef magicien. Une nouvelle aube. Une grande guerre.

« Tout cela est pour bientôt. »

Dellum, le chirurgien, avait de longs doigts capables de suturer les plaies avec la précision d'une couturière. Sous l'effet de la forte humidité qui régnait dans son antre de pierre noire, la sueur gouttait de son front sur le cadavre qu'il était en train de recoudre. Les plafonds étaient bas, les murs aveugles. L'unique source de lumière provenait de deux lampes à huile fixées aux extrémités opposées de la pièce et projetant un halo blafard sur six larges tables, dont quatre comportaient des corps nus à divers stades de décomposition.

– J'ai ouï dire que vous étiez collectionneur… Est-ce exact ?

Dellum sursauta et lâcha ses instruments.

– Qui va là ? lança-t-il.

– Moi, fit Merlin en sortant de l'ombre.

– Comment diable êtes-vous…

– La porte était ouverte.

Le chirurgien essuya son visage dans un chiffon sale accroché à sa ceinture.

– Vous êtes Merlin l'Enchanteur.

– Et vous n'avez pas répondu à ma question.

L'homme roula des yeux affolés.

– On m'a interdit de… Je ne collectionne plus les… C'est du passé. Toutes mes affaires sont en ordre, désormais.

– Dommage, soupira Merlin. J'étais prêt à payer une jolie somme pour voir certains de vos… plus sombres trésors.

– Vraiment ? (Dellum se gratta les mains et coula une œillade en direction d'une lourde porte en bois tout au fond de la pièce.) Et, hum, à quel genre de... d'accessoires en particulier ?

– Je m'intéresse au chiffre trois, répondit Merlin.

Le médecin légiste fronça les sourcils. Puis son visage s'éclaira.

– Je crois que j'ai justement ce qu'il vous faut.

La porte en chêne massif protesta de tous ses gonds quand Dellum l'ouvrit. Merlin pénétra à sa suite dans une sorte de réserve encore plus petite que la salle précédente. Sa lanterne éclaira d'innombrables rangées d'étagères encombrées de répugnants petits bocaux poussiéreux. Des relents de viande pourrie lui arrachèrent un haut-le-cœur. Dellum traversa la pièce et, d'un geste vif, se saisit d'un paquet qu'il alla déposer sur une table d'examen pour le montrer à Merlin. L'objet était emmailloté dans un morceau d'étoffe crasseux.

– Il m'a été livré voici trois jours, expliqua le médecin. Né d'une famille de paysans à Colchester.

Il déballa le spécimen. Comme d'habitude, Merlin ne trahit pas la moindre émotion. Le nourrisson devait avoir deux ou trois semaines ; il était fripé et vert pâle en raison de la putréfaction, ses petits bras étaient croisés, ses minuscules poings serrés. Sa tête se divisait en deux visages de tailles égales, mais ne partageant qu'un seul œil déformé au-dessus de leurs deux nez.

Merlin se tourna vers Dellum, l'air interrogateur.

– Permettez-moi, roucoula le chirurgien.

Il souleva le petit cadavre et le retourna sur le ventre, comme pour lui faire faire son rot. Un troisième visage surgissait dans le dos du bébé en un cri silencieux, telle une créature piégée entre deux mondes.

– Ce sera parfait, commenta simplement Merlin, ses pensées déjà ailleurs.

Dellum remballa le petit cadavre avec soin dans son lange.

– Puis-je savoir, hum… en quoi le chiffre trois vous intéresse ?

– Il est à la croisée du passé, du présent et de l'avenir, murmura Merlin.

Sa longue robe virevolta autour de lui lorsqu'il se dirigea vers la sortie.

– Une chose terrible et puissante vient de se réveiller. Vous pouvez trembler, dit-il. Nous pouvons tous trembler.

La porte claqua derrière lui.

CHAPITRE 7

Nimue fut réveillée en sursaut par des cris de désespoir. «Combien de temps suis-je restée inconsciente ?» se demanda-t-elle, la tête lourde, les pensées embrumées. Des éclairs de douleur lui transperçaient le crâne. Du bout des doigts, elle sentit une petite bosse dure à la base de ses cheveux poisseux, juste sous son oreille gauche, à l'endroit où la boule de métal l'avait heurtée. Encore étourdie, elle se releva parmi les bûches éparpillées et découvrit la scène d'horreur autour d'elle : les Sages du village brûlés vifs sur des croix en flammes, les enfants qui pleuraient dans la boue, toutes les huttes incendiées, les chiens qui reniflaient les cadavres au milieu de la route.

Un hurlement rauque – «Maman !» – s'échappa de sa gorge et elle s'élança en courant sur le chemin. Autour d'elle, encore des morts, des charrettes renversées. Presque aussitôt, un

Paladin Rouge la rattrapa par sa cape mais Nimue se tortilla dans tous les sens et le tissu se déchira, la libérant de son assaillant.

L'adolescente se précipita vers la butte, le paladin lancé à ses trousses, et passa devant les corps calcinés des Sages. L'homme trébucha derrière elle. Nimue creusa légèrement l'écart. Elle poursuivit sa course vers la Forêt de Fer et zigzagua entre les arbres jusqu'à ce qu'elle atteigne les pavés ancestraux du Chemin du Soleil Sacré. Une fois franchie l'entrée secrète du Temple Creux, elle se pencha depuis le sommet du grand colimaçon et aperçut Lénore, tout en bas, recroquevillée au pied de l'autel.

– Maman !

La fumée du bûcher se dressait au loin telle une tour noirâtre. Écureuil courait à perdre haleine le long des pistes animales qui sillonnaient la Forêt de Fer. Il avait suivi ses oncles et son grand-père à la chasse durant toute son enfance, et sa survie dépendait à présent de ces sentiers. L'épée de son cousin qui rebondissait à chaque pas contre sa jambe lui faisait très mal. De loin, il aperçut soudain un être familier entre les branchages – un fermier robuste, aux bras solides comme des troncs d'arbres.

– Oncle Kipp !

L'homme était accompagné d'autres villageois qu'Écureuil connaissait bien. Tous lui firent signe de se taire. Kipp accourut vers son neveu.

– Écureuil, mon petit, pas un bruit ! Nous traquons le fumier de paladin qui a fui dans la forêt.

– Il faut retourner au village, l'implora le garçon en le tirant par la manche. Ils sont tous en train de mourir, là-bas !

Mais Kipp secoua la tête. Les rides de son large front étaient encore plus creusées que d'habitude. Il paraissait avoir pris dix ans.

– Ils sont déjà morts, petit.

Quelques mètres plus loin, les hommes s'étaient soudainement arrêtés à l'orée d'une petite clairière. Écureuil et son oncle les rejoignirent.

– Qu'est-ce que…, commença le jeune garçon.

La fin de sa question resta coincée au fond de sa gorge. Le moine vêtu de gris, celui aux étranges larmes noires, les attendait, immobile au milieu des hautes herbes, telle une apparition éclaboussée par le soleil. Son cheval paissait tranquillement non loin de là.

Le silence s'abattit sur la forêt. Le moine ne bougeait pas. Écureuil sentit la sueur âcre des villageois terrifiés. Ce n'étaient pas des guerriers. Ils étaient charpentiers, fils de boulangers. Seul son oncle avait déjà combattu à l'épée, mais c'était à une autre époque, du temps où il défendait sa famille contre les raids vikings. Si Kipp avait peur, il n'en montrait aucun signe.

– Nous sommes sept contre un, gronda-t-il.

Et même huit, en réalité. Son oncle avait oublié de le compter. Les autres sortirent leurs épées en un même chuintement métallique. Écureuil déglutit en essayant de soulever la sienne, à un pas derrière les hommes qui encerclaient déjà le moine. D'un geste calme, celui-ci tira sa lame étincelante.

L'un des villageois, Tenjen, s'avança derrière lui tout en faisant passer son arme d'une main à l'autre pour essuyer ses paumes moites sur son sarrau. L'épée du moine pendait au bout de son bras gauche. Il pencha légèrement la tête tandis que Tenjen changeait de pied d'appui. Écureuil sentait son pouls battre à ses tempes. Les hommes râlaient dans leur barbe, prêts à livrer bataille. La respiration du moine ne variait pas.

Tenjen vociféra en donnant la charge, mais le moine esquiva le coup et, dans un même mouvement fluide, se positionna face à lui. Écureuil ne vit même pas sa lame fendre l'air jusqu'à ce qu'elle dépasse du dos de Tenjen, luisante de sang. Le moine la dégagea avec un bruit humide, et Tenjen s'écroula face contre terre.

D'instinct, Écureuil souleva son épée, mais sa tête était vide. Un bourdonnement terrible lui emplissait les oreilles. Sa langue était sèche. Les hurlements des hommes paraissaient lointains, et leurs mouvements ralentirent à mesure que le moine tournoyait au milieu du cercle et des pans tourbillonnants de sa longue robe de bure grise. Sa lame étincelait au soleil. Il ne ratait aucun de ses coups. Son épée frappait avec précision, telle la langue d'un serpent, et les hommes s'effondraient sur son passage. Il leur coupait les tendons à l'arrière des jambes, si bien qu'ils tombaient comme des marionnettes, avant de les égorger et de leur perforer le cœur. Il n'y avait ni blessure ni écorchure, pas d'entaille ni de geste approximatif.

Ewan, le fils du boulanger, tomba à genoux en essayant de contenir à deux mains le flot de sang qui s'écoulait de sa gorge. Ces mêmes mains qui avaient fait couler du miel sur de petites crêpes grillées dans la cuisine de son père.

Drof, le boucher, rata complètement sa cible et planta son épée dans le sol. Il dut tirer dessus de toutes ses forces pour la faire sortir, et le moine en profita pour s'abaisser et frapper vers le haut, soulevant Drof du sol au moment où la lame lui perfora le corps et ressortit par son épaule droite.

L'oncle Kipp fut le premier à parer un des coups du moine. Leurs épées se croisèrent au niveau de la poignée. Un grincement métallique accompagna le choc de leurs épaules l'une contre l'autre. L'espace d'un instant, le moine se retrouva coincé, son flanc exposé. Écureuil vit là une chance à saisir. Il avança pour protéger son oncle mais Hurst, le cousin de Tenjen, sauta lui aussi sur l'occasion d'agir et se rua le premier. Le moine dut sentir son attaque, car il enroula ses bras autour de Kipp et le plaça pile dans la trajectoire de l'épée de

Hurst, qui le toucha à la hanche. Kipp laissa échapper un cri, porta sa main à sa blessure. Le moine pivota et décapita Hurst d'un coup net.

Une giclée rouge éclaboussa les joues d'Écureuil. Kipp résista du mieux qu'il put, la jambe gauche ruisselante de sang. Le moine tournait très vite autour de lui ; le paysan s'efforçait de suivre ses mouvements, son épée pointée dans sa direction. Son adversaire feinta à deux reprises ; Kipp mordit à l'hameçon la seconde fois, signant son arrêt de mort. Le moine lui perfora la poitrine. Il s'effondra à terre.

Le moine promena ses étranges yeux larmoyants sur ses victimes, mortes ou à l'agonie. Il s'avança parmi les corps, à l'affût d'éventuels signes de vie. Il donna un coup de botte à Tenjen. Pas de réaction. Il passa ensuite aux jumeaux, Kevin et Trey, et les acheva d'un coup net en plein cœur. Quand vint le tour de Kipp, il arma son bras pour frapper et...

– Non !

C'était tout ce qu'Écureuil était encore capable de dire.

Le moine pencha imperceptiblement la tête. Il fit volte-face... et hésita. Écureuil entendit la vibration de la lame lui frôler l'oreille. Les mains tremblantes, il leva son épée vers le moine. Il ne voyait pas ses yeux, enfouis sous son large capuchon gris, seulement ses curieuses larmes noires et la traînée de sang sur sa joue gauche. D'un geste vif, le moine projeta l'épée du garçon au pied des arbres.

Écureuil ferma les yeux très fort et se prépara à recevoir le coup fatal. Il espérait que ce serait rapide.

Au bout de quelques respirations rauques, il entrouvrit une paupière.

Il était seul.

Le moine avait disparu.

Nimue dévala l'escalier en colimaçon, passant comme une flèche devant les visages austères sculptés dans la pierre, et atteignit enfin le marbre fissuré du rez-de-chaussée. Lénore se tenait roulée en boule près de l'autel, sa longue robe maculée de rouge. Quelques mètres plus loin, un paladin moribond convulsait au milieu d'une flaque de sang.

– Maman ! s'écria Nimue en accourant auprès d'elle. C'est moi !

Elle la retourna et découvrit sous elle un poignard ensanglanté. Lénore serrait entre ses bras un objet long, emballé dans de la grosse toile et noué à l'aide d'une corde. Une dalle avait été déplacée sous l'autel, indiquant la cachette où elle avait récupéré ce mystérieux paquet.

L'archidruidesse saisit les épaules de sa fille. Elle était échevelée, les joues barbouillées de sang, mais son regard était clair, sa voix assurée.

– Va trouver Merlin, lui ordonna-t-elle. Cherche-le. Et apporte-lui ceci. (Elle lui remit le paquet entre les mains.) Il saura quoi en faire.

Mais Nimue secoua la tête.

– Nous devons partir d'ici… Maman, je t'en prie !

– C'est ta mission. Apporte ceci à Merlin. Plus rien d'autre n'a d'importance, désormais.

La jeune fille était abasourdie.

– Qu'est-ce que tu racontes ? Merlin n'est qu'un personnage de légende. Je ne comprends pas…

Avant que sa mère puisse répondre, un paladin au teint cireux pénétra dans le temple, l'épée ensanglantée.

Lénore s'agrippa à l'autel pour se remettre debout et ramassa le poignard à terre.

– Va-t'en, Nimue !

L'adolescente resta interdite, le paquet contre sa poitrine, paralysée par l'indécision.

– Je refuse de t'abandonner !

– Va-t'en, vite ! hurla sa mère.

Nimue fit quelques pas en direction des marches quand le Paladin Rouge se dressa sur son chemin. Ses yeux mauvais hésitèrent entre Lénore et elle.

Livide et chancelante, affaiblie par sa blessure, Lénore trouva quand même la force de s'avancer vers le paladin.

– Maman ! s'écria Nimue.

L'archidruidesse lui adressa un regard plein d'affection et de regrets.

– Je t'aime tant, lui lança-t-elle. Je suis navrée que ce fardeau retombe sur toi. Tu dois trouver Merlin.

Sur ces mots, elle se précipita vers le Paladin Rouge en brandissant son poignard, offrant à sa fille une précieuse seconde pour s'échapper.

Les larmes aux yeux, Nimue remonta précipitamment le long escalier en se faisant violence pour ne surtout pas se retourner. Elle aurait préféré ne pas entendre les bruits du combat à mort qui se déroulait dans son dos. Son paquet sous le bras, elle franchit le rideau de lierre d'un pas titubant et se retrouva dehors, parmi les arbres de la Forêt de Fer. Elle courut jusqu'au promontoire où, la veille encore, Écureuil et elle s'amusaient à se poursuivre.

De là-haut, toute la prairie de Rosepréé s'offrait à elle. L'adolescente vit la petite colline hérissée de croix en flammes et les Paladins Rouges qui traversaient les champs au galop pour rattraper les fuyards. D'autres encore lâchaient une meute de loups sur les derniers villageois. Nimue tourna le dos à cette vision d'horreur et repartit en courant vers la forêt, priant les dieux anciens du clan Célestien pour qu'ils la guident.

Au même moment, les cieux au-dessus du château Pendragon se déchaînèrent en un noir bouillonnement. Les archers au sommet des remparts n'avaient jamais vu pareille tempête se déclarer si brutalement et porter une telle menace. Ils coururent s'abriter dans les alcôves du chemin de ronde tandis que la foudre déchirait les nuages et que le tonnerre faisait trembler les pierres du château.

Plusieurs dizaines de mètres au-dessus d'eux, dans la plus haute tour d'angle du château, Merlin achevait de tracer un large cercle de graisse au sol. Un grimoire de sortilèges était posé, ouvert, en son centre. Un peu rouillé dans sa pratique, Merlin vérifia par deux fois les termes exacts de l'incantation. Il avait peut-être perdu ses talents de mage, mais il excellait encore dans la pratique des arts occultes. Il se releva et écarta les talismans de plumes qu'il avait suspendus à la poutre maîtresse du plafond afin d'aller placer quatre lourds miroirs aux coins opposés de la tourelle. Il ralluma plusieurs gros cierges d'invocation dont les mèches avaient été soufflées par les violents courants d'air. Il mit alors le feu à une branche d'armoise qu'il agita autour de lui pour répandre la fumée dans la pièce, avant de la jeter sur le cercle de graisse qui s'embrasa à son tour.

Un autre coup de tonnerre ébranla le château. Un cri résonna du dehors.

– On rentre ! C'est du suicide !

– Non ! aboya Merlin en direction de la porte.

Dehors, sur les remparts, deux valets, Chist et Borley, se retenaient aux briques pour ne pas s'envoler.

– Je vous l'interdis ! vociféra Merlin en se ruant dans un élan forcené hors de la tourelle pour s'exposer au vent et à la neige fondue.

Il enjamba les crénelures du mur d'enceinte. Sa longue tunique flottait au-dessus d'un abîme haut de soixante-dix mètres. Les valets tentèrent de l'arrêter, mais il les ignora. D'une voix sourde, il se mit à marmonner ses incantations dans une langue plus ancienne encore que le latin. Il sortit alors une bourse en tissu contenant de la poudre de cristal et des brisures de coquilles d'œuf mêlées à une pâte allongée de son propre sang, et la noua à un pieu métallique long de sept mètres et gravé de runes. Il l'enfonça dans un porte-mât, sa pointe dressée vers le ciel orageux. « Fut un temps, j'étais la tempête, songea Merlin avec amertume. Quand les éclairs jaillissaient de mes doigts et que le vent mugissait à mon commandement. » Aujourd'hui, il devait s'agripper aux pierres pour empêcher le vent de l'emporter. Mais Merlin ne renonçait jamais. « Je ne suis plus le druide que j'étais autrefois, mais j'ai plus d'un tour dans mon sac. Mon nom est toujours Merlin, et je percerai à jour les secrets des dieux. »

Entre-temps, il avait fixé un rouleau de parchemin avec de la cire fondue à l'extrémité du pieu métallique.

– Vous étiez censés le tenir ! hurla-t-il à l'intention des valets, mais ses mots furent engloutis par la tempête.

Un puissant flash de lumière attira alors son regard vers le ciel. Une série d'éclairs marbrèrent un énorme nuage noir, tel le pouls d'un dieu – d'abord un, puis deux, puis trois.

Merlin écarta ses cheveux de son visage fouetté par la pluie. Il n'en croyait pas ses yeux. Les éclairs reprirent de plus belle, dessinant des formes surnaturelles au cœur du nuage.

– Je ne veux pas mourir ! vagit Borley en accourant vers la tourelle pour se mettre à l'abri.

– Attends ! lui lança Merlin en redescendant précipitamment du crénelage sur lequel il s'était perché.

Il attrapa Chist par l'épaule et le jeta contre le mur.

– Qu'est-ce qui vous prend ? cria l'homme en se débattant.

Mais Merlin le tenait d'une main ferme et regarda à nouveau vers le ciel. Il n'avait pas rêvé. C'était bien cela. Trois formes.

Le mage se tourna vers Chist et observa, médusé, les trois couronnes rouges de la maison Pendragon brodées sur sa tunique jaune. Puis il releva la tête. La lumière blanche palpitait toujours à l'intérieur de la nuée noire, formant un halo autour de *trois couronnes rouges*.

– Les dieux, lâcha-t-il dans un souffle.

Les signes étaient clairs, enfin.

Un enfant surnaturel.

La fin d'une prophétie.

Et la mort d'un roi.

CHAPITRE 8

Le sanctuaire de la forêt étouffait les bruits du carnage. Les hurlements se perdirent dans le vent jusqu'à ce que Nimue n'entende plus que le son de sa propre respiration haletante tandis qu'elle courait le long des sentiers qu'elle connaissait depuis toujours. Leur tracé, si étroitement lié à son enfance, dessinait à présent sa seule issue de secours. Elle franchit la clairière aux daims et passa devant le gros chêne creux où nichaient les pinsons. Du coin de l'œil, elle vit soudain une ombre furtive filer entre les arbres. Une autre se faufila derrière les rochers.

Les loups.

Nimue jeta son paquet sur la roche plate, une grosse dalle de pierre large d'environ trois mètres carrés qui, en des temps plus cléments, servait d'estrade aux enfants du village pour leurs spectacles ou de lieu de sieste au soleil pour les chiens. À présent, c'était sa seule chance. Elle se hissa sur la roche juste à temps : les bêtes l'encerclaient de toutes parts, au nombre de cinq et montrant les crocs. L'une d'elles tenta l'escalade. Nimue lui envoya un coup de pied en plein museau, et l'animal retomba en glapissant. Mais en un rien de temps, il se remit debout et retenta sa chance. Nimue recula. Elle était piégée.

Une chute de trois mètres l'attendait, puis elle se ferait déchiqueter par les loups. Un autre parvint à sauter sur la dalle et planta ses crocs dans le cuir de sa botte. Nimue hurla et secoua son pied pour chasser la bête. Ce n'était qu'une question de temps avant qu'elle revienne à la charge.

Du coin de l'œil, Nimue capta soudain un éclat de lumière. Elle se retourna et vit le paquet oblong posé à ses pieds. La toile de l'emballage s'était déchirée, révélant le sombre pommeau métallique d'une épée. Un symbole runique était gravé en son centre : quatre cercles, reliés par un anneau central incrusté d'argent.

– La période de sécheresse est terminée! proclama le roi Uther d'un air triomphant.

Ses serviteurs transportaient des seaux remplis d'eau de pluie pour les placer sur la table du banquet, à côté de chacun des invités. Les récipients côtoyaient des plats en étain où reposaient des poulardes rôties, des civets de lapin, des pigeonneaux enroulés de tranches de lard, des perdrix au miel et des faisans farcis aux prunes. L'ambiance était joviale malgré l'orage qui sévissait toujours. Chaque nouveau coup de tonnerre était salué par des applaudissements.

– Les dieux nous sourient! s'exclama Uther, debout à la place d'honneur.

Les convives martelèrent la table de leurs couteaux en scandant le nom de leur roi et en répétant : «La sécheresse est terminée!»

Un noble brandit sa chope de bière.

– Au roi !

– À la pluie ! renchérit un autre.

Tout le monde éclata de rire.

– Non, mes amis, s'esclaffa Uther, nous ne buvons pas *à* la pluie… (Il saisit le baquet posé à côté de lui.) Nous buvons la pluie !

– Vive Uther ! s'exclama l'assemblée. Vive le roi !

Le souverain porta le seau à ses lèvres. Ses invités le regardèrent accomplir ce geste en l'applaudissant, impressionnés. À mesure qu'il buvait, le liquide ruisselait lentement sur sa barbe bien taillée pour lui couler dans le cou et tacher de rouge vif la collerette blanche de son habit.

Autour de la table, le silence se fit. Uther fronça les sourcils, visiblement surpris par le goût de ce qu'il était en train de boire, et éloigna le baquet de son visage. Il adressa un grand sourire à l'assemblée, les lèvres écarlates.

– Je crois que j'en ai reversé un peu, s'excusa-t-il.

Les dames se couvrirent les yeux. En voyant l'expression de ses convives, Uther comprit que quelque chose n'allait pas.

– Qu'est-ce… (Il baissa les yeux vers ses manches, éclaboussées de marques écarlates.) Que se passe-t-il ?

Il reposa le seau pour s'essuyer la bouche et se retrouva les mains pleines de sang. Indigné, il se tourna vers son serviteur.

– Qu'est-ce donc que cette plaisanterie ?

Le domestique était livide de peur.

– Ça… ça n'a rien une plaisanterie, Votre Majesté.

Uther renversa le seau. Une mare de sang se répandit alors sur la table. Un hoquet de stupeur parcourut les invités. Certains hurlèrent et se levèrent pour s'enfuir.

– C'est la pluie qui est tombée sur le château ! s'écria le serviteur.

– Merlin ! vociféra le roi en renversant un deuxième seau,

puis un troisième, inondant les plats et le sol autour de la table. Merlin ! mugit-il en direction du plafond, les yeux écarquillés de terreur.

Au même instant, sur le mur d'enceinte, au plus fort de la tempête, la foudre vint frapper la pointe du pieu métallique. Une puissante onde d'énergie déferla à travers le mât, entraînant une déflagration qui projeta Merlin à travers la porte de la tourelle et l'envoya tourbillonner jusque dans son cercle de feu. Il hurla de douleur en essayant de s'arracher aux flammes qui dévoraient déjà sa tunique. Les valets accoururent pour l'aider, mais la tempête s'engouffra à leur suite dans la pièce. Des trombes d'eau s'abattirent sur le feu et d'épaisses fumerolles noires envahirent l'air. Borley et Chist se mirent à tousser en agitant les bras pour dissiper la fumée et découvrirent alors Merlin gisant sur le sol, nu comme un nouveau-né. Une épouvantable brûlure lui boursouflait et lui grillait les chairs depuis l'épaule droite jusqu'au bas de la cuisse. Les valets eurent un mouvement de recul, stupéfiés par ce qu'ils voyaient. La lésion dessinait, comme au fer rouge, la forme nette d'une épée.

Nimue ouvrit l'emballage de toile et agrippa la poignée en cuir bouilli d'une épée très ancienne. Sa lame était large, noircie et entaillée par ce qui avait dû être des siècles de combat. L'adolescente brandit l'arme mystérieuse vers le ciel et eut un coup au cœur en voyant un loup monter sur la dalle de pierre. D'un geste vif, elle sépara l'animal de sa tête. Le corps décapité du loup atterrit par terre, au milieu de ses congénères qui s'écartèrent d'un bond.

Nimue contempla l'épée entre ses mains. Elle irradiait d'une froide lumière et paraissait légère comme une plume. Les Doigts d'Airimid se dessinèrent sur la joue de la jeune fille, établissant une connexion entre l'épée et les Invisibles. Un autre loup se hissa sur la roche plate et Nimue lui fendit le crâne jusqu'au museau, mais sa lame s'enfonça de cinq bons centimètres dans la pierre. Elle tirait dessus de toutes ses forces pour la dégager lorsqu'un troisième monstre la mordit au coude et l'entraîna jusqu'au bord, la faisant dégringoler de la dalle.

Nimue se retourna dans sa chute et atterrit sur le dos. Les yeux révulsés par la douleur, elle parvint à se remettre sur le ventre, mais un loup planta ses crocs dans l'ourlet de sa jupe. Nimue déchira le tissu et se jeta vers son épée, qui gisait dans l'herbe à deux ou trois mètres. Elle l'agrippa à la seconde où un autre animal lui sautait à la gorge. Nimue lui planta la lame en pleine épaule et il roula à terre en glapissant, incapable de se remettre sur ses pattes. La jeune fille sentit le sang de la bête sur ses lèvres tout en vacillant sur ses jambes. Deux gros loups aux poils hérissés hurlaient encore dans sa direction, essayant de la mordre.

– Allez, venez ! leur mugit-elle, électrisée par la puissance nouvelle qui palpitait en elle.

L'une des bêtes visa ses chevilles. Elle lui transperça le dos et ressortit sa lame en un éclair pour l'enfoncer dans le cou du dernier loup de la meute.

C'était terminé. Nimue se tenait debout, pantelante, les pieds dans une mare de sang. Elle reprit son souffle et hurla, seule au milieu des cadavres de bêtes.

La jeune fille repartit en titubant à travers la prairie, laissant derrière elle une traînée d'empreintes gorgées de sang de loup. Elle passait devant la pierre de lune où sa mère lui avait appris ses leçons lorsqu'un grondement résonna à ses oreilles : des Paladins

L'adolescente brandit l'arme mystérieuse vers le ciel et eut un coup au cœur en voyant un loup monter sur la dalle de pierre.

Rouges étaient à l'approche. Certains à cheval. D'autres à pied. Elle courut se réfugier dans le labyrinthe d'épines, où adoraient se cacher les enfants du village.

Quelques minutes plus tard, les moines l'encerclaient. Elle vit passer leurs crânes chauves juste au-dessus des buissons, à l'intersection entre le labyrinthe et la clairière. Ils arrivaient lentement, par tous les côtés. Elle en compta sept. La pointe de son épée pendait vers le sol. Ses bras lui faisaient mal. Elle tomba à genoux, les yeux rivés sur les pieds sales des moines chaussés de sandales. «Je ne veux pas continuer seule, se dit-elle. C'est mieux ainsi.»

Mais sa résignation fut chassée par un souvenir d'enfance. Celui du son de la voix de sa mère, le jour de sa rencontre avec le démon qui lui avait infligé ses cicatrices : *Convoque les Invisibles, Nimue.* La calme assurance qui émanait de ces paroles lui fit l'effet d'un torrent d'eau fraîche et la jeune fille sentit ses pensées régénérées. Dans cette clarté soudaine, elle en appela à la terre sous ses ongles, aux corbeaux qui décrivaient des cercles au-dessus d'elle, au vent qui soufflait dans le feuillage des arbres. Elle convoqua le ruisseau, souillé du sang d'innocents, et les fourmis qui rongeaient le tronc mort du Vieillard – l'arbre le plus ancien de la clairière. Un frisson parcourut les buissons d'épines comme si une main invisible venait de les effleurer. L'appel des Invisibles résonnait au creux de son ventre. L'épée palpitait entre ses doigts. Les deux forces semblaient connectées, comme si l'arme guidait le pouvoir des Invisibles à travers sa main.

Le paladin le plus proche, qui avançait déjà sa lame vers sa tête, trébucha soudain contre une branche. Un autre tenta de dégager sa tunique, prise entre les ronces, et un troisième vit une grosse racine jaillir de terre pour lui barrer le chemin.

Revigorée, Nimue se concentra pour ouvrir d'autres connexions. Le bourdonnement des Invisibles était si intense qu'il lui donnait la chair de poule. Peu à peu, des ronces et des branches s'enroulèrent autour des bras, des jambes et des épaules de ses assaillants. Le dédale de ronces était en train d'engloutir les Paladins Rouges, qui glapissaient de peur et d'affolement. Nimue, elle, se délectait de cette douce musique qui lui redonna de la force. Elle se dressa de toute sa hauteur face aux paladins captifs et terrifiés. Plongeant son regard dans leurs yeux exorbités, elle leur sourit à travers ses larmes. Elle revit en pensée sa mère se jeter sur le paladin du Temple Creux afin qu'elle ait la vie sauve. Elle pensa à Biette, à Pym et à Écureuil. Ses doigts se crispèrent autour de la poignée en cuir de l'épée. La jeune fille voulait savourer ce moment. Elle brandit son arme le plus haut possible avant de l'abattre comme une hache à couper le bois. Des giclées écarlates éclaboussèrent les buissons tout autour. Mais elle continua.

Sa lame frappa. Sans relâche. Encore. Et encore.

Les paladins agonisaient dans leur longue robe rouge maculée de sang. Une lueur vengeresse brillait dans les yeux de Nimue à mesure qu'elle massacrait la chair ennemie, laissant libre cours à sa fureur, sa douleur et son chagrin.

CHAPITRE 9

Du bout de sa botte, le père Carden tapota la tête tranchée d'un loup. Avant d'apercevoir les empreintes de pas ensanglantées sur le sol. Le Moine Larmoyant se tenait, silencieux, à son côté. Un Paladin Rouge les avait guidés à travers la prairie jusqu'au labyrinthe d'épines, où il leur avait fallu une heure de débroussaillage à coups de hache pour atteindre les corps mutilés de leurs compagnons.

Carden s'engagea dans le sentier fraîchement dégagé, le Moine Larmoyant à sa suite, pour aller voir les cadavres de ses propres yeux. Les hommes n'étaient plus que des amas de viande méconnaissables, prisonniers de l'étreinte végétale du labyrinthe.

– Quelle abomination, murmura Carden.

Il écarta une capuche trempée de sang. La victime avait les traits déformés par l'horreur. Carden secoua la tête et remit le linceul en

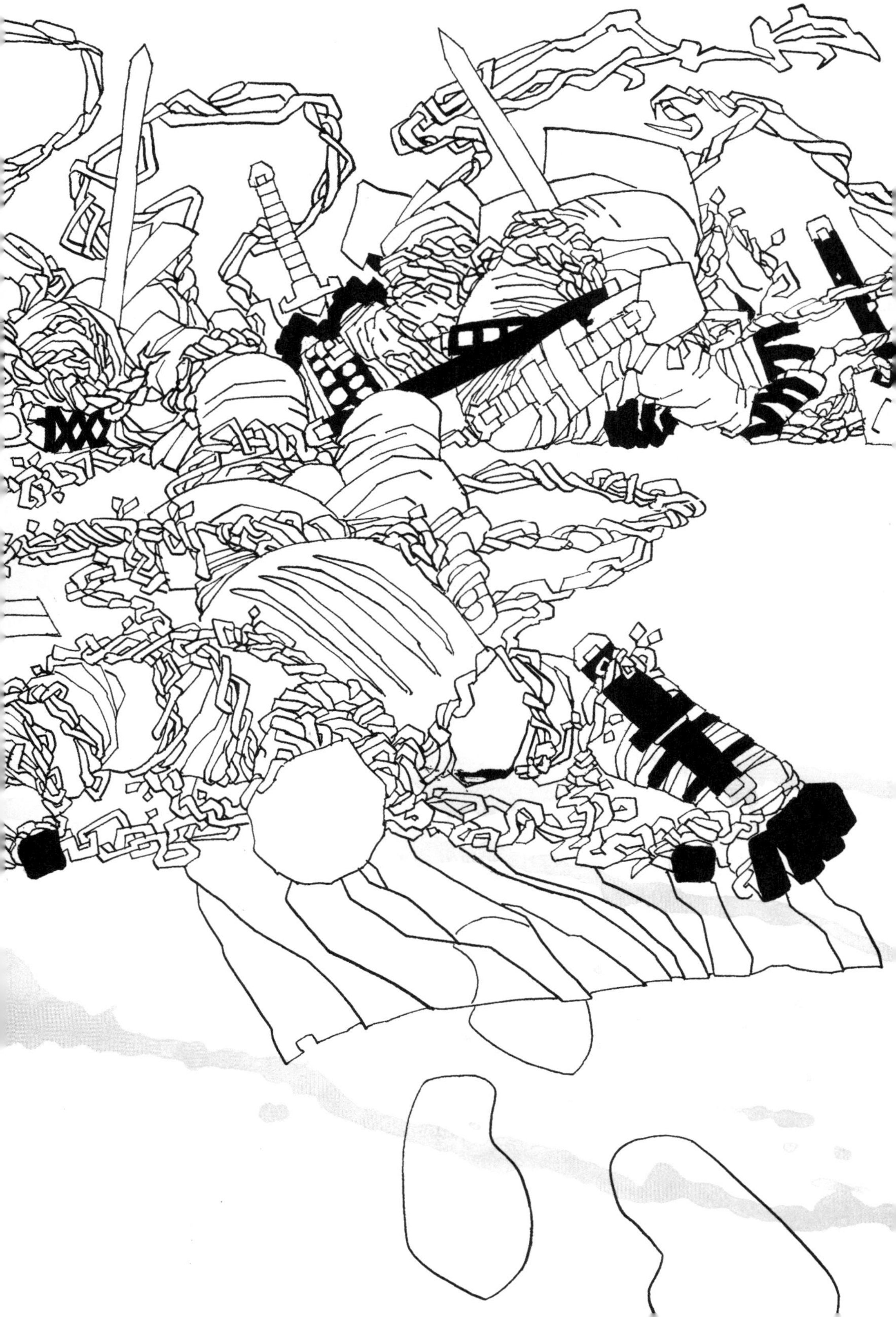

place. Pour la seconde fois, il remarqua les petites empreintes au cœur de la scène du carnage.

– Un enfant aurait-il accompli tout cela ?

Le Moine Larmoyant s'agenouilla devant un autre cadavre.

– Simon a vu une gamine quitter le Temple Creux en emportant quelque chose, dit-il en effleurant ce qui ressemblait fort à une brûlure sur le bras du paladin mort.

Carden le rejoignit et examina la lésion.

– Regardez. La peau n'est pas calcinée de l'extérieur. Notre frère a été brûlé de l'intérieur. Nous avons affaire à un mal puissant.

La brûlure dessinait une forme bien particulière, sorte de branche à trois rameaux.

– La Dent du Diable, marmonna Carden. C'est sa marque.

Le Moine Larmoyant leva les yeux vers lui.

Carden dévoila le visage d'un autre paladin mort. Sa gorge portait la même marque. Un autre l'avait sur la joue.

Le religieux se releva, sous le choc.

– Nous avons laissé l'arme ancestrale de notre ennemi nous échapper. L'épée du pouvoir est sortie de son silence, et elle est entre les mains de l'un des enfants du diable… Une simple fille capable à elle seule d'accomplir ceci, dit-il en écartant les mains. De pervertir les créations de Dieu, de créer des monstres à partir de l'air et de la terre. Cette enfant doit être purifiée à tout prix. Le grand combat a commencé.

Il se pencha à l'oreille du Moine Larmoyant.

– Trouve l'épée, murmura-t-il. Et retrouve la fille.

Couchée au creux d'un talus sur un tapis de feuilles mortes, Nimue pensait à Écureuil. Le soleil de midi brillait fort mais répandait peu de chaleur. La jeune fille avait rejoint leur cachette favorite, dans le tronc creux du grand frêne, mais le jeune garçon n'y était pas. En revanche, elle avait trouvé six villageois dans le champ d'à côté. Morts et livrés aux chiens.

Une pluie glacée se mit à tomber. Le froid lui transperçait les os. Ses jambes lui faisaient mal d'avoir tant couru – elle avait perdu le compte des kilomètres. L'épée était la seule possession qui lui restait au monde.

Pourquoi sa mère l'avait-elle cachée ?

Si cette arme ancestrale était importante au point de mériter le sacrifice de sa vie, pourquoi Lénore n'en avait-elle jamais parlé à sa fille ?

Et ce Merlin, était-il l'Enchanteur des contes pour enfants ? Existait-il vraiment ? Comment cela était-il possible ?

« Peu importe », songea l'adolescente. Elle ne survivrait pas une nuit de plus. Traquée, sans le moindre refuge, sans eau et sans nourriture, elle n'avait que de maigres chances de s'en sortir. La forêt regorgeait de loups et de voleurs. La ville la plus proche grouillait d'espions envoyés par le père Carden. Elle ne connaissait personne en dehors de son clan, qui venait de se faire massacrer sous ses yeux. Elle était seule.

Nimue regarda à nouveau l'épée. Les runes gravées dans le pommeau étaient incrustées d'argent. Cela devait bien valoir quelque chose... Au moins de quoi s'offrir une traversée tranquille jusqu'à l'autre côté de la mer, non ? Sa mère ne souhaiterait-elle pas qu'elle survive à tout prix ? Nimue retourna l'épée dans sa main. Si légère. C'était incroyable.

« Ma mère a donné sa vie pour cette épée. »

Et elle s'apprêtait à honorer son sacrifice en revendant l'épée pour quelques pièces. Mais avait-elle le choix ? C'était une meurtrière, coupable du massacre de sept Paladins Rouges. Ce crime lui vaudrait la pendaison. Ou pire encore. Et elle avait eu recours aux

Invisibles pour l'aider dans sa tâche. On la condamnerait comme sorcière.

Nimue versa des larmes qui se perdirent dans la rosée. Elle n'avait eu le temps de rien. Pym. Crépuscule. Sa mère. Tout était arrivé si vite. Elle sentit le désespoir l'envahir, la submerger presque. Mais au moment où elle crut sombrer pour de bon, un nom lui revint en mémoire.

« Arthur. »

Nimue réfléchit un moment. Puis elle approcha l'épée de sa chevelure et trancha ses cheveux blonds par poignées qu'elle laissa tomber sur le sol. Il lui faudrait une pèlerine à large capuche. Elle ne pouvait franchir l'enceinte de Pont-les-Faucons avec sa jupe en haillons et une épée précieuse en travers du dos.

Moins d'une heure plus tard, accroupie à l'orée d'un champ de blé, Nimue avançait furtivement en direction d'une corde à linge sur laquelle une famille de paysans avait suspendu ses vêtements : chaussettes de laine, tuniques et chemises. Elle tira d'un geste sec sur la cape et le pantalon du fermier avant de repartir en courant dans le champ, le dos voûté pour ne pas se faire repérer.

À la tombée du jour, Nimue déchira des morceaux de sa jupe pour se confectionner une ceinture qui retiendrait le pantalon. La cape, beaucoup trop large, dissimulait l'épée dans son dos, même si celle-ci faisait pratiquement sa taille. Elle devait absolument gagner Pont-les-Faucons avant le coucher du soleil : elle n'était pas certaine de survivre seule dans la nuit.

Ses pieds étaient lourds comme des enclumes. Ses bras pareils à deux poids morts. La faim lui tordait le ventre. Arrivée aux abords de la ville, elle constata avec inquiétude qu'il y avait très peu de circulation aux portes. Pire encore : un Paladin Rouge était en pleine discussion avec les gardes.

Un sifflotement résonna derrière elle – un son vaguement familier. Nimue se retourna et vit arriver le dentiste itinérant qu'elle avait déjà croisé à l'aube, le matin même, assis sur le siège de sa carriole.

L'homme était chauve avec de longs favoris châtains. Sa moustache, qui s'enroulait vers le bas de ses joues, lui donnait une mine de chien battu. Son sarrau était maculé du sang de ses patients, et ses yeux rougis et cernés paraissaient cette fois l'être davantage en raison de la fatigue que de la bière. Il semblait avoir achevé plus tôt sa tournée des fermes locales et regagner son domicile en ville.

Sans vraiment réfléchir, Nimue s'avança vers lui. Le dentiste fronça les sourcils et tira sur les rênes de son cheval.

– Tout va bien, mademoiselle ?

Avec ses cheveux taillés et ses vêtements trop grands, Nimue était méconnaissable. Elle s'attrapa la joue en grimaçant.

– C'est ma dent, m'sieur.

– Ah ? Hélas, j'ai terminé ma journée. Dis-moi où tu habites, et je tâcherai de passer te voir après-demain entre deux visites.

– Mais c'est beaucoup trop long ! Je vous en prie...

– Je ne peux pas faire mieux, ma petite demoiselle.

Nimue sentit des larmes de désespoir lui monter dans les yeux.

– Mais la douleur est insupportable, je ne peux même pas faire mes corvées et ma mère me bat quand je ne l'aide pas.

Le dentiste l'observa. Il n'était pas du genre à se laisser attendrir.

– Tu as de l'argent ?

– Mon frère peut vous payer. Il est en ville, avec ses amis, en train de festoyer à la taverne de l'Aile du Corbeau. Je suis sûre qu'il vous paiera une chope d'hydromel pour vous remercier d'avoir eu pitié de moi. (Nimue tressaillit et frotta sa mâchoire.) C'est une torture, m'sieur.

Avec ce geste, elle fit apparaître son poignet hors de sa cape, et le dentiste aperçut les breloques de son bracelet. C'est alors qu'il la reconnut.

– Je t'ai vue au petit matin, dit-il. Avec ton amie.

Nimue se figea. Elle avait l'impression de voir les rouages tourner dans le cerveau du dentiste. Ce dernier jeta un coup d'œil aux portes de la ville. Il ne restait plus qu'une charrette entre eux et le Paladin Rouge à l'entrée. Au bout d'un instant, le garde finit par lui faire signe de passer et se dirigea vers la carriole du dentiste.

– Nom et occupation, lança-t-il d'un ton morne.

Le praticien se tourna vers Nimue.

– Je vous en prie, m'sieur, murmura-t-elle.

La peur, la pitié et la culpabilité se succédèrent dans les yeux chassieux du dentiste. Il observa le garde, incapable de parler, tandis que le Paladin Rouge s'avançait vers eux.

– Alors ? insista le garde, agacé.

– Les… les dents, bafouilla-t-il. (Nimue vit que ses mains tremblaient.) Je… je... rentre de ma tournée, ajouta-t-il.

– Et elle ? fit le garde en toisant Nimue de la tête aux pieds.

Le dentiste humecta ses lèvres sèches.

– Elle ? C'est, hum… (Une étincelle de courage dut s'allumer quelque part, tout au fond de lui.) C'est ma patiente.

Nimue laissa échapper un discret soupir de soulagement. Elle grimpa sur sa carriole.

– Une de mes habituées, précisa le dentiste.

– Montre ton visage, lui ordonna le Paladin Rouge.

Nimue obéit et abaissa sa capuche, les yeux rivés sur les bottes boueuses du dentiste.

– D'où viens-tu ? demanda le paladin.

La jeune fille s'efforça de garder une voix calme et normale.

– Je suis née à Pont-les-Faucons, messire. Ma mère, hum… est lavandière pour le seigneur du donjon, et je lui rapporte de la poudre de lessive du monastère. Enfin… quand j'ai pas mal à ma dent.

– Laquelle ?

L'adolescente hésita avant de tapoter le coin droit de sa mâchoire inférieure.

– Hum… celle-ci, messire.

L'homme se tourna vers le dentiste.

– Elle souffre. Qu'est-ce que vous attendez ? Arrachez-lui sa dent.

Le dentiste se pencha en tendant l'oreille.

– Pardon ?

– Sa dent. Arrachez-la. Immédiatement.

Le praticien secoua la tête, hébété.

– Mais, je… hum, je ne…

Il se tourna vers Nimue, l'air interrogateur. La jeune fille sentit ses oreilles bourdonner et lutta contre la panique qui lui disait de fuir. Il n'y avait qu'une seule issue. Elle ferma les yeux et acquiesça.

Le garde grimaça de dégoût.

– Vous voulez vraiment qu'il fasse ça ici ?

– Tais-toi, imbécile, lui répondit sèchement le paladin. Un problème ? demanda-t-il au dentiste.

– N-n-non, pas du tout.

Hébétée, Nimue le regarda sortir une paire de tenailles ensanglantées de sa sacoche en cuir élimé. Elle risqua un coup d'œil en direction du Paladin Rouge. Il la foudroya du regard. Elle baissa aussitôt la tête.

– Eh bien… voyons ce que nous avons là, fit le dentiste en ouvrant presque de force la mâchoire de Nimue. Pardon, lui murmura-t-il. Ah, j'ai trouvé la coupable ! déclara-t-il tout haut en désignant l'une de ses molaires.

Nimue s'imagina qu'elle pataugeait dans le ruisseau près de la statue brisée de la Forêt de Fer. Elle pensa à la sensation de l'eau fraîche sur ses jambes pendant que les tenailles se refermaient sur sa dent saine. La première tentative arracha plusieurs racines et un cri de douleur rauque s'échappa de sa gorge. Le dentiste avait la main ferme, et il travaillait vite. Il tourna un coup vers la gauche, puis un coup vers la droite. D'instinct, Nimue tenta de reculer sa tête mais les tenailles l'empêchaient de bouger. De très loin, elle entendit le praticien déclarer :

– Vous serez bientôt soulagée, mademoiselle.

Nimue sentit le goût du sang dans sa bouche. Les tenailles venaient d'accomplir leur mission, la dent était délogée. On lui enfonça un morceau de tissu dans la bouche. Elle rouvrit les yeux. Sa vision brumeuse lui révéla l'image du garde révulsé et du Paladin Rouge, un sourire satisfait au coin des lèvres. Le dentiste posa sa main sur sa nuque et se pencha vers elle.

– C'est fini, mon enfant.

Le garde retrouva son autorité et leur fit signe de dégager.

– Bon, ça suffit comme ça. Circulez.

Le dentiste fit repartir son cheval en regardant droit devant lui pendant que Nimue gémissait, le chiffon dans la bouche, les joues palpitantes de douleur. Le Paladin Rouge la dévisagea au passage, comme s'il la mettait du défi de soutenir son regard, mais elle ne tomba pas dans le piège et laissa juste échapper un soupir une fois la porte franchie.

CHAPITRE 10

Nimue sauta à bas de la carriole et s'enfonça précipitamment dans la foule.

Elle n'avait plus beaucoup de temps. Si elle ne retrouvait pas Arthur, elle risquait de se retrouver coincée dans l'enceinte de Pont-les-Faucons avec des Paladins Rouges partout, aussi bien à l'intérieur de la ville qu'à ses abords.

Les magasins fermaient déjà à l'approche du soir, mais L'Aile du Corbeau ne désemplissait pas. Nimue se fraya un passage entre deux fermiers qui attendaient de pouvoir entrer et joua des coudes dans la taverne. Elle grimpa sur une chaise, son chiffon ensanglanté toujours dans la bouche, et promena son regard à travers la salle. Son espoir l'abandonna peu à peu. Le coin où Bohort avait triché aux dés était occupé par une bande de jeunes ferronniers couverts de suie.

– Hé, toi, descends de là ! cria quelqu'un à Nimue en tirant sur sa cape.

Un autre client la poussa. Nimue finit par redescendre. Petite comme elle l'était, un mur d'épaules l'entourait. Elle n'avait nulle part ailleurs où aller. Elle n'avait que l'épée. Les ferronniers pourraient peut-être la faire fondre pour en tirer des pièces d'argent ? À moins que la banque n'accepte de la lui échanger ?

Dehors, les premières étoiles apparaissaient au-dessus de la grand-place. Des soldats commençaient déjà à allumer les torches. Nimue hésitait à se rendre chez le forgeron pour faire estimer son épée ; elle risquait de s'exposer à un flot de questions auxquelles il lui serait bien difficile de répondre. De ses yeux las, elle scruta les pas de porte en quête d'un endroit où dormir quelques heures avant que la patrouille de nuit ne la jette dehors.

Une cloche se mit alors à sonner et un crieur public accourut sur la place, flanqué de deux Paladins Rouges. Un attroupement se forma autour de lui.

– Oyez, oyez ! s'égosilla-t-il. Par ordre du Vatican, pour châtiment de ses crimes indignes, parmi lesquels l'infanticide, le cannibalisme et le massacre des serviteurs de Dieu avec la complicité des esprits démoniaques...

Nimue rasa les murs pour aller se cacher.

– ... sont promises trente pièces d'or pour la capture ou la mort de la meurtrière Faë connue sous le nom de Sorcière Sang-de-Loup ! Tous ceux et celles qui l'aident ou la cachent sont des hérétiques passibles de la torture et du bûcher dans le respect des lois de l'Église !

Nimue rabattit sa capuche sur sa tête et partit en courant dans la direction opposée au crieur, percutant sans le vouloir l'arrière-train d'un cheval gris. L'animal leva sa jambe arrière pour lui décocher un coup de sabot, et son cavalier se retourna d'un air irrité. C'était Bohort.

– Fais attention, crétin !

Il ne vit pas le visage de Nimue sous sa capuche, et elle se hâta de remonter la file des mercenaires jusqu'à Égypte, le destrier noir d'Arthur. Arrivée à sa hauteur, elle lui tapota la main et il baissa les yeux. Elle ôta sa capuche.

– Nimue ?

Entre soulagement et épuisement, elle ne trouva même pas la force de lui répondre. Ses jambes lui parurent soudain très molles, et Arthur bondit de sa selle juste à temps pour la rattraper avant qu'elle s'effondre. Il jeta un coup d'œil à ses camarades et entraîna la jeune fille à l'écart. Ils s'isolèrent à la lueur vacillante d'une torche.

– Je..., commença Nimue avant d'éclater en sanglots.

– Que se passe-t-il ?

– Ils sont tous... tous...

Elle ne parvint pas à articuler autre chose, furieuse de ne pouvoir contenir ses larmes.

– Qui ça ? De qui est-ce que tu parles ?

– De tout le monde ! lâcha-t-elle en un cri de rage terrifié.

Elle agrippa le bras d'Arthur, de peur qu'il s'en aille. Au même moment, une ombre passa au-dessus d'eux et Bohort retourna Nimue vers lui. Il la dévisagea en essayant de se souvenir d'où il la connaissait mais, heureusement pour la jeune fille, ses cheveux courts la transformaient. L'homme haussa les épaules.

Nimue n'avait pas le choix. Elle essuya rapidement ses larmes et changea de stratégie.

– J'ai besoin de vos services. Je vous paierai.

Bohort écarquilla les yeux.

– C'est toi, la sorcière !

– Je vous paierai, répéta la jeune fille. Pour m'aider à trouver Merlin. J'ai un message à lui transmettre.

Le regard d'Arthur allait de Nimue à Bohort. Il ne comprenait rien à ce qu'elle racontait. Nimue non plus, d'ailleurs.

– Merlin ? ricana Bohort. Et en plus, elle connaît Merlin, Arthur ! T'es une drôle de p'tite donzelle, toi. Et je parie que tu possèdes rien, même pas un pot pour pisser dedans !

– Au contraire. J'ai en ma possession un objet de grande valeur que je dois apporter à Merlin. Si vous m'aidez, je vous récompenserai d'une jolie somme.

Nimue jeta un coup d'œil en direction de la grand-place. Les Paladins Rouges ne devaient plus être très loin.

Bohort l'empoigna par l'encolure de sa cape.

– Tu as déjà une dette envers moi, sorcière ! (En se rapprochant d'elle, il sentit l'objet caché dans son dos.) Tiens, qu'est-ce que c'est ? dit-il en s'emparant de l'arme emmaillotée.

– Juste une épée, répondit l'adolescente.

– Voyons voir.

Nimue la lui prit des mains.

– Je vais vous montrer, dit-elle en la déballant.

Les caractères runiques du pommeau étincelèrent à la lueur de la torche.

Bohort se frotta la bouche avec gourmandise.

– Donne-moi ça.

Mais Nimue rangea l'arme sous sa cape.

– Non, ça suffit.

– Où est ton amie Pym ? voulut savoir Arthur.

– Morte, je le crains.

– Morte ? répéta Arthur en se passant nerveusement la main dans les cheveux.

Nimue n'avait pas le temps de se répandre en explications.

– Je dois apporter cette épée à Merlin. Il vous donnera encore plus d'or que vous ne pouvez l'imaginer. Mais nous devons nous hâter.

– Si je prenais plutôt l'épée et qu'on se séparait en bons amis, hein ?

Bohort l'empoigna de nouveau par le col, mais elle le repoussa.

– Ne recommence jamais ça.

– Bohort…

Arthur voulut s'interposer, mais le chef des mercenaires lui pointa son index en pleine figure.

– Tiens ton rang, mon garçon. Je te trouve bien serviable avec cette donzelle. (Il se retourna vers Nimue.) Allons, ma belle. Donne-moi cette épée et hors de ma vue.

– Non.

La jeune fille sentit les cicatrices de son dos frotter contre le mur en brique de la boulangerie. Bohort fit un pas vers elle.

– Autre suggestion : je prends l'épée moi-même, et je te traîne par les chevilles jusqu'aux Paladins Rouges. À toi de choisir.

– Écoute, je peux…, intervint à nouveau Arthur.

Cette fois, Bohort lui assena une gifle.

– Toi, remonte sur ton cheval ! Et mêle-toi de tes affaires !

Arthur repartit vers Égypte en se frottant la joue. Le cheval souffla et se cabra.

– Allons, donne-moi ça, ma jolie, insista Bohort en tendant sa grosse main vers elle.

Nimue rejeta sa cape sur son épaule gauche. De sa main droite, elle dénoua le lien qui retenait l'épée. Elle récupéra la lame à la pliure de son coude et fit glisser sa main par-dessus la garde.

Une lueur passa dans les prunelles de Bohort.

– Bien, gentille fille.

Les Doigts d'Airimid s'enroulèrent sur sa joue, et les vibrations dans son ventre enflèrent en un grésillement qui lui parcourut les veines. Nimue resserra les doigts autour du manche et, d'un geste rapide comme l'éclair, trancha la main de Bohort qui atterrit une dizaine de mètres plus loin, sur la grand-place. L'homme hurla de douleur en regardant fixement son poignet mutilé

– Recommence, et je te coupe l'autre !

La sauvagerie s'était emparée d'elle. Nimue se sentait immense, capable d'écraser Bohort et ses cris sous la semelle de sa botte. L'épée lui apparaissait comme le prolongement de son bras. Si légère, si naturelle. La puissance irradiait en elle, répandant sa chaleur depuis son corps jusqu'au bout de sa lame. Elle ne pouvait s'empêcher de sourire.

– Tuez-moi cette sorcière ! hurla soudain Bohort en étreignant sa plaie sanguinolente.

Nimue reprit ses esprits, tous ses sens parfaitement aiguisés. Elle détala en direction de la place, bouscula Arthur et grimpa sur le dos d'Égypte avant de lui tendre la main.

– Viens !

– Arthur ! tonnait le chef des mercenaires. Je te pendrai par les tripes !

Le jeune homme sauta en selle derrière Nimue, qui enfonça ses talons dans les flancs noirs de la jument pour la lancer au galop.

Les gens fuyaient, épouvantés par ce qui venait de se passer. Des soldats accouraient depuis la porte orientale. Les compagnons de Bohort étaient déjà à la poursuite de Nimue et Arthur.

– On va où comme ça ? hurla ce dernier.

– J'en sais rien !

– Donne-moi les rênes, bon sang !

Arthur tendit les bras par-dessus l'épaule de Nimue et fit faire demi-tour à Égypte.

– Mais qu'est-ce que tu fais ?

– La porte occidentale ! Il y a moins de gardes !

Un Paladin Rouge accourut vers eux, son épée à la main, mais Arthur le repoussa d'un vigoureux coup de pied sous le menton. L'homme atterrit dans la rigole d'écoulement des égouts tandis qu'Égypte s'engouffrait au galop dans une venelle. Arthur négocia

une série de virages compliqués pour semer leurs ennemis, et ils débouchèrent sur une place tranquille dominée par la cathédrale en construction. Au loin, une cloche sonna.

– Oh non, ils ferment déjà les portes...

Arthur tourna dans une avenue menant aux remparts. Les torches projetaient les ombres de leurs poursuivants le long des façades. Les mercenaires galopaient à leurs trousses en une masse enragée. Il restait encore une cinquantaine de mètres avant d'atteindre la porte occidentale que les soldats s'activaient déjà à refermer.

Arthur éperonna Égypte de toutes ses forces.

– Allez ! s'époumona-t-il. Fonce !

Nimue s'aplatit contre la selle. Ils fendirent l'air en direction de la herse, qui s'abaissait lentement. Arthur, penché en avant, enroula ses bras autour de l'encolure d'Égypte. Ils franchirent la sortie juste à temps. Les pointes métalliques de la herse leur griffèrent le dos et déchirèrent leurs capes au passage mais, quelques secondes plus tard, les murs de la ville étaient derrière eux.

Ils s'éloignèrent sur la route, baignés uniquement par le scintillement des étoiles.

CHAPITRE 11

Des rivières de sang inondaient les abords du château Pendragon. Une armée de domestiques équipés de brosses et de seaux s'échinait à lessiver les murs de la cour pour y ôter toute trace de la pluie maudite. Plusieurs marmonnaient des prières de protection tout en travaillant. La rumeur du funeste présage et des menaces qui pesaient sur le roi commençait déjà à se répandre.

Et nul ne la redoutait davantage qu'Uther lui-même, qui traversait le château au pas de course, revêtu de son armure de combat. Il savait que la pluie de sang était un avertissement. Il s'était donc entouré de soldats en armes accompagnés de son fidèle sir Béric.

– Merlin ! mugissait-il. Par les neuf cercles de l'enfer, où diable est-il passé ?

Béric trottinait pour le suivre.

– Nous l'ignorons, Sire. Nous avons cherché partout. Nous avons frappé à sa porte, mais il ne répond pas...

– Alors défoncez-la !

Uther emmena le contingent de soldats jusque dans la vaste cour intérieure du château et se dirigea vers la masure de Merlin. Son gantelet métallique cogna la porte.

– Maudit sois-tu, Merlin ! Entends-tu ?

Le mage entendait, en effet.

Il grelottait sous ses draps trempés de sueur et collant à sa peau brûlée. Pour atténuer ses souffrances, il avala une rasade de vin en agrippant fébrilement sa gourde de peau.

– Merlin !

La modeste chaumière trembla sous la violence des coups de poing royaux à la porte.

L'Enchanteur finit par se lever en grimaçant. Il tituba vers la porte, qu'il entrouvrit à peine, et se retrouva nez à nez avec Uther.

– Votre Majesté.

Le roi fronça les narines.

– Grands dieux, es-tu saoul ?

– J'ai la situation sous contrôle, Sire. Tout va pour le mieux. J'ai juste besoin d'un peu de temps pour... étudier le présage, répondit Merlin d'une voix pâteuse.

– Étudier le présage ? Il pleut du sang sur notre château ! En quoi est-ce mystérieux ?

– Je vous livrerai mon rapport complet dès que possible, Votre Majesté. Ne tirons pas de conclusions trop hâtives.

Et sur ces mots, il lui claqua le battant au nez.

Le roi vira au pourpre.

– Défoncez-moi cette porte et amenez-le-moi !

Deux soldats s'exécutèrent. Le bois commença à se fendre sous leurs coups d'épaule.

– Le chevalet le fera peut-être dégriser plus vite, grommela Uther.

Sir Béric se mordit les lèvres.

– Est-ce vraiment judicieux, Sire ? Merlin est une créature imprévisible, certes… mais c'est la nôtre. Souhaitons-nous réellement nous mettre d'autres forces obscures à dos ?

Un craquement sonore retentit. Les soldats entrèrent, Uther sur leurs talons, pour découvrir une maison vide. Les volets de la fenêtre de derrière étaient grands ouverts.

Merlin avait pris la fuite.

Arthur rattrapa Nimue par le bras juste avant qu'elle glisse de la selle. Elle le repoussa d'un geste.

– Tu t'étais endormie, dit-il.

– Pas du tout, marmonna-t-elle en se redressant et en s'agrippant à la tunique d'Arthur.

Quelques minutes plus tard, elle piquait à nouveau du nez et s'affalait mollement contre son dos.

Arthur lui envoya un coup de coude.

– Laissez-moi tranquille, grommela-t-elle.

– Tu recommences…

– Je suis parfaitement réveillée.

– La prochaine fois, je te laisse tomber et je poursuis ma route sans toi.

Le fait que Nimue ne trouve même pas la force de répliquer prouvait bien qu'elle était à bout de forces. Bientôt, il leur faudrait s'arrêter pour la nuit. Ils se traînaient à une allure d'escargot. Durant des heures, ils avaient chevauché vers le sud, en direction des montagnes et des pics du Trident, s'enfonçant dans le territoire des Paladins Rouges au lieu de le fuir. Égypte continuerait d'avancer jusqu'à ce qu'elle s'écroule, mais Arthur sentait son épuisement. La jument avait de l'écume aux babines. Le terrain deviendrait de plus en plus accidenté, les routes de moins en moins sûres. Dans la pénombre silencieuse et bleutée, Arthur prit peu à peu conscience de l'énormité des événements de la soirée.

« Et si je l'abandonnais quelque part ? » se dit-il.

« Par les neuf cercles de l'enfer... qui est donc cette fille ? »

« Qu'est-ce que je vais pouvoir faire d'elle ? »

Le couvent d'Yvoire aurait peut-être accepté de la recueillir si elle n'avait pas été une Faë recherchée par les Paladins Rouges.

« Et elle a tranché la main de Bohort, en prime ! »

Arthur n'était pas étranger aux chasseurs de primes, aux guerres des gangs et aux vendettas. Il parvenait généralement à éviter les ennuis. Mais, cette fois, c'était différent. Ses pensées s'entrechoquaient dans sa tête. Qu'allait faire Bohort ? Il n'y avait que deux scénarios possibles. S'il avait continué à les poursuivre, il les rattraperait dans l'heure. Bohort et ses hommes étaient d'excellents cavaliers, montés sur des chevaux en pleine forme. Égypte était une jument exceptionnelle, mais elle portait deux personnes sur son dos et ne s'était pas vraiment reposée depuis plus d'une journée. Leur seul espoir était que la blessure de Bohort nécessite l'intervention d'un chirurgien, ce qui le ralentirait d'au moins quelques heures. La coupure était nette. En une centaine de coups d'épée, Arthur n'était pas sûr d'avoir jamais infligé une blessure aussi propre. Si ça se trouvait, Bohort s'était vidé de son sang en pleine rue, mais Arthur n'osait pas trop y croire. Trysten était doué pour les bandages d'urgence, et le chef des mercenaires était un dur à cuire. Jamais il n'oublierait. Ni la trahison d'Arthur ni – pire encore – le fait que c'était une paysanne qui l'avait amputé d'une main. Cette histoire ferait hurler de rire dans toutes les tavernes jusqu'à la mer du Nord.

Arthur secoua la tête, dépité. Il aurait dû prendre la fuite seul. Les problèmes de cette fille ne le concernaient pas.

« La main de Bohort a volé à une dizaine de mètres. Je jetterais bien un œil à cette fameuse épée... »

Nimue s'affaissa de nouveau vers la gauche et Arthur tendit la main derrière pour la rattraper par sa cape. La jeune fille marmonna de vagues protestations en se redressant.

Une heure plus tard, un petit feu de camp luttait vaillamment contre la brume glacée. Arthur avait prudemment choisi de s'installer derrière un boqueteau qui les séparait de la route, et il priait pour que les flammes ne les fassent pas repérer. Nimue dormait contre un tronc d'arbre, recroquevillée comme une enfant, sa cape roulée sous sa tête. Arthur mordait dans un morceau de fromage sec tout en lorgnant l'épée du coin de l'œil. Il se leva sans un bruit, soucieux de ne surtout pas réveiller l'adolescente, et souleva le paquet d'étoffe effilochée au-dessus d'elle.

Il sortit l'épée pour l'admirer à la lueur des flammes. C'était une arme exceptionnelle, un vrai travail d'orfèvre, souple et agréable en main. La pointe de sa lame était lestée du parfait alliage de fer et d'acier pour infliger à coup sûr une blessure mortelle.

Mais un curieux phénomène se produisit : le manche de cuir bouilli se mit à vibrer au creux de sa paume. Arthur sentit son pouls s'accélérer. Lentement, il brandit l'arme en l'air et posa un genou à terre, comme pour contrer un assaillant imaginaire. Il pivota vivement et la lame fendit l'air en sifflant. Son attention fut attirée par les encoches qui émaillaient la lame noircie. Cette épée avait livré des batailles ancestrales. Les symboles runiques sur son pommeau, les incrustations d'argent : il n'avait jamais rien vu de pareil. Était-ce une épée royale ? Ou de cérémonie ? Elle ne semblait pas de facture allemande ou mongole. Ni romaine ni génoise. Aucune importance. Une telle arme imposerait le respect. Elle était d'une valeur inestimable.

Arthur coula un regard en direction de Nimue.

Cette épée lui permettrait de s'inviter à bord d'un navire de commerce et de gagner tranquillement les côtes lointaines. De négocier avec les chefs vikings, par la douceur ou par la force. Elle lui permettrait de s'acheter sa propre horde de mercenaires, des guerriers de talent, non de vulgaires soudards, et une audience à la cour des barons en récompense de son bon travail.

S'il le voulait, cette épée pourrait lui restituer son honneur.

Nimue s'étira. Elle se retourna vers Arthur et vit l'arme entre ses mains.

– Qu'est-ce que tu fabriques ?

– Rien, je...

– Rends-la-moi !

La jeune fille s'était levée d'un bond. Elle arracha l'épée des mains d'Arthur pour la glisser dans son fourreau et la repasser par-dessus son épaule. Ce geste eut pour effet d'écarter l'encolure de sa chemise, révélant une partie de son dos nu.

– Je voulais juste la regarder...

– C'est drôle comme « regarder » s'apparente à « voler », chez toi.

– Tu me traites de voleur ? Tu ne sais même pas reconnaître tes amis !

– Quels amis ?

– Ceux qui risquent leur vie pour sauver ta peau !

– Ma peau ou mon épée ?

Nimue alla se rasseoir au pied de l'arbre et entoura ses genoux de ses bras.

– Tu es blessée, fit Arthur en s'avançant vers elle.

Elle le foudroya du regard.

– Quoi ? Non, tu te trompes.

« Il voit les cicatrices. » Nimue sentit son visage s'empourprer en voyant que son épaule était dénudée. Elle s'empressa de tirer sur sa chemise pour dissimuler ses blessures.

– Ce n'est rien, insista-t-elle.

La douleur de sa molaire arrachée s'était réveillée, si violente qu'elle l'empêchait de réfléchir.

– Non, ce n'est pas rien. Tu es blessée.

– Je vais très bien.

Arthur se radoucit.

– Je peux essayer de te soigner. Il me reste du vin. Quelques bandages. Si ça s'infecte, tu es fichue.

Nimue garda le silence un long moment.

– Ce ne sont pas des blessures récentes, finit-elle par avouer. Elles en ont juste l'apparence.

– Comment ça ? fit Arthur en se rasseyant près du feu.

– Ce ne sont que les séquelles de plaies très anciennes.

– Qui ne cicatrisent jamais ?

Nimue confirma d'un signe de la tête.

– C'est impossible.

– Sauf si... (Elle hésita avant de poursuivre.) Sauf si elles sont le fruit de la magie noire.

Elle vit la gêne se peindre sur les traits d'Arthur, à son grand agacement.

– Parce que tu es... hum, tu es...

– Quoi ? Une sorcière ? l'interrompit-elle sèchement.

– Non, je... je n'en sais rien. Enfin, je ne pense pas...

– Ça non, tu ne penses pas beaucoup ! Ce mot, il signifie quoi, pour toi ?

– Laisse tomber.

– Je suis une Célestienne. Mon clan est né de la première lumière. Nos reines d'autrefois convoquaient la pluie et le soleil pour bénir nos récoltes pendant que tes ancêtres faisaient joujou avec des silex.

– Je me rends, fit Arthur, les mains levées en un geste d'abdication.

Nimue leva les yeux au ciel et se replongea dans sa bouderie. « Ce n'est qu'un Sang d'Homme ignorant », songea-t-elle. Mais sa honte était plus profonde. Elle serait toujours à la merci de ces maudites cicatrices. Marquée à vie dans sa chair, méprisée comme une paria. Même les membres de son clan avaient peur d'elle. Pourquoi Arthur réagirait-il différemment ? Elle le voyait dans ses yeux. « Il préférerait se débarrasser de moi. Je ne peux pas lui en vouloir. »

Le jeune homme remuait les braises du bout d'un bâton. Au bout d'un long silence, il finit par demander :

– Ça a l'air douloureux.

– Détrompe-toi, répondit Nimue. La plupart du temps, je ne sens rien du tout.

Leurs regards se croisèrent au-dessus des flammes.

– On dirait... des griffures.

Nimue acquiesça.

Le souvenir se ranima dans un coin de sa tête. Elle sentait encore l'odeur d'oignon de la chevelure de son père, couchée dans le lit entre ses deux parents. C'était pour elle l'endroit le plus doux et le plus réconfortant du monde... du moins, jusqu'à cette funeste nuit où tout avait commencé : les visions, les visites, les sortilèges et la terreur. La première fois que la voix sirupeuse et répugnante l'avait appelée dans un souffle. *Nimue.*

– J'avais cinq ans, dit-elle en regardant fixement les flammes.

Nimue, avait insisté la voix. Elle était sortie du lit de ses parents et avait franchi sans bruit la porte de leur hutte en bois.

– Il y a quelqu'un ? avait-elle lancé dans la nuit.

Le silence était total. Elle se souvenait du sol glacial sous ses pieds nus et de la vibration au creux de son ventre, comme une corde de violon. *Nimue,* l'appelait la voix, *viens, approche-toi !*

– Où êtes-vous ? avait-elle demandé.

La lune était si brillante, cette nuit-là, qu'elle éclairait un chemin à travers le village, un chemin qui passait devant la maison du chef et partait s'enfoncer dans la Forêt de Fer.

Contrairement à la plupart des enfants, Nimue n'avait pas peur de la forêt la nuit. Sa mère était l'archidruidesse du village et son père, Jonah, un guérisseur respecté. Ils lui avaient appris dès son plus jeune âge l'existence des Invisibles. Elle savait qu'ils étaient minuscules, cachés à l'intérieur des choses, comme la rosée sur les feuilles ou l'écorce d'un arbre. Et lorsqu'ils se montraient, ils étaient invisibles aux yeux du monde, à l'exception d'une poignée de privilégiés. Lénore connaissait des chants capables de les faire venir à la lumière, de même que des caresses légères provoquent parfois des étincelles sur le dos d'un chat. Nimue n'avait jamais eu la moindre raison de craindre les Invisibles. Personne ne lui avait dit que s'ils pouvaient la trouver et lui parler, il existait d'autres créatures, bien plus terribles et capables aussi de s'adresser à elle. À cinq ans, Nimue considérait les Invisibles comme ses amis – mais des amis qu'elle n'avait pas encore rencontrés. Raison pour laquelle cette voix l'intriguait tant. Elle semblait bienveillante. Elle voulait jouer.

En pénétrant dans la forêt, elle avait senti les aiguilles de pin lui piquer la plante des pieds. Le tremblement dans son ventre l'attirait délicatement vers la voix.

Où es-tu, Nimue ?

– J'arrive. Un peu de patience. Je ne vous trouve pas.

Elle cheminait le long du sentier éclairé par la lune jusqu'aux Antres, une formation rocheuse de dalles verticales et penchées luisant au clair de lune comme des pierres tombales. Même à son âge, elle savait qu'il était strictement interdit d'y aller.

– Pourquoi vous êtes là-dedans ?

Il y avait eu un silence.

J'ai besoin de ton aide, avait répondu doucement la voix.

Nimue avait escaladé les roches en veillant à ne pas écorcher ses pieds nus sur leurs arêtes pointues.

– Me voilà.

Je me cache.

Elle avait plongé son regard au fond d'une crevasse, entre deux énormes plaques de pierre. Un rayon de lune semblait toucher le sol, trois mètres plus bas. Elle avait toujours été bonne grimpeuse, et ses petits doigts trouvèrent des aspérités qui lui permirent de descendre sans trop de difficultés. Mais une fois en bas, elle s'était retrouvée plongée dans une obscurité si profonde que la lune la perçait à peine.

– Il y a quelqu'un ?

Je suis là, ma jolie, avait répondu la voix du fond des ténèbres. *Approche.*

La vibration dans son ventre était de plus en plus douloureuse à mesure qu'elle avançait. La chose l'avait attirée exprès jusqu'ici.

Tu as les yeux de ta mère, avait-elle murmuré.

Un chatoiement de fourrure sous le faible rayon de la lune avait trahi la présence d'une créature tapie dans le noir, comme la silhouette d'un ours sur ses quatre pattes. Sauf que c'était bien plus gros qu'un ours. Et que tout ce qu'elle avait jamais vu. Les épaules larges du monstre étaient comprimées contre les parois de la grotte. Ses griffes, plus longues que les bras de Nimue, se déplaçaient dans la lumière, et ses petits yeux malsains luisaient d'un éclat jaunâtre sur sa face mutilée. Ses bajoues sanguinolentes pendaient autour de ses mâchoires, et sur son long museau épais la chair était à vif par endroits.

Nimue avait appelé sa mère en hurlant par la pensée. L'Ours Démon s'avança dans le faisceau de la lune.

Seule la descendance de Lénore peut satisfaire mon insatiable faim.

Nimue s'était retournée et avait palpé la paroi de la caverne pour tenter de l'escalader. Avant même qu'elle puisse tenter quoi que ce soit, trois lames acérées l'avaient plaquée contre la pierre. Les griffes lui labouraient le dos. La fillette avait hurlé de douleur. Ses blessures la brûlaient. Elle avait risqué un coup d'œil par-dessus son épaule et vu l'Ours Démon goûter son sang, comme un enfant léchant la crème d'un seau de lait frais. Il avait laissé échapper un éclat de rire malveillant.

La voix de sa mère avait alors résonné dans sa tête, à la fois pressante et posée.

Convoque les Invisibles, Nimue.

Je ne sais pas comment faire! avait-elle répondu à sa mère. *Aide-moi!*

Je ne pourrai pas te rejoindre assez vite.

Ces paroles l'avaient poussée à agir. Paupières closes, elle s'était concentrée intensément. Elle avait invoqué les cailloux, les feuilles, les branches, les corneilles, les asticots et les renards. Elle avait appelé les Invisibles en hurlant avec toute la force de son âme pendant que l'Ours Démon la reniflait. Soudain, il avait baissé la tête pour fouiller le sol de son museau ensanglanté. Nimue sentait son odeur de pourriture et de mort. Le monstre avait ouvert son énorme gueule, prêt à l'engloutir tout entière.

Elle continuait à convoquer les Invisibles.

Les parois de la crevasse s'étaient mises à frémir sous ses doigts et son estomac à vibrer plus que jamais. L'Ours Démon grognait, regardait autour de lui. La grotte tremblait violemment et s'était emplie d'un nuage de poussière. Un craquement terrible avait résonné juste au-dessus de Nimue. Levant la tête, elle avait vu qu'une plaque de pierre venait de se détacher : elle avait glissé et s'était abattue au fond de la grotte comme la lame d'une guillotine, si vite qu'il n'avait pas eu le temps de réagir. Nimue avait fermé les yeux au son de l'impact, humide et fracassant. Un hurlement avait empli la grotte en même temps qu'une bouffée d'air chaud, avant d'exploser en un millier de cris distincts.

Au bout d'un moment, Nimue avait trouvé le courage de rouvrir les yeux. Elle se souvenait d'avoir longuement observé l'impressionnante dalle dressée devant elle. Sa tranche acérée avait fendu le crâne de l'Ours Démon en deux.

Nimue regardait fixement les flammes.

– Plus rien n'a été pareil, après. Mes cicatrices n'ont jamais guéri, ce que beaucoup de membres de mon clan ont interprété comme un signe de malédiction. Même mon père a pris ses distances avec moi. Il ne me prenait plus jamais dans ses bras. Après cette horrible nuit, j'ai commencé à avoir des visions. Parfois si fortes que j'en perdais connaissance. Ça embarrassait mon père. Ça l'effrayait, même. Il me faisait avaler toutes sortes de remèdes immondes, croyant me purifier des esprits malfaisants. En réalité, ça me rendait surtout malade. Alors il a arrêté. Et il s'est mis à boire de plus en plus. Son humeur est devenue sombre et violente.

– Et ta mère ?

L'intervention d'Arthur fit sursauter Nimue, mais son ton était doux, dépourvu de tout jugement.

– Elle pensait que j'étais différente, unique. Mais je détestais ses leçons. On se disputait sans arrêt. (Nimue eut un petit rire sec avant de se murer dans un long silence. Elle se détourna pour ne pas montrer ses larmes à Arthur.) Je n'ai plus envie d'en parler.

L'adolescent s'apprêtait à dire quelque chose, mais il se ravisa. L'une des bûches craqua dans les flammes. Ils restèrent assis là sans rien dire.

Jusqu'à ce que des cris déchirent la nuit.

Des voix brutales. Un hurlement. L'écho leur parvenait d'entre les arbres.

Nimue se leva et s'empressa d'éteindre le feu, plongeant leur petit campement dans l'obscurité totale. Difficile de savoir à quelle distance résonnaient ces voix. Des suppliques s'élevèrent. Le silence retomba. Puis il y eut des hurlements de panique, comme des appels au secours. Leur son était affreusement familier aux oreilles de Nimue.

Des chuintements métalliques annoncèrent l'intervention d'épées. Lentement, les cris cessèrent. Nimue pressa ses poings contre ses yeux. Une dernière voix implorante perça la nuit… puis plus rien.

Nimue retourna se rouler en boule au pied de son arbre.

Le silence accusateur des victimes anonymes de la forêt planait au-dessus d'eux.

Le monstre avait ouvert son énorme gueule, prêt à l'engloutir tout entière.

CHAPITRE 12

Ils entendirent le bourdonnement des mouches avant de voir les corps. Au détour d'un virage, sur la route mouchetée de lumière, Arthur et Nimue tombèrent sur une colonne de chariots renversés ayant manifestement subi une attaque. Le soleil de novembre, froid et cristallin, jouait à travers les feuilles rouges de la forêt de hêtres. Nimue prit d'abord les amas sur le sol pour des bagages éparpillés avant de comprendre qu'il s'agissait de cadavres. Certains gisaient sur la chaussée, d'autres entre les buissons, rattrapés en pleine fuite.

Nimue descendit de la selle d'Égypte.

– Ne traînons pas ici, déclara Arthur. Ils doivent camper dans les environs.

Mais Nimue ne l'écouta pas. Elle retourna le corps ensanglanté d'une femme étendue sur le dos, révélant son bébé mort caché sous elle. La mère n'avait pas constitué un bouclier suffisant pour protéger son enfant de l'épée de l'assaillant. Le visage de la fillette était angélique et paisible, ses joues et ses paupières teintées du bleu de la mort. Nimue caressa les boucles qui dépassaient de son bonnet.

– Tu es drôlement courageuse, tu sais, murmura-t-elle. Je suis très impressionnée. Tu n'as même pas pleuré. Tu es restée forte pour ta maman. (Elle prit les petites mains glacées entre les siennes. L'image de Lénore, dans le temple, lui revint en mémoire. Sa honte était immense.) J'aimerais tant avoir ton courage.

Nimue sentit son ventre bourdonner. L'appel.

La fillette rouvrit soudain les yeux.

Égypte poussa un hennissement et se mit à tourner en rond, sentant la nervosité d'Arthur. Ce dernier scrutait les bois alentour, guettant le moindre mouvement entre les arbres. Malgré lui, son regard dérivait sans cesse en direction des cadavres.

Cette fois, les paladins semblaient s'être montrés trop paresseux pour ériger des croix. Ils avaient attaché chacun des trois druides à un tronc et s'étaient contentés de les frapper à coups de fouet métallique jusqu'à ce que leurs corps soient réduits en charpie.

Un détail encore plus atroce retint l'attention d'Arthur vers l'avant de la caravane. Il descendit de cheval pour aller voir de plus près. Il s'agissait du corps décapité d'une femme, adossé contre une roue de charrette. Sa tête, posée à côté d'elle, avait été remplacée par celle d'un chien. Quelqu'un avait tracé un message en lettres de sang sur le bord du chariot.

Livrez la Sorcière Sang-de-Loup

Nimue sentit son pouls s'accélérer. Son instinct lui disait de fuir, mais la vibration dans son ventre la clouait sur place. Le battement résonnait jusqu'à ses tympans. Les yeux de l'enfant étaient éteints, mais grands ouverts et rivés droit sur elle.

Ils t'observent.

Ses lèvres avaient à peine remué.

– Qui ça ? parvint à articuler Nimue.

La petite morte la fixa du regard un long moment avant de lui répondre.

Ceux qui recherchent l'épée du pouvoir. Ils attendent que tu l'abandonnes quelque part pour la récupérer.

– Ma mère m'a demandé de l'apporter à Merlin.

C'est l'épée qui t'a choisie.

À cette pensée, l'adolescente sentit la panique l'envahir.

– Mais... je n'en veux pas !

– Je peux savoir à qui tu parles ?

Nimue fit volte-face et se retrouva face à Arthur, qui se tenait penché derrière elle.

– Hum... Rien du tout. Personne.

Elle se retourna vers la fillette. Ses paupières étaient closes. Son visage avait retrouvé sa grâce angélique.

– J'ai quelque chose à te montrer, dit Arthur.

Il l'emmena voir le corps de la femme décapitée. Malgré tout ce dont elle avait été témoin ces derniers jours, Nimue tomba à genoux devant cette cruelle illustration de la sauvagerie des Paladins Rouges. Refrénant un haut-le-cœur, elle parvint à grommeler :

– C'est tout ?

Arthur lui montra l'inscription sur la charrette.

– Ça parle de toi, j'imagine.

La jeune fille lut le message de sang et ferma les yeux. Ses cicatrices la brûlaient sous le fourreau de l'épée. Elle sentait le métal chauffer à travers le cuir et un sentiment de rage profonde la traversa, si puissant qu'il parut un instant oblitérer tous ses sens. Mais elle respira longuement et laissa sa colère s'agiter en elle comme un animal en cage.

– Tâchons de ne pas les décevoir, assena-t-elle en tournant les talons vers Égypte.

Arthur la regarda partir, hébété.

– Attends… *quoi* ?

CHAPITRE 13

Arthur menait sa jument noire au pas le long de la route. Toutes les cinq minutes, il s'arrêtait pour tendre l'oreille et scruter les alentours. Nimue sentait ses regards de biais mais n'y prêtait guère attention. L'adolescente s'était totalement retirée au fond d'elle-même. Elle avait envie de lâcher ses démons. Mais elle ignorait comment faire.

Sa bouche semblait encore imprégnée du goût de l'infâme décoction de son père, une sorte de sirop épais à base de genévrier, de rue officinale et de poudre de charbon. Elle avait encore la nausée rien qu'au souvenir de ces matins horribles à se tordre de douleur dans son lit, trop faible pour se lever, obligée de supporter les violentes disputes entre ses parents. Mais malgré les nausées et les cuillerées de remède ingurgitées, Nimue ne pouvait contrôler ses crises ni chasser les démons qui les provoquaient.

Son père avait fini par emballer ses graines et ses outils, jeter le tout à l'arrière d'une charrette tirée par leur unique palefroi, et prendre la route du nord. Nimue, qui avait fabriqué des poupées toute la journée, était rentrée le soir chez elle pour trouver sa mère en pleurs et apercevoir le chariot de son père qui s'éloignait vers la forêt. Il ne lui avait même pas dit adieu.

Lénore avait tenté de la faire rentrer dans la hutte, mais elle lui avait échappé.

– Papa ! avait-elle crié en s'élançant à sa poursuite.

Elle avait mis un temps à le rattraper, si pantelante lorsqu'elle y parvint enfin qu'elle n'arrivait même plus à parler. Elle s'était contentée de tirer sur les rênes de la jument.

– Laisse-la avancer, Nimue, lui avait ordonné son père.

Ses sanglots étouffés l'empêchaient de reprendre son souffle. Elle avait de nouveau tenté d'arrêter le cheval, mais la cravache de son père lui avait fouetté le poignet. Elle avait titubé avant de tomber sur la route.

– Tu as amené les ténèbres sur cette famille, Nimue. Ce n'est pas ta faute, mon enfant, mais c'est la vérité. Tu es maudite.

– Mais je suis comme maman ! Les Invisibles me parlent, à moi aussi !

– Ta mère t'expliquera, avait grommelé son père. Elle saura nommer l'ombre qui se cache en toi. Je ne veux rien avoir à faire avec ça.

– Je peux tout arranger, papa. Je boirai ton sirop ! Je ne me plaindrai plus !

– C'est dans ton sang, mon enfant. Tu ne pourras rien y changer.

– Reste au moins pour maman. Tu n'es pas obligé de me parler… Mais ne pars pas, je t'en prie !

La voix de son père était étranglée par l'émotion.

– Allez. Hue.

D'un coup de cravache, il avait fait repartir son palefroi. Nimue l'avait poursuivi en courant pendant près d'une heure, jusqu'à ce que la lune apparaisse au-dessus des arbres.

Son père n'avait pas jeté un seul regard derrière lui.

Et il n'était jamais revenu à la maison.

Arthur lâcha un juron et Nimue fut soudain arrachée à ses pensées. Six chevaux étaient attachés à un bosquet de sapins, à une centaine de mètres de la route. Nimue percevait des voix au loin. D'un claquement de langue, Arthur ordonna à Égypte d'accélérer.

« Les Paladins Rouges. » Ces mots avaient le même effet sur Nimue qu'une giclée d'huile sur du feu. C'était comme une flambée qui s'embrasait en elle. Le départ de son père. Les cris d'agonie de sa mère. Biette frappée à terre. Le regard moqueur du paladin à Pont-les-Faucons. Les yeux de glace du prêtre démoniaque. Pym qui l'appelait en hurlant.

La jeune fille se laissa glisser de la selle et partit en courant.

– Reviens ! lui lança Arthur dans un souffle.

Nimue accéléra, se penchant pour éviter les branches, et se dirigea vers les chevaux. Arthur poussait des jurons étouffés derrière elle. Lorsqu'elle se rapprocha en tirant son épée, les chevaux hennirent et frappèrent le sol de leurs sabots. Sans difficulté, Nimue trancha les tapis de sol, les bourses de pièces d'argent, les gourdes d'eau et les sacs de nourriture accrochés aux selles et les laissa tomber parmi les feuilles. Elle ignora les grands gestes désespérés d'Arthur pour la convaincre de revenir. Elle se tourna en direction des voix, les doigts serrés autour du manche de l'épée.

L'arme réclamait du sang.

Et elle aussi. Elle le sentait.

Sa colère déferla jusqu'à la pointe métallique comme une nouvelle couche d'acier en fusion venue renforcer et affûter la lame.

Elle crut qu'elle allait vomir. La sensation n'était pas désagréable en soi, juste colossale. Trancher. Tuer. Dévorer. « Comme un loup en chasse », songea-t-elle. Lâcher ses démons.

Un sentier descendait vers ce qui ressemblait à une clairière entourée de gros rochers.

Nimue contourna cette muraille de pierre jusqu'à un large étang vert abrité par une généreuse falaise de calcaire tapissée de mousse. Elle s'accroupit dans la vase, à quelques mètres du bord, et observa les rochers en face d'elle.

Les Paladins Rouges se tenaient sur l'autre rive, à soixante-dix mètres environ. La fureur lui noua la gorge au souvenir des hurlements impuissants des Célestiens sur leurs croix en flammes.

« L'heure de la vengeance a sonné, songea-t-elle. Pour tous. »

Deux des paladins étaient entrés dans l'eau. Ils s'éclaboussaient, riaient comme des enfants. Les quatre autres restés sur la rive étaient en train de manger. Une couverture recouverte d'objets en vrac était étendue par terre – sans doute le fruit du pillage de la caravane sur la route : objets de culte, candélabres, quelques jouets.

Nimue entendit une brindille craquer derrière elle. Elle se retourna et aperçut Arthur.

– Qu'est-ce que tu fabriques ? articula-t-il sans bruit.

Elle releva sa capuche sur sa tête et ôta ses chaussures pour ramper jusqu'au bord de l'étang. Arthur secoua vigoureusement la tête.

La jeune fille tâta l'eau froide du bout des doigts, prit une grande inspiration et se glissa dans l'étang tel un reptile.

Elle descendit dans l'opacité de l'eau brunâtre jusqu'aux pierres au fond. Elle avança d'une main tandis que, de l'autre, elle brandissait l'épée du pouvoir, qui luisait d'un éclat émeraude.

Le chahut insouciant des paladins lui parvenait de l'extérieur, comme étouffé. Bientôt, elle aperçut leurs jambes pâles et nues qui s'agitaient dans le vide.

À la surface, l'un des paladins fit une clé de bras à son frère et lui plongea la tête sous l'eau, hilare de le voir se débattre. Pour la peine, il se prit un coup de coude dans les testicules et lâcha prise. L'autre ressortit en suffoquant. Ils reprirent chacun leur position. Le premier moine, son entrejambe encore endolori, nagea vers le second, avant de ralentir soudain. Il fronça les sourcils. Son regard aux paupières tombantes s'anima d'une étincelle émerveillée.

Le visage d'une jeune fille venait d'apparaître dans l'eau. Une beauté parfaite. Des traits délicats de poupée. Ses cheveux flottaient autour d'elle et ses pupilles captaient des reflets d'un vert surnaturel. L'homme eut à peine le temps de penser aux nymphes des contes païens. Il ouvrit la bouche pour dire quelque chose, mais une puissante lame argentée lui perfora le menton pour ressortir par le sommet de son crâne. Avant de sombrer à nouveau sous l'eau. Le paladin flotta quelques instants à la surface, la tête ruisselante de sang, avant de sombrer à son tour.

L'autre resta hébété, sans comprendre. Devant lui, des flaques sombres se formaient à la surface de l'étang. Il recueillit un peu d'eau entre ses mains : elle était écarlate. Un éclair émeraude jaillit des profondeurs et une lame s'enfonça dans son sternum, lui tranchant le cœur et les poumons. L'homme toussa, cracha une giclée de sang et bascula tête la première.

Au même moment, l'un des paladins restés à terre tourna la tête et ne vit plus que deux robes rouges flottant à la surface. Il alerta l'un de ses frères, qui avait la bouche pleine de gâteau, et lui montra l'étrange scène du doigt.

La face de l'étang se troubla et Nimue sortit lentement de l'eau, l'épée du pouvoir entre les mains, ses vêtements maculés du sang rouge des paladins. L'appel des Invisibles bourdonnait à ses tympans. Elle n'avait même pas froid tant son sang bouillait dans ses veines. Elle laissa échapper un éclat de rire. Un rire sombre et glacé, jailli du tréfonds de son âme. Son cri de louve.

Les paladins reculèrent contre les rochers, persuadés d'avoir affaire à une sorte de démon de la nature.

– C'est elle, gronda l'un d'eux.

– Elle... elle les a assassinés. Falto ! cria le plus jeune des quatre moines, prénommé Gunyon, à l'un des cadavres de l'étang. Et maintenant, elle vient pour nous !

– C'est contre nature, balbutiait un autre, Lesno. Une fille, faire ça... seule...

Thomas, leur chef au nez aquilin, leur aboya :

– Servez-vous de vos yeux, bande de larves ! Elle a eu un coup de chance, elle s'est enhardie !

À ces mots, les frères se ressaisirent et virent l'adolescente, non plus la rumeur, qui se tenait devant eux. Une toute jeune fille mesurant à peine plus d'un mètre cinquante.

– Ce n'est qu'une garce de druidesse !

– Le bûcher serait encore trop doux pour elle !

Le chef détacha le fouet métallique de sa ceinture. Les boules métalliques hérissées de picots reposèrent sur les gravillons du rivage. Il regarda Nimue en souriant.

– Je veux son épée, lâcha Robert, le dernier des quatre moines.

– Celui qui la tuera aura le droit de garder son arme, corrigea aussitôt Thomas.

– Voilà qui satisfera notre père, déclara Lesno en ramassant sa grande faux posée sur le sol.

Les quatre paladins s'écartèrent le long du rivage.

– Viens, ma belle, j'ai quelque chose pour toi, railla Thomas.

Nimue les observait à tour de rôle, son épée à la main. Le contact des lanières de cuir superposées du manche et le poids de la lame lui insufflaient un courage inouï.

– À qui le tour ? lança-t-elle.

– Prenons-la vivante, mes frères. Je n'ai jamais vu une sorcière comme celle-là.

– Pas comme ces autres souillons…

– Elle n'a même pas de verrue !

– Je serais curieux de voir le reste.

Leurs bottes pénétrèrent dans l'eau.

– Approchez, que je vous étripe ! leur cria-t-elle.

Deux paladins ricanèrent. Les autres n'avaient pas du tout l'air de plaisanter.

– N'aie pas peur, ma jolie. Je te promets qu'on va bien s'amuser avant d'en finir avec toi. Gunyon, va la chercher !

– Pourquoi moi ? protesta l'intéressé d'un ton alarmé.

– Je vous arracherai les yeux ! menaça Nimue en agitant son épée à mesure que les moines se rapprochaient.

Ils n'étaient plus qu'à trois mètres. Ils l'encerclaient.

Gunyon prit une grande inspiration et plongea sous la surface. Nimue donna de multiples coups de lame dans l'eau pendant que Thomas s'avançait par-derrière et l'empoignait par les cheveux.

– L'épée ! mugit-il.

Un autre paladin se jeta sur elle pour lui arracher son arme.

Mais, même la tête tirée violemment en arrière, Nimue lui trancha les doigts d'un geste vif. Le moine poussa un hurlement et se plia en deux, agrippant sa main en sang, à l'instant même où une hache – qui visait sa tête – passa au-dessus de lui et fonça droit sur Nimue, qui n'eut guère le temps de réagir.

La hache percuta de plein fouet l'épée, qui fut arrachée des mains de Nimue et sombra dans l'étang, rendu trouble par le sang et les tourbillons de vase.

Depuis la rive, Arthur lâcha un juron, furieux d'avoir si mal visé, et se prépara à lancer une autre hache volée sur l'un des chevaux des paladins.

– C'est malin ! lui cria-t-elle.

Sans l'épée, ses bras lui faisaient l'effet de deux poids morts. Le froid et la douleur l'envahirent soudain. L'énergie semblait avoir cédé la place à la terreur. C'est à peine si elle comprenait ce qui se passait autour d'elle.

Gunyon jaillit devant elle, dans une grande éclaboussure, et la frappa à la tempe. Ils retombèrent tous deux dans l'eau, les mains du moine serrées autour de sa gorge. Nimue but la tasse, privée d'oxygène, et griffa les bras nus de son agresseur. Où diable était passée l'épée ? Son dos heurta les cailloux au fond de l'étang, soulevant un autre nuage de vase. Un sifflement terrible lui emplit les oreilles. Elle planta ses ongles dans les joues et les yeux de son agresseur, qui ne fit que l'étrangler encore plus fort. Des éclairs lumineux éclatèrent dans sa tête, entrecoupés d'images saisissantes. *Des larmes de sang ruissellent sur des joues hâves… Arthur, nu, dort comme un nouveau-né au milieu d'un cercle de bougies… une chouette blanche agonise dans la neige, empalée par une flèche… une clairière bleutée dont toutes les feuilles battent comme des ailes, une clairière vivante, palpitante… une mer infinie de bannières claquant au vent, des armoiries à tête de sanglier…*

deux femmes aux mains liées par un ruban argenté… un soleil noir et aveuglant… une butte hérissée de pierres tombales, le sol qui se déchire et des mottes de terre s'écroulent, quelque chose en dessous, quelque chose de terrible et de plus ancien que le temps… une ravissante fillette coiffée d'une ramure verte…

Nimue se sentit aspirée par le grand vide blanc qui envahit son esprit, comme enveloppée par un profond sommeil… quand deux mains fermes l'empoignèrent. Elle avala une gorgée d'eau saumâtre. Le froid lui gifla les joues. Arthur la traîna hors de l'étang et la déposa sur la berge, où elle vomit copieusement. L'instant d'après, il se tenait au-dessus d'elle et lui hurlait des mots qu'elle ne pouvait pas entendre à cause du bruit qui lui cognait aux tympans. Arthur la secoua, et elle régurgita encore. L'ouïe lui revint d'un seul coup.

– … veux mourir ? C'est ça, hein ? C'est ce que tu veux ?

– Oui ! cracha Nimue en le repoussant.

Elle se roula à quatre pattes, en larmes, et continua à cracher de l'eau sur les gravillons.

Arthur ôta la ceinture sur laquelle il portait son épée et jeta sa dague encore dans son fourreau par terre aux pieds de la jeune fille.

– Alors vas-y, qu'on en finisse ! Et bon débarras !

Nimue se laissa retomber sur le ventre et sanglota contre les petits cailloux glacés. Arthur fulminait, debout dans le vent. Il finit par s'asseoir un peu plus loin sur la berge, les bras croisés contre son torse, et contempla d'un air incrédule le spectacle qui s'offrait à lui. L'étang était rougi par le sang des paladins dont les robes flottaient à la surface, gonflées comme des méduses.

Tout à coup, Nimue frappa du poing sur le sol.

– L'épée. L'épée !

Arthur était trop épuisé pour lui répondre. La jeune fille entra dans l'étang, veillant à maintenir son menton au-dessus du sang. Elle nagea lentement, comme un petit chien, repoussant les cadavres autour d'elle. Un éclat vert, lumineux comme de l'émeraude, perçait l'eau sombre depuis les profondeurs. Nimue plongea et récupéra l'épée du pouvoir.

CHAPITRE 14

Adossé contre un gros rocher, Arthur regarda Nimue jeter l'une des sacoches de selle des paladins sur la rive. Elle s'assit en tailleur et s'attela à en fouiller le contenu.

Il mordit dans un morceau de biscuit rassis, reste du pillage de la caravane. Son instinct lui disait de partir sur-le-champ et de laisser cette folle furieuse courir à son inévitable perte. Mais ses yeux tombèrent sur le mouchoir dans sa main droite, avec ses broderies de fleurs violettes, bruni par de très anciennes taches de sang. Le mouchoir appartenait à sa mère. Le sang était celui de son père. C'est ce carré de tissu qui l'incita à rester.

Tor, fils de Cadwen, avait été une figure instable dans la vie d'Arthur, une sorte de conquérant excentrique qui s'absentait des mois durant pour de grandes campagnes, laissant sa femme et leurs enfants s'occuper seuls de leur modeste ferme à Cardiff. Il rentrait le plus souvent avec des histoires de trésors gagnés et perdus, de glorieuses batailles et de joutes triomphales. C'était un homme corpulent, amateur de bons vins et de bonne chère ; alors qu'Arthur avait treize ans, son père s'était mis à porter des pièces d'armures qu'il avait rassemblées au fil des ans et à se faire appeler sir Tor. Il prétendait avoir été adoubé lors d'un siège contre les Anglais dans les provinces de Gwent.

Arthur se rappelait avoir noté un changement notable chez son père au retour de l'une de ses expéditions. Ses mensonges étaient devenus plus outrés, ses récits plus fantasques, et ses mains tremblaient. Il prit l'habitude de siéger à la taverne locale, La Vieille Harpie, une petite auberge toute penchée bâtie grâce au bois d'œuvre des navires échoués sur le rivage. Autoproclamé seigneur et protecteur du village, il buvait toute la journée, du matin jusqu'au soir ; son épouse, Eleanor, la mère d'Arthur, venait le chercher alors que la lune était déjà haute dans le ciel.

Malgré tous ses défauts, Arthur adorait son père. Il se régalait de ses histoires de croisés et de monstrueux lézards volants, de bateaux fantômes et de duels sanglants. Tor était la risée de tous les hommes du coin, et Arthur le savait. Il avait les mains toujours égratignées à force de défendre l'honneur de son père face aux moqueries et aux insultes des garçons plus âgés que lui.

Les petits enfants, eux, aimaient beaucoup sir Tor, qui se montrait toujours d'une grande douceur avec eux. De leurs yeux émerveillés, ils le voyaient comme le puissant chevalier qu'il affirmait être. Il avait également une belle voix grave et un réel talent de chansonnier. Quand Arthur eut seize ans, son père était devenu une institution locale, un chevalier errant qui chantait ses aventures, à l'aise dans le rôle de conteur qu'il avait endossé.

Et il en fut ainsi jusqu'au jour où trois chevaliers anglais, à peine plus âgés qu'Arthur, entrèrent dans le village, assoiffés de pillages et de violence, et que la brutale réalité du monde se retrouva confrontée à celle, imaginaire, de sir Tor.

Arthur n'était pas là pour protéger son père. Il dansait avec une fille de son âge dans le hameau voisin. Ce n'est qu'en entendant les cris, le son des cloches, et en voyant de parfaits inconnus quitter la ville au grand galop, qu'il avait compris la gravité de la situation. Le temps qu'il regagne son village, son père avait déjà été traîné dans l'une des chambres à l'étage de La Vieille Harpie. Arthur se souvenait de la vision des tables renversées, des flaques de sang sur le sol et dans l'escalier. Une serveuse inconsolable lui avait expliqué que Sir Tor était intervenu pour la défendre quand les chevaliers avaient voulu s'en prendre à elle. Ils s'étaient jetés sur lui comme des loups.

Arthur avait cru devenir fou de douleur en voyant son père entortillé dans les draps, le souffle rauque. Il avait pris sa main dans la sienne et tiré un tabouret pour s'asseoir à son chevet. Sir Tor parlait précipitamment, comme s'il était traversé par plusieurs conversations à la fois. Le mot «chien» revenait sans cesse. Ses yeux s'étaient peu à peu recentrés sur son fils, dont il semblait tout juste découvrir la présence.

– Qu'est-ce… qu'est-ce que je disais? Arthur, où en étais-je, mon garçon? J'ai perdu le fil de mes pensées...

Il respirait difficilement. Des gouttes de sueur ruisselaient sur ses grosses joues.

– Les chiens, messire, avait répondu Arthur tout en lui pressant un linge humide sur le front.

Le silence était tel qu'on entendait vaciller la flamme des bougies. Des guenilles imprégnées de sang gisaient par terre.

– Les chiens, oui, c'est ça. Prends un chien. Dresse-le à chasser la volaille, et tu n'auras jamais faim durant les longs voyages. J'avais un… mais ce n'était pas… il y avait autre chose. Pourquoi ai-je autant de mal à me concentrer?

– Vous n'êtes pas obligé de parler, père.

– Mais si, il le faut. Ne mesure jamais ton courage aux hommes que tu as tués. Voilà. Parfois, le véritable courage consiste à éviter le coup qui te fera perdre la vie. Ceux qui mesurent leur valeur au nombre de leurs victimes sont des lâches. Indignes de l'ordre des chevaliers.

Sir Tor grimaçait en déplaçant son poids sur le lit. Arthur s'efforçait de ne pas regarder sa chemise maculée de rouge.

– En effet, messire.

Son père avait battu des paupières ; il fixait le plafond en remuant les lèvres, cherchant ses mots.

– Continue à jouer aux échecs. C'est, c'est… un excellent exercice mental pour se préparer à la guerre, et… et c'est aussi un bon moyen pour rencontrer des jeunes de son âge. Tu as besoin d'amis, Arthur. Tu es trop solitaire pour ton âge. Trop sérieux. Je te l'ai déjà dit.

– Oui, père.

– Tu… tu es un brave garçon. Loin de moi l'idée de te critiquer. Mais la jeunesse ne dure qu'un temps, crois-moi. Qu'est-ce que je disais ? Qu'avais-je d'autre à… J'avais une chose, ah, à propos, hum… à propos de la chasse et de tes, hum, tes flèches…

– Que je marque mes flèches. Oui.

– Ne gaspille pas ce beau métal. Les bonnes flèches coûtent de l'argent. Même durant une bataille, je n'abandonne jamais une flèche si je peux l'éviter. Marque tes flèches, mon garçon. Et… ne sois pas si sérieux. Tu as de bonnes dents, montre-les de temps en temps. Les filles, les filles aiment rire ! J'ai toujours eu le chic pour les faire rire. (Il avait palpé sa poitrine et ses hanches, comme s'il cherchait quelque chose.) Où est-il ? Où ai-je donc… Qu'est devenue ma tunique ?

Comprenant de quoi il voulait parler, Arthur avait placé le

mouchoir de sa mère, celui aux broderies fleuries, dans la main de son père. Tor l'avait porté à son nez pour le renifler, comme apaisé.

– Elle sent si bon le matin. Et les cerises. Est-elle ici ? Eleanor… ?

L'une des tantes d'Arthur avait été prise de fièvre en début de journée, et sa mère avait chevauché une demi-journée pour se rendre à son chevet. Elle n'était pas encore revenue.

– Pas encore, messire.

– Elle ne doit pas me voir dans cet état.

Sir Tor avait essayé de se lever. Arthur l'avait rappuyé délicatement contre l'oreiller.

– Chère Eleanor, avait soupiré Tor, pourquoi me faire attendre ainsi ?

– Bientôt, père, bientôt.

Arthur se souvenait encore du contact de sa main dans la sienne. Il l'avait tenue serrée jusqu'à ce qu'elle ne tremble plus, et que son père s'endorme à jamais.

Il rangea le mouchoir dans la poche de son pourpoint et, en guise d'offrande de paix, jeta un morceau de fromage dur à Nimue.

Qui l'ignora.

– Tu as besoin de manger, lui dit-il.

– C'est de la nourriture volée.

– Et alors ? Elle ne manquera plus à personne. Tu fais peur à voir. À quand remonte ton dernier repas ? Deux jours ? Trois ?

– Je ne sais plus.

– Nous avons encore trois jours de voyage avant d'atteindre les Monts du Minotaure. Faudra-il que je te nourrisse de force ?

– Essaie un peu, et je t'écrase.

Nimue venait de trouver un lot de parchemins enroulés. Elle coupa la ficelle qui les reliait et déplia le premier pour le lire à voix haute :

– « Cent pièces d'or pour la mort ou la capture de la Sorcière Sang-de-Loup, laquelle, en association avec le diable, a pris des formes animales, bu le sang de nouveau-nés et massacré femmes et enfants dans leurs lits. »

Sur chaque rouleau était tracé un dessin comique représentant un monstre aux ailes de chauves-souris et aux cornes entortillées. Nimue soupira avec mépris et laissa les rouleaux s'éparpiller sur la grève.

Arthur vint s'asseoir à côté d'elle. La jeune fille se crispa. Il ramassa l'un des parchemins et ne put s'empêcher de pouffer de rire.

– Tu t'attendais à quoi ? « Oh, précisons que cette jeune peste âgée de seize printemps a massacré à elle seule une division entière de nos meilleurs soldats » ?

Nimue gloussa un peu. Arthur en profita pour couper un morceau de fromage et le brandir avec menace devant sa bouche.

– Je t'avais dit que je te nourrirais de force !

L'adolescente le foudroya du regard. Elle leva le poing, mais Arthur lui écarta les doigts et pressa le fromage au creux de sa paume. Qu'il guida vers ses lèvres. Nimue céda et mastiqua en grimaçant. La tentative d'étranglement du paladin avait laissé des marques violacées autour de son cou.

– Pourquoi n'es-tu pas furieux contre moi ? demanda-t-elle.

« Mais oui, pourquoi, Arthur ? s'interrogea-t-il. Parce qu'elle est folle. Parce qu'elle est plus courageuse que moi. »

Il lui tendit une gourde de vin, dont elle avala le contenu à grosses gorgées.

– Par peur des représailles, sans doute, dit-il avec désinvolture.

Nimue faillit s'étrangler avec son vin. Elle lui décocha un regard noir. Il lui tendit un autre morceau de fromage, qu'elle engloutit cette fois avec plus d'appétit.

« Elle est comme un animal sauvage. » Si belle, pourtant. « Rien d'affecté ni de feint chez elle. » Il tourna la tête en direction de l'étang et des tuniques rouges étalées à sa surface. « Quel massacre. Sans témoins, heureusement. » Étrange consolation. Il leur faudrait partir vite, et loin. Aucun lieu ni aucune rencontre ne serait tout à fait sûr avant des centaines de kilomètres d'ici. Surtout si Nimue s'obstinait à trancher des mains et à massacrer des Paladins Rouges.

Il tenta de la raisonner.

– J'ignore si c'est ta folie qui te guide, ou bien si des voix te parlent, mais je sais au moins une chose : le courage est rarement récompensé, en ce bas monde. Et si tu continues comme ça, tu risques fort de rôtir en plein air et de te retrouver transformée en tas de cendres avant demain matin. C'est ça que tu veux ?

Nimue but une autre gorgée de vin, sans rien dire. Ses joues reprenaient un peu de couleur. Elle sortit un autre lot de parchemins, différent du premier. Ils étaient de meilleure qualité, ainsi que le ruban qui les reliait. Chacun était cacheté par un sceau en cire : une croix devant un aigle à deux têtes.

– L'emblème de Carden.

Nimue brisa le sceau de l'un des parchemins et le déroula. Il s'agissait d'une carte dessinée à la main, avec certains villages marqués d'un X. La jeune fille lut leurs noms à voix haute :

– Quatre-Rivières. Fondemèche. Combe. Mont-la-Corneille. Ce ne sont que des villages Faë.

À côté de chacun d'eux figurait une liste de noms.

– Ce doit être la liste des Sages. Les chefs de clans.

Nimue lut un autre parchemin. Encore des listes. Mais à quoi servaient-elles ? Elle tendit le rouleau à Arthur.

– À ton avis, de quoi s'agit-il ?

Arthur parcourut le document et n'en crut pas ses yeux. Il faillit cacher la vérité à Nimue, mais songea qu'elle la découvrirait bien assez tôt.

– Ce sont les divisions de Paladins Rouges. Regarde, leurs numéros d'unités correspondent aux X sur la carte, dit-il en désignant les numéros notés à côté des villages.

– Les prochaines cibles de Carden, chuchota Nimue. Nous savons où il a l'intention d'attaquer.

Elle se tourna vers Arthur, les yeux brillants d'espoir.

Exactement comme il le redoutait.

– Tu n'as pas l'intention d'y aller en courant, j'espère?

La route menant aux Monts du Minotaure était longue et escarpée. Elle traversait d'épaisses forêts parées de toutes les nuances d'or et de rouge en cette fin de mois de novembre. L'automne était jadis la saison préférée de Nimue, quand la colline près du village s'ornait de ses plus belles couleurs et que les oies s'envolaient à grands cris pour tracer dans le ciel la forme d'un V pointé vers des lacs du Sud. Il y avait des danses traditionnelles dans le cercle de pierres, et Mary allumait le feu sous sa marmite pour préparer son civet de lapin aux amandes, suivi de gâteaux de miel arrosés de bière brune.

Les vents d'ouest apportaient l'odeur des feux de cheminée sur des kilomètres à la ronde, mais il n'y avait pas grand monde sur la route.

Ils montaient chacun leur cheval, désormais, plutôt que d'alourdir la pauvre Égypte. Arthur avait sélectionné la meilleure parmi les pauvres bêtes efflanquées des paladins : une jument aux yeux de biche et à la robe couleur de neige sale. Nimue ne parvenait pas à l'aimer, si innocente et balourde soit-elle, à cause du sang qui devait souiller ses sabots et des hurlements de détresse qui avaient dû résonner à ses oreilles. Elle n'aimait pas non plus le fait qu'Arthur avance seul devant elle, à cinq ou six mètres de distance. Certes, elle était tombée de la selle d'Égypte – et par deux fois – mais la proximité réconfortante du jeune homme lui manquait.

Elle s'était habituée à son odeur, mélange d'herbes sauvages et d'humus, de sueur et d'un autre parfum semblable à la cannelle, mais en plus exotique – elle imprégnait notamment son tapis de sol, qui avait accompli bien des voyages. La jeune fille avait aussi mémorisé l'arrière de son crâne, les ondulations de sa chevelure brune par-dessus le capuchon abaissé de sa tunique, et ses reflets cuivrés qui dansaient sous le soleil bas de l'après-midi.

Ses pensées s'égarèrent. « Je me demande ce que cela ferait de l'embrasser… de sentir ses bras autour de moi… »

L'absence de Pym, soudain ravivée, creusa une douleur dans sa poitrine. Elle repensait à sa moue pincée, à ses yeux vifs. À son regard implorant qui semblait dire : *Ne nous mets pas encore dans le pétrin, par pitié !* À leurs crises d'hilarité sans qu'elles aient besoin d'échanger un mot.

La simple vision de ses ongles, tachés de rouille par le sang séché, suffit à lui faire comprendre qu'elle ne serait plus jamais cette jeune fille. Et que ses rêves d'idylle automnale étaient aussi naïfs et enfantins que le rire de Pym.

CHAPITRE 15

Morgane refermait la porte arrière de la Lance Brisée lorsqu'une douleur traversa son poignet. Elle chargea le sac d'ingrédients magiques collectés en forêt le matin même sur son autre épaule, et acheva de verrouiller la serrure de sa main gauche. La droite était bandée de vieux tissus et tout endolorie à force de soulever des plateaux de chopes débordantes de bière durant dix heures d'affilée. Au moment où elle glissa la clé dans sa poche, un rat grassouillet se faufila sur son pied. Morgane lui coinça la queue du bout de sa chaussure. Le rongeur poussa un petit cri aigu et se tortilla sur le dos.

– Est-ce toi qui viens manger mon maïs ?

Elle sortit un petit poignard et, d'un geste vif, le lui planta dans le crâne. Puis elle essuya la lame dans sa blouse, la rangea, souleva l'animal mort par la queue et le jeta dans son sac.

La lune blanche était son seul guide sur la route déserte de

L'Escarbette, le dernier hameau avant la grande cité d'Escarbe, nichée plus loin au cœur des Monts du Minotaure : quelques fermes, une écurie appartenant à un maréchal-ferrant réputé, une chapelle récemment érigée à la gloire du Dieu unique et une taverne baptisée la Lance Brisée, refuge des voyageurs assoiffés. Les collines alentour étaient boisées d'épicéas, de mélèzes et autres conifères dissimulant une myriade de grottes calcaires.

Morgane remonta sa capuche sur sa tête, et elle s'apprêtait à pénétrer dans la forêt lorsqu'elle entendit quelqu'un chuchoter son nom derrière les rochers situés à trois ou quatre mètres. Elle ressortit son poignard, recula de quelques pas.

– Qui va là ?

La jeune femme était parfaitement aguerrie aux dangers de la route, et plus d'un ivrogne malintentionné avait fait l'expérience malheureuse de ses coups de lame. Mais elle ne s'attendait pas du tout à la vision de la longue silhouette dégingandée qui émergea de l'ombre.

– C'est moi, Arthur !

Morgane sentit le soulagement empourprer ses joues – et d'autres émotions plus complexes, aussi.

– Arthur ?

Il s'avança dans le rayon de lune. Elle fit mine de lui donner une tape.

– Grands dieux, tu m'as fait une de ces peurs… Tu te croyais drôle ? Je peux savoir ce que tu viens faire ici ?

Son ton était dur, mais elle était très heureuse de le voir.

Arthur lui fit signe de parler moins fort.

– J'ai un gros problème, murmura-t-il.

– Ah, tu as encore perdu ton pantalon aux dés, je parie ? gloussa Morgane. Ne t'avais-je pas mis en garde à propos des jeux d'argent ?

– Ce n'est pas une question d'argent, répondit Arthur avec gravité.

– Tant mieux, parce que je n'en ai pas.

– Navré de te mêler à tout ça, mais... je ne sais pas où aller.

Il n'arrêtait pas de regarder en direction des rochers derrière lui. Agacée par tant de mystères, Morgane décida de ne plus tourner autour du pot.

– Très bien. Je t'écoute. Dans quel pétrin t'es-tu mis, cette fois ?

Vexé, Arthur se retourna vers les rochers.

– Tout va bien ! souffla-t-il.

Morgane fronça les sourcils, ne s'attendant pas à avoir davantage de compagnie. En outre, l'expérience lui avait appris à se méfier des fréquentations d'Arthur.

Nimue sortit timidement de l'ombre et les rejoignit en abaissant sa capuche. Elle avait les joues creusées, les yeux pareils à deux billes noires.

Morgane l'accueillit plutôt sèchement.

– Elle est enceinte, c'est ça ?

– Non, pas vraiment, répondit Arthur avec un petit rire acerbe. Les Paladins Rouges sont déjà passés par ici ? Avec leur avis de recherche et tout le bazar ?

– J'ai entendu certaines rumeurs, répondit Morgane d'un ton sombre. À propos de paladins assassinés et d'actes de sorcellerie.

– Je te présente Nimue, déclara Arthur. C'est... la Sorcière Sang-de-Loup.

Morgane éclata de rire.

– N'importe quoi. Qu'as-tu encore inventé ?

– C'est la vérité.

– Ah oui ? Et où sont tes cornes, ma belle ? M'est avis qu'elle est plutôt du genre à s'envoler au premier coup de vent.

– Et m'est avis que vous vous trompez, rétorqua Nimue d'une voix morne.

– Si on allait discuter de tout ça à la taverne ? suggéra Arthur en balayant la route du regard. On serait mieux à l'intérieur.

Morgane ne répondit pas tout de suite. Elle venait de comprendre.

– Tu ne plaisantes pas, dit-elle.

Arthur confirma d'un mouvement de tête.

– Nimue, dit-il, voici Morgane, ma demi-sœur.

La jeune femme recula d'un pas, comme si Nimue avait réellement des cornes qui venaient de lui pousser sur la tête.

– Et tu l'as fait venir *ici* ?

– Je vais tout t'expliquer, promis, mais... est-ce qu'on ne pourrait pas aller à l'intérieur de la taverne ?

Morgane versa du vin dans trois gobelets d'étain et prépara deux bols de soupe épaisse à base de haricots, de petits pois, de choux et de poireaux, complétés chacun d'une tranche de pain noir. Nimue se mit aussitôt à ronger le pain dur, sous le regard attentif de la serveuse. Arthur but son vin d'un trait et tendit sa timbale vers sa demi-sœur.

– Elle n'est pas très bavarde, hein ? fit observer cette dernière en le resservant.

– D'habitude, on n'entend qu'elle.

Arthur grimaça. Nimue venait de lui flanquer un coup de pied sous la table.

– Bien joué, fillette, déclara Morgane. Ce garçon a besoin qu'on le remette à sa place de temps en temps. Je sens que tu vas me plaire ! (Nimue lui décocha un regard méfiant.) Alors, c'est bon ? demanda-t-elle en désignant la soupe.

– Oui, répondit l'adolescente la bouche pleine. Merci.

– De rien. (Elle but une gorgée de vin sans la lâcher du regard.) Alors, c'est vrai, ce qu'on raconte ? Tu as massacré les hommes du père Carden ?

Nimue releva le nez de son bol et acquiesça sans mot dire.

– Félicitations, commenta Morgane, la mine réjouie. Combien ?

– Dix, je crois... Peut-être plus.

– Dix ? répéta la serveuse, incrédule. (Elle jeta un coup d'œil à Arthur, qui confirma l'information d'un hochement de tête. Impressionnée, elle finit son gobelet de vin avant de se resservir.) Comment ?

Cette fois, ce fut Nimue qui interrogea Arthur du regard.

– Tu peux faire confiance à ma sœur, dit-il.

L'adolescente sortit alors l'épée du pouvoir de son fourreau. Était-ce un effet d'optique lié à la lumière des bougies, ou un phénomène plus mystérieux ? Toujours est-il que la taverne s'emplit brièvement d'une vive lumière qui s'estompa quand Nimue posa son arme sur la table, sous les yeux émerveillés de Morgane.

La serveuse se leva, fascinée, pour effleurer délicatement les contours de l'épée. Elle s'attarda particulièrement sur les symboles runiques du pommeau.

– La Dent du Diable, murmura-t-elle.

– La Dent du Diable ? répéta Nimue. C'est donc ça ?

– Tu en as déjà entendu parler ?

– Oui. C'est l'épée des contes anciens. La toute première, répondit Nimue en voyant l'étincelle dans ses prunelles. Non, attendez. Ne me dites pas que...

Morgane retraça les symboles runiques du doigt.

– Ce sont les quatre cercles élémentaires. L'eau. Le feu. La terre. L'air. Tous reliés par le cinquième cercle, la racine qui englobe le globe. Il s'agit de la toute première épée, forgée dans les flammes Faë. Celle des Premiers Rois. Comment l'as-tu obtenue ?

L'adolescente s'assombrit.

– Ma mère l'avait en sa possession. Elle me l'a confiée quand… quand les Paladins Rouges ont massacré mon village.

– Incroyable. Fabuleux. Tu appartiens aux Célestiens, n'est-ce pas ? Ou préfères-tu « les Danseurs du Soleil » ?

– Célestiens. Comment avez-vous deviné ?

– Disons que j'ai acquis une certaine expérience en la matière, répondit Morgane d'un ton évasif. Ta mère t'a-t-elle révélé d'où elle tenait l'épée ?

– Non. Elle m'a fait jurer de l'apporter à un certain Merlin. Ça semble fou, je sais, mais… je crois qu'elle voulait parler de Merlin l'Enchanteur.

– Ça n'a rien de fou. Au contraire.

– Attendez, vous voulez dire que Merlin existe vraiment ? Qu'il est vivant, quelque part ?

Arthur acquiesça.

– Les marchands d'Arabie le connaissent. De réputation, du moins. Ils disent qu'il se transforme en chien noir pour voler les enfants et qu'il les emporte dans une sorte de château souterrain.

– Racontars grotesques, soupira Morgane.

– Parce que tu es une experte de la vie de Merlin, peut-être ? Laisse-moi deviner : c'est un client régulier de la Lance Brisée ?

– Toi, la ferme !

– Comme tu l'auras compris, dit le jeune homme à Nimue, Morgane sait tout sur tout et les autres ne sont qu'une bande d'ignorants.

– Pas tous les autres, riposta la serveuse, seulement toi.

« Aucun doute : ils sont bien frère et sœur », songea Nimue.

– J'espère que tu as appris à ignorer cet imbécile, poursuivit

Morgane. Agréable à regarder, mais pas grand-chose sous la caboche.

Arthur avala rageusement une gorgée de vin.

Morgane les dévisagea tour à tour, incrédule.

– Vous êtes sérieux, tous les deux ? Merlin est le sorcier le plus redouté de son époque. Voire de tous les temps. Son nom apparaît dans des documents historiques datant de la chute de Rome. Il est âgé de plusieurs siècles.

– Est-il Faë ? voulut savoir Nimue.

– Il est druide. Un prêtre des dieux anciens. Mais comment savoir ? Peut-être a-t-il dans les veines de vieilles traces de sang Faë. Ou de géant. À moins qu'il ne s'agisse d'un demi-dieu. Il connaît la magie Faë, bien sûr. Ainsi que la sorcellerie. La nécromancie. Et les conjurations. Il maîtrise absolument tout. Il incarne l'histoire des arts occultes à lui seul. On dit qu'il commande les océans et les cieux.

– Ce ne sont pas des racontars grotesques, ça ? grommela Arthur.

– Certains affirment qu'il est le conseiller du roi Uther Pendragon. Le souverain doit lui trouver quelques qualités, j'imagine. Mais plus important encore, il serait soi-disant à la tête des Seigneurs de l'Ombre.

– C'est qui, ceux-là ? demanda Nimue, qui se sentait de plus en plus ignare à mesure que la conversation avançait.

– Le grand réseau des magiciens-espions qui nous contrôlent en secret, railla Arthur.

– Cuve ton vin et tais-toi, répondit sèchement Morgane. Arthur a peur de ce qu'il ne comprend pas. Moi, je crois en leur existence. Depuis l'avènement de l'Église, les vrais magiciens et les sorcières sont tous passés dans la clandestinité. Ils forment une société magique cachée au sein de la société ordinaire. Chaque Seigneur de l'Ombre veille sur une guilde : les mendiants, les forgerons, et même les banquiers.

Voyant Nimue écarquiller les yeux, Morgane ne put s'empêcher d'avoir sincèrement pitié d'elle.

– Ma pauvre... tu n'as pas la moindre idée de ce que tu as déclenché, hein ?

– Comment faire pour retrouver Merlin ? demanda plutôt la jeune fille.

– Où qu'il soit, je peux t'assurer que c'est à mille lieues de ce trou paumé, déclara Arthur avant d'avaler une longue rasade de vin.

Morgane réfléchit tout en remplissant son gobelet.

– Il y aurait peut-être moyen de le faire venir jusqu'à nous, dit-elle.

– Jusqu'à nous ?

La jeune femme acquiesça.

– À condition qu'il respecte tes exigences, ajouta-t-elle.

– J'ai des exigences, moi ? s'étonna Nimue.

– Bien sûr que oui. Tu es la Sorcière Sang-de-Loup et tu possèdes la Dent du Diable. Cela te donne un pouvoir incroyable. Et le pouvoir est la seule chose que convoitent les hommes. (Arthur s'apprêta à protester, mais Morgane poursuivit :) Tu es tout à fait en position de négocier, Nimue. Pour ta survie, et celle de ton peuple.

L'adolescente n'en revenait pas. Son surnom de Sorcière Sang-de-Loup lui faisait l'effet d'une sinistre condamnation à mort ; jamais elle n'aurait eu l'idée d'y voir un symbole de force. Pour la première fois depuis des jours, elle sentit une lueur d'espoir se rallumer en elle. Cette Morgane gagnait à être connue.

– Si Merlin est aussi puissant que tu l'affirmes, ne décryptera-t-il pas mes mensonges ?

Morgane baissa les yeux vers l'épée. Elle passa ses doigts le long de la lame et les montra à Nimue. Ils étaient tachés de rouge.

– Est-ce bien le sang des paladins ? demanda-t-elle.

L'adolescente acquiesça

– Alors de quels mensonges parles-tu? Tu es la Sorcière Sang-de-Loup. Tu as semé la terreur parmi les diables rouges. L'épée du pouvoir est entre tes mains, et tu n'accepteras de t'en séparer qu'à certaines conditions.

Nimue balaya la modeste taverne du regard.

– Tu sembles très sûre de toi, dit-elle.

– Ah... je suis pleine de surprises ! plaisanta la serveuse en brandissant sa timbale. Mais si je t'apporte mon aide, j'attendrai de toi un service en échange.

– Lequel ?

– Tu verras bien, fit la jeune femme, un sourire au coin des lèvres.

CHAPITRE 16

Une fois certaine que la voie était libre et qu'aucun voyageur nocturne n'errait sur la route de L'Escarbette, Morgane conduisit Arthur et Nimue vers les collines boisées au sud du hameau.

– Pas de torche, et pas un mot, leur ordonna-t-elle avant de s'élancer devant eux d'un pas vif.

Sa cape brune la dissimulait presque complètement entre les rayons de lune qui éclairaient le chemin par intervalles, telles des pierres de gué. Le seul bruit dans la nuit était le crissement de leurs pas sur les aiguilles de pin. Nimue avait du mal à se repérer et perdit Morgane de vue à plusieurs reprises. La serveuse se glissait sous les arbres morts et franchissait les ruisseaux sans marquer le pas. Ils cheminèrent ainsi pendant près d'une heure sur un terrain escarpé. Nimue avait le visage écorché par les ronces, les poumons en feu et terriblement mal aux pieds.

Soudain, Morgane s'arrêta et leva la main. Arthur et Nimue n'osèrent plus bouger. La forêt était très sombre. Rien de particulier n'était visible alentour, hormis les pins immenses et les étonnantes formations rocheuses qui les encerclaient, signe qu'ils avaient dû pénétrer dans les contreforts des Monts du Minotaure. Il faisait froid ; Nimue resserra sa pèlerine sur ses épaules. Au même moment, le feuillage remua juste au-dessus d'eux. Arthur s'apprêtait à sortir son épée, mais Morgane lui fit non de la tête. Quelque chose bondit de branche en branche avec une agilité prodigieuse à près de quatre mètres au-dessus du sol, avant de s'évanouir dans la pénombre. Trop rapide pour un ours, trop gros pour un oiseau ou un chat.

– C'était quoi ? chuchota Nimue.

Un coassement lointain lui répondit. Cela ressemblait au chant des grenouilles qu'elle entendait parfois derrière chez elle, à Roseprée. D'autres sons résonnèrent, et Morgane leur fit signe de se remettre en marche. À mesure qu'elle avançait, Nimue sentait des dizaines d'yeux rivés sur leur petit groupe. Elle se demanda si Arthur avait la même impression. Des ombres ondulèrent près d'un sapin couché. Mais Morgane ne prêtait guère attention à ces curieux observateurs. Elle les mena jusqu'au pied d'une paroi rocheuse recouverte de longues lianes feuillues. Le chemin, tapissé d'aiguilles de pin, continuait à grimper vers l'ouest.

Nimue se préparait déjà à escalader la roche quand le rideau végétal s'écarta, révélant deux jeunes filles drapées de lierre au point de presque se fondre dans le décor. Derrière elles se devinait l'entrée d'une petite grotte. Sans plus d'explications, Morgane pénétra à l'intérieur. Nimue lui emboîta le pas sans détacher son regard des jeunes gardes, qui semblaient épuisées et effrayées.

Au bout de quelques pas, l'obscurité se referma sur eux et Nimue se cogna la tête contre le plafond. D'instinct, elle tendit le bras derrière elle et trouva la main d'Arthur. Leurs doigts s'entremêlèrent brièvement, comme pour se rassurer.

Nimue avançait à l'aveugle, guidée par le bruissement de la longue jupe de Morgane contre les parois étroites du tunnel. Les murs renvoyaient l'écho lointain de murmures et de voix étouffées, jeunes comme vieilles; quand la grotte respira, elle exhala une bouffée d'odeurs multiples que Nimue s'attela à déchiffrer : purin et urine, herbes des landes, peau de chèvre, poivre et clous de girofle, essences d'if et d'aulne, feuilles humides, lilas et iris séchés, bière aigre, suif, moisissure, bœuf salé, laurier, sauge, thym, et transpiration rendue acide par la peur.

– Tout va bien, chuchota Morgane dans la pénombre.

Un morceau de tissu noir fut ôté d'une lanterne, projetant soudain une lueur orange sur une marée de visages. Des corps de toutes les formes et de toutes les tailles étaient allongés sur le sol ou adossés contre les murs; ils devaient être une bonne centaine, voire davantage. La grotte était basse de plafond, mais très large, et semblait prolongée par un réseau de cavités qui s'étendait bien au-delà du halo de lumière. Nimue eut le souffle coupé. Tous ces gens étaient des Faë. Des membres de son propre peuple, survivants des massacres de Carden.

– Ils sont si beaux, lâcha-t-elle d'une voix tremblante.

Ce moment était à la fois douloureux et émouvant, comme une réunion avec une famille qu'elle n'aurait jamais connue. Certains de ces clans étaient si secrets et isolés que Nimue les voyait pour la première fois. Les Foule-Falaise, par exemple – un clan montagnard dont les hommes arboraient de lourds casques ornés de cornes de béliers, et les femmes de subtiles scarifications formant un entrelacs de cercles sur leurs bras. Ou encore les Serpents, qui vénéraient la nuit et vivaient dans des huttes flottantes au milieu des marécages; leurs enfants se cachaient sous des capes en peaux de rat, et les adultes dissimulaient leurs yeux derrière des masques d'ailes de chauve-souris, le visage badigeonné de guano. Les Faiseurs d'Orage, tatoués de la tête aux pieds, étaient réputés pour leurs incantations à la pluie, tandis que les Ailes-de-Lune, qui communiaient avec les oiseaux nocturnes, étaient les ennemis jurés des Serpents. Leurs jeunes vivaient une décennie durant dans la canopée, parmi les colonies de freux, avant que leurs pieds touchent le sol. L'un des enfants caressait la tête d'une énorme chouette grise en fixant sur Nimue un regard ardent et méfiant. Les Tusks vouaient un culte aux sangliers, dont ils partageaient le tempérament hargneux. Les Faunes portaient des ramures sur la tête, chevauchaient d'énormes cerfs et étaient d'excellents archers. Quant aux Plogs, le clan Faë des creuseurs de tunnels, leur espèce s'était progressivement adaptée à une vie de labeur et d'obscurité perpétuels : leurs grosses mains calleuses ne possédaient que deux doigts griffus, et la plupart d'entre eux étaient aveugles. Ils peuplaient les cauchemars des enfants Faë, même si Lénore avait toujours enseigné à sa fille que les Plogs étaient en réalité des créatures timides préférant se nourrir de larves et de racines plutôt que de chair animale.

Il y avait quantité d'autres clans que Nimue ne parvint pas à identifier. C'était impressionnant. Oppressée par le confinement de la grotte et la chaleur étouffante, ses forces déjà éprouvées par la peur et la fatigue, Nimue se sentit soudain vaciller ; Morgane la rattrapa juste à temps pour l'empêcher de tomber.

Le trio poursuivit sa route dans un labyrinthe de galeries souterraines jusqu'à une sorte d'alcôve juste assez grande pour accueillir une paillasse et une lanterne. Les doigts crispés autour du manche de son épée, Nimue se laissa installer sur le lit de paille. Ses paupières s'alourdirent. Elle se sentit happée par une obscurité profonde et envoûtante.

Ses rêves furent emplis de feu.

Lorsqu'elle rouvrit les yeux, sa première vision fut celle d'Arthur, assis contre le mur, en train d'étudier les cartes volées aux Paladins Rouges.

– Tu as dormi presque deux jours, lui dit-il.

Nimue palpa le sol autour de sa paillasse.

– L'épée. Où est-elle ?

– Détends-toi, tout va bien. Elle est là, fit Arthur en lui montrant un renfoncement dans le mur derrière elle.

L'épée du pouvoir était bien là, emmaillotée dans un morceau de tissu. Nimue se rasséréna en la voyant, malgré les terribles images dont elle avait rêvé et qui l'imprégnaient encore – ces visages curieux et effrayants surgis de la pénombre face à elle.

– Je suis content que tu te sois réveillée. Les gens d'ici ne m'apprécient pas beaucoup. Ils me traitent de « Sang d'Homme », entre autres.

– Ils ne devraient pas t'appeler comme ça. Ma mère a toujours interdit l'emploi de ce terme.

– Je suis trop humain, sans doute. Ni ailes ni ramures. Mais j'ai du mal à en vouloir à ces pauvres bougres après tout ce qu'ils ont enduré. Oh, et prépare-toi à…

Nimue se rembrunit.

– À quoi ?

– Tu verras.

Elle se leva, épousseta la saleté et les brins de paille sur son pantalon en loques. Ensemble, ils longèrent un long tunnel étroit et traversèrent une grande salle arrondie partiellement à ciel ouvert, mais envahie par la forêt : troncs d'arbres morts, racines noueuses et roches couvertes de mousse formaient un pont glissant vers le monde extérieur.

Nimue se sentait éperdue d'admiration envers la communauté Faë réfugiée en ce lieu et s'efforçant de recréer un semblant de normalité. L'espace de l'immense caverne avait été divisée par clans. Les Tusks étaient blottis tous ensemble, occupés à façonner leurs traditionnelles armes en os, tandis que, plus en hauteur, les Faiseurs d'Orage accrochaient leurs lits suspendus et que les Serpents dressaient leurs répugnantes tentes de peau pour s'isoler franchement des autres.

Un spectacle de misère régnait dans ces cavernes. Plus d'une fois, Nimue dut faire attention à l'endroit où elle posait les pieds pour ne pas trébucher sur les malades, les vieillards ou les blessés. Ils gisaient sur le sol, le regard faible et craintif. L'activité ne manquait pas ; partout, des Faë transportaient des seaux d'eau, des paniers de racines et de légumes glanés ou volés dans les alentours, suspendaient des vêtements, s'occupaient des blessés et déplaçaient les malades dans des salles isolées afin d'éviter les épidémies. La tension était palpable. Nimue assista même à un début de rixe entre Tusks et Serpents. Les esprits se calmèrent vite, mais l'adolescente voyait bien que le manque de nourriture risquait à tout moment de raviver les rivalités tribales et territoriales.

Contrairement à leurs aînés, les enfants Faë jouaient volontiers tous ensemble. Leurs joyeux éclats de rire faisaient plaisir à entendre.

À mesure que Nimue et Arthur se dirigeaient vers le centre de la grotte, des murmures enflèrent sur leur passage. La jeune fille sentait sur elle des regards insistants qui la mettaient pour le moins mal à l'aise. Elle connaissait mal ces clans et leurs coutumes ; elle ne savait pas du tout à quel type de réaction s'attendre de leur part.

– Pourquoi est-ce qu'ils me regardent comme ça ? glissa-t-elle tout bas à Arthur.

– La Sorcière Sang-de-Loup est parmi eux, répondit-il en guise d'explication.

Une fillette Faune dotée de minuscules ramures de cerf qui lui poussaient sur le haut des tempes se faufila près d'elle pour lui toucher la jambe avant de repartir auprès de sa famille. D'autres enfants issus de différentes espèces Faë ne tardèrent pas à affluer, se bousculant pour la toucher ou lui tenir la main, tirer sur ses manches déchirées, leurs petits bras tendus vers elle. Des adultes commencèrent à les imiter, d'abord une poignée, puis par dizaines, jusqu'à ce qu'ils soient près d'une centaine, agglutinés autour d'elle en un cercle de survivants éperdus de gratitude. Nimue prit peur, soudain. La foule l'éloigna peu à peu d'Arthur pour lui passer des colliers autour de la tête, lui offrir de menus objets, des porte-bonheur et autres présents de fortune.

– Merci, merci, répétait Nimue, merci, c'est tellement gentil…

Elle se retourna pour chercher Arthur du regard, mais le jeune homme était introuvable dans la masse qui s'était formée autour d'elle.

CHAPITRE 17

La taverne du Jongleur Aveugle était une grande pièce sombre et enfumée, au plancher vermoulu imprégné de flaques de vin. Les bûches qui brûlaient dans l'âtre projetaient une lueur jaunâtre dans le regard des hommes qui marmottaient au-dessus de leurs chopes en guettant d'éventuels voyageurs à détrousser. Les femmes n'y étaient pas moins dangereuses, et particulièrement douées pour vider les poches des inconnus solitaires tout en leur chuchotant d'illicites promesses à l'oreille.

Merlin faisait partie de ces étrangers de passage. Il s'était choisi exprès une table dans un coin d'où il pouvait à la fois voir et être vu, car il jouait ce soir-là le double rôle de la proie et du chasseur. Les brutes patibulaires qui fréquentaient la taverne ne l'intéressaient guère. Ses intentions étaient plus subtiles.

Hogue-l'Étang était un trou perdu situé à l'orée des Terres Sauvages, ces contrées barbares recelant mille dangers (naturels et autres) qui séparaient les royaumes d'Angleterre, d'Aquitaine et de Francie, et sur lesquelles avaient achoppé tous les rois ambitieux cherchant à unifier la région. Les cavaliers préféraient infliger une journée de voyage supplémentaire à leurs montures plutôt que d'y passer une nuit, pour la bonne raison que Hogue-l'Étang était réputé pour être le paradis des voleurs. Avec ses maisons hautes et serrées les unes contre les autres, bâties à flanc de colline pour leur éviter de glisser vers les marais, la ville n'était qu'un dédale de ruelles tortueuses, d'escaliers étroits, de culs-de-sac et d'allées sombres.

C'était également le territoire de Rugen le Lépreux, Seigneur de l'Ombre des Damnés. Mais obtenir une audience auprès d'un être si funeste était un jeu délicat, même pour Merlin l'Enchanteur.

Un garçon à l'oreille tranchée lui déposa une miche de pain sur la table ainsi qu'un pichet de vin et un gobelet d'étain. Le mage lui jeta une pièce d'argent et le gamin s'en empara tel un bébé vautour. Merlin se servit ensuite du vin. « La soirée risque d'être longue. » Il but une gorgée, reposa son gobelet. Et se figea net.

Une femme entièrement vêtue de noir, jusqu'à la voilette dissimulant son visage, avait pris place sur la chaise à côté de lui.

– Bon sang, lâcha-t-il, pourquoi faut-il toujours que tu surgisses comme ça sans prévenir ?

– On m'appelle la Veuve, répondit-elle.

– Quelqu'un t'a suivie ?

Cette question parut la vexer.

– Question stupide, s'excusa Merlin.

– Tu nous avais juré que l'épée du pouvoir était détruite.

Ses brûlures encore récentes se ranimèrent.

– Je le croyais, en effet. Mais tous les présages m'indiquent le contraire.

– Pour les Seigneurs de l'Ombre, fit la Veuve, la coupe est pleine. Tu viens de perdre le peu de confiance que nous t'accordions encore.

– Quoi qu'il en soit, l'arme a été retrouvée. La Guerre de l'Épée est rouverte. « Qui brandira l'épée du pouvoir sera le seul vrai roi. » Tous les prétendants vont se ranger en ordre de bataille. La flotte du Roi des Glaces s'assemblera au nord, les Paladins Rouges au sud, les Seigneurs de l'Ombre à l'est, et le roi Uther enverra ses armées. Allons-nous gaspiller notre énergie en querelles intestines ou la consacrer aux vrais dangers qui nous menacent ?

– Vous mangez quoi ? les interrompit soudain le serveur à l'oreille coupée. Les tables sont réservées aux clients qui dînent.

– Il est comment, votre civet de lapin ? s'enquit Merlin en priant pour qu'il s'agisse bien de lapin et pas d'un autre animal.

– C'est un délice, répondit le garçon avec un sarcasme admirable.

– Alors ça m'ira. Et un gobelet supplémentaire pour cette gente dame.

– Quelle gente dame ? fit le garçon en tournant la tête de tous les côtés.

– Tu es bien distrait, je trouve, fit observer la Veuve.

– Hum, non, rien, répondit Merlin au serveur.

Il avait oublié qu'aux yeux des humains ordinaires, la chaise à côté de lui semblait vide.

– Je t'ai contactée en tant qu'amie, non en ta qualité d'émissaire des Seigneurs de l'Ombre.

– Et c'est en ma qualité d'amie que je te dis ceci : s'ils décident de se passer de tes services, ça ne s'arrêtera pas là. Tu en sais trop, et tu as trop d'ennemis. Ils te traqueront sans relâche. Et j'ai peur de la personne qui te remplacera.

– Ton inquiétude réchauffe mon petit cœur.

– Cette histoire d'épée a relancé les pires rumeurs à ton égard, insista la Veuve. Il se chuchote que tu es un menteur, que tu as perdu tes pouvoirs magiques... Dis-moi la vérité, fit-elle en croisant ses pâles mains sur la table : est-ce le cas ?

« Je joue avec le feu », songea Merlin. Il préféra éluder la question.

– Puisqu'on aborde les sujets intimes, si on parlait plutôt de ton défunt mari ?

La Veuve mordit aussitôt à l'hameçon.

– As-tu des nouvelles de lui ? A-t-on aperçu son bateau ?

« Cesse donc ce jeu cruel, Merlin. » La Veuve guettait désespérément le retour de son mari, disparu en mer. Son chagrin immense lui avait permis de repousser la Mort et de circuler librement entre les mondes, ce qui lui valait le titre de Seigneure de l'Ombre des Agonisants. Les trois derniers vers des *Lamentations de Candletree*, la célèbre chanson de Feadun le Barde, résumaient cela mieux que n'importe qui. Au moment où le chevalier rend son dernier soupir, son fidèle écuyer se penche à son chevet :

« Que me dites-vous, cher Candletree ? »
« Le visage de la Veuve, murmura-t-il,
M'apparaît sous son voile gris. »

Merlin jugea inutile de se mettre à dos l'une des petites sœurs de la Mort.

– Non, aucune nouvelle, finit-il par répondre. J'espère qu'il reviendra sain et sauf.

La Veuve rajusta sa voilette et aplanit ses longues manches de dentelle noire. Merlin poursuivit :

– Tes visions, que te disent-elles à propos de l'épée ? Où va-t-elle aller ?

La Veuve garda le silence, le temps d'interroger l'avenir.

– L'épée est déjà en route vers toi, Merlin. Mais j'ignore quelle extrémité, de son manche ou de sa lame, te trouvera en premier.

– Dans ce cas, je dois me préparer à l'une ou l'autre de ces éventualités.

– C'est-à-dire ?

– L'épée est née des flammes Faë, et elle y retournera. J'ai l'intention de la faire fondre et de la rendre à ses origines.

– Tu comptes la détruire ? Mais… et la prophétie, alors ?

– Des paroles naïves, prononcées en des temps plus cléments. Les années m'ont appris la sagesse. Il n'y a pas de seul vrai roi. L'épée du pouvoir est maudite et corrompra tous ceux qui s'en emparent.

– Tu te compliques la tâche, comme toujours.

– Peu de gens au monde connaissent cette épée aussi bien que moi. C'est la seule issue.

– Mais les forges Faë ont brûlé il y a un millénaire !

– Je sais. Le feu Faë est un trésor rare et convoité, jalousement gardé par une toute petite poignée de collectionneurs.

– Oh non… ne me dis pas que c'est à *lui* que tu comptes le voler ?

– Si.

– Sans l'aide de ta magie ?

– Ragots malveillants. De toute façon, j'ai encore mon sens de la repartie. Et mon charme.

– Je crains que tu ne surestimes les deux…

– Puis-je compter sur toi ? Ma vieille amie ?

La Veuve soupira.

– C'est pour cette raison que tu m'as demandé d'apporter le collier, j'imagine ? dit-elle en glissant à Merlin un petit paquet enveloppé de soie noire.

Il le rangea aussitôt entre les pans de sa tunique.

– Je suis navré de te demander un tel sacrifice.

– Je n'ai plus besoin de bijoux, répondit la Veuve d'un ton amer. Ce sera tout ?

– J'aimerais t'emprunter ton cheval, aussi.

La porte du Jongleur Aveugle s'ouvrit brutalement et Merlin se retrouva projeté à travers le seuil. Il tenta de reprendre son équilibre, mais l'aubergiste costaud qui le tenait par la ceinture le jeta – encore gesticulant – sur un tas de fumier. La lune était haute et brillante.

– C'est moi qui devrais te pisser dessus, sale chien répugnant !

Il compléta ces paroles d'un coup de pied en pleine poitrine pendant que Merlin essayait de se mettre à genoux. Puis il regagna sa taverne d'un pas furibond.

– La seule raison pour laquelle je me suis soulagé par terre, se récria Merlin, c'est que ton vin immonde est tellement coupé à l'eau qu'il faut en boire des litres pour se saouler un minimum ! (Il jeta une poignée de purin contre la porte, qui venait de se refermer.) Et au fait, tu diras à la patronne qu'elle tripote un peu trop les clients !

Il se remit debout en grommelant avant de s'éloigner clopin-clopant dans la grand-rue de Hogue-l'Étang. Ses pièces tintaient dans sa bourse à chacun de ses pas, et il chantonnait en se querellant vaguement avec des compagnons invisibles. Il avait parcouru quelques dizaines de mètres quand des ombres commencèrent à le suivre le long des murs.

Merlin but une gorgée de vin de sa gourde et leva un sourcil, interloqué : quatre inconnus (des lépreux, à en juger par leurs guenilles noires et leur peau putride) venaient de surgir autour de lui et s'avançaient en traînant les pieds. Le mage resta parfaitement immobile. D'autres créatures apparurent, tels des spectres jaillis des fissures entre les pavés, rampant hors des sous-sols et des caniveaux.

Maintenant qu'il était totalement encerclé, Merlin jeta sa gourde de mauvaise grâce.

– Vous savez qui je suis, maugréa-t-il. Conduisez-moi auprès de votre roi.

La horde se jeta aussitôt sur lui et Merlin s'abandonna à leurs doigts avides. En quelques instants, il se retrouva emporté par leur masse grouillante et furtive dans un réseau de tunnels secrets qui perçait les sous-sols de Hogue-l'Étang, en direction de vieux égouts romains désaffectés et d'effroyables ténèbres.

CHAPITRE 18

Une flèche garnie d'une plume fendit l'air glacial de la forêt et se planta dans le flanc arrière d'un lapin, qui se mit à tournoyer sur lui-même comme une toupie. Le jeune Faune arrima son arc à son épaule et courut récupérer l'animal. Ses pas ne produisaient aucun son sur le tapis de feuilles mortes.

Morgane et Nimue le suivaient, abritées sous leurs capuches qui les protégeaient du froid et des regards indiscrets. Les nuages gris étaient plats et immobiles dans le ciel, comme en attente. La journée semblait teintée d'une désagréable menace.

L'archer ramassa le lapin mort. Morgane indiqua le chiffre cinq avec ses doigts pour indiquer que la chasse était loin d'être terminée. Le Faune rangea son trophée dans la besace en travers de son dos et se remit en route.

– Ça fait beaucoup de travail pour un seul garçon, fit observer Nimue.

– Mieux vaut ne pas nous déplacer en trop grand nombre. Le prêtre de L'Escarbette me regarde bizarrement depuis qu'il s'est mis à porter de longues robes rouges. C'est un miracle que personne ne nous ait encore découverts.

La jeune femme s'agenouilla pour observer une racine, la jugea sans intérêt et se releva.

– Ce que tu fais est très courageux, dit Nimue.

– Sans doute. Mais ça ne vaut pas les exploits de la Sorcière Sang-de-Loup, plaisanta-t-elle.

– Je n'ai fait que m'enfuir et me battre… pour survivre. Je n'ai accompli aucun exploit. Je m'en veux de devoir les décevoir, mais je ne suis rien du tout, répondit Nimue.

N'empêche, les paroles de Morgane lui firent chaud au cœur. Elle avait plus besoin de compliments qu'elle ne l'aurait cru.

– Tu es la seule à avoir pris les armes pour eux, et ils le savent. Ils méritent bien une lueur d'espoir, si infime soit-elle.

– Infime ? répéta Nimue.

Morgane acquiesça avec gravité.

– Notre situation est précaire. Chaque jour nous apporte une nouvelle famille, de nouveaux survivants à recueillir. Et maintenant, le froid s'en mêle. S'ils ne meurent pas aux mains des paladins, l'hiver s'en chargera à coup sûr. J'avais réussi à les convaincre de ne pas piller les fermes alentour, de peur qu'ils ne trahissent leur présence, mais ils ne m'écoutent déjà plus. Sans parler de leurs disputes. Heureusement que nous avons le Chevalier Vert. Ils le respectent, au moins.

– Qui est-ce ? demanda Nimue avec curiosité.

– Je serais bien en peine de te répondre. Il ne s'adresse pas vraiment aux « Sangs d'Homme ». Il ne nous fait pas confiance.

– Mais tu aides son peuple, pourtant. C'est absurde !

– Le monde est complexe, Nimue.

– Et tu crois que ce Merlin sera d'une quelconque assistance ?

– Peut-être, fit Morgane. Si tu as la volonté d'être forte. Et de le défier.

Nimue sentit un pincement dans son ventre. Elle préféra changer de sujet.

– Comment t'es-tu retrouvée mêlée à tout ça ? Tu n'es pas... Ce que je veux dire, c'est que... tu ne leur dois rien. Ni à eux ni à nous.

– Mes paniers étaient trop légers, commença-t-elle à expliquer. (Devant l'air interloqué de Nimue, elle poursuivit.) Les paysans locaux avaient moitié moins de légumes à vendre que d'habitude. Ils se plaignaient de vols. Cela a duré une semaine. Un jour où j'étais sortie en forêt ramasser des herbes sauvages pour mes petites... hum, recettes personnelles – ou mes potions, si tu préfères –, je me suis éloignée de la route plus qu'à l'accoutumée et je suis tombée sur une famille de Tusks, blottie dans le tronc creux d'un chêne mort. La grand-mère avait été sauvée in extremis d'une croix en flammes, la moitié du corps brûlé, la pauvre. Ils l'avaient transportée durant des jours. Elle est enterrée tout près d'ici... Mais ce n'était que le début. Deux autres familles sont apparues le lendemain – des Serpents, si c'est bien comme cela qu'on les appelle. Quand les Ailes-de-Lune sont arrivés, nous avons pu installer un guetteur au sommet des arbres. Des messagers ont été dépêchés le long de la Route Royale afin de retrouver les survivants. Un mois sans sommeil plus tard, et nous voilà. Et toi ? Comment as-tu embarqué Arthur dans cette histoire ? L'altruisme n'est pas sa qualité première. Il doit surtout s'intéresser à toi.

Nimue ouvrit la bouche, mais aucun son n'en sortit.

– Oh, la ravissante petite tomate ! fit Morgane en riant. Tu devais apprendre à ne pas rougir comme ça. Tu es un livre ouvert.

– Je ne suis pas… mais non, c'est… c'est stupide, bredouilla Nimue en pressant le pas.

– Il n'y a pas de honte à avoir, si Arthur te plaît. Mon frère est très beau garçon, quoique peu fiable. Là aujourd'hui, envolé le lendemain…

Morgane avait un je-ne-sais-quoi qui lui rappelait Pym. Peut-être le double sens mystérieux qui semblait toujours imprégner ses propos. Nimue avait toujours pris un malin plaisir à taquiner son amie en raison de sa candeur. Par exemple, elle lui chuchotait des grossièretés épouvantables durant les leçons alors que Pym était incapable de contenir ses émotions. Sa droiture lui donnait du courage, l'incitait à prendre toujours plus de risques, comme à la taverne, le jour de leur rencontre avec Arthur. Si Nimue n'avait pas défié Bohort au jeu, si elles étaient rentrées chez elles tant qu'il faisait encore jour, le cours de leurs vies aurait-il été différent ? Y aurait-il eu davantage de survivants au massacre de Roseprée ? Pym lui manquait tant.

– Arthur m'a sauvé la vie, insista-t-elle.

– C'est lui faire bien trop d'honneur.

Cette fois, les paroles de Morgane agacèrent Nimue.

– Ah oui, parce que tu étais là, peut-être ? Il s'est comporté en véritable ami. Il aurait pu m'abandonner aux loups une bonne dizaine de fois.

– Tu es libre de lui devoir ce que tu veux. Mais demande-toi pourquoi il t'a conduite au sud, en plein cœur du danger, plutôt qu'au nord. Hmm ?

– On était en cavale. On n'a pas vraiment eu le temps de réfléchir.

– *Tu* n'as pas pris le temps de réfléchir. Arthur, si. Il t'a amenée jusqu'ici pour te laisser tomber, affirma Morgane sans détour.

La gifle.

– Jamais il ne ferait une chose pareille, protesta mollement Nimue.

En vérité, la perspective de l'abandon d'Arthur la blessait cruellement. Cela ravivait en elle un douloureux souvenir d'enfance.

– Tu crois qu'il s'intéresse à tes problèmes ? Il n'a jamais eu les pieds sur terre. Tu peux déjà t'estimer heureuse qu'il t'ait accompagnée jusqu'ici.

– Pourquoi me racontes-tu tout ça ?

Morgane la dévisagea d'un œil brillant.

– Parce que tu es trop importante pour t'attacher à un homme. Tu ne lui dois rien. C'est lui qui a eu de la chance de te rencontrer. Garde bien cela en tête, si tu tiens à la vie.

Nimue fronça les sourcils.

– Je ne...

– Tu n'es plus une petite villageoise Faë. Tu es la Sorcière Sang-de-Loup. Tu possèdes la Dent du Diable. Certains te vénéreront, d'autres te craindront, et d'autres encore n'auront de cesse de te voir brûler sur une croix. Mais si tu n'assumes pas ton destin, il te détruira. Tu dois apprendre à reconnaître tes vrais amis.

– Comment ?

– Regarde autour de toi. Quand les paladins viendront me chercher, aucun barde ne chantera mon histoire. J'ai remis le sort de notre peuple entre tes mains. Il n'y a pas de retour en arrière possible.

– Et cela fait de toi mon amie ?

– Bien plus qu'une amie. Une sœur de sang. Ma survie dépend désormais de la tienne. Je suis prête à mentir, à voler et à tuer pour toi. Mais la seule chose que je refuse de faire, c'est te regarder bêtement renoncer à ton pouvoir pour un homme.

Morgane sortit son poignard et s'entailla la paume, dessinant dans sa chair un trait de sang rouge sombre. Elle serra le poing pour en imprégner ses doigts et les pressa dans le cou de Nimue, puis sur sa joue, la marquant de sa trace écarlate.

– Je te voue ma vie et mon service. Laisse-moi devenir ton soldat. Et ton élève.

Son pouce effleura les lèvres de Nimue, qui sentit le goût cuivré de son sang.

– Je veux apprendre. Entendre tes voix. Voir ce que tu vois. Je veux sauver le peuple Faë de la colère du Dieu Unique.

Morgane barbouilla ses propres joues de sang et mit un genou à terre devant elle.

– Relève-toi, lui ordonna l'adolescente, embarrassée.

Morgane obtempéra, et Nimue prit son visage entre ses mains.

– Je n'ai rien à t'apprendre. Je ne suis pas celle que tu crois. Tu as accompli bien davantage que moi. Je n'ai fait que sauver ma peau.

– Tu as prouvé aux Paladins Rouges qu'ils étaient mortels. C'est important. Tu as brisé leur mythe et c'est pour ça qu'ils t'en veulent. Ils savent que tu es puissante, même si tu l'ignores encore.

– Mais je ne peux pas t'enseigner la magie. Je n'y connais rien. Mes voix me parlent sans que je les commande.

Un sifflotement grave interrompit leur conversation. Un peu plus loin sur le chemin, le jeune Faune brandissait un putois abattu d'une flèche dans le cou. Morgane fit mine de l'applaudir tandis que le jeune garçon jetait fièrement sa prise par-dessus son épaule.

CHAPITRE 19

Merlin était emporté par la horde de lépreux en furie vers les ruines glaciales de la Vallée du Maron, berceau d'un ancien avant-poste romain battu par les vents et reconverti en sanctuaire pour les hors-la-loi et les miséreux. Les squelettes de marbre des temples en ruine étaient comme les témoins muets de la chute de l'homme, dont cette vallée était le théâtre. Les lois et les codicilles romains avaient été réduits en cendres par des siècles de barbarie rampante. Il n'existait plus que deux types d'hommes : les cruels et les craintifs.

« Quelle est donc ma catégorie ? se demanda-t-il.

Un peu des deux, sans doute. »

La cruauté du Roi Lépreux, en revanche, était indubitable. Il régnait sur la Vallée du Maron comme sur un empire criminel. En recueillant les exclus et les oubliés, il s'était entouré d'une loyale armée d'espions, de voleurs et d'assassins qui s'étendait de l'Angleterre aux monastères du Nord et jusqu'aux places fortes des Vikings dans le sud de la Francie. Sa garde personnelle, baptisée les Affligés, constituait une force redoutable de serviteurs dévoués qui s'offraient de leur plein gré à la lèpre pour payer les dieux de la magie noire en échange du don de Clairvoyance Sorcière. Ce prix, qu'ils payaient de leur chair, était abominable à voir.

Une autre clique de lépreux émergea du brouillard pour venir à leur rencontre. Elle était menée par Kalek, la plus proche conseillère du Roi Lépreux, une vieille femme au visage pourrissant dissimulé derrière un crâne de bœuf. Merlin la connaissait de réputation. Elle leva son moignon droit, dont dépassait un index osseux qu'elle pointa sur lui.

– Tu as une odeur de femme, cracha-t-elle de sa voix rauque et difficilement compréhensible à cause d'une protubérance dans sa gorge.

– On ne peut pas en dire autant de toi, rétorqua Merlin. (Les huiles parfumées étaient en vogue dans la Vallée du Maron, et il n'allait pas s'en excuser.) Rugen veut bien me recevoir ?

– Sa Majesté, le corrigea Kalek.

– Bien sûr, fit Merlin en se fendant d'une courbette. Sa Majesté le Roi Lépreux daignera-t-il accorder une audience à son vieil ami Merlin ?

Il conclut ces mots par un sourire. Kalek se contenta de lui jeter un regard haineux de ses yeux injectés de sang à travers la cavité oculaire de son crâne de bœuf. Puis, d'un geste de dégoût, elle ordonna à sa meute d'emporter Merlin au cœur de la vallée.

Le Roi Lépreux avait établi son trône au fond d'une cavité creusée dans la roche par les premiers Romains et faisant jadis partie d'un vaste temple désormais disparu. Pour l'atteindre, il suffisait de suivre les monceaux de trésors volés, de coffres, de pierres précieuses, de candélabres et de tapisseries arrachées qui bordaient les parois du tunnel. Des lanternes de peau projetaient une lueur somnolente. L'ombre massive du souverain se dessinait sur les murs.

Merlin se retrouva jeté à terre comme un vulgaire sac de grains, et les lépreux disparurent dans l'ombre à la manière d'une armée de fantômes.

– Je peux marcher, tu sais, grommela le magicien en époussetant sa robe répugnante de crasse.

Un énorme soupir envahit la grotte. Le Roi Lépreux se déplaça de son lourd pas de grand singe vers sa vaste couche, constituée d'un empilement de tapis. Sa grosse tête difforme, enfouie sous un capuchon, surmontait deux épaules colossales. Rugen mesurait près de trois mètres de haut et pesait plus de cinq cents kilos, héritage du sang de géant qui coulait dans ses veines.

– Merlin, cher vieil ami, quelle agréable surprise, lâcha-t-il de sa voix de stentor.

Une jeune lépreuse âgée de quatorze ou quinze ans à peine, les mains rongées par des lésions à vif, tendit à Merlin une coupe remplie d'un vin épais qu'il accepta par pure courtoisie.

Le souverain s'installa non sans effort sur sa montagne de tapis.

– Je suis mortifié par la brutalité de mes serviteurs. Accepte mes plus sincères excuses. Ce n'est pas ainsi qu'on traite un homme de ton importance et conseiller du roi Uther Pendragon, en prime.

Inutile d'être un puissant sorcier pour détecter la pointe d'ironie dans ces paroles.

– Penses-tu, c'est déjà oublié ! Un rien vous rend bougon, à mon âge. C'est ce voyage. Je crois que je suis trop vieux pour gambader comme avant.

– Absurde. Tu as une mine splendide. Et tu m'as l'air en pleine forme ! Mais il est vrai que le monde appartient à la jeunesse, n'est-ce pas ?

L'haleine chaude de Rugen formait des nuages de vapeur dans l'atmosphère glacée et humide de la grotte. Il enfila de grossières mitaines de laine. À l'instar de ses Affligés, le souverain était dépourvu de plusieurs doigts à chaque main.

– Bois donc, Merlin. Ce vin est ma dernière passion en date. Ton nez raffiné y détectera sans doute des arômes de cerises et d'épices moyen-orientales.

– Tu as toujours été un homme de goût, concéda Merlin en souriant.

– Pourtant, tes lèvres sont encore sèches.

– Je laisse toujours respirer le vin avant de boire.

Un rictus passa sur les lèvres de Rugen.

– Qu'un homme de ta stature vienne souiller ses beaux atours parmi nous, si crasseux et si misérables, c'est trop d'honneur. Nous ne sommes pas dignes de ta présence.

– Je suis venu présenter mes excuses, avoua Merlin avec un geste d'humilité.

– Ah oui ? Et pourquoi cela ?

– Je sais que ma gouvernance des Seigneurs de l'Ombre a laissé quelque peu à désirer par le passé.

– Allons, allons... je te trouve trop dur envers toi-même.

– Mais je suis venu réparer mes erreurs, présenter mes hommages et...

– Tu deviens insultant, Merlin. Comment pourrions-nous prendre ombrage de quelque chose qui n'existe pas ? Les Seigneurs de l'Ombre t'ont exclu. Tu es un espion humain. Pendant des années, tu nous as volé nos secrets pour les transmettre à un roi illégitime. À nos yeux, tu es mort depuis longtemps. Et pour couronner le tout, il s'avère que la légende de Merlin l'Enchanteur

n'est rien d'autre que cela : une légende. (Rugen jouait distraitement avec les cordelettes de la frange d'un tapis.) D'après la rumeur, tu aurais perdu tous tes pouvoirs.

– C'est ce que vont devenir les Seigneurs de l'Ombre sous *ta* gouvernance ? Un club de ragots et de commérages ? Es-tu seulement capable de mener une négociation sérieuse ? N'es-tu pas curieux de savoir ce que j'ai à te proposer ?

– Tes mensonges sucrés ne m'intéressent plus.

– Je suis prêt à soutenir ta candidature, affirma Merlin.

– Tu te crois donc encore si important ?

– Les Seigneurs de l'Ombre se complaisent dans la paresse et l'autosatisfaction alors qu'une menace gronde au sud. Si nous voulons réellement guider la destinée des hommes, nous devons reprendre le pouvoir. J'assume ma part de responsabilité dans le fait d'avoir placé trop d'espoir dans l'humanité. Je suis venu corriger cette erreur. Tu scrutes les cieux, toi aussi. Tu as vu les signes. L'épée du pouvoir est de retour. Tous les rois de la chrétienté vont vouloir se l'arracher. Je m'engage personnellement à ce qu'elle te revienne.

– À moi ? grommela le Roi Lépreux. Pas au roi auquel tu as prêté allégeance ?

Merlin prit un ton contrit.

– Uther ne fait que réchauffer le trône en attendant l'arrivée d'un vrai souverain digne de s'asseoir dessus.

Les parois de la grotte tremblèrent sous les éclats de rire sonores du Roi Lépreux.

– Belle preuve de loyauté. Est-ce à cause de sa lignée trouble, de son tempérament ? Ou bien t'a-t-il jeté dehors comme une vieille chaussette, lui aussi ?

Le magicien regarda la pointe de ses souliers.

– Ce n'est pas tout à fait cela...

– Mais un peu tout de même, ricana Rugen. J'ai touché juste, hein ? Avoue, Merlin. Tu n'es qu'un saoulard doublé d'un sombre crétin. Tu es indigne de servir un roi, même un bâtard illégitime comme Uther Pendragon.

– Il est vrai que je ne suis plus le bienvenu à la cour d'Uther.

– Et tu viens donc mendier ici.

Merlin sentait la colère de Rugen monter.

– Nous avons été ennemis par le passé, plaida-t-il. Mais ne laisse pas ton orgueil gâcher la promesse d'une belle collaboration ! Je me trouve en position d'infériorité devant toi. Profites-en. Ce n'est pas un hasard si cinq siècles de monarques successifs ont recherché les conseils de Merlin l'Enchanteur. Avec moi à tes côtés, et l'épée du pouvoir rangée dans ton fourreau, ton empire n'aura plus rien à envier à celui d'Alexandre.

Rugen assena un violent coup de poing sur le sol.

– Pourquoi devrais-je croire un seul des mots qui sortent de ta bouche perfide ?

Merlin entendit la roche se fendiller sous la violence du choc. Mais à travers la fureur du roi, il perçut l'impossible dilemme qui le rongeait, entre sa méfiance et sa soif de pouvoir.

– Hélas, Rugen, il faudra me croire sur parole. Je sais que cela est dur à avaler, mais j'ai justement apporté un modeste gage de confiance afin de te rendre cette épreuve plus douce. Un cadeau que tu convoites depuis longtemps.

Merlin ouvrit sa main, révélant un précieux collier en or gravé de symboles runiques et incrusté de saphirs.

Rugen avala sa salive.

– Le torque de Boudicca, poursuivit le mage. Celle qu'elle portait à son cou lorsqu'elle mena les Icènes au combat. (Ses prunelles étincelèrent.) Si nous allions la lui rendre ?

CHAPITRE 20

La flamme d'une torche vacillait dans la petite salle souterraine que Morgane partageait avec Nimue. Une paillasse, une table et une chaise rapportées de la taverne de la Lance Brisée, complétées de quelques couvertures tendues en guise de murs constituaient le décor spartiate de cette chambre de fortune.

Assise sur le lit, Nimue lisait un parchemin à voix haute. Morgane l'écoutait tout en tapotant distraitement le bout de sa plume contre ses dents.

– «*Au Grand Merlin l'Enchanteur*», lut l'adolescente. C'est son titre, ça? «*Grand*»?

Morgane haussa les épaules.

– Comment le saurais-je? Ce n'est pas comme si je lui écrivais tous les jours. Je trouvais que ça faisait plus officiel.

– Va pour «Grand», dans ce cas. «*Salutations de la part de la Sorcière Sang-de-Loup.*» (Nouveau silence.) Là, je ne sais pas trop…

– Arrête de t'interrompre. Continue !

Nimue soupira.

– « *Vous devez d'ores et déjà savoir que je détiens l'épée des anciens connue sous le nom de Dent du Diable. Je peux vous assurer que le père Carden est au courant de cette nouvelle, car nombre de ses Paladins Rouges ont goûté au baiser mortel de sa lame.* »

Morgane haussa les sourcils. Nimue releva les yeux, la mine satisfaite.

– Très bon passage.

– Je le trouvais efficace, moi aussi.

– Quel talent pour l'écriture, commenta Nimue avant de poursuivre. « *Soyez certain que ma campagne de terreur ne fait que commencer. J'ai l'intention d'appliquer au père Carden et à ses assassins rouges la même conception de la miséricorde que celle dont ils ont fait preuve envers les villages Faë.* (Nimue marqua un temps d'arrêt, comme pour digérer ce qu'elle venait de lire.) *Pourtant, mon intention – notre intention à tous, je l'espère – est de mettre un terme à cette violence afin que notre peuple puisse vivre en paix. Je vous propose une alliance, ô Grand Merlin, et vous demande d'user de votre sagesse et de votre influence auprès du roi Uther afin de réprimer ce massacre. En échange, je vous offre la Dent du Diable, certaine que vous en ferez bon usage afin d'unifier les clans Faë et les aider à reconquérir leurs terres. Tournez-moi le dos, et j'inonderai tous les champs de Francie de sang paladin.* » (La jeune fille fronça le nez.) Tu n'as pas peur que je passe pour un monstre, là ?

– Tu dois te présenter à lui comme son égale, sans quoi il ne te prendra pas au sérieux.

Nimue soupira. Cela faisait beaucoup de choses nouvelles à assimiler.

– Mais à quoi bon, s'il n'y a aucune chance que cette missive lui parvienne ?

– J'y ai pensé, répondit Morgane en récupérant le parchemin pour l'enrouler.

D'un geste, elle invita Nimue à la suivre dans les tunnels de la grotte.

– Où as-tu appris à écrire comme ça ? lui demanda la jeune fille.

– Au couvent. Oh non, s'empressa d'ajouter Morgane en voyant la stupeur s'afficher sur les traits de Nimue, je ne suis pas une religieuse du Dieu Unique, rassure-toi ! Mais j'ai bien connu sœur Katerine, la sacristaine d'Yvoire, qui avait accès à tous les livres du scriptorium. Grâce à elle, j'ai pu lire Homère et Platon, les Tables Runiques, les Rouleaux Druidiques, et même les textes interdits d'Hénoch.

Elles sortirent de la caverne à l'air libre et découvrirent des troncs cassés, tombés en travers du sentier. Quelque chose avait forcé son chemin au milieu de la forêt, couchant et détruisant tout sur son passage. La terre était retournée sur au moins quinze mètres, comme si deux sillons profonds l'avaient labourée.

– Que s'est-il passé ? fit Nimue.

– Une autre famille de Tusks est arrivée hier soir, soupira Morgane. Et ils sont venus avec leur monture.

Nimue s'agenouilla devant une trace de sabot fourchu aussi large qu'un petit tonneau.

– Grands dieux…

– C'est un spectacle impressionnant, à condition de se pincer le nez. Mais cela complique singulièrement notre problème de pénurie alimentaire.

Nimue contempla l'empreinte monstrueuse sur le sol ainsi que la terre retournée tout autour.

– Je suis sûre qu'on pourrait trouver une utilité à cet animal.

Un cri aigu s'éleva depuis les tréfonds de la vallée, suivi d'une série de grognements furieux. Nimue tourna un regard affolé vers Morgane.

– J'espère qu'il ne cherche pas une femelle, commenta cette dernière.

Elles s'éloignèrent de la zone sinistrée pour prendre un chemin pentu débouchant sur une prairie envahie de fleurs sauvages. Au centre, un chêne ancestral déployait ses branches longues et basses, comme des bras accueillants. L'air était saturé de chants d'oiseaux.

Une vieille femme Aile-de-Lune, qui ressemblait à un nid retourné avec sa chevelure hirsute et sa cape de plumes déchirée, était assise en tailleur parmi les fleurs et les feuilles d'automne. Une guifette noire pourvue d'un long bec jaune criaillait en sautillant à ses pieds. La femme leva un regard mauvais à l'approche de Morgane.

– Quelqu'un mange mes oiseaux, dit-elle.

Une multitude de volatiles, de toutes sortes et de toutes tailles, les entouraient : macareux, jaseurs, pluviers et vautours, cailles et tourterelles, éperviers et oies des neiges, busards, piverts, paons et chouettes hulottes, proies et prédateurs mêlés.

Nimue sentit ses cicatrices se réveiller. Les Invisibles étaient présents. Des petites voix semblaient résonner à l'intérieur des cris d'oiseaux.

– Nous étudions le problème, Yeva, répondit Morgane.

– Ça n'a rien d'un mystère. Notre grotte est infestée de Serpents. Mets-les en garde, Morgane. Les oiseaux de Yeva ont besoin de se nourrir, eux aussi. Et beaucoup se repaissent de la chair des Serpents.

– Je transmettrai le message. C'est promis.

Mais avant que Morgane puisse ajouter autre chose, Yeva sautilla sur ses pieds, un peu comme sa guifette noire, et se tourna vers Nimue.

– J'ai bien observé cette guerrière Célestienne. Cette Buveuse de Sang de Loup, dit-elle en toisant l'adolescente par-delà son nez crochu.

Les oiseaux firent tout à coup silence.

– Ils ont tant de questions à ton sujet, poursuivit la vieille en désignant ses créatures. (Elle ferma les yeux. Se concentra. Son souffle s'accéléra.) Oh, misère !

Elle passa ses mains devant Nimue, comme si elle mesurait quelque chose d'invisible. Lorsqu'elle arriva au dos de la jeune fille, elle s'arrêta.

– Oui, c'est ici… L'origine de ton mal-être. La source de ton pouvoir. Tu n'as pas de clan. Tu n'es pas une Faë. Ceci est une passerelle vers les Mondes Innombrables, ajouta-t-elle en touchant le dos de Nimue. (Elle rouvrit les yeux.) Puis-je voir ces marques ?

La jeune fille recula, troublée.

Morgane posa délicatement sa main sur l'épaule de l'Aile-de-Lune.

– Nous avons une faveur à te demander, Yeva. Une missive très importante que nous devons transmettre à Merlin l'Enchanteur.

La vieille femme écarquilla les yeux.

– Merlin ? Pourquoi veux-tu contacter ce traître à notre peuple ?

Morgane sortit le minuscule rouleau de parchemin.

– Ce message est strictement personnel. Je suis navrée. Mais pourras-tu nous aider à le retrouver ?

– J'en serais bien incapable, répondit Yeva. (Elle émit alors un cri guttural. Un magnifique milan noir descendit de la cime du chêne pour venir se poser sur son bras.) Mais Marguerite ici présente est une chercheuse hors pair, ajouta-t-elle.

Nimue s'avança vers l'oiseau et lui caressa le cou.

– Elle t'aime bien, gloussa la vieille Faë.

– Comment retrouvera-t-elle Merlin ?

– Les Célestiens les appellent Invisibles, répondit Yeva. Nous autres, Ailes-de-Lune, les appelons Anciens. Ils s'amusent beaucoup des noms que nous leur donnons. Mais ils guideront Marguerite dans sa quête.

– Sur votre ordre ? fit Nimue, ébahie.

– Mon ordre ? Non, répondit la vieille. Ma demande ? Peut-être…

Yeva prit le message des mains de Morgane et l'attacha à la patte de Marguerite à l'aide d'une fine cordelette en cuir. Puis elle prit délicatement la tête de l'oiseau dans sa main et lui murmura quelque chose avant de lever son bras très haut, envoyant Marguerite vers le ciel.

CHAPITRE 21

Debout, les bras dans le dos, Merlin patientait le temps que le gargantuesque Roi Lépreux finisse de farfouiller avec ses gros doigts maladroits parmi le trousseau de clés attachées à sa ceinture.

– Trop petites, grogna-t-il.

Il trouva enfin ce qu'il cherchait, déverrouilla la serrure et ouvrit une énorme porte de fer aux gonds grinçants. Merlin attendit qu'il fasse passer son imposante silhouette à travers l'ouverture avant de lui emboîter le pas à distance respectueuse.

– Alors ? fit le monarque avec une fierté non dissimulée.

Merlin contempla avec gourmandise les richesses étalées devant lui dans cette célèbre cave au trésor remplie de reliques inestimables – et volées. Son regard survola les calices en or et les bagues précieuses, les sceptres de rubis et les boucliers de cérémonie, pour s'arrêter enfin sur un très ancien squelette couché sur un lit de fleurs et dont les cavités oculaires scintillaient d'une étrange lueur verte.

Laquelle provenait du feu Faë qui brûlait dans le brasero juste devant.

– Magnifique, murmura Merlin.

La main du Roi Lépreux enveloppa son épaule et une partie de son dos pour l'emmener voir ses objets favoris. Il lui désigna notamment un coffre incrusté de joyaux.

– Le reliquaire de Septime le Jeune. Des rubis sang-de-pigeon…

– Extraits uniquement des Monts Mughal, compléta Merlin.

Rugen grogna son appréciation.

– Je rêve depuis toujours de voir cette cave légendaire, roucoula le mage. Oh, et que vois-je, le Calice de Ceridwen ?

Il traversa la pièce pour aller admirer une coupe en or déformée.

Le Roi Lépreux le suivit d'un pas traînant. Il semblait sensible aux flatteries de son hôte.

– Le seul et unique, dit-il. Le sorcier qui me l'a offert affirmait qu'il s'agissait du Graal. Bien sûr, je savais qu'il s'agissait d'un trésor encore plus précieux. Ah, la voilà, fit Rugen lorsqu'ils approchèrent du squelette de Boudicca. Tu permets ? demanda-t-il en tendant sa paume de main ouverte.

– Bien volontiers, répondit le mage en lui donnant le torque.

Avec mille précautions, le Roi Lépreux accrocha le collier autour du cou osseux de la reine celte, puis recula pour l'admirer.

– Regarde comme le feu Faë fait briller les gemmes, dit-il.

Merlin opina. Il était impressionné.

– Quelle belle flambée ! commenta-t-il.

– Ne méritons-nous pas le meilleur ?

– Absolument, répondit Merlin, fasciné par le mouvement des flammes vertes.

Rugen se frotta le menton en contemplant le squelette.

– Te voilà parée, ma reine.

Il donna un coup de coude à Merlin, qui tituba sous la force du choc. Le mage retrouva son équilibre avant d'acquiescer.

– Elle était encore plus belle de son vivant. Sa chevelure flamboyante. Son teint de lait.

– Tu l'as bien connue, on dirait, vieux filou ? ricana Rugen, curieux d'entendre la suite de l'histoire.

– Ami, répondit Merlin, cette conversation exige que le vin coule à flots.

Quelques heures plus tard, il festoyait en tant qu'hôte d'honneur à la table du roi Rugen, une monstruosité de chêne entourée d'énormes sièges vermoulus et disparates. Les autres convives étaient des lépreux affligés de toutes les difformités imaginables.

L'atmosphère avait changé au cours du banquet. Le roi, affalé sur son trône, affichait une moue amère. Il bâillait pendant que Merlin remplissait sa coupe en renversant copieusement du vin sur le sol et soliloquait d'une voix pâteuse :

– ... mais c'était toujours pareil, avec Charlemagne. Je lui ai dit que c'était une erreur de faire confiance à l'Église, qu'ils finiraient par comploter dans leur coin pour le renverser, mais tu crois qu'il m'a écouté ? Non ! Le problème, avec ces rois mortels...

Rugen avait du mal à garder les yeux ouverts.

– Mmm, marmonna-t-il distraitement.

– ... se croient toujours au-dessus de tout le monde ! (Merlin se releva pour remplir sa coupe, oubliant qu'il venait à peine de se resservir, et répandit de nouveau le vin royal à terre.) Imbéciles ! Ils ne croient que ce qu'ils ont envie d'entendre. Rien d'autre.

– Rien d'autre, répéta Rugen.

Merlin s'approcha du Roi Lépreux.

– Mais jamais plus nous ne danserons pour eux. Ni ne les cajolerons de beaux mensonges. Notre alliance triomphera de leur Dieu fallacieux. Nous redeviendrons leurs seigneurs légitimes !

Sur ces mots, il abattit sa coupe sur la table et fit tomber un pichet de vin sur les genoux du roi.

– Par tous les dieux, Merlin ! mugit Rugen tandis que ses serviteurs accouraient.

Le mage voulut l'aider, usant de sa propre robe pour essuyer le souverain, mais ne parvint qu'à s'emmêler davantage.

– Je suis navré, laisse-moi...

Il trébucha dans les bras du monarque.

– Tu es ivre, constata ce dernier d'un ton écœuré.

Merlin se retint à ses épaules pour se remettre debout.

– Et toi, étonnamment costaud.

Le roi le repoussa, et il tomba à genoux.

– Pathétique. Ôtez ce triste sire de ma vue, ordonna-t-il à ses gens, et laissez-le dormir. Nous verrons s'il peut encore nous être d'un quelconque usage demain matin.

Les lépreux soulevèrent le mage à demi conscient par les coudes et le traînèrent hors de la pièce.

– Lâchez-moi, bande de brutes ! protesta Merlin d'une voix théâtrale.

Tout en se débattant, il parvint à libérer sa main droite pour glisser les clés subtilisées à Rugen dans la poche cachée de sa robe.

CHAPITRE 22

Soucieuse de se rendre utile, Nimue transportait un seau d'eau fraîche à travers les tunnels sinueux du camp de réfugiés Faë. Ses épaules lui faisaient mal, et la flamme des torches fixées aux parois rendait les sous-sols particulièrement étouffants. La sueur lui ruisselait dans la nuque. Mais tout cela n'était que temporaire, se dit-elle ; un semblant de vie normale, ou disons moins chaotique, était encore possible. Elle regrettait le ton un peu trop agressif de sa lettre à Merlin et craignait de s'être fait un ennemi du seul homme sur terre susceptible de lui venir en aide.

« Pourquoi lui ? Pourquoi ma mère voulait-elle protéger cette épée légendaire ? Pourquoi veut-elle absolument la remettre à Merlin, un traître aux espèces Faë ? »

Pour autant, elle n'oubliait pas la carte des paladins, rangée soigneusement à l'intérieur de sa sacoche. « Nous savons où ils sont. Nous pouvons sauver des villages Faë. Et exterminer bien d'autres de ces pourritures rouges. » Mais, pour le moment, tout le monde restait sourd à ses prières. Les besoins du camp passaient en premier.

À l'approche de la grande salle, Nimue aperçut des enfants Faë en train de faire la ronde. Ce spectacle la fit sourire. Jusqu'à ce qu'elle entende les paroles de leur chanson :

– *Paladin, paladin, prends tes jambes à ton cou, gare au courroux de la Sorcière Sang-de-Loup !*

L'adolescente s'arrêta pour les écouter. « Ils parlent de moi. » C'était à la fois bizarre, gênant et un peu flatteur. Les enfants se tenaient par la main, hilares, et s'écroulaient littéralement de rire.

– *Paladin, paladin, si ton cheval est fou, c'est qu'il flaire la présence de la Sorcière Sang-de-Loup !*

Le cœur battant, Nimue revécut la scène de l'étang : la sensation de la lame perforant le torse du paladin, les eaux froides et bourbeuses réchauffées tel un bain apaisant par le sang qui giclait, la douce musique des hurlements de sa victime.

– *Paladin, paladin, tu pourriras dans un trou, embroché par l'épée de la Sorcière Sang-de-Loup !*

Perdue dans ses pensées, elle ne vit pas tout de suite la jeune Faune aux yeux en amande et coiffée de petites ramures de cerf qui essayait de lui prendre son seau des mains.

– *Adwan po. Semal, semal.*

Nimue refusa le plus délicatement possible.

– Non, pas question. Je tiens à me rendre utile.

Ses efforts pour porter, soulever ou déplacer quoi que ce soit se heurtaient systématiquement au refus des Faë, qui la tenaient en bien trop haute estime.

– *Tetrasum n'ial Cora.*

Nimue sourit d'un air impuissant.

– Navrée, dit-elle, je ne comprends pas…

La Faune tenta d'appliquer ses rudiments de langue humaine.

– Cora, moi mon nom.

– Et moi, Nimue, répondit l'adolescente.

– Oui, oui, fit Cora en souriant, viens.

Elle l'entraîna par le bras vers un cercle de Faunes occupés à confectionner des ornements végétaux en tressant des feuillages et du lierre qu'ils assemblaient avec des tissus élimés. Complété par des rameaux fleuris, le résultat donnait de splendides robes d'inspiration forestière.

– Demain soir, *Amala*. Union, expliqua Cora en brandissant l'une des robes devant Nimue.

La jeune fille se sentit obligée de décliner ce nouvel élan de générosité du peuple Faë.

– Oh non, je vous en prie. C'est magnifique. Vous devriez la porter, pas moi.

– Non, toi porter. Et toi venir. Avec Sang d'Homme, beau garçon, ajouta-t-elle en souriant.

Les autres femmes Faunes gloussèrent. Le feu aux joues, Nimue bredouilla des remerciements à Cora, prit la robe et tourna les talons.

Elle s'empressa d'aller ranger la robe dans la petite alcôve qu'elle partageait avec Morgane et, au moment de repartir, elle se retrouva nez à nez avec Arthur, qui l'attendait dans le passage.

– Je peux savoir ce que tu fais là ? Ce sont les appartements privés des dames, dit-elle.

– J'ai quelque chose à te montrer, répondit le jeune homme avec un rictus.

– Tu as du nouveau à propos des paladins ? demanda Nimue en le suivant à travers une nouvelle série de tunnels qu'elle n'avait pas explorés.

– Doucement, on vient à peine d'arriver.

– Mais quand ils découvriront que leurs cartes ont disparu, ils modifieront leurs plans. Nous perdrons notre avantage !

– Attends, Nimue. (Arthur baissa la voix.) Je ne savais comment te le dire, mais... ton odeur laisse un peu à désirer, ces temps-ci...

– Quoi ?

– Je t'assure. Les enfants Faë t'ont même trouvé un nouveau surnom. (Il se tourna vers elle, l'air grave.) Ils t'appellent la Sorcière Sent-le-Bouc.

Nimue le plaqua contre le mur.

– Tu tiens à la vie ?

Il leva l'index en guise de mise en garde avant de la mener jusqu'au bord d'un bassin naturel alimenté par plusieurs petites cascades.

– C'est la fonte des neiges, lui expliqua-t-il. L'eau se réchauffe au contact de la pierre en ruisselant du sommet des montagnes.

Sur ces mots, il lui tendit une pierre brune de forme biscornue.

– Qu'est-ce que c'est ?

– Du savon de cendres de bois. Crois-moi, tu en as besoin.

Arthur lui adressa un clin d'œil avant d'ôter sa chemise, révélant son torse mince et ferme. L'instant d'après, son pantalon lui atterrit au niveau des chevilles, ce qui ne laissa dès lors plus beaucoup de place à l'imagination. Nimue lui tourna le dos, sidérée par tant de désinvolture, tandis qu'Arthur s'élançait dans la source chaude avec un hurlement de joie.

– Oh, merci mes dieux, s'exclama-t-il en se laissant flotter à la surface. Viens !

– Je vais très bien, merci, répondit Nimue tout en lui jetant des coups d'œil furtifs.

– J'ai déjà vu une femme nue, tu sais.

– Tant mieux pour toi.

Elle finit par le menacer d'un geste, et Arthur détourna obligeamment le regard.

En vérité, Nimue n'était pas mécontente de se débarrasser des haillons crasseux qu'elle avait sur le dos depuis une semaine. Ils empestaient la mort. Au moment d'ôter ses souliers de cuir, un sentiment de pudeur l'envahit. Jamais elle ne s'était déshabillée devant un garçon. « Tu es stupide, se dit-elle. Après tout ce que tu as traversé, manquer de courage pour ça ? » Elle s'efforça de ne pas y penser, mais elle avait le souffle et les doigts tremblants lorsqu'elle déboutonna son pantalon de paysan pour le laisser tomber à ses pieds. Elle se libéra ensuite de sa chemise sans manches et la jeta sur le sol rocailleux. Lorsqu'elle baissa les yeux, c'est à peine si elle reconnut son propre corps sous les ecchymoses, les entailles, les croûtes de boue et le sang séché. Cela faisait des jours qu'elle n'avait presque rien mangé, et sa maigreur faisait ressortir ses côtes. Ses deux genoux étaient couverts d'écorchures. Elle palpa la masse emmêlée de ses cheveux sales et sentit du bout de la langue la cavité encore endolorie de sa molaire inférieure droite.

Se tenant d'une main à un gros rocher, elle glissa un pied dans l'eau brûlante. Sa chaleur lui remonta instantanément jusqu'aux joues. Elle s'enfonça lentement dans la source et faillit pleurer de soulagement en sentant son corps éprouvé se détendre. Peu à peu, elle s'abandonna au calme de ce bain apaisant qui lavait la crasse, le sang et la sueur sur sa peau. L'espace d'un instant, Nimue se sentit différente, comme de l'acier refondu en une autre forme.

Arthur se frottait vigoureusement avec son propre pain de savon, ses fesses blanches bien visibles à l'air libre.

– Hé, là ! s'exclama-t-il en surprenant le regard furtif de Nimue. Tu permets ?

Elle s'esclaffa. C'était son premier éclat de rire sincère depuis Pont-les-Faucons, et depuis Pym. Arthur disparut sous l'eau et ressortit juste à côté d'elle. La jeune fille eut un mouvement de recul, soucieuse de ne surtout pas se montrer de dos. Ses cicatrices n'appartenaient qu'à elle-même. Arthur devina son embarras.

– Tu n'es pas obligée de les cacher, tu sais.

Nimue fit semblant de ne pas comprendre.

– Quoi donc ?

– Nous avons tous nos cicatrices.

Humiliée, elle s'éloigna en nageant vers le bord.

– Attends ! lui lança Arthur.

– Tout va bien. J'ai trop chaud.

– Tiens, regarde ! insista-t-il en levant sa jambe gauche pour montrer une vilaine trace rose à l'arrière de sa cuisse. On pariait sur des courses de rats quand j'étais petit. La première fois, mon rat a paniqué et s'est engouffré dans ma jambe de pantalon, sauf qu'il a cru qu'il devait me manger pour se creuser une sortie. Les autres étaient pliés de rire alors que j'ai dû rentrer chez moi en hurlant, mon rat coincé dans mon pantalon. Tu veux des anecdotes embarrassantes ? Je te laisse imaginer les surnoms que ça m'a valus.

– Arthur…

Mais il poursuivit sur sa lancée.

– Ici, dit-il en désignant une cicatrice boursouflée sous son aisselle, Morgane m'a mordu parce que j'avais embrassé son amie. J'avais dix ans, elle, huit. (Il écarta ses cheveux pour montrer des stries en zigzag sur son cuir chevelu.) Là, c'était à un concours du plus gros buveur de bière, que j'ai d'ailleurs perdu, si tu veux tout savoir. J'étais tellement ivre que je suis tombé d'un pont et que j'ai atterri sur le tas de morues fraîches d'un bateau de pêche. Un sacré coup de bol.

Nimue sourit. C'était plus fort qu'elle. Prise au jeu, elle désigna une longue strie sombre le long de sa cage thoracique.

– Et celle-ci ? demanda-t-elle.

Arthur baissa les yeux. Son sourire s'évanouit.

– Ah, ça... Je l'ai reçue du tout premier homme que j'ai tué. (Il marqua une pause.) Il m'a infligé cette vilaine estocade juste avant que je lui règle son compte.

De funestes souvenirs avaient assombri le regard d'Arthur. Nimue revint vers lui en nageant.

– Qui était-ce ?

– L'une des brutes qui ont assassiné mon père. Du moins... c'est ce que je croyais.

Le silence retomba dans la grotte. Nimue attendit qu'Arthur poursuive son récit.

– Je m'en suis pris à la mauvaise bande, révéla-t-il. Ce type était loin d'être un ange, certes, mais... voilà. J'étais jeune, saoul et en colère.

– Tu voulais rendre justice à ton père, dit Nimue.

Elle aurait voulu trouver les mots justes pour lui montrer qu'elle comprenait.

– La justice, ça n'existe pas. Ce pauvre type s'est retrouvé au mauvais endroit, au mauvais moment. Et il en est mort. Le plus terrible dans cette histoire, c'est que mon père en aurait eu le cœur brisé, s'il avait su.

– Merci, lui dit Nimue.

– Pourquoi ?

– Pour m'avoir confié ton histoire.

Il haussa les épaules. Ils n'étaient plus très loin l'un de l'autre. La jeune fille s'avança encore et, d'un geste lent, effleura la cicatrice d'Arthur. Il posa sa main sur la sienne.

– Nimue...

– Oui ?

Elle était si proche de lui qu'elle sentait son souffle sur son visage.

– Je ne sais pas ce que je fais ici. Je ne peux pas rester, dit-il en reculant la tête.

Le charme était rompu. Nimue se détourna de lui.

– J'ai des dettes envers de sales types. Pas seulement Bohort. Un tas d'autres. Tu n'as pas besoin de mes problèmes en plus des tiens. Je suis désolé.

– Pourquoi est-ce que tu me fais ça ?

– Tu mérites quelqu'un de bien, répondit Arthur d'une voix tremblante. Je sais que je ne serai jamais l'homme qu'espérait mon père. Jamais je ne serai un vrai chevalier. Mais peut-être parviendrai-je à prouver mon honneur quelque part. À trouver enfin la véritable justice. Et à la servir.

– Est-ce une quête, ou une fuite ? Parce que les deux se ressemblent beaucoup, tu sais.

Nimue se sentait tellement stupide. Et naïve.

– Viens avec moi. Tu ne connais même pas ces gens. Tu ne leur dois rien. Suis-moi, et nous serons au pied des Monts de Fer d'ici quinze jours à peine. De là, nous pourrons aller partout. La Mer des Sables ? Le Sentier d'Or ? Qu'as-tu envie de voir ?

« C'est vrai, qu'est-ce que je leur dois ? » songea Nimue. Mais cette question la mit mal à l'aise. Elle repensa aux enfants qui faisaient la ronde. Que croiraient-ils si elle les quittait en pleine nuit ? Les abandonnant à leur faim et à leurs peurs ? Et que dire de la promesse qu'elle avait faite à sa mère ?

– Que leur arrivera-t-il ? demanda-t-elle.

– Je l'ignore. Mais je sais reconnaître les causes perdues. Rien ne nous lie à leur sort.

– Une cause n'est perdue que quand tout le monde y renonce. Est-ce la seule chose qui t'intéresse ? La survie ?

– Non, je te l'ai dit. Je cherche…

– Un chevalier n'a pas à chercher son honneur, Arthur. Et il ne fuit jamais le combat. (« Morgane disait vrai à son sujet », songea Nimue qui croisa les bras contre sa poitrine. Elle se sentait très nue, très vulnérable et très en colère.) Merci pour ton aide, en tout cas. Tu comptes partir bientôt ?

Arthur haussa les épaules avec indifférence. Son geste ne fit qu'attiser la colère de Nimue. « Quelle attitude puérile. »

– D'ici un jour ou deux. Écoute, à propos de l'épée… Si tu décides de rester, je crois que la meilleure façon d'aider ton peuple est de la confier à Merlin. N'écoute pas Morgane. Elle en veut au monde entier. Tu l'as dit toi-même : c'était le dernier souhait de ta mère. Elle devait avoir confiance en lui.

Nimue secoua la tête.

– Elle ne m'a jamais parlé de Merlin.

– Fais ce que tu veux de mon conseil, mais… sache que je m'en voudrais vraiment s'il t'arrivait quoi que ce soit.

– Q'importe, répliqua Nimue en regagnant la rive. De toute manière, tu ne seras plus là.

CHAPITRE 23

Merlin se couvrit la bouche avec sa manche pour étouffer l'odeur et contourna sans bruit les tas de lépreux endormis. Il s'agenouilla et déposa l'extrémité de la corde qu'il traînait derrière lui au milieu du tunnel, avant de se hâter jusqu'à l'entrée de la chambre forte du roi. Là, il fouilla parmi les pans de sa robe et sortit les clés volées à Rugen pendant le banquet.

Le grincement des énormes gonds de la porte parut durer une éternité. Une fois dans la pièce, Merlin agit vite et en silence. Il passa devant les rangées de trésors inestimables pour aller droit vers le feu Faë qui dansait dans le brasero de cuivre placé devant le squelette de Boudicca.

Merlin contempla brièvement la lueur émeraude de ses cavités oculaires.

– Pardonnez mes mensonges de tout à l'heure, ma reine. J'aurais été honoré de vous connaître de votre vivant.

Sur ces mots, il sortit des pans de sa tunique une petite boîte en argile Serpent à peine plus large que sa paume et se mit à chuchoter une invocation ancienne pour attirer le feu à l'intérieur. Celui-ci résista tout d'abord, comme conscient du stratagème, mais il céda bientôt et ses flammes se couchèrent en direction de la boîte avant de s'engouffrer à l'intérieur. Un nouveau feu Faë brûlait à présent au creux des mains de Merlin. Il referma le couvercle, rangea la boîte dans sa poche et se précipita vers la sortie. Lorsqu'il rouvrit la lourde porte de fer, il se trouva nez à nez avec Kalek, qui le toisait sous son masque de crâne de bœuf.

Ils se regardèrent sans bouger un long moment. « Trahirait-elle son roi ? » se demanda Merlin. Il tenta sa chance : laissant la porte ouverte, il désigna d'un mouvement de tête la montagne de richesses derrière lui.

Grossière erreur.

Kalek leva son index pourrissant sous son nez et émit un hululement strident à faire trembler les sépultures du château souterrain de Rugen.

Merlin repoussa brutalement la sorcière et s'élança en courant dans le tunnel, attrapant au passage une masse rouillée fixée à la paroi en guise d'ornement macabre. Une horde de lépreux en haillons surgit derrière lui. Ils sourdaient du sol, des murs et du plafond. Le hurlement surnaturel de Kalek enfla dans ses oreilles et déchira les fragiles membranes de ses tympans. Il grogna de douleur. Un liquide chaud se répandit dans ses conduits auditifs, étouffant les sons autour de lui.

Trois lépreux l'attaquèrent par-devant. Il brandit sa masse, écrasa la chair putride de l'un d'eux contre la paroi du tunnel et bouscula les deux autres pour passer, trébuchant mais se rattrapant de justesse. Alors qu'il passait devant l'antre de Rugen, l'ombre difforme du Roi Lépreux se dessina sur les murs et sa voix tonitruante s'éleva :

– Merlin !

Le mage pesta intérieurement. Il devait s'échapper au plus vite : dès lors que Rugen emploierait sa magie, ses chances de survie seraient réduites à néant. Sa route fut de nouveau obstruée par trois lépreux munis d'épées rongées par la rouille.

« J'ai peut-être perdu ma magie, mais il me reste encore plus d'un tour dans mon sac. »

Merlin chargea les Affligés et repoussa leurs coups d'épée à coups de masse, si bien que leurs gestes frénétiques se retournèrent contre eux. Leurs lames s'entrechoquèrent pendant que Merlin se faufilait derrière eux pour leur démolir l'échine, les épaules et le crâne.

– *Hashas esq'ualam chissheris'qualam !*

Rugen mugissait une incantation. Ses paroles magiques résonnèrent à travers les galeries souterraines. Merlin agitait sa masse, broyait des visages putrescents à tout-va, mais le temps lui était compté. Les murs tremblèrent. La crasse mêlée à la terre qui recouvrait le sol se transforma en une boue molle qui englua ses bottes. Là-bas, tout au fond, la sortie de la grotte se mit à fondre et à s'écrouler sur elle-même. Les Affligés se retrouvèrent prisonniers, eux aussi. Ils gesticulaient en hurlant tandis que le sol se dérobait sous leurs pieds pourris. « Il ira jusqu'à les tuer pour m'empêcher de fuir », comprit Merlin, la bouche emplie de vase, englouti peu à peu par le bourbier mouvant.

« Je sombre. Je me noie. »

Il s'efforça de se concentrer malgré le chaos qui l'entourait. Il cessa de gesticuler, ce qui eut pour effet de ralentir sa submersion. Lentement, à tâtons, il finit par sentir sous ses doigts l'extrémité humide de la corde et s'y agrippa de toutes ses forces. Elle se tendit au maximum. Merlin se hissa vers l'avant, les bras en feu. La corde l'entraîna tout doucement et il remua les pieds, retrouvant peu à peu une force de traction. Il dut repousser des dizaines de mains tendues vers lui, escalada des corps en pleine noyade et s'en servit même comme appui pour faciliter son extraction hors de la boue. « Merci, Rugen », songea-t-il en souriant.

Il commença à se diriger vers la sortie. La corde humide lui glissait entre les doigts. Ses bottes s'enfonçaient dans la vase alors qu'il avançait, centimètre par centimètre, vers la lueur lointaine du ciel grisâtre, poursuivi par les centaines de lépreux qui se déversaient derrière lui en rampant et en se tortillant telle une horde de rats pestilentielle.

Merlin bascula enfin dehors. Et là, bien sagement, à l'attendre, l'autre extrémité de la corde nouée à son encolure, se tenait une jument noire dont le blanc des yeux ressortait comme deux taches de lait – cadeau de la Veuve. Il l'enfourcha, se saisit des rênes et enfonça ses talons dans les flancs de sa monture ; elle rua et partit au galop, piétinant d'autres corps putrides sous ses sabots, pour détaler à travers la vallée grouillante de lépreux lancés à ses trousses et qu'elle n'eut aucun mal à semer.

Après une journée de marche au milieu de marais saumâtres, Merlin fut enfin de retour à Hogue-l'Étang où, comme il s'y attendait, son comité d'accueil était constitué de vingt soldats arborant l'emblème du roi Uther.

Il n'avait pris aucun plaisir à abandonner son souverain en plein moment de terreur. La pluie écarlate était certes un présage terrible, mais ce n'était que le premier signe de la Grande Tempête qui se préparait au-delà de la mer. Le monde ne pourrait pas supporter une nouvelle Guerre de l'Épée : Merlin était déterminé à détruire la lame infernale avant que sa violence sanguinaire n'anéantisse une autre civilisation. Quelles qu'en soient les conséquences, quel que soit le nombre d'adversaires humiliés ou de rois trahis.

Il avait fait un piètre conseiller royal. Il était le premier à l'admettre. Nonobstant les perpétuelles intrigues de la mère d'Uther, l'ancienne régente du royaume, ambitieuse et cruelle, Merlin avait passé ces seize dernières années dans une sorte de torpeur somnolente mêlée de regrets, de récriminations et de lassitude. « Et c'est surtout Uther qui en a payé le prix », reconnut-il. Mais le retour de l'épée l'avait réveillé. Et bien que la perte de ses pouvoirs magiques l'ait rendu vulnérable face à ses ennemis, il savait encore lire l'échiquier mieux que personne. Sans son intervention, il savait comment les choses auraient évolué. Le feu et la mort ne seraient pas son legs. « Pas cette fois. Peu m'importe le prix. »

Cela dit, Merlin connaissait suffisamment bien son roi pour savoir qu'il valait mieux éviter une confrontation directe. Comme tout monarque digne de ce nom, Uther convoiterait l'épée du pouvoir dès qu'il aurait vent de sa réapparition. Merlin devait contrôler cette information et juguler les attentes du roi. La rupture définitive se produirait fatalement, à un moment ou un autre. D'ici là, il lui faudrait jouer les funambules sur une corde tendue au-dessus d'un parterre de cobras. Il espérait seulement que ses adversaires, si nombreux à la cour, n'avaient pas profité de son absence.

À l'approche des soldats, il transféra de sa poche à sa sacoche de selle la boîte en argile Serpent contenant le feu Faë et se pencha à l'oreille de sa jument noire.

– Dès que je descendrai, file comme le vent, ma belle ! lui murmura-t-il.

L'animal souffla.

En voyant arriver Merlin, les gardes ouvrirent la porte d'un chariot blindé. D'autres hommes en descendirent pour s'emparer des rênes de la jument, et leur capitaine tira son épée.

– Merlin l'Enchanteur, tu es en état d'arrestation, par ordre du roi.

À peine le mage fut-il descendu de sa selle que la jument se cabra avec fureur, projetant à terre les soldats qui l'entouraient. Elle pivota sur ses sabots et se précipita vers les étroits sentiers du marécage comme si des démons la poursuivaient.

CHAPITRE 24

La robe de bure grise du Moine Larmoyant claquait dans le vent tandis qu'il traversait les pâturages de la riche ferme laitière réquisitionnée par les Paladins Rouges et transformée en campement provisoire. Une ficelle accrochée à la selle de son cheval tirait une petite jument et ses deux cavaliers : un père et son fils, blessés et ligotés. Le moine savait qu'il s'agissait de Tusks, ces créatures Faë reconnaissables à leurs cheveux noirs et drus comme des soies ainsi qu'aux petites cornes recourbées qui leur poussaient juste en dessous des oreilles. Leurs empreintes uniques et leur odeur musquée facilitaient leur traque, mais cela n'en faisait pas pour autant des proies faciles. Loin de là. Le Moine Larmoyant n'était pas peu fier d'en ramener deux spécimens vivants. Les Tusks étaient les plus féroces combattants des espèces Faë, et la capture était considérée dans leur clan comme le pire des déshonneurs. Il en avait vu plus d'un préférer se trancher la gorge plutôt que d'être fait prisonnier.

Un groupe de paladins, occupés à découper des quartiers de bœuf et barbouillés de sang jusqu'aux coudes, s'arrêta net au passage du moine. Il ne fit guère attention à eux.

Une équipe de reconnaissance emmenée par le père Carden arrivait au grand galop en soulevant des nuages de poussière. Le prêtre sourit et salua le moine d'un geste en l'apercevant.

– Mon fils, mon très cher fils, déclara-t-il en l'étreignant avec force une fois qu'ils furent descendus de cheval.

Il le tint par les épaules et le sonda de ses yeux bleus perçants.

– Comment vas-tu ?

– Très bien, mon père, répondit le moine.

– Tant mieux, répondit Carden sans cesser de l'observer. (Son regard était aussi implacable que le vent d'est qui balayait le pré. Ce qu'il découvrit dans celui du moine lui fit serrer les dents.) Nous sommes mis à l'épreuve, tous autant que nous sommes. La Bête s'est réveillée et a brandi son oriflamme. Notre détermination se doit d'être totale. Nous devons éradiquer nos doutes et nos peurs, car la Bête s'en nourrit.

– Oui, père, acquiesça le moine.

Carden resserra son étreinte autour de ses épaules.

– Mais notre amour est plus fort que sa haine. Et l'amour triomphe toujours. C'est ce lien incassable entre nous qui fera suffoquer la Bête.

Il sourit. Le Moine Larmoyant abaissa la tête.

– Oui, père.

Un hurlement d'agonie retentit au loin, depuis les écuries, porté jusqu'à eux par le vent. Une spirale de fumée noire s'élevait de la bâtisse. Une odeur âcre et familière parvint bientôt à leurs narines. Celle de la chair brûlée. Carden nota avec satisfaction le rictus qui ourlait les lèvres du moine et respira profondément.

– Le doux parfum de la confession, dit-il. Nous avons la chance d'avoir parmi nous frère Sel, à pied d'œuvre dans sa cuisine. Il est arrivé de Carcassonne voici quelques jours.

Le Moine Larmoyant tourna la tête en direction de l'écurie. Ses muscles s'étaient légèrement crispés à l'évocation du frère Sel.

Détail qui n'échappa guère au père Carden.

– J'ai besoin de mes deux meilleures armes sur la ligne de front. L'acier et le feu réunis. Ensemble, vous êtes la lame enflammée de Dieu.

Le moine garda le silence.

– Parle-moi plutôt de la Sorcière Sang-de-Loup, poursuivit Carden.

– Ils sont allés au sud, vers les Monts du Minotaure.

– Qui ça, *ils* ?

– Elle fait route avec quelqu'un. Les blessures sur nos frères massacrés ont été infligées à coups d'épée et de hache.

– Cette garce a donc des alliés, maugréa Carden en faisant les cent pas. L'épée est un fanal. Chaque aube nouvelle, chaque jour qui passe sans qu'elle se retrouve clouée sur une croix est un jour où la peste se répand davantage. Me fais-je bien comprendre ?

Le Moine Larmoyant opina.

– Je l'espère, poursuivit sèchement le prêtre. Bien, ajouta-t-il en se tournant vers les deux prisonniers, que nous apportes-tu là ?

– Ils se cachaient dans les buissons près du lac, mon père.

– Tiens donc, commenta Carden avec curiosité. Deux petits espions de la Bête. (Il s'avança vers eux et essuya du pouce le sang séché sur les joues du garçon.) Oui, j'ai entendu parler de cette coutume : ils se badigeonnent la figure de sang en hommage à leur sorcière. Pour *l'honorer*, insista-t-il avec dégoût en se tournant vers le moine.

Qui ne dit mot.

Carden palpa les genoux du garçon. Ulcéré par ce geste, le père blessé trouva la force d'assener un coup de talon dans le bras du prêtre, qui tituba vers l'arrière.

En un éclair, le Moine Larmoyant sortit son épée et…

– Arrête ! lui ordonna Carden.

Des Paladins Rouges accouraient déjà.

Le moine avait appris à tuer. Il sentait ses mains le démanger.

Carden ôta la trace de boue à son bras.

– Mieux vaut le garder vivant. Il sentira bientôt la pleine chaleur de la lumière de Dieu. Faites-les descendre de cheval et déshabillez-les.

Les paladins s'exécutèrent et arrachèrent leurs habits aux deux Tusks, exposant leurs torses nus au vent glacial. Le père arborait au côté gauche la trace d'une perforation de part en part. Il avait une toux grasse, le teint grisâtre.

Le père Carden tritura sa plaie. Le Tusk grimaça de douleur.

– Celui-ci n'en a plus pour très longtemps, constata le prêtre, mécontent. Tu as péché par excès de zèle, mon enfant. (Il se tourna vers l'écurie, et son regard s'illumina.) Peu importe, il nous reste encore un porcelet à faire couiner. Voilà justement frère Sel.

Deux Paladins Rouges escortaient un moine depuis l'écurie jusqu'au puits. Il plongea ses mains dans un seau d'eau fraîche et frictionna son crâne rasé, avant d'éclabousser ses paupières cousues. Il s'essuya les mains sur sa tunique, resserra sa ceinture et laissa ses acolytes le mener jusqu'au père Carden. L'un des hommes portait sous son bras une sacoche en cuir gonflée d'objets.

– J'ai reconnu le martèlement des sabots sur la terre sèche, déclara frère Sel avec un sourire. (Il prit les mains du Moine Larmoyant et les tapota délicatement. Il empestait la fumée âcre liée à sa sinistre activité.) J'ai tout de suite su qu'il s'agissait de mon cher frère.

Le Moine Larmoyant dégagea ses mains.

– Les yeux sont faibles, poursuivit Sel. Nous ne pouvons nous fier à ce qu'ils nous disent. Ils trahissent notre cœur et sont trop tendres au toucher. Dans mon travail, je les garde toujours pour la fin. Un homme pleure comme un bébé quand on touche à ses yeux. C'est la raison pour laquelle j'ai préféré me passer des miens. Cela fait de moi un meilleur soldat de Dieu.

Le Moine Larmoyant serra les poings pendant que Carden prenait gentiment Sel par le bras pour le conduire vers les prisonniers.

– Frère Sel, le moine nous a apporté des cadeaux.

Les mains de l'aveugle cherchèrent fébrilement la peau des deux Tusks. Il leur palpa les aisselles, les parties molles du cou, l'arrière des oreilles et le dos. Il trouva la blessure du père et lâcha un grognement mécontent.

– Celui-ci ne nous sera d'aucun usage. Il nous faudra commencer par le fils. Cela déliera la langue du père. Me connais-tu, petit ? demanda-t-il au jeune Tusk, auquel le Moine Larmoyant ne donnait guère plus de quatorze ans. (Le garçon grelottait de froid et de peur, mais il ne desserra pas les dents.) As-tu déjà entendu mon nom ? As-tu entendu parler du frère Sel et de sa cuisine ? Laisse-moi donc te présenter mes amis.

Le paladin déroula la sacoche, révélant sept accessoires métalliques rangés dans des poches en cuir.

– Les doigts de Dieu, comme je les appelle. Chacun porte le nom d'un de ses archanges. (Sel sortit l'un de ses instruments, aussi long que son bras et surmonté d'un bouchon de liège.) Voici Michel. Quand je le place dans le feu, il luit d'un éclat magnifique. Une lumière blanche. Celle de la vérité. Car Michel *est* la vérité. Seule la vérité lui parle. (Sel rangea l'objet à sa place et pinça le nez du garçon.) Mais ne t'inquiète pas, vous ferez plus ample connaissance dès ce soir.

– Non ! (Le père se jeta vers son fils, mais un Paladin Rouge le plaqua aussitôt à terre.) Je vous dirai tout ce que je peux ! Il ne sait rien !

L'homme hurlait, le visage pressé contre le sol. Sur un simple mouvement du menton de Carden, les paladins emmenèrent les deux captifs en direction de l'écurie. Le garçon restait silencieux, la tête basse, le pas traînant.

Un nouveau coup de vent agita la longue tunique du Moine Larmoyant, qui semblait paralysé par l'indécision. Carden s'en aperçut. Cela le contraria. Il se rapprocha du moine pour lui murmurer discrètement :

– Tu as besoin de prier, mon fils. Nous avons érigé les croix dans le pré derrière l'étable. Prends tout le temps qu'il te faudra.

Le moine acquiesça humblement, comme gêné, et remonta sur son cheval pour aller prier au pied des croix de bois, comme il en avait reçu l'ordre.

Il y resta agenouillé trois heures durant, sans bouger, pendant que ses frères paladins s'affairaient à scier et à clouer d'autres croix. Celles déjà dressées s'alignaient en une rangée bancale telle une forêt de squelettes autour du moine. Il faisait de plus en plus froid. Les bourrasques vespérales le cinglaient. Les autres paladins partirent s'abriter dans la bâtisse principale, autour du feu. Le Moine Larmoyant resta seul dehors, aussi immobile qu'une statue.

Quand la lune se hissa dans le ciel juste au-dessus du pré, le père Carden sortit et s'agenouilla près de lui. Après un moment de prières, il se tourna vers le moine, dont les joues ruisselaient d'authentiques larmes.

– Je suis fier de toi, mon fils. Tes cadeaux ont porté leurs fruits. C'étaient bien des espions, comme je le pensais. Des rabatteurs chargés de surveiller un passage secret à travers bois, à l'écart de la Route Royale, et d'y détourner les survivants Faë. Le réseau s'étend jusqu'au sud, près des Monts du Minotaure et du hameau de L'Escarbette. Des centaines d'autres, ou davantage, doivent se cacher dans ces grottes. Je parie que c'est la destination de la sorcière. Nous pouvons arracher cette mauvaise herbe à la racine.

Le Moine Larmoyant secoua la tête.

– Je ne suis pas digne de vous.

– Pourquoi donc, mon fils ?

– Je ne sens plus Sa Grâce. J'en appelle à Lui, mais je me heurte aux ténèbres. Et je sens...

Il n'acheva pas sa phrase.

Le père Carden lui tapota le dos.

– Allons, dis-moi.

Le moine avait du mal à trouver ses mots.

– Il y a un serpent tapi au fond de moi. Il remue, se tortille. M'empoisonne.

– Est-ce qu'il te parle ?

Le moine hocha la tête.

– Et que dit-il ?

– J'ai peur de lui prêter ma voix.

– Tu n'as rien à craindre de moi, mon fils. Tu es l'épée de la lumière vengeresse dans le combat contre le Seigneur des Ténèbres. Croyais-tu pouvoir échapper à son emprise, à sa corruption ? La Bête n'attaque pas les chairs. Elle s'en prend aux âmes.

Le moine frissonna, submergé par une émotion intense.

Le père Carden poursuivit d'une voix douce.

– Crache ce venin, débarrasse-t'en avant qu'il te contamine davantage.

– Il me dit que je suis l'ange noir.

– Cela ne m'étonne pas, railla Carden en pressant le visage du moine contre sa poitrine. C'est exactement ce que tu es aux yeux de nos ennemis. La lame purifiante de Dieu. Mon garçon, mon précieux fils...

Le Moine Larmoyant entoura de ses bras le seul père qu'il connaissait, agrippa sa tunique de ses poings. Carden le berça doucement pendant que le vent se déchaînait autour d'eux.

– J'ai placé un poids trop important sur tes épaules. Cette tâche assombrira ton cœur, mais nous devons persévérer. Concentre tes forces à travers ton épée, rapporte-moi la tête de cette sorcière ainsi que sa Dent du Diable. Mon cher enfant, chuchota Carden. Mon Lancelot.

CHAPITRE 25

Le roi Uther redoutait le long escalier tortueux menant aux appartements de sa mère. Dès l'instant où le parfum de ses gâteaux venait lui chatouiller les narines, il se sentait envahi par la chair de poule et la nausée. Il baissa les yeux vers l'élégante coupe posée sur le plateau qu'il était contraint de porter, et songea un instant à cracher dans l'eau chaude. Avant de se raviser. Lady Lunette, la reine mère, était bien trop versée dans l'art funeste des poisons pour qu'il ose la défier sur ce terrain.

Il n'aimait pas se voir convoquer de la sorte, d'autant qu'il en connaissait la raison : trois nuits auparavant, il avait dû abandonner trois ports et six navires à la Lance Rouge, un seigneur de guerre viking rendu célèbre par l'impressionnante arme d'hast fixée à la proue de son drakkar, enduite de poix et enflammée pour mieux terrifier ses adversaires. La Lance Rouge avait prêté allégeance à Cumber, l'autoproclamé Roi des Glaces, qui se prétendait l'unique héritier légitime de la dynastie royale des Pendragon. De quoi relancer à coup sûr les folles rumeurs concernant l'illégitimité d'Uther sur le trône – le genre de propos imbéciles et injustes dont souffraient tous les monarques, se disait-il.

Les deux mains prises par le plateau, il cogna à la lourde porte du bout de sa pantoufle et se fit mal au gros orteil. Tout cela était la faute de sa mère. Il la maudit dans un souffle.

– Pas trop tôt, aboya une voix rauque de l'autre côté.

Uther soupira et tenta de tenir le plateau en équilibre d'une main pour tourner la poignée de l'autre. Lorsqu'il parvint à entrer, il trouva sa mère à sa place de prédilection, postée à sa fenêtre haute pour ne rien rater de ce qu'il se passait dehors, et pétrissant inlassablement sa pâte à gâteau. La tour de la reine mère était entièrement blanche. Un feu crépitait dans l'âtre. Des plateaux de friandises, de pâtisseries et de tartes étaient disposés sur de nombreuses tables. C'était de loin la plus agréable et la plus accueillante de toutes les pièces du château.

– Nous sommes fort occupés, mère. Nous espérons que cet entretien sera bref.

– Toi, occupé ? Pas autant que le Roi des Glaces, il semblerait, pouffa la reine mère.

Uther laissa sa colère éclater.

– Comment ce misérable sauvage ose-t-il s'attribuer notre nom ? Notre nom !

– Grands dieux, j'espère que tu ne t'es pas mis à trépigner devant la cour ! dit-elle en lâchant sa boule de pâte pour se taper sur les genoux avec agacement. Il est regrettable que personne n'apprenne aux princes à prendre sur eux. À la moindre contrariété, ils se mettent à bêler comme des chèvres !

– Je vois. Merci, mère.

Uther tourna les talons pour prendre congé, mais Lunette n'en avait pas encore fini avec lui.

– Le premier gantelet de la plus grande guerre de notre décennie vient d'être jeté à tes pieds, mais tu n'as bien sûr pas la moindre idée de ce qu'il se passe… Je me trompe ?

Le roi hésita devant la porte.

– De quoi parlez-vous ?

– L'épée du pouvoir, Uther. L'épée des Premiers Rois s'est réveillée. Sa réapparition est très certainement à l'origine de la pluie de sang qui s'est abattue sur ton château. J'ai souvenir d'un certain illusionniste, parmi tes conseillers, qui aurait pu t'avertir de ce fléau. Comment s'appelle-t-il, déjà ? Son nom est pourtant célèbre…

– Il suffit, l'interrompit son fils.

Un silence de plomb régnait dans la tour, à l'exception du bruit de la pâte malaxée entre les mains de lady Lunette. Uther ne supportait pas qu'elle ait toujours raison sur tout. C'était la raison pour laquelle il gardait Merlin auprès de lui : pour parer à l'interventionnisme de la reine mère. Il feignit la désinvolture, soucieux de ne pas montrer qu'il cherchait à lui tirer les vers du nez.

– Qui vous a parlé de cette histoire d'épée ?

– J'ai pensé que l'un de nous, au moins, se devait de conserver des liens avec ceux capables de voir de l'autre côté. J'ai mes informateurs, Uther, ne t'inquiète pas, assena Lunette avec un sourire glacial.

Le monarque croisa les mains derrière son dos, parcourut du regard les assiettes de pâtisseries et se tourna vers la fenêtre, qui offrait une vue plongeante sur la falaise et le fracas des vagues en contrebas. Avant de déclarer :

– Nous pensions que cette histoire d'épée était un conte. Une simple histoire qu'on raconte aux enfants.

– Encore une preuve de la médiocre instruction que t'a donnée ce druide au sang-mêlé. (Lunette secoua la tête et plongea ses doigts pleins de pâte dans une autre jatte.) Tu connais la prophétie, je suppose ?

Uther la répéta comme un lointain souvenir.

– « Qui brandira l'épée du pouvoir sera le seul vrai roi. »

– Précisément. Or Cumber veut récupérer l'épée. Et, contrairement à d'autres souverains de ma connaissance, il semble bien déterminé à l'obtenir.

– Bien sûr qu'il convoite l'épée.

– Dans ce cas, il te faut agir, non ? Par exemple, découvrir qui détient l'épée en ce moment même pourrait se révéler utile. On pourrait penser que ce genre d'informations relève des compétences de Merlin… Tiens, mais où est-il, d'ailleurs ? fit Lunette d'un ton narquois.

Uther serra les dents.

– En train de moisir dans nos oubliettes, grommela-t-il.

– Très mauvaise idée, commenta Lunette en saupoudrant de sucre son dernier plateau de pâtisseries. Un Merlin qui moisit, c'est un Merlin qui complote.

Uther fit semblant de sourire.

– Vous ne nous faites pas rire, dit-il.

Lady Lunette essuya ses mains dans un chiffon et entra dans le vif du sujet.

– Soyons honnêtes : Merlin a-t-il jamais fait preuve de loyauté envers la Couronne ?

– Fort peu, Mère.

– Tu le laisses pourtant se prélasser à la cour comme un vieux chien fidèle et vider tes tonneaux de vin.

– Je vous rappelle que c'est vous qui nous l'avez imposé comme conseiller quand nous avions à peine dix ans, rétorqua Uther en se tournant vers elle.

– C'est vrai. J'avoue avoir été bernée par Merlin l'Enchanteur, il y a longtemps. Mais j'ai appris de mes erreurs, mon fils. Et toi ? Les rois se succèdent, et Merlin est toujours là. À ton avis, quel maître sert-il réellement : toi, ou sa petite personne ?

Uther sentait poindre un début de migraine.

– Fort bien, mère. Mais quel rapport avec l'épée, Cumber ou nos ports incendiés ?

– Ta faiblesse, rétorqua sèchement lady Lunette. Le voilà, le rapport. Sans parler du père Carden et de ses Paladins Rouges qui, apparemment, ont carte blanche pour ravager tes terres et brûler des villages en toute impunité.

Ce n'était pas tant les critiques de sa mère qui l'irritaient que la satisfaction évidente qu'elle y prenait. Elle le prenait pour un incapable et ne se gênait pas pour le lui faire comprendre. Soucieux de ne pas lui accorder le moindre plaisir supplémentaire, Uther porta son attention vers la multitude de pâtisseries colorées disposées un peu partout dans la pièce.

– Sont-elles toutes empoisonnées ?

– Pas toutes, non.

Il soupira.

– Que suggérez-vous que nous fassions, mère ?

– Comporte-toi en roi, répondit-elle en abaissant la pâte. Montre à ta cour, à tes sujets et à tes potentiels usurpateurs le sort réservé aux traîtres et aux fainéants. (Elle étala la pâte sur un plateau.) Tue Merlin.

Ces derniers mots arrachèrent Uther à ses jérémiades.

– Le tuer ?

– Oui. Publiquement, et bruyamment, pour faire trembler jusqu'aux murs du château du Roi des Glaces.

L'idée enthousiasma Uther. C'était un projet tangible, concret. Mais presque aussitôt, la peur des répercussions et des représailles des mystérieux Seigneurs de l'Ombre l'assaillit.

– C'est dangereux, argua-t-il.

– Raison de plus. Ce sera l'occasion de montrer qu'il y a plus que de la soie sous ces hauts-de-chausses. Et cela enverra un message d'avertissement à ses amis, les Seigneurs de l'Ombre, pour leur faire comprendre qu'il ne faut pas te sous-estimer. Et que l'ère des sorciers est révolue.

Son assurance faisait plaisir à entendre. Contrairement à Merlin, lady Lunette n'abusait pas des fioritures de langage, des termes équivoques ou des formules à double sens. Malgré sa cruauté, elle avait le mérite de s'exprimer sans détour, qualité qui faisait largement défaut à l'entourage d'Uther.

– Et après ? lui demanda-t-il, histoire de voir si sa mère avait mûri ses manigances jusqu'au bout.

La réponse était oui.

– Ouvre-toi à l'Église. Fais alliance avec les Paladins Rouges contre le Roi des Glaces, et rejette-le à la mer.

– Pourquoi les Paladins Rouges accepteraient-ils de s'allier avec moi ?

Lady Lunette prit un air exaspéré.

– Parce que tu es le roi, voilà pourquoi ! s'irrita-t-elle. Cumber est un païen, facile à dépeindre comme un complice des Faë et un adorateur des dieux anciens. Cela fera l'affaire.

Uther attendit l'ultime saillie, la petite conclusion acerbe, en vain. Le conseil de sa mère était sincère, judicieux et solide. Il bomba le torse. Ses épaules s'élargirent.

– Il te sera plus facile de récupérer l'épée quand aucun autre roi ne se dressera sur ton chemin, fit Lunette en souriant.

– Je vous remercie, mère.

– Il y a de quoi, Votre Majesté, répondit la reine mère en inclinant la tête.

Uther pivota sur ses talons et se dirigea vers la porte. Avant d'hésiter. Ses yeux pétillèrent et il se laissa aller pour la troisième fois à la contemplation de mille et un délices. Avisant un gâteau saupoudré de sucre glace, il le montra à lady Lunette qui secoua catégoriquement la tête. Uther comprit le message : il était empoisonné. D'un air interrogateur, il désigna ensuite un roulé à la cannelle. Là encore, interdiction formelle. Un brin agacé, il s'intéressa alors à un appétissant pain d'épice et se tourna pour la troisième fois vers la reine mère, qui acquiesça enfin. Satisfait, Uther souleva la pâtisserie et mordit dedans avant de quitter la tour d'un pas léger.

CHAPITRE 26

La grande salle de la grotte était illuminée par la flamme des torches en préparation de la cérémonie d'Alliance. Une riche odeur sucrée flottait dans l'air, car le sol avait été tapissé de fleurs des champs aux pétales roses, bleus et violets. Des Faunes avaient écrasé des grappes de raisin, et des Foule-Falaise avaient fait de même avec des glands afin de confectionner une pâte pour le pain noir que Morgane avait rapporté de la cuisine de la Lance Brisée.

Les Sages avaient allégé le rationnement de l'eau pour permettre aux réfugiés de faire un brin de toilette et de se rendre présentables. L'excitation était palpable. La cérémonie offrait à tous un bref moment d'évasion.

Les Tusks battaient en rythme sur des tambours de toile, auxquels répondaient les Faunes avec les mélodies enjouées de leurs lyres et de leurs vielles à roue. Une tonnelle de branches fleuries avait été érigée au centre de la caverne, et le couple de Faunes attendant d'être uni se tenait en dessous, main dans la main. Cora, qui avait endossé le rôle de prêtresse pour l'occasion, échangeait des plaisanteries à voix basse avec eux tandis que tout le monde prenait place autour des rochers. Une brise légère soufflait par le dôme ouvert du toit, et le ciel scintillait au-dessus de la cime des arbres.

Nimue caressa les délicats pétales roses de son corset. Elle se sentait étrangement vulnérable sans son épée en travers de son dos. Ses épaules étaient nues, et des branches de lierre s'entortillaient le long de ses avant-bras et de ses doigts comme de longs gants. Une couronne de laurier cerclait délicatement son front, et une tresse de feuilles d'automne s'enroulait autour de sa nuque.

Trois enfants Faë la prirent par la main et la menèrent jusqu'à un gros rocher rond, d'où ils auraient une vue imprenable sur l'autel. Morgane les rejoignit, coiffée d'une tiare de plumes de corbeau et vêtue d'une longue robe en patchwork ornée de feuilles rouille et or.

Chaque clan avait ses danses et ses rituels propres pour les cérémonies d'Alliance, et ces mondes secrets se révélaient à l'œil attentif au gré des recoins de la grotte. Les Faunes mettaient leurs ramures en valeur, remuaient la tête en mouvements chorégraphiés pour bénir l'union et lui apporter la fertilité, tandis que les Serpents rôdaient à quatre pattes en cercles concentriques en se frottant la tête et les épaules. Les Tusks martelaient le sol de leurs sabots en poussant des cris gutturaux. Au-dessus d'eux, les Ailes-de-Lune voltigeaient tels des papillons de nuit et projetaient des lucioles à travers la canopée.

Nimue était fascinée par la beauté de ce spectacle, mais un sentiment de tristesse l'envahit. Qui se souviendrait de ces danses ? Que deviendraient ces enfants Faë condamnés à célébrer leurs anniversaires dans ces grottes glaciales sans même savoir, pour certains, si leurs parents étaient encore en vie ? Y avait-il d'autres survivants du massacre de Roseprée ? Les traditions et les contes du clan Célestien allaient-ils mourir avec elle ? Cette pensée lui était insupportable.

Un enfant Serpent lui pressa la main et lui sourit de toutes ses petites dents pointues.

Quel espoir avait-elle à leur offrir ? Elle était seule au monde et totalement démunie, comme eux. Mais elle savait que son destin était aussi lié aux Faë que celui des deux Faunes sous le dais fleuri. Pouvait-elle réellement croire à la protection de ce Merlin ? Un homme que Yeva avait qualifié de traître envers les espèces Faë… Si cela était vrai, pourquoi, au nom de tous les dieux, Lénore l'avait-elle suppliée de lui confier l'épée ?

Arthur arriva par l'autre entrée de la grotte. Il semblait mal à l'aise, pas du tout à sa place. Leurs regards se croisèrent brièvement avant qu'il détourne le sien.

Morgane surprit leur échange.

– Je t'avais prévenue, souffla-t-elle.

Nimue haussa les épaules.

– Il est libre. Il ne me doit rien.

– Ne le prends pas personnellement. Ce n'est qu'un petit garçon perdu. Il ne sait pas ce qu'il veut.

L'adolescente ne dit rien. Un Sage du clan des Foule-Falaise se mit à psalmodier des prières anciennes que Cora traduisit au fur et à mesure.

– *Je-rey acla nef'rach.*

– Que ces deux êtres fusionnent en une âme, une voix et un destin, répéta Cora.

– *Jor'u de fou'el.*

– Nés à l'aube pour mourir à la nuit.

L'assemblée répéta à l'unisson.

… ils se sentaient parfaitement seuls au monde.

Un Sage du clan Serpent lia les mains des deux Faunes avec un ruban.

Le couple répéta d'une seule voix :

– Sous le regard des Invisibles, sous le regard des dieux, je m'allie à toi et nous ne faisons plus qu'un.

Les Sages de chaque clan firent cercle autour du couple et récitèrent tour à tour leurs prières anciennes. À la fin, les Faunes s'embrassèrent avant de lever leurs mains liées. Une corne retentit et une pluie de feuilles se répandit au-dessus d'eux.

Des rondes se formèrent autour du couple fraîchement uni.

Nimue sourit et jeta un regard en direction d'Arthur. Il lui rendit son sourire. Elle descendit de son rocher pour le rejoindre. Il leva un sourcil en la voyant s'approcher. La jeune fille se rembrunit.

– Quoi ?

– Hum, rien. Tu sembles… sortie d'un rêve, bafouilla-t-il.

– Oh. (Le feu lui monta au visage.) Tu sais, comme tu pars bientôt, j'ai pensé…

Elle s'interrompit, hésita et reprit depuis le début.

– Je voudrais qu'on soit juste nous-mêmes pendant une heure. Sans épées, sans Merlin, sans dettes ni paladins.

– J'adore l'idée, répondit le jeune homme.

– Tu es donc en train de me dire que tu adorerais danser avec moi.

Il s'esclaffa.

– Exactement. Même si je crains de faire piètre figure comparé à… ceci, ajouta-t-il en désignant sa robe de pétales de rose.

– Au contraire. Je te trouve très seyant.

Elle lui prit la main et l'entraîna vers le cercle des danseurs. L'allégresse les emporta très vite. On leur tendit des coupes de vin qu'ils burent tant bien que mal tout en s'efforçant de rester alignés sur le rythme endiablé des autres. Les Faunes étaient particulièrement agiles.

Pendant tout ce temps, Nimue sentit le regard attentif de Morgane posé sur eux.

Les danses s'enchaînèrent, ainsi que les coupes de vin, et les deux jeunes gens finirent par se retrouver dans un cercle de danse plus calme, emmené par la douce mélodie d'un luth qui semblait guider leurs mouvements. Arthur pencha la tête. Au même moment, Nimue tendit ses lèvres vers lui. Leur baiser fut bref. L'adolescent parut sur le point de dire quelque chose, mais Nimue le fit taire d'un geste. Il lui embrassa la main, avant de l'attirer contre lui.

Leur deuxième baiser fut plus long. Plus profond.

Des couples et des familles tourbillonnaient tout autour d'eux, mais ils se sentaient parfaitement seuls au monde. Quand ils se détachèrent enfin, Nimue mit une main devant ses yeux et Arthur pressa sa tête contre sa poitrine. Ils restèrent ainsi à se balancer au son délicat du luth. Au bout d'un long moment, Arthur souleva délicatement le menton de Nimue. Elle plongea son regard dans ses yeux gris de loup. Il parut soudain avoir une révélation.

– Nimue… Et si c'était toi ?

– Quoi, si c'était moi ?

– Mon honneur. (Arthur semblait très sérieux.) Si tu incarnais la justice que je dois servir ?

Elle s'apprêtait à répondre lorsqu'il y eut soudain de l'agitation à l'entrée de la grande salle. Les enfants accoururent tous dans la même direction. De nouveaux réfugiés firent leur arrivée en titubant, hagards et exténués. La musique s'arrêta et la cérémonie fut oubliée en un clin d'œil. Les Faë s'empressèrent d'apporter à boire et à manger aux nouveaux arrivants. Il fallut un bon moment à Nimue avant de repérer un garçon couvert de boue des pieds à la tête, les mains sur les hanches, jaugeant la grotte d'un regard téméraire.

– Écureuil ? lâcha-t-elle dans un souffle avant de s'avancer vers lui. Écureuil, c'est toi !

Il se tourna vers elle, et un immense sourire fit craqueler les plaques de boue sèche sur ses joues.

– Nimue !

Il se précipita vers elle et bondit dans ses bras, manquant de la renverser. Elle le fit tournoyer avant de le reposer par terre pour voir s'il était blessé.

– Je voulais rester, mais il y avait des paladins partout…

Elle le serra fort contre lui.

– Tu t'es montré très courageux, mon Écureuil.

Levant les yeux, elle vit alors deux combattants Faë pénétrer dans la caverne. Le premier était une femme aux longs bras, vêtue d'une tunique pourpre foncé. Son visage disparaissait entièrement sous son capuchon et elle tenait entre ses mains un mince bâton gravé de runes et taillé dans une essence de bois que Nimue n'avait jamais vue. Ses ongles étaient d'un noir éclatant, étrangement recourbés et aussi acérés que des lames. Mais le détail le plus spectaculaire était la superbe queue mouchetée qui dépassait de sa longue robe et dont la pointe s'agitait nerveusement au sol. Son compagnon était un grand chevalier revêtu d'une armure de cuir bouilli complétée d'une étincelante épaulière droite, d'une épée large, d'un arc en travers de son dos et d'un heaume vert doté d'un masque en cotte de mailles et surmonté de ramures incurvées.

– C'est lui, là-bas, qui t'a sauvé ? demanda Nimue. Le Chevalier Vert ?

Écureuil pouffa de rire.

– Tu n'es pas au courant ?

Le Chevalier Vert souleva son heaume, révélant son visage luisant de sueur. Il avait les joues creuses, le front haut, et arborait une barbe de plusieurs jours.

Nimue ouvrit la bouche, sous le choc. Elle n'avait pas revu ce visage depuis près de dix ans.

– C'est Gauvain ! s'exclama Écureuil en la secouant par le bras.

– Qui est Gauvain ? s'enquit Arthur en fronçant les sourcils.

Abasourdie, Nimue entraîna Écureuil en direction du Chevalier Vert, qui prenait le temps de saluer les enfants Faë réunis autour de lui pour toucher ses gantelets et sa ceinture. Lorsqu'il leva les yeux et la vit s'approcher, ses traits exprimèrent d'abord la confusion. Il ne la reconnaissait pas, après tant d'années.

– Gauvain, c'est moi, dit-elle d'une voix tremblante. Nimue.

Son visage s'éclaira comme un soleil.

– Non, non, non... ce n'est pas la petite Nimue. C'est impossible !

Il éclata d'un rire sonore et la souleva en l'air. La glace était brisée.

– Tu dois tout me raconter ! Quand es-tu rentré ? demanda Nimue, ébahie.

– Ça ne peut pas être la gamine maigrichonne qui grimpait aux arbres ! répondit Gauvain. Qui est donc cette jeune femme ?

Arthur restait planté là, un peu mal à l'aise, jusqu'à ce que Nimue remarque son embarras.

– Gauvain, je te présente Arthur. Nous sommes... amis ? bafouilla-t-elle avec un petit rire nerveux. Difficile à dire. Nous avons vécu de drôles d'épreuves ensemble.

Gauvain le toisa des pieds à la tête.

– Tu es une épée à louer ?

– De temps à autre, confirma le jeune homme.

– C'est la vie, commenta le Chevalier Vert sans sourire.

– En effet, répondit l'adolescent en déplaçant son épée à sa ceinture.

Gauvain se frotta le menton d'un air pensif.

– Merci d'avoir pris soin de notre Nimue, en tout cas.

– *Votre* Nimue ? répéta Arthur.

– Je suis ma propre Nimue, protesta la jeune fille.

Gauvain écarta les bras en s'adressant à Arthur.

– Reste ici tout le temps que tu voudras pour te reposer. Le peu que nous avons, nous le partageons.

Le jeune homme se fendit d'un sourire crispé.

– Merci, dit-il.

Gauvain se tourna vers Nimue.

– Nous avons tant de choses à nous raconter. Suis-moi.

La jeune fille lança un regard d'excuse à Arthur avant de disparaître avec Gauvain dans les entrailles de la caverne.

CHAPITRE 27

Gauvain retournait l'épée du pouvoir à la lumière, émerveillé par ses moindres détails.

– Qui est au courant ? demanda-t-il.

– Arthur et Morgane, répondit Nimue.

– Des Sangs d'Homme.

– Ils ont prouvé leur loyauté. Et tu vaux mieux que ça. Le Gauvain que je connaissais jadis n'aurait jamais jugé quelqu'un d'après le sang qui coule dans ses veines.

– Les temps ont changé, Nimue.

– Vraiment ? Je n'avais pas remarqué.

Elle tendit la main. Surpris par son geste, Gauvain lui rendit l'épée sans mot dire. Elle la rangea dans le fourreau de fortune dans son dos.

– Je ne suis pas le seul à avoir changé, on dirait, fit-il observer.

La jeune fille plongea son regard dans la flamme de la torche.

– J'ai assisté à la cérémonie d'Alliance, mais je n'avais que des visions de sang. De croix en feu. Je n'aime pas la guerre. Nous devrions œuvrer pour la paix.

– Certes, répondit Gauvain en désignant la Dent du Diable, mais cette épée est celle de notre peuple. Elle représente notre histoire. Et aussi notre espoir, Nimue. (Il se leva, irrité.) Tu veux la confier à Merlin l'Enchanteur, cet être perfide qui s'est retourné contre les siens ? Ce n'est qu'un prestidigitateur au service d'un roi Sang d'Homme.

– C'était le souhait de ma mère.

– J'aimais Lénore comme si j'étais son fils, rétorqua le jeune homme. Mais elle s'est fourvoyée. Pourquoi lui ?

Nimue eut un geste d'exaspération.

– Que veux-tu que je te dise ? Ce sont ses dernières paroles. Elle aurait pu me dire n'importe quoi d'autre, mais ce sont les mots qu'elle a choisis : *Apporte cette épée à Merlin.*

Gauvain avait l'air dubitatif.

– Comme une monnaie d'échange, peut-être. Elle espérait peut-être que ce Merlin t'apporterait sa protection. Mais c'est inutile, désormais, car tu as la mienne.

L'adolescente s'impatienta.

– Je n'ai pas besoin qu'on me protège.

– En es-tu si sûre ? fit Gauvain, radouci. Cette arme a également pour nom l'épée des Premiers Rois. « Qui brandira l'épée du pouvoir sera le seul vrai roi. » Uther Pendragon fera tout pour la récupérer. Si j'en crois les enseignements de l'histoire, je suis prêt à parier qu'il te promettra monts et merveilles avant d'abandonner les Faë à la merci des Paladins Rouges.

– Comment le saurais-je ? Je ne suis pas monarque.

– Si ce fardeau est trop lourd pour tes épaules, confie l'épée à quelqu'un d'autre. L'un des nôtres. Pourquoi pas moi, s'il le faut. N'importe qui sauf Merlin.

– Personne ne me la prendra, répondit Nimue d'un ton menaçant en empoignant le manche de l'épée dans son dos.

Gauvain s'efforça de l'apaiser.

– Tout ce que je voulais dire, c'est que…

Mais la jeune fille eut soudain honte de sa réaction trop vive.

– Je sais. Mais je ne trahirai pas la mémoire de ma mère, voilà tout.

Elle sentait encore la colère bouillir en elle. « Que vient-il de m'arriver ? »

Gauvain s'assit sur un rocher.

– Eh bien, le débat est clos. Nous placerons donc tous nos espoirs et notre foi en Merlin l'Enchanteur.

– Pas tous, répliqua Nimue.

Elle fouilla ses maigres effets personnels, sortit les cartes volées et les étala sur le sol. Intrigué, Gauvain vint s'agenouiller auprès d'elle pour les examiner.

– Nous avons demandé à Yeva d'envoyer un oiseau à Merlin, mais nous n'avons pas reçu encore de réponse. En attendant, voici les plans secrets de Carden. Arthur et moi les avons dérobés à une troupe de paladins. Ses cartes, ses listes d'exterminations planifiées… Nous savons tout ce qu'il pense et ce qu'il a l'intention de faire. Quels villages il compte attaquer, et avec combien d'hommes.

Gauvain n'en croyait pas ses yeux.

– Grands dieux, fillette, pourquoi ne pas me l'avoir montré plus tôt ? Nous partirons dès ce soir.

Il rassembla les cartes et s'éloignait déjà quand Nimue l'appela :

– Gauvain ! (Il se retourna.) Si tu pars traquer les paladins, je t'accompagne.

Le jeune homme parut d'abord peu convaincu, mais il vit la détermination de Nimue. Un voile de résignation assombrit son regard. Il se contenta d'opiner et disparut dans le tunnel.

L'adolescente partit de l'autre côté, en direction de la grotte où s'était déroulée la cérémonie d'Alliance, à la recherche d'Arthur. Elle tenait à s'excuser. «Dire que je l'ai embrassé! Ou qu'il m'a embrassée?» Ce dont elle était certaine, en revanche, c'est de s'être volatilisée quand Gauvain était apparu et de s'être comportée comme une idiote. Elle espérait réparer son erreur. Voire reprendre les choses là où elle les avait laissées.

En regagnant la grande salle, elle constata avec dépit que les belles guirlandes de fleurs avaient déjà été arrachées et piétinées en raison de l'afflux des nouveaux réfugiés. Elle cherchait Arthur du regard parmi ceux qui s'occupaient des blessés, mais il n'en faisait pas partie. Au bout d'un moment, elle finit par retrouver Morgane, en train de déchirer des morceaux de tissus pour bander les plaies.

– As-tu vu Arthur? lui demanda-t-elle.

– Il est parti.

– Quoi? Mais on est en pleine nuit! Parti où ça?

Morgane leva vers elle un regard plein de sollicitude.

– Là où l'aventure l'appelle, répondit-elle.

– Tu veux dire qu'il est parti… pour de bon? Sans dire au revoir?

Elle s'efforçait de garder son calme, mais sa voix se brisa.

– Je t'avais prévenue, lui répondit la jeune femme avec plus de fermeté dans la voix.

Sous le choc, Nimue partit en courant dans le tunnel menant à l'alcôve où dormait Arthur. Sa lanterne, sa gourde, son épée et ses sacoches n'étaient plus là.

Elle avait espéré le contraire, mais le jeune homme avait tenu parole.

CHAPITRE 28

Guidés par la lumière d'une torche solitaire, trente Paladins Rouges chevauchaient dans un silence de mort à travers la forêt, le long d'une étroite piste animale.

Sœur Iris portait la torche et menait la procession, fière d'avoir été choisie comme Première Flamme. Le père Carden ne réservait cet honneur qu'aux frères et aux sœurs les plus pieux. Il revenait à la Première Flamme de pénétrer en tête au cœur des villages impurs et d'enflammer la paille, attirant ainsi les habitants pour faciliter leur capture. Si certains prenaient la fuite, pas d'inquiétude : sœur Iris avait sa fronde et son sac de pierres, toutes polies comme des galets. Une fois la proie touchée, Iris n'avait plus qu'à l'achever d'un coup de son épée à deux lames. Ou encore lui broyer le crâne à l'aide de son marteau d'armes. La purification s'opérait de bien des manières.

Iris avait été ravie d'apprendre le surnom que lui donnaient

les espèces Faë. La Petite Faucheuse. Cela signifiait qu'ils la craignaient. Or c'était justement l'effet recherché. Du haut de ses onze ans, elle était déjà une véritable petite sœur de la Mort. Il arrivait encore que certains de ses frères plus âgés ricanent en la voyant la première fois. Il faut dire qu'elle ne mesurait qu'un mètre trente.

Ils ne ricanaient qu'une fois. Jamais deux.

Sa taille était un atout. L'Homme Fondu avait fait fortune en jetant Iris dans l'arène face à des hommes deux fois plus grands qu'elle, et en la regardant, hilare, les mordre, les trancher en morceaux et les évider pour les réduire à son niveau. Iris haïssait le rire de l'Homme Fondu, comme tout ce qui le caractérisait. C'était le seul être au monde qui lui inspirait encore de la peur : son corps monstrueux, son visage couvert de cloques, ses coups de bâton, ses menaces de calamités épouvantables, ses menaces de la revendre au réseau clandestin et à leurs horribles dieux secrets. Mais il lui avait appris à se battre et à haïr; ces deux qualités lui permettaient désormais de servir le père Carden.

Ce dernier arborait un large sourire sur son visage rond et craquelé de rides comme une statue ancienne battue par les éléments. Il était aussi beau que l'Homme Fondu était laid. Chaque nuit ou presque, elle rêvait qu'elle était la véritable fille du père Carden et qu'il l'emmenait à l'écart pour lui murmurer la vérité à l'oreille : *Tu es mon enfant.* Et elle jetait ses bras à son cou comme le ferait une enfant avec son vrai papa.

Pour le moment, elle se contentait d'être la Petite Faucheuse. Un jour, peut-être, elle supplanterait le Moine Larmoyant au rang de favori du père Carden. Cette pensée lui réchauffait le cœur encore plus que la flamme de la torche qu'elle brandissait de sa main droite.

Les loups faisaient un raffut de tous les diables avec leurs hurlements et le cliquetis de leurs chaînes. La fillette décocha un regard au berger qui marchait derrière elle. Aussitôt, il fit claquer son fouet pour réduire les bêtes au silence.

Iris était nerveuse. Elle ne voulait surtout pas décevoir le père Carden. Il semblait agité ces derniers temps, comme accablé par le poids de sa tâche ; il se tenait voûté, en proie à de terribles accès de colère. La Sorcière Sang-de-Loup était dans tous les esprits. Sœur Iris avait tellement envie de la tuer qu'elle sentait presque le goût de son sang sur sa langue. Elle rêvait d'alléger le fardeau du père Carden en taillant cette immonde créature en pièces et en confiant son âme noire aux flammes du bûcher funéraire.

« Le moment viendra », pria Iris. Elle devait se concentrer sur leur raid nocturne.

Le village était plongé dans le silence à leur arrivée. Tant mieux. Sœur Iris compta douze huttes de torchis. Il s'agissait d'un clan Marécageux ; l'air était empli du chant des grenouilles et du bruit des moustiques. Un instant, Iris craignit que les cabanes ne s'embrasent pas dans l'air trop humide. De la main gauche, elle prépara sa fronde. Les paladins se séparèrent pour encercler les habitations, et elle se retrouva soudain seule – elle, la Première Flamme – à mener son cheval jusqu'au centre du hameau. Elle fut surprise par l'absence de chiens, de vigiles ou de gardes de nuit : seul un porcelet dormait au milieu d'un potager planté de choux et de blettes. « Où sont donc passés les animaux ? » se demanda-t-elle.

Sœur Iris tourna plusieurs fois devant la maison du chef, la plus large de toutes, avec son toit de branchages orné de crânes d'animaux. Puis, prenant son élan, elle jeta sa torche à travers l'ouverture principale avant de dégainer son épée à deux lames, prête à accueillir quiconque évacuerait la maison pour échapper aux flammes.

La hutte s'embrasa en un clin d'œil. Iris attendit, la main crispée autour de la poignée de son épée. Mais personne ne sortit. Elle s'attarda bien plus longtemps qu'il n'en fallait pour faire rôtir un corps humain lorsque, enfin, un hurlement déchira la nuit.

Sauf qu'il ne provenait pas de l'intérieur de la maison.

Sœur Iris fit volte-face et vit un Paladin Rouge traverser le village à bride abattue, une flèche plantée dans la nuque. Il émit un son guttural en passant devant elle vers le potager aux choux, et finit par dégringoler de sa selle dans la vase peu profonde du marécage. D'autres cris résonnèrent. Une flèche fendit l'air pour venir se ficher dans le flanc droit de son cheval. L'animal se cabra et recula jusqu'au brasier de la maison du chef. Iris fut désarçonnée et projetée à terre, au cœur de la fournaise.

Elle hurla et avala du feu. Sa tunique s'embrasa comme une torche tandis qu'elle s'appuyait à pleines paumes sur des braises brûlantes pour tenter de se relever. Ses paupières étaient si boursouflées que c'est à peine si elle y voyait encore quelque chose. Elle était consciente du chaos autour d'elle mais aucun son ne lui parvenait, hormis le sifflement du brasier et l'atroce grésillement de sa chair.

Guerrière dans l'âme, Iris avait dû apprendre à dompter sa douleur d'aussi loin qu'elle s'en souvenait afin de survivre dans l'arène. C'est cette force qu'elle mobilisa en déchirant sa tunique en flammes avant de s'élancer d'un pas chancelant vers les marais infestés de serpents à l'orée du village. Lorsqu'elle s'écroula dans l'eau saumâtre, sa peau dégagea un nuage de vapeur. Iris savait que son corps avait été ravagé par le feu ; elle ne sentait plus rien, mais cela ne la réconfortait guère. Ce n'était qu'un prélude aux tortures à venir.

« C'est elle. C'est sa faute. »

Iris se retourna dans la vase et un sourire étira ses lèvres noircies. Elle pensait déjà aux mille et un supplices qu'elle infligerait à la sorcière.

Pendant ce temps, une dizaine de Paladins Rouges fuyaient au grand galop à travers la forêt en esquivant tant bien que mal une pluie de flèches pour foncer droit vers l'origine de l'embuscade.

Leurs carquois vides, les archers Faunes détalèrent comme des biches, leurs ramures étincelant à la lueur des torches des paladins.

– Dans les arbres ! vociféra l'un d'eux.

Toutes les têtes se levèrent en direction des cimes. Des silhouettes dotées de longs bras se détachaient au clair de lune et filaient entre les branches avec une agilité surhumaine.

Les cavaliers s'enfoncèrent plus avant dans la pénombre, à la poursuite d'un Faune blessé qui s'était séparé de son groupe. Même en boitillant, il se déplaçait à une vitesse inouïe, mais le meneur de la troupe des paladins était passé maître dans l'art d'assassiner ses victimes à cheval depuis des mois, et il fendit le crâne du Faune d'un coup sec entre ses bois sans même ralentir l'allure de sa monture.

Une fois remis de leur attaque surprise, les Paladins Rouges s'organisèrent. Ils se séparèrent pour encercler les archers Faunes et plusieurs familles de Marécageux au milieu des arbres. Comme ils avaient appris à le faire, les paladins piégèrent leurs proies en resserrant peu à peu la trajectoire circulaire de leurs chevaux. Ils aboyaient et poussaient des cris d'animaux pour attiser la peur des prisonniers. Un Faune affolé essaya de sauter par-dessus les chevaux, mais l'un des moines réagit plus vite que lui : d'un geste précis, il l'éventra en plein bond. Ragaillardis, les autres redoublèrent de cris et leur cercle se resserra davantage. Ils se tenaient prêts à massacrer.

– Les diables à cornes en premier ! ordonna leur commandant.

Les Marécageux supplièrent et couvrirent la tête de leurs enfants tandis que les lames des paladins s'élevaient en l'air.

Mais avant que le premier coup ne s'abatte, un grognement puissant retentit derrière le chef des paladins accompagné d'un crissement de feuilles mortes. Le commandant leva les mains en signe de halte et fit lentement tourner son cheval en direction des ombres de la clairière. Lorsqu'il agita sa torche devant lui, la lumière de la flamme surprit deux gros yeux sombres tapis entre les branchages. S'ensuivit un grognement si sonore que les chevaux paniquèrent. Le chef de la troupe vécut juste assez longtemps pour voir la gueule d'un sanglier géant surgir de la pénombre dans un fracas de branches cassées. Ses défenses, pointues comme des sabres et aussi longues que des lances de jouteurs, plongèrent vers le sol avant de soulever le cheval du paladin, projetant le cavalier et sa monture vers les hauteurs d'un arbre où ils s'empalèrent sur des branches brisées. Ils restèrent suspendus là comme des épouvantails tandis qu'une pluie de sang et de feuilles s'abattaient sur les autres.

Les paladins n'exultaient plus. Le massacre annoncé était devenu le leur.

Nimue bondit hors de sa cachette dans les fourrés, mais Gauvain la retint.

– Attends, laisse les Tusks faire leur travail, souffla-t-il.

Mais la jeune fille ne tenait plus en place.

– Non !

Elle se dégagea de son étreinte et s'élança en courant au clair de lune dans sa cotte de mailles deux fois trop grande qui lui faisait une sorte de jupe. Elle avait revêtu des hauts-de-chausses et des cuissardes, idéales pour patauger dans le marais, la Dent du Diable en travers du dos. Un Paladin Rouge fonçait au même moment droit vers elle ; Nimue tira son épée et le décapita d'un coup net. C'était comme si elle venait de se libérer d'une cage. Elle se sentait libre, intrépide et sauvage, toutes ses craintes et ses angoisses oubliées. Le chagrin que lui avait causé le départ d'Arthur s'était envolé. À présent, elle tirait une joie farouche des cris d'agonie et de l'affolement de ses ennemis.

– *Troch no'ghol !* tonna Wroth le Tusk à l'intention de Nimue depuis le dos de son énorme monture, avant de diriger sa charge pour infliger le plus de dégâts possible aux paladins.

Depuis des siècles, les Tusks chevauchaient et entraînaient au combat les sangliers sauvages. L'animal gardait le museau bas, ses cornes au ras du sol, pendant que les lames des paladins s'abattaient vainement sur sa crinière et son cuir épais. Puis, d'un seul coup, il relevait son énorme tête, projetant les chevaux et leurs cavaliers dans les ténèbres.

L'arrivée de Nimue avait quelque peu désorganisé la formation de combat des Tusks, d'où le courroux de Wroth le Tusk. Les Paladins Rouges en profitèrent pour se regrouper.

Voyant qu'ils perdaient du terrain, le Chevalier Vert émit un sifflement sonore. Des tranchées s'ouvrirent alors dans le sol. Sous des nuées de flèches, Tusks et Faunes procédèrent à l'évacuation des Marécageux grâce au réseau de galeries souterraines des étranges et timides Plogs. Ces derniers penchèrent la tête d'un air intrigué au passage des enfants Marécageux effrayés qui s'engouffraient dans les tunnels, guidés par les torches des Faunes.

– Nimue, reste avec nous ! s'écria Gauvain en la voyant s'éloigner.

Mais la jeune fille s'enfonça dans les marais, où les Paladins Rouges formaient une nouvelle ligne d'attaque. Quelques-uns s'en détachèrent pour se battre avec elle. L'un d'eux leva son épée très haut mais elle l'attaqua par le bas, lui tranchant la cuisse juste au-dessus du genou. Une flèche se planta dans son épaule. Une autre la frôla comme une libellule. Elle entendit la voix de Gauvain au loin, l'inquiétude qui aiguisait sa voix. Mais Nimue n'avait pas peur. Sa vision était claire comme le cristal. Elle avait toujours un temps d'avance, comme si elle pouvait prédire chacun des gestes de ses ennemis. Les Invisibles décuplaient ses sens. C'était grâce à l'épée.

Un autre Paladin Rouge fonçait vers elle en brandissant une hache. Elle esquiva le coup et, dans un même mouvement, lui trancha la gorge. Le sang jaillit, aveuglant le paladin qui arrivait juste derrière ; Nimue lui fracassa le crâne.

Paladin, paladin, tu pourriras dans un trou, tué par l'épée de la Sorcière Sang-de-Loup !

La jeune fille sourit. La comptine lui plaisait.

Du coin de l'œil, elle perçut un mouvement brusque et pivota juste à temps pour éviter un coup fatal, mais pas la lame du poignard qui s'enfonça dans son épaule gauche.

« Idiote ! » se maudit-elle pour cette erreur d'inattention tandis qu'une atroce douleur irradiait de sa blessure. Son assaillant pesait de tout son poids contre elle et ils basculèrent dans un fourré, Nimue plaquée dos à terre. Elle leva le bras juste à temps pour contrer un autre coup funeste ; cette fois, la pointe du poignard s'immobilisa juste devant ses yeux. De son autre main, l'homme tenta de l'étrangler, les yeux exorbités, possédé par une folie meurtrière. La Dent du Diable était inaccessible, coincée sous le dos de

l'adolescente. Lorsqu'elle voulut griffer l'homme au visage, il lui mordit la main. Elle tenta alors de lui assener un coup de genou entre les jambes, mais il se tenait assis à califourchon trop haut sur elle. Il lui agrippa la gorge et commença à serrer.

Une giclée de sang aspergea la jeune fille. Une flèche venait de traverser le crâne du paladin. Nimue put soudain respirer. Chassant les étoiles qui dansaient devant ses yeux, elle se remit debout et tira son épée avec un cri féroce. Le Chevalier Vert se tenait à une dizaine de mètres derrière elle, en train de rebander son arc, les traits déformés par la rage et la peur.

Un paladin audacieux passa en trombe devant l'adolescente pour aller transpercer de sa lance le flanc du sanglier géant. La bête glapit. Nimue s'avança en faisant tournoyer sa lourde épée au-dessus de sa tête, ignorant le feu dans son épaule, et – *tchac* – envoya la tête du paladin voler dans les airs.

Wroth, toujours sur le dos de sa monture, vit la tête passer devant lui et atterrir dans la vase du marais, où elle roula avant de s'arrêter. Il se tourna vers la jeune fille en souriant de ses très grandes dents.

– La Sorcière Sang-de-Loup ! mugit-il dans la nuit.

Nimue avait la tête qui tournait. Elle se sentait à la fois grisée et, quelque part, tout au fond d'elle, absolument terrifiée. Wroth et ses combattants levèrent le poing en scandant son nom. Son cœur cognait fort dans sa poitrine. Elle sourit, en dépit de la douleur qui lui vrillait l'épaule. Gauvain, tout près d'elle, lui disait des choses qu'elle ne pouvait pas entendre à cause des pulsations qui lui martelaient les tympans.

Elle se retourna et s'enfonça dans une galerie souterraine. Il la suivit. Des Plogs s'affairaient déjà derrière eux pour pelleter de la boue à l'aide de leurs gros doigts crochus, et ils rebouchèrent l'entrée du tunnel comme si elle n'avait jamais existé.

CHAPITRE 29

Le roi Uther longeait l'un des sombres couloirs du donjon, flanqué de dix gardes en armure, jusqu'à la toute dernière cellule. À l'intérieur, Merlin gisait enchaîné au mur, les cheveux et la barbe emmêlés, maculés de boue et de sang. Les soldats ne s'étaient pas montrés d'une grande gentillesse avec lui.

Uther se redressa de toute sa hauteur.

– Merlin, déclara-t-il.

– Votre Majesté, grommela l'Enchanteur, les yeux derrière ses cheveux sales. J'aimerais me lever, mais cela m'est hélas impossible.

Le souverain plissa le nez en sentant les relents de moisissure et de déjections humaines qui empuantissaient l'air. Il n'avait qu'une seule question à poser au captif.

– Pourquoi ne nous as-tu rien dit à propos de l'épée du pouvoir ?

– Eh bien, Votre Majesté…

Mais Uther ne le laissa pas finir sa phrase.

– Attends, laisse-moi deviner : tu souhaitais t'en emparer avant nous afin de ne pas nous donner de faux espoirs.

Merlin agita ses mains menottées.

– On ne peut rien vous cacher, Votre Majesté.

Le roi eut un petit sourire froid.

– Toujours la bonne réplique.

– Je reconnais que mon départ a été un peu cavalier, Sire. Mais comprenez-moi, les présages…

Uther lui coupa à nouveau la parole.

– Parlons-en, justement. Cette pluie de sang sur le château Pendragon… Quelle vision d'horreur !

– Mais comme je l'ai toujours dit, Sire, il existe…

Nouvelle interruption royale.

– … différentes interprétations possibles des présages. Oui, nous savons tout cela. Nous ne sommes pas aussi stupides que tu le crois.

Merlin hésita. L'équilibre des forces avait changé, c'était indéniable. Il s'aventurait sur un terrain glissant.

– Je n'ai jamais sous-entendu que…

Mais Uther semblait déterminé à ne pas le laisser finir la moindre phrase.

– Nous n'avons oublié aucune de tes leçons, Merlin. Par exemple : n'ayons pas peur des présages, emparons-nous d'eux. Retournons-les et examinons-les jusqu'à ce qu'ils nous disent autre chose. Puis, par notre seule action, faisons en sorte qu'ils se réalisent. (Uther agrippa les barreaux de la cellule.) Ce conseil s'est révélé très instructif.

– Et comment, Votre Majesté ?

– Parce que nous avons décidé que le sang qui s'est abattu sur le château n'était pas le nôtre… mais le tien.

Merlin examina le roi à travers ses cheveux sales. Une mise en garde aiguisa sa voix.

– Uther...

– Tu n'as jamais cru en nous. À présent, c'est nous qui ne croyons plus en toi.

Le monarque recula de la cellule et croisa les mains derrière son dos.

– L'ère des Magiciens est révolue, poursuivit-il. Nous considérons tes derniers errements comme une trahison. Et à cela, il n'y a qu'une seule issue : la mise à mort.

– Sans jugement ? protesta Merlin. Sans jurés ? Qui vous a ainsi retourné contre moi ?

Uther laissa sa colère éclater :

– Rien d'autre que ton mépris, ton ivrognerie et ta déloyauté, lâcha-t-il d'une voix hargneuse et tremblante. Nous avions dix ans le jour de ton arrivée à cette cour. T'en souviens-tu ?

– Oui, répondit Merlin tout bas.

Les yeux du souverain se mirent à briller à mesure qu'il évoquait ses souvenirs d'enfance.

– Nous avions entendu tant de récits extraordinaires à propos du grand Merlin l'Enchanteur. Nous t'attendions avec impatience. Nous n'avions jamais connu notre père, vois-tu. Il n'y avait personne pour nous apprendre à devenir roi. Nous restions donc assis à notre fenêtre, à scruter les collines environnantes, avoua-t-il avec un petit rire sec. Nous voulions connaître les secrets du monde. Et apprendre la sagesse. (Son sourire s'estompa.) Le jour où tu as franchi la grille du château, nous avons couru à ta rencontre. Et tu es tombé de ton cheval. Tu puais la sueur, ta barbe était imbibée de vin. Les serviteurs ont dû te porter.

Merlin soupira.

– Je sais que je vous ai gravement déçu, Sire. Mais si vous voulez obtenir l'épée du pouvoir, la dernière chose à faire est de me tuer. Je sais de source sûre qu'elle est déjà en route vers moi. Accordez-moi une semaine, et...

– Navré, Merlin, mais le peuple désire ta tête. Emportez-le, ordonna le roi.

Il pivota sur ses talons et ses pas résonnèrent le long du couloir de pierre. Les geôliers ouvrirent la porte de la cellule. Les soldats entrèrent et obligèrent Merlin à se remettre debout.

– Uther ! s'écria l'Enchanteur pendant qu'on lui ôtait ses menottes pour le traîner dehors. Uther, j'ai juste besoin d'un peu de temps !

Quelques instants plus tard, il dut fermer les yeux pour se protéger des rayons aveuglants du soleil à la sortie du donjon. Un échafaud se dressait face à la foule dans l'une des plus grandes cours du château. Une fois sa vision accoutumée à la lumière, Merlin aperçut lady Lunette derrière sa fenêtre, un sourire satisfait aux lèvres.

Le roi Uther était blême, sa lèvre supérieure ourlée de gouttelettes de sueur. Il ne cessait de jeter des coups d'œil nerveux en direction de la tour de sa mère. Les hommes forcèrent Merlin à s'agenouiller devant le billot imprégné de sang.

– Uther, par pitié, réfléchissez ! lança-t-il en se débattant contre les soldats qui le retenaient.

– Nous sommes las de tes paroles, répliqua sèchement le souverain avant d'adresser un signe du menton au bourreau.

Ce dernier écrasa le cou de Merlin sur la souche de chêne. Uther leva de nouveau les yeux vers sa mère. Qui opina. Le roi prit une grande inspiration et se tourna vers la foule.

– Merlin l'Enchanteur, nous te condamnons à mort pour crime de trahison envers notre personne !

Le sang séché sur le bloc de bois dégageait une odeur pestilentielle. Sentant la résignation l'envahir, Merlin émit un petit rire sans joie. En sept siècles d'existence, la seule vérité qu'il tenait pour acquise était que la mort était une chose laide, triste, humiliante et dépourvue de sens. Contrairement à ce qu'il aurait pu espérer, la sienne ne ferait pas exception à la règle. Quelle différence, de toute manière ? À bien des égards, il était déjà un fantôme. Sans sa magie, il n'était guère plus qu'un comédien de théâtre se faisant passer pour le grand Merlin l'Enchanteur face à un public de moins en moins convaincu. Même dans les replis de son cœur, il ne trouvait pas la moindre trace de colère envers Uther Pendragon, ce pauvre garçon qui n'avait jamais été qu'un pantin entre les mains de sa cruelle et ambitieuse mère – et, à un degré moindre, entre celles de Merlin lui-même.

Pourtant, au moment où le bourreau brandit sa hache, une étrange panique envahit le mage telle une vague scélérate, un cri de survie primal, presque embarrassant, et il agita violemment les bras pour se libérer. Mais les soldats le maîtrisèrent aussitôt. La lame de la hache étincela au soleil lorsqu'une boule de plumes fendit soudain l'air.

Le bourreau recula pour éviter le milan qui fondait vers lui en piqué, et son arme fendit le bloc de chêne en frôlant le nez de Merlin. Un hoquet de stupeur parcourut l'assistance. Des dizaines de gens se signèrent avec effroi en voyant le rapace revenir harceler le bourreau jusqu'à le chasser de l'estrade.

Désemparé, Uther tourna son regard vers la fenêtre de la reine mère qui, par de grands gestes, lui intima d'achever l'exécution de Merlin. Mais avant qu'il ait le temps d'ordonner à son bourreau de reprendre son poste, l'oiseau se posa sur le tronc de chêne, un minuscule rouleau fixé à sa patte.

– Un message, Sire ! s'exclama Merlin, le col toujours sur le billot.

Uther avait envie de prendre la fuite. Il sentait tout son courage l'abandonner. Sir Béric se rapprocha d'un pas hésitant vers le rapace, et ses yeux s'écarquillèrent.

– C'est la vérité, Votre Majesté. Il y a un message!

– Ah oui? répliqua Uther d'un ton méprisant. Eh bien, lis-le.

Le chevalier s'empressa d'obéir et détacha le parchemin avec soin. Il le déroula à la lumière du soleil et le lut en silence, bouche bée.

Uther s'impatientait.

– Par pitié, Béric, de quoi s'agit-il?

– C'est... une lettre de la Sorcière Sang-de-Loup, Sire. Elle offre d'apporter l'épée du pouvoir, la... la... l'épée des Premiers Rois... à Merlin l'Enchanteur!

– Dites-lui que je suis indisposé! lança ce dernier.

Uther sentait le regard incendiaire de sa mère au creux de sa nuque. Il n'osait même plus se tourner vers elle. Il se mordit la lèvre en imaginant la douce vision de la tête tranchée de Merlin tombant dans la foule, mais il se savait déjà vaincu.

– Redressez-le! vociféra-t-il en écartant Sir Béric et ses hommes pour repartir d'un pas furieux en direction du château, ignorant les quolibets et les protestations de la foule privée de son spectacle sanglant.

Les soldats soulevèrent Merlin pour le remettre debout, mais ce dernier les repoussa et se pencha vers le milan, qui le dévisagea de ses yeux noirs et dédaigneux. Le mage tendit la main pour lui caresser les plumes, mais l'oiseau lui mordit le pouce jusqu'au sang. Merlin recula vivement la tête.

– Tu es avec Yeva, n'est-ce pas? Dis à cette vieille bique que ça ne change strictement rien entre nous.

L'oiseau regarda avec indifférence les soldats remettre Merlin debout et l'emmener.

CHAPITRE 30

Un vent impitoyable cinglait leurs visages et leurs pieds nus sanglés de cuir. Le père Carden menait la sinistre procession de trente Paladins Rouges en direction des Pyrénées, où peupliers et grands pins avaient recouvert les ruines de Bagnères-de-Bigorre, un ancien avant-poste romain jadis prisé des riches patriciens en raison de ses sources thermales d'eau chaude. Le terrain était escarpé et très accidenté, parsemé de gros rochers que traversaient des torrents gorgés de truites. Même les plus bas sommets du massif étaient couronnés de neige, et les bourrasques de décembre s'engouffraient entre eux comme dans un entonnoir. Carden serra les dents pour les empêcher de claquer, soucieux de montrer l'exemple à ses hommes.

Le Moine Larmoyant chevauchait à son côté, le visage enfoui sous son large capuchon.

L'ascension se fit de plus en plus ardue et rocailleuse. Bientôt, les cavaliers atteignirent une vallée verdoyante parsemée de hauts pins. Les berges du petit lac aux eaux bleutées en son centre étaient occupées par un imposant campement dont les oriflammes blanc et or portaient les armoiries du Vatican. La plus grande d'entre elles flottait au sommet d'un mât telle la voile d'un bateau, au-dessus de la voiture papale. Plusieurs tentes rouges et ovales, ornées elles aussi des bannières vaticanes fixées sur de longues lances, entouraient un large pavillon situé en amont du lac et protégé du vent par une rangée de majestueux sapins.

Des serviteurs en habit religieux allaient et venaient en transportant sur les épaules des jougs d'où pendaient des seaux d'eau puisée dans les sources chaudes toutes proches.

L'entrée de l'édifice était surveillée par les sentinelles de la Trinité, la garde personnelle du pape Abel V, revêtues de longues tuniques noires. Au moment de descendre de cheval, Carden et le Moine Larmoyant aperçurent leurs reflets déformés dans les effrayants masques dorés des gardes papaux. Ceux-ci étaient moulés d'après les masques mortuaires des précédents papes, si bien que chaque garde de la Trinité arborait le visage d'un mort différent. Tous étaient tournés en direction des Paladins Rouges, leurs étranges paupières closes.

Le Moine Larmoyant prit le temps d'observer les funestes fléaux d'armes suspendus à leurs ceinturons de cuir. D'un geste calme, il dégagea le pommeau de son épée des pans de sa tunique pour se placer face à eux pendant que le père Carden se dirigeait vers la porte. Les gardes de la Trinité s'écartèrent comme un seul homme et soulevèrent les pans de toile. Carden pencha la tête et entra, seul.

Une brume nauséabonde voilait les objets les plus proches.

L'air était lourd, chargé d'encens. Carden sentit la sueur perler à son front. Les serviteurs continuaient à s'affairer pour remplir l'immense baquet en bois placé au centre de la tente.

Un squelette humain barbotait dans ce bain bouillant. Le pape Abel ne pesait pas plus d'une cinquantaine de kilos et était quasiment imberbe. Le peu de chair qui recouvrait ses os était tendineux et sec.

– Votre Sainteté, déclara Carden en s'agenouillant sur le tapis au pied de la baignoire.

– Levez-vous, père Carden, répondit Abel de sa voix râpeuse.

Carden obéit. Ses traits demeurèrent impassibles lorsqu'il découvrit le visage de son interlocuteur, grêlé par la variole.

– Je trouve ces bains tout à fait revigorants, déclara Abel. Comment votre voyage s'est-il déroulé ?

– L'hiver est précoce, Votre Sainteté.

– Vous devez être fatigué. Laissez donc mes serviteurs vous préparer un bain. Je n'ai pas dû épuiser toute l'eau chaude, ajouta-t-il en souriant.

Carden s'étonna de la blancheur de ses dents malgré son apparence maladive.

– C'est une offre bien généreuse de votre part, Votre Sainteté, mais...

Il hésita.

– Mais le travail passe avant tout, poursuivit Abel. Je sais. Et le vôtre n'est pas passé inaperçu, croyez-moi. J'ai bien conscience que nous vous y avons soustrait en vous faisant venir jusqu'à nous. Vous devez mal le vivre.

– Ce voyage est pour un moi un honneur, Votre Sainteté. Mais en effet, je dois reconnaître qu'un tourment pèse sur ma conscience. Il reste tant à faire.

– Dieu voit le travail accompli, père Carden. Il sait. Combien

de villages purifiés ? A-t-on des chiffres ? s'enquit Abel avec intérêt.

– Ils ne résident pas tous dans des villages, Votre Sainteté. Ces abominations vivent au sommet des arbres ou au fond de trous boueux, dans des grottes et des marécages. Peu d'entre eux habitent ce qui se rapproche d'un village humain traditionnel. Il en va de même pour leur apparence. Certains nous ressemblent, mais la plupart ont des ailes rachitiques ou des membres difformes leur permettant de se déplacer plus vite entre les branches. Des cornes. Des yeux dénués de pupilles, capables de percer l'obscurité. Certains sont recouverts de poils, d'autres passent leur vie entière dans des galeries souterraines où ils ne voient rien, si bien que leurs paupières sont scellées en permanence.

– Fascinant. Ce doit être un sentiment merveilleux que d'accomplir la mission qui vous a été confiée par le Seigneur en éliminant ces aberrations de la nature.

– C'est ainsi que je le ressens, en effet, Votre Sainteté.

Une vague d'émotion submergea Carden à cette pensée.

Le pape Abel s'éloigna un peu dans son bain, et la brume se referma derrière lui. Lorsqu'il reparut, il cracha une giclée d'eau en l'air.

– Combien de Paladins Rouges commandez-vous ?

Carden se sentit gonflé de fierté.

– Difficile à dire, Votre Sainteté. Dans chacune des villes que nous traversons, nous sommes assaillis de nouveaux volontaires. Je ne pense pas trop me vanter en affirmant que notre nombre dépasse les cinq mille.

– Vous avez rassemblé une véritable armée. C'est incroyable. Sont-ils dévoués ?

– Tous viennent de milieux différents, certains sont plus durs que d'autres, mais ils forment une fraternité unie. Ainsi qu'une sororité, d'ailleurs.

– Excellent. (Le pape tapa dans ses mains et fit gicler un peu d'eau.) Y a-t-il des pertes à déplorer ?

C'était le moment que redoutait le père Carden.

– Quelques-unes, hélas, Votre Sainteté.

– Quelques-unes ? répliqua Abel tout en continuant à jouer avec l'eau.

– Notre noble mission se heurte évidemment à une forme de résistance.

– Une « résistance », père Carden ? Votre choix de mot est terrible. Est-ce ainsi qu'il nous faut désigner cette Sorcière Sang-de-Loup ? Hmm ? Une... résistance ? À elle toute seule ?

– Elle n'est pas toute seule...

Le pape Abel se leva dans sa baignoire.

– Vous osez me contredire, espèce de paysan vaniteux !

Carden fixa ses bottes pleines de boue, humilié par la soudaine invective de son interlocuteur.

Debout dans sa baignoire, entièrement nu et trempé, Abel le défia de soutenir son regard. Puis, satisfait, il se laissa lentement redescendre dans l'eau jusqu'aux yeux et attendit, tel un crocodile.

– Je vous demande pardon, Votre Sainteté, murmura Carden.

– Cette sorcière connaissait nos plans d'attaque.

– En effet, ils ont trouvé nos cartes et...

– Trouvé ? Elle les a *volées* aux Paladins Rouges qu'elle a *assassinés* dans un étang. Je sais tout, père Carden. Vous ne gagnez rien à minimiser les faits. Des dizaines de Paladins Rouges ont été exterminés par cette sorcière, et quelle est votre réponse ?

Carden voulut répondre mais Abel ne lui en laissa guère le temps.

– Rien ! La voilà, votre réponse ! Votre campagne est paralysée par l'approche de l'hiver. La faiblesse est comme la vérole, père Carden : elle contamine tous ceux qui s'en approchent. Cette sorcière vous a ridiculisé. Vous, et nous aussi !

– Il y a…

– Hein ? Que dites-vous ? aboya Abel. Mesurez bien vos paroles, pèlerin.

Carden s'efforça de garder son calme.

– Votre Sainteté, nous pensons avoir localisé le nid de ces créatures. Nous sommes en train d'installer le piège. Je vous supplie de m'accorder encore un peu de temps. Quand nous mettrons la main sur elle, je jure devant Dieu que le sort que nous lui réservons servira d'exemple à ses fidèles et les mènera au désespoir et à la folie.

– Qu'il en soit ainsi, père Carden. Sans quoi c'est *vous* qui servirez d'exemple.

– Oui, Votre Sainteté.

– Au moindre faux pas, j'enverrai mes sentinelles de la Trinité afin qu'elles reprennent le contrôle de votre espèce d'armée. Méfiez-vous, mes hommes ne sont pas réputés pour leur miséricorde.

– Je comprends, Votre Sainteté.

Carden s'inclina et fit une sortie aussi rapide et digne que possible.

Retrouver l'air froid du dehors fut un soulagement. Il passa d'un pas vif devant les gardes de la Trinité sans leur adresser un seul regard et s'apprêtait à faire de même avec le Moine Larmoyant, avant de se raviser. Il l'empoigna par le bras et souffla d'un ton excédé à son oreille :

– C'est ta faute si je me retrouve ici, soumis à cette humiliation. N'as-tu donc aucune fierté ? Cette sorcière nous tourne en ridicule. Si je dois brûler, sois certain que je ne brûlerai pas seul.

Il le repoussa brutalement et se dirigea vers son cheval.

Le moine réajusta sa tunique et regarda fixement les masques d'or mortuaires des gardiens de la Trinité postés à l'entrée du pavillon.

CHAPITRE 31

Lady Lunette caressait tranquillement le chat à poil gris lové sur son giron. D'une main, elle renversa le petit sablier posé sur le rebord de la fenêtre. Les grains blonds recommencèrent à s'écouler dans l'autre sens. Gentiment, elle poussa le félin pour qu'il descende de ses genoux.

– Allez, file. J'ai à faire.

Le chartreux émit un faible miaulement de protestation avant de sauter sur un siège bas capitonné de velours où il se roula en boule. Lunette souleva une pâtisserie aux figues et la tapota en fredonnant lorsque des coups retentirent à sa porte.

– Qui est là ? demanda-t-elle d'un ton acerbe.

Le lourd battant de chêne grinça sur ses gonds et Merlin passa sa tête à travers l'ouverture.

– Madame la reine mère, Votre Majesté ?

Une invisible armure de glace recouvrit aussitôt lady Lunette. Elle se fendit d'un sourire pincé.

– Lord Merlin, quelle surprise. Que nous vaut l'honneur de votre visite ? Vous accepterez bien une tranche de clafoutis aux cerises ?

Merlin admira les étalages de pâtisseries colorées qui emplissaient les appartements personnels de l'ancienne régente.

– Je dois décliner votre offre, Votre Majesté, car j'ai déjà festoyé et je suis fort repu. Même si j'ai entendu dire que vous étiez fine pâtissière.

– Du vin, alors, insista lady Lunette en désignant un pichet et deux coupes en argent. Vous devez avoir bien soif après cette journée riche en rebondissements.

Merlin se gratta la barbe et jeta un regard méfiant au pichet de vin avant de botter en touche.

– Riche en rebondissements. Oui. Oui, en effet.

Il alla s'asseoir sur une malle située au pied du lit de lady Lunette, l'air sombre et perdu dans ses pensées.

Le sourire de la reine mère s'effaça.

– Que pouvons-nous faire pour vous ?

L'Enchanteur tourna la tête vers la fenêtre pour observer le soleil couchant.

– Allez savoir pourquoi, cette journée m'évoque une vieille anecdote. Peut-être en avez-vous entendu parler. Les aristocrates l'appellent « L'histoire de la sage-femme ».

Lady Lunette examina sa boule de pâte.

– Je ne crois pas, non.

Merlin reprit la parole d'une voix douce.

– On raconte que la nuit était particulièrement froide en ce mois de mai, au point que les récoltes avaient gelé dans les champs. Pourtant, les gens attendaient dehors, sous les étoiles, une chandelle à la main, l'annonce de la naissance de leur nouveau roi.

C'était très important, car le précédent monarque était mort quelques mois auparavant, laissant la régence à sa veuve, laquelle siégeait donc sur le trône sans la moindre légitimité généalogique. Si elle mettait au monde un fils, l'ordre de succession naturel serait rétabli.

Lady Lunette reposa la pâtisserie aux figues encore crue parmi les autres disposées sur le plateau. Son visage était de marbre.

Merlin se prit au jeu du conteur et s'assit bien droit, les mains l'une dans l'autre.

– Mais la nuit passa, et il apparut que l'enfant ne s'était pas bien retourné dans le ventre de sa mère. Il avait du mal à sortir. La régente eut beau prier sainte Marguerite, ressortie indemne du ventre d'un dragon, afin de faciliter sa délivrance, elle accoucha d'un bébé mort-né. (Il marqua une pause.) Un garçon.

Lady Lunette ferma les yeux un très court instant.

Merlin poursuivit son récit.

– Sachant que la mort de son fils l'écarterait définitivement du trône, la régente fomenta un plan secret avec la sage-femme. Et c'est ainsi qu'au clair de lune, celle-ci se glissa discrètement hors du château pour se rendre chez une famille paysanne de sa connaissance, au sein de laquelle on avait récemment célébré la naissance d'un garçon.

Lady Lunette commença à soigneusement pétrir la pâte d'une autre tourte.

– On dit que la mère fut payée une somme rondelette en pièces d'or tirées des coffres royaux, précisa Merlin. Pourtant, quelques jours plus tard, on la retrouva morte des suites d'une étrange suffocation. Empoisonnée, chuchotèrent certains.

Lady Lunette esquissa un sourire en coin.

Merlin se leva, plia ses mains derrière son dos et respira profondément.

– D'ailleurs, toutes les personnes mêlées au machiavélique complot connurent une fin similaire. (Il se tourna vers son interlocutrice.) Hormis la sage-femme qui, craignant pour sa vie, s'enfuit du royaume pour ne plus jamais y revenir.

La reine mère reposa sa pâte.

Merlin se grattait l'oreille, pensif.

– Si elle venait à réapparaître un jour, poursuivit-il, on imagine aisément le danger qu'elle représenterait pour le roi.

Lady Lunette referma l'un de ses volets de bois pour se protéger de la lumière trop vive du soleil couchant.

– Ce qui explique sans doute pourquoi elle est restée cachée pour toujours, dit-elle, trop effrayée par le sort funeste réservé aux autres protagonistes. À moins qu'elle n'ait jamais franchi les frontières du royaume. Et qu'elle n'ait connu le même destin que cette pauvre mère contrainte de vendre son nourrisson pour une poignée de pièces d'or.

Merlin opina.

– Oui, cela a toujours été mon hypothèse. (Il se dirigea d'un pas lent vers la porte. Puis s'arrêta et fit volte-face.) Il existe une troisième possibilité, bien sûr.

– Laquelle ? répliqua sèchement Lunette.

Une étincelle passa dans les yeux de l'Enchanteur.

– Que la sage-femme soit toujours vivante et bien à l'abri sous ma protection. Bonne fin de journée, Votre Majesté.

Sur ces mots, il tourna les talons et sortit de la pièce. Quand la porte se referma derrière lui, le silence retomba dans la tour. Lady Lunette retourna son sablier. Les grains blonds avaient formé une pyramide au fond.

– *Psst psst psst*, murmura-t-elle pour appeler son chat gris. *Psst !*

N'obtenant aucune réponse, la reine mère regarda derrière son fauteuil. Le chartreux la fixait de ses yeux bleus et inertes depuis le pouf de velours sur lequel il gisait, mort. Sourire aux lèvres, Lady Lunette tendit la main pour récupérer le petit gâteau entamé qui traînait par terre devant lui et le reposa sur un plateau.

CHAPITRE 32

– Greffiergris, marmonna Yeva tout en nourrissant Marguerite, son milan, d'un cadavre de souris posé au creux de sa paume. Le château des amants Festa et Moreii. Des forces obscures hantent ces lieux. Cet ivrogne trame quelque chose.

Nimue relut le message de Merlin pendant que Gauvain, la femme en pourpre (dont le nom, apprit l'adolescente, était Kaze), Morgane et Wroth discutaient de la marche à suivre.

– Tu ne peux t'y rendre seule, déclara le jeune chevalier. C'est trop dangereux. Les Paladins Rouges ont établi des barrages tout le long de la Route Royale. Tu devras emprunter les sentiers forestiers. Je viendrai avec toi.

– *Ech bach bru*, grommela Wroth.

L'un de ses fils, Mogwan, se tourna vers Gauvain.

– Mon père dit que nous avons besoin de toi ici.

– Les missions de ravitaillement et de recherche des survivants sont les deux grandes priorités, renchérit Nimue.

– Pourquoi faire ce voyage ? fit Gauvain en prenant les autres à témoin. Cet individu est au service d'Uther Pendragon. Comment pourrions-nous lui faire confiance ?

– Je suis d'accord, ajouta Morgane.

Nimue contempla l'épée du pouvoir.

– Arthur dirait qu'Uther Pendragon est notre seule chance de survie.

Le simple fait de prononcer le prénom Arthur lui serra légèrement le cœur.

– Et où est donc passé ce courageux Sang d'Homme ? railla Gauvain. Et ce « roi », qu'a-t-il fait pour nous, hormis attendre sur son trône pendant que les Faë se faisaient massacrer partout, d'Escarbe à Pont-les-Faucons, en passant par Rosepréе ?

– J'ai vu le carnage de mes propres yeux, je n'ai pas besoin qu'on me fasse la leçon ! s'emporta Nimue. C'était la dernière volonté de ma mère. Et ce Merlin ne m'a donné aucune raison de me méfier de lui.

Yeva gloussa à ces mots.

– Tu n'as qu'à laisser l'épée ici, suggéra Morgane.

– Il m'a demandé de l'apporter.

– Ça ne me plaît pas, insista la jeune femme en secouant la tête.

Mais la décision de Nimue était prise.

– J'irai. Avec l'épée. (Elle prit la main de Morgane dans la sienne.) Et avec toi.

– Et Kaze, ajouta Gauvain. Je remettrais ma propre vie entre ses mains.

La femme en pourpre se contenta d'un hochement de tête sous son large capuchon. L'extrémité de sa queue de léopard remua au sol.

– Alors c'est parfait, déclara Nimue en se tournant vers Yeva. Dis à Merlin que je l'attendrai au château de Greffiergris dans trois jours à la tombée de la nuit.

Yeva essuya le sang sur ses mains pendant que Marguerite engloutissait le dernier morceau de souris.

La Veuve se tenait au bord d'un à-pic surplombant les eaux vertes et glaciales de la Baie des Cornes. Plus loin le long de la côte, au sommet d'une butte noire en roche volcanique, se dressaient les ruines du château de Greffiergris. Les mouettes et les corbeaux se disputaient avec force cris les recoins où faire leurs nids dans les hautes falaises. Merlin se tenait non loin derrière, les épaules voûtées pour se protéger du froid. Il descendit de cheval et s'approcha.

– Tu ne grelottes pas, dans cette tenue ? lui demanda-t-il.

Elle ne portait qu'une robe noire au col montant, une paire de gants et son habituelle voilette.

– J'aime le froid, répondit-elle en lui rendant la boîte d'argile Serpent comportant le feu Faë qu'il avait dissimulée dans la sacoche de sa selle.

Merlin récupéra l'objet et le rangea dans une large bourse accrochée à sa ceinture.

– Je te remercie, dit-il.

– As-tu toujours l'intention de t'en servir pour détruire l'épée ?

– Oui, répondit l'Enchanteur d'un ton amer. Je ne crois plus à la prophétie du seul vrai roi. Ni à celle du vieux druide censé le guider. L'épée est une arme bien trop puissante pour cette époque barbare.

– Tu n'as qu'à la garder. Ainsi, les Seigneurs de l'Ombre pourraient à nouveau régner.

– C'est impossible, tu le sais très bien, répondit Merlin. J'ai déjà essayé de réconcilier les humains et les Faë, il y a fort longtemps. (Un silence. Son regard se voila.) J'ai échoué.

– En tout cas, le Roi Lépreux ne te pardonnera jamais cette félonie. Il a déjà mis ta tête à prix. Tu devrais sans doute te faire discret durant les cent prochaines années.

– C'est bien mon intention, dès que cette histoire d'épée sera terminée.

– Et la jeune Faë ?

– Si je la laisse agir comme bon lui semble, elle finira dans une mer de flammes ou de lames vikings. J'espère lui faire entendre raison. Mais d'une manière ou d'une autre, elle m'apportera l'épée du pouvoir.

Il remonta à cheval et se tourna vers le château, sa barbe flottant au vent marin. Sans qu'il le sache, une espionne de lady Lunette se tenait tapie parmi les hautes herbes d'une proche colline. Elle regarda le mage chevaucher à travers la plaine jusqu'au pied de la dangereuse passerelle reliant la falaise au donjon de Greffiergris. Puis elle repartit sans bruit pour donner le signal.

Nimue ne trouvait pas le sommeil. Elle avait beau se retourner dans tous les sens, le sol était particulièrement dur et caillouteux dans les contreforts des Monts du Minotaure. Ils s'étaient mis d'accord pour ne pas allumer de feu, si bien qu'il faisait un froid de gueux, même si Morgane ne semblait guère s'en plaindre, déjà dans les bras de Morphée.

Kaze avait accepté de monter la garde. Nimue n'avait jamais vu la mystérieuse chevalière dormir. Elle s'était assise sur le tronc d'un arbre mort, alerte, attentive au moindre son. Ses yeux jaunes luisaient au clair de lune et sa queue reposait tranquillement sur le sol.

– Votre queue est magnifique, lui chuchota l'adolescente.

– Merci.

Kaze sourit, découvrant ses crocs étincelants.

– Vous connaissez Gauvain depuis longtemps ?

– Pas vraiment.

« Voilà une conversation qui tombe à plat », songea Nimue.

– Merci d'être venue avec nous, en tout cas, dit-elle.

– Je suis très curieuse de rencontrer enfin ce Merlin qui déchaîne tant les passions.

– Vous avez entendu parler de lui ? lui demanda la jeune fille, curieuse.

Gauvain était un grand voyageur. L'accent de Kaze ainsi que l'apparence si exotique de sa tenue laissaient à penser qu'elle venait de territoires situés bien au-delà du royaume de Francie.

– Pas sous ce nom, répondit-elle.

– Sous quels autres noms le connaissez-vous ?

– Il vit depuis très longtemps. Tu dois le savoir. Tu lui apportes l'épée de ton peuple.

Nimue eut soudain honte de sa méconnaissance du monde.

– Ma mère m'a demandé d'apporter l'épée à Merlin. Avant cela, je n'avais entendu parler de lui que dans les contes pour enfants.

– Alors il était très important pour ta mère, avança Kaze.

– Non, elle... Pas du tout, répondit la jeune fille. Elle m'aurait forcément dit quelque chose à son propos.

– Pour ton père, alors.

– Mon père est... Il est parti quand j'étais très jeune.

Kaze leva les yeux vers la lune.

– Ta mère avait des secrets.

Nimue se renfrogna.

– Non. Pas vraiment.

– T'avait-elle confié qu'elle possédait la grande épée ?

– Non, mais...

– Ta mère avait des secrets, répéta la femme en pourpre d'un ton sans appel.

Comme si la conversation ne l'intéressait plus, elle sauta à terre d'un pas léger et disparut sans bruit dans la forêt.

Nimue sentit une sueur glacée lui picoter la nuque. Kaze l'avait prise au dépourvu. Son cœur battait à tout rompre.

« Elle apporte le mal dans cette maison ! »

Chaque fois qu'elle fermait les yeux pour s'endormir, ce souvenir revenait la hanter. La voix de son père.

« C'est ton enfant ! »

Et Lénore, de rage, lui jetait un pichet en argile plein d'eau. Nimue l'entendait encore voler en éclats contre la pierre de l'âtre.

« J'ignore ce qu'elle est. »

Toute la nuit, ses rêves tourmentés résonnèrent des cris de ses parents.

CHAPITRE 33

L'âpre vent du large soufflait sur les cavaliers à mesure qu'ils laissaient la forêt derrière eux. Les verdoyantes collines s'ouvrirent bientôt sur la mer avec, au loin, les tours du château de Greffiergris. Nimue se sentit soudain exposée et à découvert. Kaze dut sentir sa peur, car elle fit passer la petite troupe au galop. Morgane rattrapa la jeune fille pour chevaucher à son côté.

– Ne lui offre rien. Laisse-le formuler sa proposition en premier.

– Je sais, répondit l'adolescente.

« Je ne sais rien du tout », songea-t-elle. Une partie d'elle-même avait hâte d'en finir, de remettre cette maudite épée à Merlin et de tourner le dos à toute cette histoire. Mais elle se sentait un devoir envers les réfugiés Faë qui comptaient sur elle, envers ses amis… et même envers l'épée. « Absurde. Ce n'est qu'une lame de métal. » Pourtant, cette lame de métal l'avait sauvée face aux loups et dans le labyrinthe de ronces. Elle lui avait donné le courage de défier

Bohort et de rendre justice dans l'étang. « Cette épée m'a apporté son aide. Et, pour la remercier, je vais la remettre à un roi Sang d'Homme ? Qui risque de s'en servir pour achever mon peuple ? »

– Que tes pensées restent les tiennes, lui dit Kaze. Ne laisse pas Merlin s'insinuer dans ton esprit.

« Comment savoir si mes pensées sont bien les miennes ? » Elle ne s'était jamais posé la question.

Des nappes de brouillard remontaient du pied des falaises pour envelopper le château de Greffiergris, si bien qu'il semblait flotter au-dessus d'un chaudron en ébullition. Nimue jeta un dernier regard derrière elle pour se rassurer, en direction de Morgane, qui tenait les rênes de son cheval. À son côté, Kaze l'encouragea d'un signe de tête sous son large capuchon pourpre.

– Tu n'es pas Nimue, lui lança Morgane. Tu es la Sorcière Sang-de-Loup !

La jeune fille se retourna vers les tours en ruine qui se dressaient devant elle, avant de plonger son regard entre les lattes de bois humides de la passerelle. Seule la brume était visible en dessous, mais on entendait nettement le fracas des vagues. Nimue longea l'étroit passage aussi vite qu'elle le put en retenant son souffle. Elle franchit ensuite le pont-levis vermoulu et pénétra dans l'ombre du château.

Ses pas résonnèrent lorsqu'elle passa sous le corps de garde à demi effondré. Elle leva les yeux vers les chaînes rouillées du pont mobile. Un filet d'eau coulait quelque part. La sensation du poids de l'épée dans son dos lui redonna courage au moment de pénétrer dans la cour intérieure, envahie par la végétation. D'ici, on prenait pleinement conscience de l'immensité du château. Cinq sinistres tours noires se dressaient autour d'elle comme les doigts d'une main en train de se refermer. Quelqu'un chuchota derrière elle. Elle fit volte-face et aperçut la grande porte du poste de garde. L'espace d'un instant, elle crut voir une ombre se glisser à l'intérieur.

– Qui va là ? demanda-t-elle.

Seul le silence lui répondit.

Troublée, Nimue poursuivit son chemin à travers la cour brumeuse et se dirigea vers le grand donjon, l'une des seules parties du château encore presque intactes.

– Il y a quelqu'un ? lança-t-elle au pied du colimaçon.

Une lueur verte et vacillante perçait la pénombre au-dessus d'elle. La jeune fille s'engagea dans l'escalier tout en palpant le mur de pierre usé par le temps et finit par accéder à la grande salle.

La pièce était vide et immense. Au centre, un feu vert crépitait dans un large brasero. La chaleur qui s'en dégageait était la bienvenue dans l'air glacé de la mer.

L'homme en haillons bleus qui se tenait près de la fenêtre était plus jeune qu'elle ne s'y attendait. Il avait des cheveux bruns et une barbe hirsutes, des yeux gris alertes et méfiants. À sa ceinture pendaient diverses sacoches débordant de plantes et de brindilles. Même de l'autre bout de la pièce, Nimue sentit des odeurs de cèdre et de citronnelle, de géranium et de clou de girofle. Il ne s'agissait pas d'un arrogant émissaire royal mais d'un authentique druide, un humain versé dans l'art des langages magiques, Faë et autres, animé par une énergie profonde.

Lorsqu'il la vit, quelque chose parut le décontenancer. Il s'efforça de sourire, mais son expression sonnait faux.

– Vous devez être Merlin, déclara Nimue en espérant qu'il n'entendrait pas le tremblement dans sa voix.

– Et tu dois être la Sorcière Sang-de-Loup, redoutable détentrice de la Dent du Diable, répondit-il.

Son ton crispa aussitôt la jeune fille.

– Vous vous moquez de moi.

– Pas du tout, dit-il en se radoucissant. Mais tu joues à un jeu dangereux.

Nimue sentit un filin argenté se dessiner le long de sa nuque. Au loin, le tonnerre gronda. Ce détail n'échappa guère à Merlin.

– Ce n'est donc qu'un jeu, pour vous ? répliqua-t-elle.

L'Enchanteur contourna le brasero en prenant soin de toujours laisser le feu Faë brûler entre eux.

– Comment l'épée t'est-elle parvenue ?

– Par ma mère, répondit Nimue avec émotion. Elle est morte en m'ordonnant de vous l'apporter.

Les traits de Merlin se transformèrent. Il parut soudain plus présent. Dans un murmure, il lui demanda :

– Tu es la fille de Lénore ?

Le cœur de Nimue se mit à battre très fort. Une vérité cheminait peu à peu en elle.

– Oui.

Merlin affichait un air indéchiffrable.

– Vous la connaissiez ? insista-t-elle.

– En effet, dit-il tout bas. (Paraissant soudain s'arracher à ses pensées, il changea de sujet.) Elle t'a sagement conseillée. Nous pouvons...

– Regardez-moi, l'interrompit-elle.

– Pardon ?

– Regardez-moi.

Le vieux druide plongea ses yeux las dans les siens. Cet effort semblait lui coûter.

– Que voyez-vous ? demanda la jeune fille d'une voix douce.

– Tu as ses yeux, répondit Merlin, ému.

– Autre chose ?

– Comment t'a-t-elle appelée ?

– Nimue.

Merlin acquiesça.

– Nimue, répéta-t-il. Quel magnifique prénom.

– Je n'arrête pas de me demander *pourquoi vous*. Pourquoi m'a-t-elle demandé de vous apporter cette épée ?

– Et quelle est ta réponse ?

La jeune fille prit une grande inspiration hachée.

– Elle ne voulait pas que je vous apporte l'épée. Elle voulait que l'épée me mène jusqu'à vous. (Nimue sourit.) Parce que vous êtes mon père.

CHAPITRE 34

– Oui, murmura Merlin, oui, ce serait... (Il n'acheva pas sa phrase et se détourna, visiblement bouleversé.) Je ne...

– Vous ne saviez pas, conclut Nimue à sa place.

Il fit non de la tête et la regarda d'un air émerveillé.

– Tu es le vivant portrait de Lénore.

L'adolescente essuya ses larmes, très émue.

L'Enchanteur s'avança vers elle et prit sa main. Qu'il observa longuement. Ils restèrent debout l'un devant l'autre, un peu gênés.

– Vous l'aimiez ?

– Beaucoup, dit-il.

– Et elle ? voulut savoir la jeune fille, qui se sentait déjà pleine de questions.

– J'ose le penser, répondit Merlin, une note de tristesse dans la voix.

Il relâcha sa main et repartit vers la fenêtre.

– Quand l'avez-vous rencontrée ? Quand vous êtes-vous quittés ?

– Je n'ai jamais parlé de cela…

– Mais je dois savoir, insista-t-elle.

– En temps voulu, Nimue. Pour le moment, il est impératif que tu comprennes quelles forces puissantes sont à l'œuvre pour mettre la main sur cette épée. Tu te tiens face à la Couronne, à l'Église et aux envahisseurs nordiques. Plus longtemps tu conserves l'épée, plus le danger s'accroît.

– J'ai survécu, pourtant.

Merlin se tourna vers elle, une lueur farouche dans le regard.

– Oui, je vois ça. Grâce à un culot qui ne durera pas, et qui sera balayé comme un fétu de paille par les armées d'Uther Pendragon !

Mais Nimue lui tint tête.

– Vous essayez de me faire peur pour que je vous donne l'épée. Je ne suis pas une enfant, figurez-vous. J'ai vécu l'équivalent de plusieurs vies au cours des derniers jours ! (Elle laissa éclater la colère qui montait en elle.) Les gens de mon peuple se méfient de vous. Ils me répètent que vous n'êtes qu'un traître, un ivrogne et un bonimenteur. Si vous voulez gagner ma confiance, vous devez me dire la vérité à propos de mon passé et de votre relation avec ma mère !

La vaste salle se fit silencieuse, hormis le crépitement du feu Faë ; Merlin semblait réfléchir à ses paroles. Un chuchotement furtif attira soudain l'attention de Nimue en direction de l'escalier. L'espace d'un instant, elle crut voir deux silhouettes disparaître derrière le mur.

– Qui va là ? demanda-t-elle, craignant un piège.

D'instinct, elle sortit l'épée de son fourreau et la pointa vers Merlin, dont les yeux se mirent à briller d'une lueur qu'elle déchiffrait mal : était-ce de la peur, ou de la convoitise ?

– Qui d'autre est ici avec nous ? demanda-t-elle.

Les murmures de deux voix jeunes, un garçon et une fille, semblaient flotter jusqu'au plafond et jusque dans les plus obscurs recoins du château.

– Il s'agit de deux jeunes amants, Festa et Moreii, nés de clans rivaux. Ils se sont barricadés dans ce château il y a plus d'un millénaire et ont bu de la ciguë afin de ne jamais être séparés. Ce sont leurs voix que tu entends, expliqua Merlin. Ils sont attirés par toi en raison de ton lien fort avec les Invisibles. Je le ressens aussi.

Troublée par la présence des deux fantômes, mais rassurée sur le fait qu'ils ne représentaient aucune menace, Nimue rangea son épée. Tout en demeurant sur ses gardes.

Merlin changea d'approche.

– Tes compagnons m'ont jugé et ont comptabilisé mes lacunes. Je suis coupable de nombreux crimes, c'est vrai. Pour cette raison, tu ne souhaites pas me confier l'épée ni voir en moi un vrai père. Je le comprends. Mais la vérité peut aussi faire du mal, Nimue. Es-tu sûre de vouloir la connaître ?

– Oui.

– Dans ce cas, nos deux amoureux nous aideront à remonter le fil de la mémoire afin que tu découvres mon histoire. Celle de la vie de Merlin.

Une torche de feu Faë à la main, Merlin guida Nimue à travers les tunnels venteux et mugissants de Greffiergris jusqu'à une étroite galerie surplombant la grande salle. Au loin, des volets cassés claquaient dans la tempête.

– C'est ici qu'ils moururent, lui souffla Merlin en désignant un banc de pierre. Dans les bras l'un de l'autre.

Nimue sentit monter le grondement familier au fond de son ventre. La présence des deux amants autour d'eux était très forte.

– *Où es-tu ?* chuchota la voix féminine, de très loin.

Nimue eut la chair de poule.

Merlin posa une main rassurante sur son épaule. Ils s'assirent sur les pierres.

– Si tu as des visions, n'essaie pas de les combattre, lui recommanda-t-il.

La flamme Faë vacilla et dansa à mesure que les ombres se rapprochaient. Nimue repoussa la panique qui l'envahissait et s'efforça d'ouvrir son esprit aux visiteurs. L'image d'une jeune fille lui apparut alors. C'était une adolescente du même âge qu'elle, les joues pâles constellées de taches de rousseur, coiffée d'une longue tresse et le front ceint d'une tiare en argent.

Nimue se retrouva tout à coup dans la Forêt de Fer. Mais quelque chose avait changé. La lumière était voilée. Elle baissa les yeux vers ses mains et vit au travers, comme si elles étaient faites de brume. Un bruit de pas retentit derrière elle : Merlin avançait péniblement parmi les arbres. Il trébucha et se redressa non sans mal. Les yeux réduits à deux épingles noires, revêtu de hardes et de peaux de bête, son apparence était mi-humaine, mi-animale. Une terrible boursouflure violacée lui rongeait le cou et le torse. Son souffle était lourd, humide. D'un simple geste, il produisit un bruit de tonnerre et deux gros chênes devant lui se tordirent comme des brindilles souples. Stupéfaite, Nimue eut un mouvement de recul. Une main plaquée sur son flanc, Merlin passa devant elle sans paraître remarquer sa présence, comme si elle était invisible, et poursuivit son chemin en claudiquant.

Elle le suivit jusqu'au Temple Creux.

Le mage finit par s'effondrer au pied de l'escalier. Il rampait à terre, pantelant, visiblement à l'agonie. Arrivé au pied de l'autel, il se recroquevilla sur lui-même, parcouru d'un tremblement, et ne bougea plus.

À l'intérieur du temple, la lumière changea et les ombres se déplacèrent comme si plusieurs heures venaient de passer. Pendant tout ce temps, Merlin demeura immobile. Nimue s'apprêtait à s'avancer vers lui lorsqu'un bruissement de tissu lui fit tourner la tête. Lénore, dans le plein éclat de sa jeunesse, vint s'agenouiller auprès du mage. Quand elle le toucha, il émit un grognement.

– Laissez-moi aux mains des dieux. Laissez-moi mourir.

– Allez mourir dehors si bon vous semble, mais pas dans ce temple. Pas dans la Maison des Invisibles. C'est un lieu de recueillement.

En entendant la voix de sa mère, Nimue eut les larmes aux yeux. Lénore obligea Merlin à se lever péniblement, passa un bras autour de ses épaules et le porta à moitié jusqu'à une alcôve où elle l'aida à s'étendre sur une courtepointe.

La lumière vacilla de nouveau. Des bougies éclairaient la petite pièce. Lénore écrasait des herbes dans un mortier tout en coulant des regards inquiets en direction de Merlin. En proie à une violente fièvre, il marmonnait et délirait en poussant des cris : « Fi ! Laissez ces monuments morts à Alaric ! Brûlez-les ! Brûlez tout ! Entassez les cadavres dans la basilique ! »

Changement de temps et de lieu. Cette fois, Nimue suivit Lénore dans la Forêt de Fer, où elle puisa de l'eau fraîche du torrent avant de regagner le temple. La jeune fille savourait ces moments en compagnie de sa mère, admirant sa démarche assurée, ses beaux bras puissants. Elle se sentait baignée par sa force et sa bienveillance.

Elle ne put s'empêcher de sourire quand Lénore renversa son seau d'eau glacée sur la tête de Merlin. Elle se souvenait encore de ses méthodes de guérison toniques. L'Enchanteur les découvrait à son tour.

– Pourquoi ne me laissez-vous pas mourir ? grommela-t-il.

– Les Invisibles nous enseignent que ce n'est pas à nous d'éteindre la flamme de notre esprit, rétorqua-t-elle en lui ôtant ses peaux de bête et ses haillons crasseux.

Quand il se retrouva nu et grelottant comme un nouveau-né sur la couverture, Lénore ne put réprimer un hoquet de stupeur.

Une plaie atroce, pourpre et violacée, entaillait son corps depuis sa hanche jusqu'à sa gorge.

Une lésion en forme d'épée.

– Quel est donc ce maléfice ? lâcha Lénore dans un souffle.

Elle effleura les contours de la blessure et exerça une pression au niveau du torse, arrachant à Merlin un cri de douleur. Elle avait senti les contours d'une lame en acier. Elle lui palpa la base du cou et écarta ses chairs tuméfiées pour mettre au jour un objet rond, comme un pommeau d'épée.

– Qu'est-ce que c'est ? demanda-t-elle.

– Mon fardeau, répondit Merlin entre deux halètements rauques.

– C'est un poison en train de vous tuer. Si vous ne vous en débarrassez pas, vous mourrez.

– Trop tard, murmura-t-il.

Un éclair de lumière. Nimue se retrouva debout devant Merlin, d'une pâleur spectrale sous sa couverture, son souffle irrégulier. Agenouillée à son chevet, Lénore faisait lentement passer une lame de pierre le long de sa plaie. Le lierre argenté des Invisibles lui illuminait le cou et les joues. Elle murmura une incantation et enfonça l'estoc dans la chair de Merlin, juste au-dessus de ses clavicules. Il ouvrit la bouche en un cri silencieux tandis qu'elle écartait les rebords de la plaie. Nimue manqua tourner de l'œil en voyant sa mère plonger sa main à l'intérieur. Elle s'arc-bouta de toutes ses forces et, avec un son guttural, arracha la Dent du Diable des entrailles palpitantes de Merlin. Lequel, malgré la protection de sa magie, poussa des hurlements de douleur à faire trembler les fondations du temple.

En un flash, plusieurs jours s'écoulèrent. Lénore était assise auprès de Merlin endormi. Sa blessure avait été nettoyée et pansée, mais son visage et sa barbe étaient trempés de sueur. Il oscillait entre la vie et la mort. Lénore prit sa main dans la sienne et pressa un doigt contre ses lèvres blêmes.

– Vis, chuchota-t-elle.

Nimue tourna son regard vers l'épée du pouvoir qui gisait à terre, encore souillée du sang de Merlin. Elle se sentit soudain attirée par elle, comme happée à l'intérieur.

Dans les ténèbres, elle entendit des cris de torture et vit les visages de femmes et d'enfants terrifiés et implorants. Elle vit des corps mutilés, entassés. Des éclairs et des flammes. Elle vit des rivières de sang s'écouler dans des aqueducs romains.

Détourne tes yeux de l'épée, Nimue !

C'était la voix de Merlin qui résonnait dans sa tête.

N'entre pas dans son histoire. Tu n'y trouveras que des abominations. Détourne tes yeux, ne la regarde pas !

Nimue s'arracha aux visions de l'épée et retrouva Lénore dans le silence d'une crypte secrète du Temple Creux. Elle portait l'épée jusqu'à la statue d'Arawn, roi de l'Autre Monde, un féroce guerrier barbu tenant en laisse une meute de limiers capables de traquer les âmes des morts. À ses pieds reposait un fourreau en pierre vide dans lequel Lénore inséra alors l'épée du pouvoir.

C'est donc là qu'elle l'a cachée, *dit Nimue par la pensée à Merlin.*

Je l'ignorais, *lui répondit le mage.* Elle m'avait assuré que l'épée avait été détruite. Je pensais qu'elle avait accès au feu Faë. Peut-être avais-je simplement envie de la croire.

La lumière et le temps basculèrent à nouveau. Merlin était cette fois réveillé, mais très affaibli. Assise à son chevet, Lénore tentait de lui faire avaler de la bouillie d'avoine, mais il repoussa sa main. La jeune femme ne se laissa pas démonter. Elle posa son bol par terre, lui pinça le nez pour l'obliger à ouvrir la bouche et enfonça sa cuiller à l'intérieur. Il la dévisagea avec stupeur, de la bouillie plein la barbe. Elle éclata de rire.

Nouveau changement de lumière. Les esprits déplacèrent le fil du souvenir jusqu'à la première sortie hésitante de Merlin, assisté de Lénore, dans la Forêt de Fer. Ses joues avaient repris un peu de couleur.

– Qui êtes-vous ? lui demanda la jeune femme.

– On m'a donné bien des noms au cours de mes nombreuses vies. Mais dans ces contrées, on me connaît sous le nom de Merlin. Puis-je vous demander ce que vous avez fait de l'épée ?

– Elle ne vous causera plus le moindre tracas.

– Ce n'est pas une réponse, objecta le mage.

– Vous n'êtes pas mon maître, donc vous devrez vous en contenter.

Ces mots le firent sourire.

– Je vois que j'ai rencontré mon égale.

– Vous avez une bien haute opinion de vous-même.

Il lâcha un petit rire.

– Je ne suis pas mécontent d'être débarrassé de l'épée. Depuis encore plus longtemps que je m'en souvienne, j'ai été consumé par les stratagèmes, les rivalités et les complots, sans parler des Guerres de l'Ombre. Je suis prêt à faire autre chose de ma vie.

– Je connais ce nom. « Merlin ». Et j'ai entendu parler du rôle que vous avez joué lors de ces Guerres de l'Ombre. Les gens du peuple et les Faë en ont beaucoup souffert, fit observer Lénore.

– Ces conflits sont nés de nobles intentions, répondit Merlin sur la défensive.

– Le sang appelle le sang. Et la paix ne s'obtient jamais du bout d'une épée, réplique Lénore.

Il s'arrêta pour la dévisager. Elle détourna le regard.

– Le destin semble m'avoir amené dans la maison de la guérison et de la sagesse.

Cette fois, Lénore leva les yeux vers lui.

Dans les nuées roses de l'aurore, Nimue eut la vision de Festa et Moreii, enlacés en une ultime étreinte, les lèvres encore tièdes de leur baiser, une dernière caresse au creux de la nuque. L'image était tendre, mais fugace. Les deux amants s'effacèrent dans la brume du petit matin.

La jeune fille essuya ses larmes pendant que Merlin allumait sa pipe.

– J'aimerais te dire que le temps atténue la douleur, dit-il en savourant sa première bouffée. Hélas, ce n'est pas le cas, ajouta-t-il avec un sourire contrit.

L'estomac de Nimue gargouilla. Elle rit.

– Vous invitez votre fille dans ce grand château et vous ne lui offrez rien à manger ?

Merlin rougit d'embarras.

– Grands dieux, je suis vraiment confus. Attends là, je... je reviens tout de suite !

Et il sortit de la galerie en courant.

CHAPITRE 35

Sous le pâle soleil matinal, Merlin et Nimue parcouraient les anciens jardins du château. L'endroit, qui regorgeait jadis de vigoureux cerisiers et poiriers jouxtant un potager de blettes, de poireaux et de fenouil, n'était plus qu'une parcelle de terre à l'abandon, envahie de mauvaises herbes et de plantes desséchées.

– Greffiergris nous livre un bien maigre butin, soupira Merlin. Tu es la Sorcière Sang-de-Loup. N'est-ce pas le moment de démontrer ta puissante connexion aux Invisibles en nous faisant apparaître un prodigieux festin ?

– Ce n'est pas comme ça que ça marche, rétorqua l'adolescente. Du moins pas pour moi. C'est comme un éclair qui frappe. Mais assez capricieux.

– Dommage. Un don si rare, décuplé par l'épée du pouvoir, pourrait faire de toi une redoutable magicienne. Mais ton potentiel est diminué par la peur qu'il t'inspire.

Nimue se raidit à cette pique. Le lierre d'argent s'enroula au creux de son cou.

Merlin ne parut guère s'en apercevoir.

– Ta mère était comme toi, poursuivit-il. Elle aurait pu accomplir de grandes choses plutôt que de rester sage-femme de luxe pour les paysans.

Les Doigts d'Airimid se dessinèrent sur les joues de Nimue.

– Encore un mot déplacé à propos de ma mère, vieillard, et vous aurez droit à la démonstration personnelle de mes pouvoirs.

Merlin constata que les plantes desséchées à leurs pieds s'entortillaient comme des serpents prêts à mordre. Il s'empressa d'acquiescer.

– La colère est un bon début, mais elle est imprécise et se consume trop vite. La soumission est mieux ciblée, plus pérenne.

Nimue comprit qu'il la provoquait. Elle se fendit d'un petit sourire narquois.

– Imagine le résultat que tu souhaites, dit Merlin.

– Je vous ai déjà dit que ça ne dépendait pas de moi.

– Faux. Il suffit que tu le désires sincèrement au fond de toi et que tu transmettes ce souhait aux Invisibles.

Nimue se détourna de Merlin et croisa les bras contre sa poitrine. Elle respira profondément l'air marin, histoire de se calmer, et tendit les mains en visualisant un luxuriant potager. Le lierre d'argent continua à lentement envahir ses joues.

Merlin perçut un mouvement dans l'enchevêtrement de broussailles. De jeunes pousses vigoureuses jaillirent entre les mauvaises herbes, et leurs bourgeons s'épanouirent en vitesse accélérée pour donner naissance à de belles rangées de blettes et de choux. Les branches des arbres fruitiers se durcirent, et leur feuillage laissa apparaître des cerises mûres et des poires juteuses.

En un clin d'œil ou presque, Nimue avait transformé ce tas de broussailles en un jardin d'abondance.

Merlin cueillit une poire et la lui tendit. Elle mordit dedans avec appétit.

– C'était ma première leçon, jeune Nimue.

Radieuse, l'adolescente prit une autre bouchée, du jus de poire plein le menton, et s'autorisa à entrevoir une infime lueur d'espoir après toutes ces heures sombres qu'elle avait traversées.

Merlin lui servit un bol de ragoût dans la grande salle. Ils s'assirent par terre, au pied des flammes mugissantes du feu Faë.

– Je suis connu pour bien des choses, mais la cuisine n'est vraiment pas mon fort, admit-il. Et je crains que nous n'ayons pas de couverts.

Nimue vit son regard dériver en direction de l'épée du pouvoir, rangée dans son fourreau et posée contre le mur.

– Vous rêvez de la reprendre, n'est-ce pas ? Bien qu'elle ait failli vous tuer.

– Cette épée a été forgée pour être l'arme de défense des Faë. Elle aspire à se battre et transmet ce désir à celui qui la brandit.

– Ou *celle*, corrigea l'adolescente tout en acquiesçant à ses propos. Je me sens forte quand je l'ai en main. Invincible, même. (Ses doigts inclinés en guise de cuiller, elle goûta sa première bouchée de ragoût.) Je n'imagine pas m'en séparer. Je ne pourrais pas la donner à qui que ce soit.

Merlin acquiesça.

– Il serait sage pour toi d'infléchir cette position.

– Pourquoi avez-vous quitté ma mère ? Comment votre histoire s'est-elle terminée ?

– Je préfère ne pas divulguer certains aspects de ma vie privée, répondit l'Enchanteur, mal à l'aise. Même si cela resterait au sein de la famille. Je t'ai confié plus de choses qu'à quiconque en sept cents ans d'existence.

– Mais je ne suis pas que votre fille. Je suis la Sorcière Sang-de-Loup. Et vous n'êtes pas seulement mon père, vous êtes Merlin l'Enchanteur, conseiller du roi Uther Pendragon. Si vous attendez que je remette l'épée à un souverain humain, je suis censée me fier à votre jugement. Mais bien que cette rencontre ait énormément compté pour moi sur un plan personnel – énormément, je vous l'assure –, je ne suis pas sûre de… de pouvoir vous accorder ma confiance.

La tristesse alourdit les traits de Merlin. Le feu Faë vacilla, et les ombres se manifestèrent à nouveau. Nimue entendit les murmures des deux amants.

Ils replongèrent dans le passé.

Merlin marchait avec Lénore dans la Forêt de Fer. Elle guidait ses pas. Il trébucha, se raccrocha à sa main et la pressa contre sa poitrine.

– Vous faites beaucoup de progrès, dit-elle.

– Grâce à vous. Vous m'avez sauvé.

Lénore s'empourpra.

– Toute vie est sacrée aux yeux des Invisibles.

– Ma propre vie m'importe peu. Les Sœurs du Destin ont perdu bien trop de temps avec moi. Mais vous avez régénéré mon âme, alors que je la croyais perdue.

Il lui toucha la joue.

Lénore se détourna.

– Je suis promise à un autre.

– Mais vous ne l'aimez pas, devina Merlin.

– Non.

– Vous aimez les choses brisées.

Cette fois, Lénore plongea ses yeux dans les prunelles grises et ancestrales de Merlin.

– Oui.

Il la prit dans ses bras, lui embrassa le cou, l'oreille, la joue, les lèvres.

La lumière trembla, les souvenirs s'enchaînèrent. Merlin et Lénore étaient enlacés, nus, sur un lit, leurs jambes entremêlées, baignés par la lueur des bougies.

Nouveau bond dans le temps, Merlin fut tiré du sommeil dans sa hutte par des échanges de voix depuis le temple. Un homme sermonnait violemment Lénore.

– Les Sages m'interrogent, mais je ne sais pas quoi leur répondre, car ton attitude est incompréhensible.

– Je sais, Jonah, répondit-elle pour l'apaiser.

– J'entends des propos inquiétants, et ça ne me plaît pas. Tu t'es isolée, tu négliges tes devoirs. Les jardins d'herbes médicinales se meurent. Ce temple est à l'abandon. Me caches-tu quelque chose ?

– Non, absolument pas… Je refuse de m'abaisser à ces ragots puérils ! bredouilla Lénore pour tenter de se défendre.

– Je me sens humilié. Tu passes des nuits dans ce temple. Je ne le comprends pas, et je ne l'approuve pas. Tu vas rentrer au village et reprendre une vie normale. Tu m'entends ?

– Jonah, tu n'as pas…

Les lumières du souvenir vacillèrent. Merlin faisait maintenant les cent pas dans le jardin du temple. Les mauvaises herbes avaient envahi les plantations. Il s'agenouilla et murmura des incantations, traça des symboles anciens pour guider ses pensées.

Il ne se passa rien.

Merlin redoubla d'efforts, ordonna aux racines de pousser et aux fleurs d'éclore, mais ses paroles furent vaines et ses gestes futiles. Le jardin restait sourd à ses prières magiques.

– Non, souffla-t-il.

Ailleurs. Plus tard. Merlin errait comme un fou dans la Forêt de Fer en prononçant des incantations fébriles pour invoquer le vent, la foudre. Mais les bois restaient muets, ainsi que le ciel.

Un flash de lumière. Au Temple Creux, Lénore découvrit Merlin affalé contre l'autel. Il marmonnait tout seul.

– Ça ne va pas ?

Il la foudroya du regard.

– Où est l'épée ?

Lénore recula d'un pas, effrayée.

– Que se passe-t-il ? Il t'est arrivé quelque chose ?

– Tu croyais vraiment me retenir ici à jamais, dans ce trou perdu que tu appelles ton village ? Quel sombre dessein poursuis-tu ?

Il se leva et avança vers elle d'un pas menaçant.

– Je ne te comprends pas, répondit Lénore.

– Tu m'as pris l'épée, contre ma volonté ! mugit Merlin.

– Elle était en train de te tuer ! Tu as failli mourir ! Quelle folie s'est emparée de toi ?

– Elle m'a volé ma magie. L'essence même de ce que je suis ! glapit-il, la voix brisée par l'émotion. Rends-la-moi.

– Cette obsession a corrompu ton âme…

Il s'effondra sur l'autel, brisant sa pierre ancestrale.

– J'exige que tu me rendes l'épée. Immédiatement !

Lénore ne se laissa pas intimider.

– L'épée n'est plus, et tu as la vie sauve.

– Menteuse ! Tu m'as détruit ! Et tu m'as trahi !

Sur ces mots, le mage s'effondra à terre.

Lénore en profita pour fuir et s'engouffra dans les passages secrets du temple. Elle accourut vers la cachette de l'épée du pouvoir aux pieds de la statue d'Arawn. Devait-elle la rendre, ou la laisser aux dieux ? Elle tendit la main et enroula ses doigts autour du manche de cuir bouilli.

– Montre-moi, dit-elle tout bas.

Des visions déferlèrent alors dans son esprit. Elle poussa un cri silencieux, les yeux arrondis par la terreur.

Changement de lumière. Quelques instants plus tard, Lénore regagna le temple en titubant. Merlin avait retrouvé son calme et s'adressa à elle.

– Lénore, pardonne-moi, je…

– Va-t'en d'ici et ne reviens plus jamais. Je vais épouser Jonah.

Il insista, la supplia.

– Je n'étais pas moi-même…

– Sors de ce temple, ou c'est moi qui t'en chasserai ! lui ordonna-t-elle avant de lui tourner le dos à jamais.

– Assez !

Merlin se leva et recula d'un pas. Nimue venait de se redresser d'un bond.

– Qu'a-t-elle vu ? Que l'épée lui a-t-elle montré ?

– Je ne te dois aucune explication supplémentaire.

Mais l'adolescente refusait d'en rester là.

– Ce n'est pas tout, vous le savez très bien. Qu'a-t-elle découvert pour avoir si peur ?

– Je suis las de ce petit jeu, grogna Merlin. Tu en as assez vu comme ça.

– Vraiment ?

La jeune fille pivota pour s'emparer de l'épée.

– Qu'est-ce que tu fais ? s'exclama Merlin. Nimue !

Les mains serrées autour du manche, elle s'adressa directement à la lame.

– Montre-moi ce que tu as montré à ma mère, dit-elle.

Un flot d'images envahit aussitôt son esprit.

Un millier d'incendies faisaient rage depuis les thermes de Caracalla jusqu'au mausolée d'Auguste. La ville de Rome était réduite à un immense brasier orangé. D'étranges éclairs bleutés déchiraient la fumée noire qui masquait les étoiles. Les habitants, affamés et désespérés, couraient pour échapper aux monstrueux envahisseurs qui affluaient par la porte Salaria. Ces derniers incarnaient l'essence des cauchemars, fendaient l'air de leurs ailes transparentes comme des insectes géants et bondissaient tels des léopards, leurs yeux brillant au milieu des flammes, leurs sabots martelant le sol, leurs ramures souillées de sang innocent.

Légionnaires et civils se replièrent le long du pont Fabricius et allèrent s'abriter sous les colonnes de marbre du temple de Jupiter. Sur l'autre rive du Tibre, la basilique implosa en une succession de boules de feu qui éclairèrent des centaines de cadavres flottant à la surface du fleuve.

Un centurion hurla des ordres à ses auxiliaires lorsqu'un éclair bleu le frappa, calcinant du même coup le cavalier et sa monture.

Les envahisseurs poussèrent des hurlements de triomphe pour saluer l'entrée de leur prince conquérant, Myrddin, un Merlin plus jeune et plus cruel. Il franchit les flammes sur le dos d'un gigantesque cerf d'argent en brandissant la Dent du Diable. Ses yeux luisaient du même éclat bleu vif que les éclairs qu'il commandait. Pointant son arme vers les colonnes du temple de Jupiter, il déclencha une bourrasque de vent et de feu qui anéantit le temple ainsi que les femmes et les enfants réfugiés à l'intérieur.

– Rien ne doit survivre ! vociféra-t-il en traversant la grand-place à bride abattue, pourfendant au passage les Romains en pleine fuite, soldats et civils, jeunes et vieux, armés ou sans défense.

Myrddin mugit vers le ciel pour convoquer les éclairs, qui foudroyèrent telle une pluie de javelots en flammes tous les êtres vivants sur lesquels se posait son regard de glace. Des nuées de braises

retombèrent autour de lui. Ses yeux cernés de noir s'abaissèrent vers la Dent du Diable, la source de son ambition, dont la lame commandait les armées, exterminait les empereurs et faisait ployer le genou aux rois barbares. L'épée avait fusionné avec lui. Il n'avait plus de main ni de doigts au bout de son poignet mais un moignon carbonisé, de chair et d'acier mêlé.

CHAPITRE 36

Nimue suffoqua, horrifiée par ce qu'elle venait de voir.

– Comment avez-vous pu… ? demanda-t-elle à Merlin.

– C'était l'épée, tenta-t-il de se justifier.

– Pas du tout. C'était vous. Vous avez assassiné des femmes et des enfants. Vous avez du sang sur les mains !

– Et tu te crois différente ?

– Moi ? Vous êtes fou !

– Combien de Paladins Rouges as-tu exterminés avec cette épée ?

L'adolescente vit rouge.

– Ils ont brûlé ma maison ! Tué ma meilleure amie, ma mère ! Comment osez-vous me comparer à ce… ce meurtrier ?

– J'étais comme toi, dit Merlin. J'ai laissé l'épée guider ma main au nom de la justice. Un océan s'est ouvert devant moi. Ma soif était inextinguible. Et il en sera de même pour toi. Tu m'as décrit la sensation que te procure l'épée. La puissance. Je veux t'épargner tout cela, Nimue.

– En offrant la Dent du Diable à un roi humain? dit-elle, choquée.

– En la détruisant! s'écria Merlin en désignant les flammes vertes. En la plongeant dans le feu Faë de la forge antique! Je veux la restituer au néant pour que son règne sanglant s'achève à jamais.

La jeune fille hésita.

– La détruire? Mais... sans elle, comment pourrai-je défendre mon peuple?

– Personne ne t'a jamais demandé de sauver une race entière, soupira le mage. Seulement de m'apporter cette épée. Et, au péril de ta vie, tu y es parvenue. Ta mission est terminée, te voici libre. Tu dois maintenant me faire confiance, comme ta mère, et faire ce qu'il faut.

Nimue contempla la lame étincelante de la Dent du Diable. Le doute l'assaillait.

Dehors, Morgane faisait les cent pas sans quitter le château des yeux.

– Je dis qu'il faut y aller. Nous avons déjà attendu trop longtemps.

– Patience.

Kaze scrutait l'horizon de ses yeux insondables, juchés sur Maha, sa jument alezane, occupée à brouter les herbes hautes. Grâce à ses sens affûtés, Kaze sentit d'abord le sol trembler, mais un grondement ne tarda pas à se faire entendre par-dessus le fracas des vagues au pied des falaises.

Morgane le perçut également.

– C'était quoi, ça ?

Kaze se retourna au moment où une armée de soldats à cheval portant la bannière royale d'Uther Pendragon franchissait la plus proche colline, à environ un kilomètre de distance entre le château et elles.

– Nimue ! s'écria Morgane en sautant sur le dos de son cheval.

Kaze dirigea Maha vers le pont-levis en tirant les rênes du cheval de Nimue. Elle porta deux doigts à sa bouche et émit un sifflement strident qui résonna contre les murs tandis qu'elles passaient sous le corps de garde et pénétraient dans la cour intérieure, nappée de brume éternelle.

Nimue et Merlin apparurent à l'entrée du donjon. Morgane dut éperonner son cheval nerveux pour l'obliger à avancer.

– Nimue, dépêche-toi !

– Des soldats ! renchérit Kaze en désignant l'extérieur du château.

L'adolescente se tourna vers Merlin, la gorge nouée.

– Qui sait que nous sommes ici ?

– Personne, l'assura l'Enchanteur, les traits pourtant crispés. (Il croisa le regard de Kaze et fronça les sourcils.) Toi ? lâcha-t-il dans un souffle.

Mais les événements s'enchaînaient trop vite. Morgane leva les bras au ciel en un geste d'exaspération.

– Ce sont les soldats de Pendragon ! Tu vois ? Je t'avais prévenue !

Nimue s'éloigna vivement de Merlin, comme mue par une violente répulsion.

– Vous m'avez trahie, dit-elle, incrédule. Vous n'êtes qu'un menteur !

– Je n'étais au courant de rien, je t'assure ! se récria-t-il.

– Vous avez osé me faire ça ?

Sur ces mots, elle courut vers son cheval et se hissa en selle. Le mage s'élança après elle en protestant :

– J'ai été trompé ! Nimue, je t'en prie !

Mais la jeune fille pointa son épée vers lui. Il s'arrêta net.

– Vous me le paierez !

Les yeux de Morgane étincelèrent de fierté.

Kaze adressa à l'Enchanteur un étrange sourire avant de faire pivoter sa jument et de repartir au galop vers le corps de garde. Morgane et Nimue la suivaient de près. La femme en pourpre éperonna sa jument blanche, dont la crinière flottait au vent. Elles coupèrent à travers la prairie pour échapper à la ligne horizontale d'armures qui dévalait la colline à toute vitesse. Malgré la distance, elles entendirent leurs cris :

– L'épée ! Emparez-vous de l'épée !

Des dizaines de cavaliers se détachèrent du groupe pour se lancer à leur poursuite.

Kaze les entraîna vers le cœur de la forêt pour les semer. Les arbres y poussaient en bosquets serrés, et Nimue dut courber l'échine et s'agripper à l'encolure de son cheval pour éviter les branches trop basses. Mais Maha était une jument extraordinaire, capable d'enchaîner des virages serrés sans ralentir, traçant un chemin visible pour Morgane et Nimue mais labyrinthique pour leurs poursuivants. Elles dévalèrent une pente raide jusqu'à un large torrent. Maha entra sans hésiter dans ses eaux vives, achevant ainsi de brouiller leurs traces.

Bientôt, les voix des soldats s'estompèrent dans le lointain et la forêt s'ouvrit sur les falaises venteuses de la Mer du Faucon Blanc. Les trois cavalières laissèrent leurs chevaux paître et se reposer. Ils étaient couverts de boue et écumants de sueur.

Nimue s'avança jusqu'à la falaise, où les faucons blancs qui avaient donné leur nom à ce bras de mer plongeaient en piqué pour s'emparer des crabes échoués sur le rivage. Elle détacha le fourreau de l'épée, encore toute tremblante des mensonges de

Merlin. Qu'elle ait pu s'ouvrir à lui et lui confier ses pensées la remplissait d'une rage folle. Elle était si stupide. Et naïve. Pourquoi s'était-elle crue plus maligne que Gauvain, Yeva ou Morgane ? Comment avait-elle pu faire confiance à cet épouvantable ivrogne ?

Les images de sa mère et de Merlin ensemble lui soulevaient le cœur. Qu'avait-il si cruellement essayé de lui faire comprendre ? Son but était de lui dérober l'épée ; pourquoi la torturer avec de vieux souvenirs ? Et pourquoi, par tous les dieux, Lénore l'avait-elle dépêchée auprès de lui ? L'archidruidesse s'était laissé berner, elle aussi. Elle avait été aussi naïve que sa fille.

Nimue se sentait plus perdue que jamais, gardienne malgré elle de l'épée du pouvoir, la Dent du Diable, l'épée des Premiers Rois, considérée comme une relique sacrée par les espèces Faë. Elle regarda ses doigts enroulés autour du manche de cuir et imagina la fusion de sa main et du métal, puis la lente absorption de l'épée par sa chair jusqu'à ce que sa lame tranchante s'enfonce dans ses entrailles à mesure qu'elle se transformait, elle aussi, en un spectre assassin et radoteur. Lénore aurait peut-être survécu si elle ne s'était pas senti l'obligation de la protéger. L'épée avait déchiré ses parents et distillé son poison jusque dans l'âme de son père. Elle avait fait de Nimue une meurtrière. La jeune fille pouvait encore sentir le goût du sang des Paladins Rouges sur ses lèvres durant le massacre de la clairière. Merlin avait peut-être raison sur un point : ils étaient faits du même bois. Un père meurtrier, une fille meurtrière. Non : elle ferait une bien meilleure offrande à Ceridwen, déesse du Chaudron.

Nimue empoigna l'épée et la brandit en l'air, prête à la jeter dans les eaux tumultueuses de la Mer du Faucon Blanc, quand deux mains fortes interrompirent son geste. Furieuse, elle se tourna vers Kaze.

– Laisse-moi tranquille ! Mêle-toi de tes affaires !

– Ceci est l'épée de mon peuple, répondit la femme en pourpre d'une voix calme. Par conséquent, ce sont mes affaires.

– Alors prends-la ! s'écria Nimue en jetant l'arme à ses pieds. Elle n'a fait que mon malheur.

Kaze secoua la tête et tourna les talons.

– La sorcière n'a plus toute sa tête, marmonna-t-elle au passage devant Morgane.

Cette dernière alla ramasser l'épée pour la rendre à Nimue, le pommeau vers l'avant.

– Tu souffrirais peut-être moins si tu ne passais pas ton temps à vouloir t'en débarrasser.

– Que suis-je censée en faire ? gémit l'adolescente, exaspérée.

– Que voulais-tu qu'Uther Pendragon en fasse ?

– Qu'il sauve les espèces Faë ! Qu'il s'autoproclame Premier Roi et mette un terme aux massacres !

– Et pourquoi ne pas le faire toi-même ?

La jeune fille pouffa avec mépris.

– Parce que je ne suis pas un roi.

– Bien sûr que non. Tu es une femme.

Nimue marqua un temps d'hésitation, un rictus moqueur figé sur ses traits.

– Es-tu en train de dire que je devrais m'autoproclamer reine ?

Morgane semblait on ne peut plus sérieuse.

– Je dis que l'épée est venue à toi. Pas à moi. Pas au roi Uther ou à Merlin. Ni à Kaze, et certainement pas à Arthur. Si tu attends qu'un grand commandant de guerre sauve les espèces Faë à l'aide de l'épée du pouvoir, je dis que tu n'as qu'à le faire toi-même.

– Mais je ne veux pas, murmura Nimue.

– Sornettes. Je crois au contraire que ton ambition te fait peur. Ainsi que tes chances bien réelles d'y parvenir.

La jeune fille se tut. Dans le ciel, les mouettes lancèrent leurs cris. Le vent se mit à souffler en bourrasques.

Morgane replaça l'épée du pouvoir dans la main de Nimue.

– Et maintenant, il nous faut partir avant que les soldats nous rattrapent.

Sans un mot, la jeune fille rangea l'épée dans son fourreau et l'arrima en travers de son dos.

CHAPITRE 37

Druuna se renfonça dans son fauteuil et examina Arthur tout en frottant son crâne rasé. Son rictus laissait entrevoir l'éclat de sa dent en or.

– Toujours aussi beau garçon, ma parole.

– Et cet or vous sied à merveille. Est-ce une nouvelle bague que je vois briller à votre auriculaire ?

Il lui adressa son sourire le plus charmeur et s'accouda sur la table. Une mèche de cheveux lui tomba devant les yeux.

– Tout à fait, répondit Druuna en agitant ses doigts chargés de bagues.

Les bijoux, surtout en or, étaient son péché mignon. Elle portait des hauts-de-chausses d'homme retenus par une ceinture de fabrication germanique dont la boucle sculptée représentait une pieuvre dorée, un chemisier en soie, des cuissardes en cuir et quatre anneaux d'or à ses narines.

– Qu'est-il donc arrivé à Bohort ? Vous formiez une bonne équipe, pourtant.

– Nous avons eu quelques différends. Je crains que mon départ ne l'ait pris au dépourvu. Vous cherchez une nouvelle équipe, une épée à louer, peut-être ?

– Es-tu en règle avec Bohort ?

– En règle ? répéta Arthur.

– Est-ce que tu lui dois de l'argent ? As-tu des dettes envers lui ? Je ne veux pas d'histoires.

– Non, nous sommes quittes. Tout va bien.

Il n'aimait pas l'idée de mentir à Druuna, mais il avait besoin d'argent, et vite. Il avait chevauché des jours durant vers le sud dans l'espoir de distancer la nouvelle de sa brouille avec Bohort ou de l'extermination des paladins. Sa fuite ne lui inspirait ni joie ni fierté. Il en avait même été malade tout du long, ou presque. Mais il était habitué à sentir la nausée l'envahir chaque fois qu'il décampait après avoir frôlé le feu de trop près. Comme un morne dégoût de lui-même. Cette sensation l'habitait depuis sa plus tendre enfance. Depuis qu'il avait laissé leur oncle, lord Hectimere, emporter Morgane pour la placer au couvent. Il entendait encore les cris et les suppliques de sa demi-sœur. Mais Arthur n'était alors qu'un garçon de dix ans, écrasé par les dettes de son père. Qu'aurait-il bien pu faire ? Pourtant, Morgane ne lui avait jamais pardonné sa lâcheté.

Certes, la situation était différente. Il ne devait rien aux Faë. Il avait de la peine pour ces pauvres bougres, mais ses sentiments s'arrêtaient là. Il n'était qu'un « Sang d'Homme », après tout, méprisé par leur espèce. « Pourquoi devrais-je risquer ma peau pour eux ? »

Il s'efforça de ne surtout pas penser à Nimue. « J'ai tenté de la sauver. Je lui ai demandé de m'accompagner. »

– J'ai peut-être quelque chose pour toi, répondit Druuna en jouant distraitement avec une pièce d'or.

Druuna était un contact précieux sur le port de commerce du Gorgeon, placé stratégiquement entre les contreforts des Monts de Fer et le Fleuve des Rois Déchus. Elle était spécialisée dans le recrutement de mercenaires pour la protection de caravanes de marchandises illicites.

– J'ai une cargaison d'objets exotiques. Des soieries, des épices rares. J'ignore d'où ils proviennent et je ne veux rien savoir. Il faut les acheminer au-delà des montagnes. Le client ne veut payer qu'un seul mercenaire, donc ça risque d'être dangereux. Le départ est prévu pour demain. Intéressé ?

– Marché conclu, répondit Arthur sans hésiter.

Laisser sa honte loin derrière les Monts de Fer lui convenait tout à fait.

Cette nuit-là, il but trop de bière et dormit d'un sommeil agité.

Le lendemain matin, il alla rencontrer les commerçants qu'il devait accompagner : un certain Dizier et son épouse, Clothilde. C'était un couple de grands voyageurs, à en juger par leurs vêtements colorés et exotiques ainsi que leur accent étranger. Ils étaient également très bavards, sauf au sujet de leurs cinq chariots de marchandises recouverts de couvertures et de paille.

Arthur s'en fichait totalement. Il avait hâte d'atteindre les montagnes avant la tombée de la nuit. La plupart des bandits de grand chemin étaient trop paresseux pour y grimper et préféraient attaquer leurs cibles sur la route, à la sortie du port. Bohort et lui avaient procédé ainsi des dizaines de fois autour de villes comme Pont-les-Faucons.

Par chance, Dizier semblait tout aussi impatient de se mettre en route ; à la mi-journée, les préparatifs déjà achevés, ils avaient déjà quitté Le Gorgeon et ne se trouvaient plus qu'à une quinzaine de kilomètres du Passage de Doroc, qui enjambait le Fleuve des Rois Déchus et annonçait les contreforts des Monts de Fer.

Depuis son poste d'observation, à l'arrière du convoi, Arthur avisa un point de contrôle tenu par deux Paladins Rouges. « Ces pourritures rouges sont partout », songea-t-il. Il vit Dizier changer soudain d'attitude et échanger des regards nerveux avec Clothilde.

Un bruit sec en provenance du chariot juste devant lui attira l'attention du jeune homme. « N'était-ce pas un éternuement ? » Il se rapprocha, tira son épée et, du bout de sa lame, souleva le coin des lourds tapis qui recouvraient le chargement.

Une fillette Faune terrifiée croisa son regard. Ses bois minuscules avaient été sciés à la base, sans doute afin de la déguiser plus facilement. Arthur releva les yeux vers la route et le point de contrôle des paladins qui se rapprochait. Entre eux et lui s'étiraient les cinq chariots qu'il n'avait même pas eu la curiosité d'inspecter. « Grands dieux, sont-ils tous remplis de familles Faë ? »

Dizier se retourna vers Arthur, comme s'il lisait dans ses pensées. Son regard trahissait une vive inquiétude. Le jeune homme pesta intérieurement, maudissant sa malchance. Derrière lui, la voie était libre. Si les choses tournaient mal, Égypte n'aurait aucun mal à semer les soldats, laissant Dizier et son chargement clandestin à la merci des fous de l'Église. Avec les conséquences qu'on pouvait imaginer.

À l'approche du poste de contrôle, Dizier leva son chapeau pour saluer les Paladins Rouges. Ceux-ci s'avancèrent sur leurs chevaux malingres. La caravane s'immobilisa. Le début de leur conversation échappa à Arthur, qui remontait le convoi pour les rejoindre. Les deux paladins étaient aussi jeunes et laids l'un que l'autre ; le premier arborait une barbe noire et irrégulière qui lui tapissait les joues et le cou, le second des cheveux châtains soyeux et bien peignés. Leurs tonsures étaient rougies par le soleil.

– Que transportez-vous ?

– Rien que des tapis, mes frères. Et d'excellente qualité. Artisanat familial. Quatre cents nœuds par doigt. Je peux vous faire un très bon prix.

– On ne veut pas de tes tapis de Gitan. Descends de ton cheval. On va regarder ça de plus près.

– C'est inutile, mon brave, intervint Arthur. Je me porte garant de ces marchandises.

Les Paladins Rouges le dévisagèrent de leurs yeux inexpressifs, la bouche pincée.

– On ne t'a rien demandé, l'ami.

Dizier ne les lâchait pas du regard. Le barbu se tourna vers lui.

– Descends de ton cheval, répéta-t-il.

– Ne bougez pas, Dizier, lui conseilla Arthur avant de s'adresser à nouveau aux paladins. Et s'il faisait une généreuse donation à l'Église, qu'on en finisse sans faire perdre de temps à qui que ce soit ?

– Voilà comment ça va se passer, mon garçon, fit le paladin à la mise soignée. On va inspecter les chariots, prendre ce qui nous plaît, et tu vas fermer ta sale petite gueule.

– On a vu beaucoup de hérissons et de rapaces passer clandestinement à travers ces collines.

Arthur savait que ces termes méprisants désignaient les Tusks et les Ailes-de-Lune.

– Aucun risque de cela avec nous, mes frères. Nous n'avons guère que nos tapis, et nous avons hâte d'atteindre les contreforts avant le crépuscule. Ces routes sont dangereuses après la tombée de la nuit, comme vous le savez.

– T'es un sacré plaisantin, toi, fit le paladin imberbe en tirant son épée. Lâche ton arme, petit.

– J'ai… j'ai de l'or, bredouilla Dizier.

– Avec plaisir, messire, répondit le jeune homme en détachant sa ceinture pour la jeter sur la route.

Rictus aux lèvres, le paladin sauta à bas de sa monture et ramassa l'épée d'Arthur.

– Descendez de là, vous deux, aboya-t-il à Dizier et Clothilde. Exécution !

Au moment où le soldat longeait la selle d'Égypte, Arthur sortit sa dague de sa botte, attrapa l'homme par la gorge et lui plongea sa lame dans la nuque.

– Salutations de la Sorcière Sang-de-Loup, murmura-t-il en tournant la lame dans sa chair pour faire bonne mesure.

Le temps que le paladin barbu essaie maladroitement de sortir son épée, Arthur ressortit sa dague sanguinolente, la retourna et la lui jeta d'un geste vif sous le menton. L'homme plaqua ses mains contre sa gorge, mais le sang jaillissait déjà en geyser entre ses doigts. Son cheval, nerveux, se mit à tournoyer sur lui-même et se cabra, désarçonnant son cavalier.

Arthur sauta à terre et récupéra son épée.

– Venez m'aider ! lança-t-il à Dizier en tirant le cadavre du soldat imberbe par les pieds.

Le commerçant obtempéra et déplaça avec lui les corps sur le bas-côté. Arthur jeta un regard inquiet vers Le Gorgeon en priant pour avoir assez de temps. Il agrippa Dizier par le bras.

– Ôtez les selles et partez avec leurs chevaux. Foncez jusqu'au Passage de Doroc. Une fois que vous aurez franchi le fleuve, vous serez hors de danger dans les basses montagnes.

– Et… et vous ? bredouilla Dizier. Vous ne venez pas ?

– Pas le temps. Je dois effacer nos traces. Cacher les corps avant l'arrivée de la relève, en espérant qu'ils pensent que leurs collègues ont déserté. Si l'Église apprend que le sang des paladins a coulé ici, elle enverra ses troupes dans les Monts de Fer pour vous traquer.

(Il le prit par les épaules.) Allez-y. Vous serez plus en sécurité. Et eux aussi, ajouta-t-il en désignant les chariots.

Les yeux du marchand s'emplirent de larmes de gratitude.

– Nés à l'aube…

– … pour mourir à la nuit, compléta Arthur avec un sourire sans joie.

CHAPITRE 38

Debout au bord d'une falaise dans les Monts du Minotaure, le Moine Larmoyant plongea la pointe de sa flèche dans le seau de poix posé à ses pieds, avant de l'embraser à la flamme d'une torche enfoncée dans le sol. Saisissant son arc, il décocha le projectile qui fendit l'air telle une boule de feu et atterrit dans un champ de blé en contrebas, à moins d'une centaine de mètres des autres flèches qui avaient commencé à propager l'incendie.

Le moine prit une autre flèche et répéta le processus à l'identique, en pivotant cette fois de quelques degrés sur lui-même pour viser un autre hameau de fermes situé plus à l'ouest. Des dizaines de cônes de fumée s'élevaient déjà à travers la Vallée du Minotaure.

Nimue eut un mauvais pressentiment en sentant l'odeur de bois brûlé. Ce qu'elle avait pris au loin pour des nappes de brouillard entre les bas Monts du Minotaure était en réalité de la fumée.

– Il y a le feu quelque part, dit-elle à Kaze, qui grimpa au sommet d'une butte pour jouir d'une vue imprenable sur l'ensemble de la vallée.

Morgane les rejoignit.

– Vous sentez ?

L'adolescente opina. Elle s'attendait à voir des croix enflammées, mais le spectacle qui les attendait était plus déroutant encore.

Plusieurs incendies ravageaient simultanément des dizaines de champs en dégageant une fumée noire qui teintait le ciel d'une lueur maladive.

– Un feu de prairie, commenta Kaze. À cause de la foudre, peut-être ?

Pour Nimue, cela n'augurait rien de bon.

– Non, dit-elle. Ce sont des champs. Des fermes. Regarde comme les départs de feu sont espacés. C'est un acte délibéré.

Elle échangea un regard avec Morgane.

– Notre nourriture.

– Ils sont en train de brûler les récoltes.

Kaze hocha lentement la tête.

– Ils n'arrivent pas à nous trouver, alors ils ont décidé de nous affamer.

Nimue sentait le goût de la fumée dans sa gorge. Une pluie de cendres s'abattait autour d'elles.

La population du camp de réfugiés semblait avoir doublé en l'espace d'une nuit. Il n'y avait même plus de place au sol pour les nouveaux arrivants. Le moindre bout de rocher ou recoin de terre accueillait trois ou quatre Faë agglutinés, l'air hagard, les traits tirés. Les enfants ne dansaient plus, trop entassés les uns sur les autres. L'autel de la cérémonie d'Alliance avait été brisé et démantelé, réutilisé comme bois de chauffage ou comme matériau de construction pour de nouveaux totems permettant aux clans de se subdiviser en territoires de plus en plus restreints. L'air était chaud et humide, imprégné des relents de la maladie, de l'odeur du sang et du manque d'hygiène généralisé. Et contrairement à auparavant, où l'esprit de communauté régnait, l'atmosphère devenait délétère. Nimue aperçut quelques familles humaines effrayées au milieu des Faë – sans doute des fermiers surpris à cacher des Faë chez eux. Peu reconnaissants envers eux, de jeunes hommes Serpents et Tusks, toujours prompts à s'embraser, leur tournaient autour d'un air menaçant.

Une enfant prit Nimue par la main à son entrée dans la grotte. L'adolescente fut d'abord troublée par le sac de toile qui dissimulait son visage, en ne laissant entrevoir qu'un seul de ses yeux par une trouée. On ne pouvait qu'imaginer l'horreur de la défiguration que son masque soustrayait aux regards, et les atrocités qui l'avaient provoquée. Nimue pressa la main de la petite et s'agenouilla devant elle.

– Quel est ton prénom ?

L'enfant garda le silence.

– Oh, s'il te plaît, comment vais-je pouvoir t'appeler si tu ne me réponds pas ?

– Petite Faucheuse, murmura la fillette d'une voix étouffée.

– Petite Faucheuse ? C'est bien ça ? Je ne pense pas que ce soit le nom que t'ait choisi ta mère, mais ça m'ira très bien. (Elle la prit par les épaules.) Tu es à l'abri, ici. Tu m'entends ? Je ne laisserai personne te faire de mal.

La petite hocha la tête. Nimue lui adressa un clin d'œil et lui fit traverser le campement surpeuplé. Quelques instants plus tard, elle retrouva Écureuil, recroquevillé dans un renfoncement naturel du mur. Il descendit d'un bond et prit l'adolescente dans ses bras tout en jetant un coup d'œil intrigué à la fillette.

Nimue fit les présentations.

– Petite Faucheuse, voici mon ami Écureuil, qui n'a pas son pareil pour s'attirer des ennuis mais qui n'en reste pas moins un compagnon adorable. Écureuil, tu veux bien faire visiter la grotte à Petite Faucheuse ?

Il tourna un regard implorant vers la jeune fille, qui lui sourit avec fermeté.

– Très bien soupira-t-il. Viens, j'ai vu des rats morts par là…

Petite Faucheuse avait du mal à lâcher la main de Nimue, mais elle finit par se résoudre à suivre le jeune garçon.

Il s'élança à grandes enjambées devant la fillette, qui cavalait tant bien que mal pour le suivre. Il lui parlait comme si elle était juste à côté de lui.

– Il y a de plus en plus de monde partout, alors je préfère traîner dans les tunnels. Cette cave est immense ! J'ai dû parcourir plus d'un kilomètre à pied. J'ai trouvé une araignée aussi grosse que mon poing. Elle a essayé de me grimper sur la figure. Mon père m'a expliqué que la sauvagerie naturelle des animaux était décuplée dans les grottes parce qu'ils n'ont pas assez à manger, alors ça les rend agressifs.

Il s'accroupit, prêt à se glisser dans un conduit plus étroit, et se tourna vers Petite Faucheuse.

– Alors, ça t'intéresse de voir des rats morts ?

La petite hésita, puis se mit à quatre pattes pour le suivre. Ensemble, ils se glissèrent à l'intérieur du boyau qui débouchait sur une cavité plus large leur permettant tout juste de s'asseoir. Écureuil ne cessa de parler tout du long :

– En fait, c'est partout pareil, tu crois pas ? Les Tusks ont toujours été méchants. Maintenant qu'on est rationnés à un bol de bouillie d'avoine par jour, ils se battent avec tout le monde. J'avais jamais rencontré de Tusks, avant. Et toi ?

Petite Faucheuse secoua la tête.

– Au fait, t'appartiens à quel clan ?

Elle haussa les épaules.

– Tu ne le sais même pas ? s'étonna Écureuil.

En raison de leur position assise, les genoux repliés, il aperçut d'étranges cicatrices sur le mollet droit de la gamine. Quatre stries et une demi-lune. Elles semblaient délibérées. Comme un symbole imprimé au fer rouge.

– C'est quoi, ça ? lui demanda-t-il en désignant sa jambe.

– Écureuil, tu es là ? retentit soudain une voix familière.

Le garçon soupira.

– C'est Morgane. Elle ne me laissera jamais en paix…

Au moment où il tourna la tête pour répondre à la jeune femme, Petite Faucheuse souleva un caillou tranchant.

– Qu'y a-t-il ? lança-t-il d'une voix forte.

– Tu devais remplir ces seaux d'eau pendant mon absence !

Écureuil repartait déjà en rampant vers l'entrée du boyau. Petite Faucheuse venait de rater sa chance. Elle reposa son caillou.

– Tu m'avais dit que ça pouvait attendre ! protesta le jeune garçon.

– Absolument pas !

Profitant de sa solitude momentanée, Petite Faucheuse ôta le sac de toile qui dissimulait son visage. La chair fondue au-dessus de sa bouche et de son nez rendait sa respiration difficile et sa brûlure à l'œil gauche l'avait rendue borgne, mais sœur Iris sourit tout de même. Elle avait trouvé la cachette de la sorcière. Maintenant, elle allait pouvoir la tuer.

CHAPITRE 39

Nimue, Morgane et Kaze entrèrent dans la caverne où se réunissaient les Sages de chaque tribu pour peser les décisions liées à la vie du campement. L'ambiance était tendue. L'incendie des fermes alentour créait une crise alimentaire sans précédent. Le bétail avait été massacré, des centaines d'étables étaient encore la proie des flammes : tout espoir de nourrir les réfugiés était anéanti. Pire encore, le feu se propageait aux forêts avoisinantes, et la fumée chassait les biches et le petit gibier hors de la Vallée du Minotaure, si bien que les chasseurs Faë devaient s'aventurer de plus en plus loin, en territoire paladin.

Morgane, qui venait de donner ses instructions à Écureuil, resta debout au fond de la salle, ignorant les regards ulcérés de certains Faë qui désapprouvaient la présence de Sangs d'Homme à leur réunion tribale.

Pendant ce temps, Gauvain essayait de trouver un terrain d'entente avec les Sages.

– Rester ici n'est pas la bonne stratégie, argua-t-il.

Wroth des Tusks assena un violent coup de poing sur le rocher qui faisait office de table. Le son se répercuta contre le plafond rocailleux.

– *Gar'tuth ach! Li'amach resh oo grev nesh!*

Son fils Mogwan joua les interprètes :

– Il refuse de mener ce qui reste de ses troupes à un massacre en plein air.

Cora des Faunes se permit d'insister :

– Et que suggérez-vous? Que nous restions à pourrir ici et à mourir de faim?

Cora, à l'instar de Nimue, en sa qualité de fille de l'archidruide des Faunes, avait de facto pris leur tête. Elle partageait également la profonde antipathie de son clan envers les Tusks.

Wroth se martela le torse.

– *Bech a'lach, ne'beth alam.*

– Nous pillons. Nous survivons, traduisit Mogwan.

– Sur nos terres? Condamnés à voler notre propre nourriture? s'emporta Cora.

Gauvain se prit le front entre les mains, accablé par cette discorde. Tout était parti de la proposition des Faunes de fuir vers le sud en longeant le plus près possible la Route Royale, et en employant des Ailes-de-Lune et des Plogs comme éclaireurs afin d'éviter les points de contrôle paladins. Le seul problème, c'est qu'ils n'avaient aucune assurance que les réfugiés seraient accueillis de l'autre côté des Monts du Minotaure avec moins de violence par les chefs de guerre vikings qui tenaient les ports méridionaux, et dont dépendait par conséquent l'exode des Faë par la mer.

Nimue avait du mal à suivre les débats, noyée par la multitude de dialectes et de langues claniques.

– Nous tenterons notre chance par les montagnes, grommela Jekka, l'une des Sages des Foule-Falaise, ses bras mous recouverts de tatouages.

Un immense Faiseur d'Orage au crâne chauve et peu sensible au froid, comme le reste de son clan, aboya dans sa langue natale :

– *Awl no chilak nijan?*

Nimue se tourna vers Kaze, qui traduisit :

– Et nous autres?

– J'ai déjà perdu quinze des miens. Une génération sacrifiée. Mon peuple passe en premier. Nous ne pouvons pas cacher tout le monde.

Jekka eut un geste d'impuissance, lassée de ces querelles.

– *Klik kata ak took!* intervint sèchement Nuryss des Serpents.

– Il dit, chuchota Kaze à Nimue, que c'est typique des Foule-Falaise de mépriser tout le monde.

Jekka monta sur ses grands chevaux.

– Peux-tu nous dire ce que ton clan a jamais fait pour nous, hormis semer la zizanie? Tu oses maintenant solliciter notre aide?

– Nous nous étions promis de rester unis, rappela Gauvain à tout le monde.

Mais sa voix se perdit au milieu du vacarme. La peur, la colère et le chagrin ne faisaient que raviver des rivalités plus anciennes encore que la caverne de pierre qui les abritait.

Un éclair de lumière accompagné d'un bourdonnement sourd plongea soudain la grotte dans le silence. Toutes les têtes se tournèrent vers Nimue, qui tenait la Dent du Diable à la main. Elle s'avança et posa l'épée sur le rocher central. Tous les Faë toisèrent l'arme d'un œil noir, sans un mot.

L'adolescente eut la chair de poule en sentant soudain la présence de sa mère à ses côtés. Majestueuse. Sûre d'elle. Sa voix s'éleva, tremblante.

– Nous ne fuirons pas. Nous ne nous cacherons pas. Nous n'abandonnerons pas les nôtres. Honte à celui qui tourne le dos à son frère. Ou à sa sœur. Nous avons tous perdu des mères, des fils, des amis. Nous n'avons plus que nous-mêmes. Nous sommes le dernier rempart entre la survie de notre espèce et son annihilation. Nos langues, nos traditions, notre histoire… il n'y a que nous pour empêcher les flammes de Carden de tout emporter.

L'assemblée était silencieuse, mais nerveuse. Nimue savait que ce moment de grâce ne durerait pas.

Gauvain hocha la tête.

– Que proposes-tu ?

– À quelle distance se trouve la ville d'Escarbe ? demanda-t-elle, son aplomb retrouvé.

– À environ quatre kilomètres de L'Escarbette, répondit Morgane, tout au fond.

– Nous ne pouvons pas nous y rendre, objecta Gauvain. Les Paladins Rouges l'occupent depuis une quinzaine de jours.

– Et de quel droit ? s'indigna Nimue.

– Ils n'ont pas le droit, répondit le jeune homme. Ils le prennent.

Toujours guidée par la magnifique présence de Lénore, l'adolescente s'adressa aux représentants des clans :

– Ceci est notre territoire. Nos arbres. Nos ombres. Nos grottes. Nos tunnels. Nous connaissons cette contrée et ses chemins. Pourquoi devrions-nous partir ? C'est Carden l'envahisseur. Lui et ses paladins. Traitons-les de la façon qu'ils méritent.

La voix de Lénore résonna en elle, douce et ferme à la fois. *Alors montre-leur. Aide-les à comprendre. Parce qu'un jour, quand je ne serai plus là, tu devras leur servir de guide.* Certains des Sages hochèrent la tête, mais Gauvain nuança les propos de la jeune fille.

– Carden a des centaines de soldats. Nous ne pouvons pas l'attaquer de front.

Nimue sentit l'appel des Invisibles enfler au creux de son ventre, comme un souffle qui attise le feu, une force soumise à sa volonté, prête à lui obéir. L'épée du pouvoir semblait briller sous son regard. Elle reprit la parole.

– En effet, nous ne pouvons pas lui déclarer la guerre. Mais nous pouvons l'irriter, le contrarier, le mettre sur la défensive, et en profiter pour sauver le plus grand nombre du bûcher. Je propose que nous retournions la nature contre eux. Qu'ils redoutent les montagnes, dit-elle en s'adressant aux Foule-Falaise. Et les clairières, ajouta-t-elle à l'intention des Serpents. Qu'ils craignent les ombres. J'ai vu ces paladins de près. Ce ne sont pas des démons, mais de simples hommes. De chair et de sang. Ils hurlent et saignent comme nous. Alors qu'ils hurlent et qu'ils saignent. Ils ont confisqué notre terre, nous allons la leur reprendre !

Wroth des Tusks écrasa de nouveau son poing sur la roche. Cette fois, en signe d'approbation. Les Serpents martelèrent le sol de leurs pieds, ainsi que les Faiseurs d'Orage. Morgane sourit, les yeux brillants, à mesure que tous les Sages des clans Faë se ralliaient aux propos de Nimue. Gauvain se tourna vers cette dernière, l'air soucieux, mais l'adolescente sentait un calme étrange l'envahir. En partie parce qu'elle se savait en possession de l'épée et du pouvoir immense des Invisibles. Mais aussi parce qu'elle était soulagée. Elle n'avait plus à fuir. Ils allaient prendre les armes contre les Paladins Rouges. Et au prix du feu, de la mort ou de la torture, la Sorcière Sang-de-Loup obtiendrait sa vengeance.

Nous ne fuirons pas. Nous ne nous cacherons pas.
Nous n'abandonnerons pas les nôtres.

CHAPITRE 40

Escarbe était une ville bien plus importante que Pont-les-Faucons. Sa population avoisinait les cinq mille habitants et sa situation géographique, au pied des contreforts sud des Monts du Minotaure, attirait migrants et ouvriers depuis les cités portuaires et les contrées du Nord : l'Aquitaine, la Francie et l'Angleterre. La cité était entourée d'impressionnantes chutes d'eau d'où partaient les torrents qui se jetaient dans la Hure ; le fleuve alimentait les douves des fortifications ainsi que celles, plus petites, du château seigneurial, et permettait la circulation des navires de commerce dans tout le sud de la Francie.

La fumée des fermes incendiées plombait le ciel d'Escarbe tel un nuage jaune annonciateur d'orages et s'enroulait autour des merlons des remparts. Les Paladins Rouges postés sur le chemin de ronde masquaient le bas de leur visage à l'aide de leurs capuchons pour ne pas respirer l'air âcre.

C'était juste après l'aurore. Les portes de la ville étaient déjà assaillies par les travailleurs agricoles en quête d'asile, les familles de paysans affamées et les bergers entourés de leurs dizaines de moutons, de chèvres, de vaches et de chevaux sauvés in extremis de l'incendie de leurs étables. Là où, les jours de marché, se formait d'habitude une longue file de chars à bœufs et de carrioles n'attendait ce matin-là qu'une trentaine de commerçants ayant fait le déplacement. Les Paladins Rouges s'empressèrent de les laisser entrer et les soldats de lord Ector, le seigneur d'Escarbe, durent repousser les hordes de paysans venus demander réparation et protection à leur seigneur.

Au beau milieu de ce chaos, un cavalier dissimulé sous une cape émergea de l'épaisse forêt située à moins de cinq cents mètres des portes de la ville. Les gardes au sommet des murailles le virent s'arrêter et abaisser son capuchon. Nimue leva la tête vers eux. Puis, rejetant les pans de sa cape, elle tira l'épée du pouvoir et la brandit bien haut dans sa main. La lame étincela dans le soleil matinal comme une torche. « Voyez, bande de fumiers ? Approchez, si vous l'osez. Venez me la prendre. »

– La sorcière ! s'écria un paladin.

Un autre s'empara de son arc pour lui décocher une flèche. L'adolescente ne bougea pas d'un pouce. Le projectile atterrit dans les buissons situés à une douzaine de mètres derrière elle.

– La Sorcière Sang-de-Loup ! C'est elle ! Avec la Dent du Diable !

Ces cris se répercutèrent le long des remparts. Quelques minutes plus tard, une cinquantaine de Paladins Rouges à cheval franchirent la porte, passèrent en trombe devant les paysans désespérés entourés de leur bétail, et foncèrent au grand galop vers l'orée du bois. Nimue hésita, traversée par l'envie de les charger. « Respecte le plan, sombre idiote. » Elle leur tourna le dos et s'enfonça dans la forêt. Le piège était lancé.

Anax, le commandant de la compagnie des Paladins Rouges, était un tueur aguerri aux traits osseux encadrés par sa barbe et ses cheveux noirs. Il n'avait pas peur des sorcières, et il déplorait de se retrouver à la tête d'un bastion de poules mouillées en proie aux superstitions et aux ragots de bonnes femmes. Lui ne croyait qu'au dieu de l'acier ; le ballottement de son épée bâtarde contre sa jambe à mesure qu'il traversait la forêt au galop lui apportait un grand réconfort.

– Déployez-vous ! ordonna-t-il.

Les cavaliers rouges se séparèrent aussitôt de part et d'autre. La fumée et le brouillard réduisaient leur visibilité. La sorcière semblait zigzaguer entre les troncs à une distance d'environ deux cents mètres devant eux.

– Gare aux arbres ! aboya Anax, convaincu qu'ils pouvaient à tout moment tomber dans une embuscade.

Cela ne lui faisait pas peur. Certes, la sorcière avait trucidé plus d'un paladin. « Mais voilà ce qui arrive quand on laisse une enfant aux commandes d'une armée, songea-t-il avec dégoût. Cette Petite Faucheuse. » Le Chevalier Vert avait lancé un début de rébellion dans une partie des basses montagnes avec quelques archers ; certains savaient joliment se servir de leurs arcs mais, pour l'essentiel, les Faë n'étaient qu'un peuple de lâches incapables de se battre. Du moins, d'après son expérience. Qui était riche et longue. Anax avait vu une bonne vingtaine de villages incendiés, il avait massacré à lui seul plus d'une centaine de ces monstres, certains dotés de cornes qui leur jaillissaient de la mâchoire, d'autres à la peau presque translucide, d'autres encore recouverts de vase et vivant sous la terre. Tous avaient connu le même sort, pleurniché les mêmes suppliques, brûlé dans les mêmes flammes. Cette sorcière constituerait un trophée de choix, songea le commandant. La confiscation de son épée lui vaudrait la reconnaissance du pape

– et, qui sait, un poste enviable au sein de la Trinité, loin de la boue et du froid.

La forêt se fit plus dense et Anax découvrit soudain des centaines de figurines en bois suspendues aux branches. Les répugnantes petites poupées de brindilles frôlaient les épaules des cavaliers sur leur passage. Certaines étaient entourées de viscères, d'autres couvertes de plumes ou de sang, et même enduites d'excréments d'animaux. Anax entendit des marmonnements d'effroi se répandre parmi ses hommes.

– Silence ! ordonna-t-il dans un souffle.

Il y eut du bruit au-dessus de leurs têtes. Quelque chose de lourd se déplaçait dans les feuillages.

– Les arbres ! hurlèrent les paladins.

Plusieurs archers décochèrent des flèches en direction de la canopée.

Anax ne voyait rien. La fumée était trop épaisse.

– Commandant ! (Il se retourna. La voix semblait provenir de très loin.) Commandant, où êtes-vous ?

– Qui va là ? fit Anax en se retournant vers ses hommes.

Mais il était seul.

Cinquante Paladins Rouges s'étaient volatilisés dans la fumée.

– Commandant ?

Un autre paladin terrifié l'appelait depuis les profondeurs de la forêt.

– Je suis là ! répondit Anax. Guidez-vous au son de ma voix !

Avait-il dévié si loin de sa compagnie ? Une poignée de secondes s'était écoulée. Où ses hommes étaient-ils passés ? Il tira son épée et s'en prit aux totems de fortune qui pendaient aux branches autour de lui.

– Guidez-vous au son de ma voix ! répéta-t-il en éperonnant son cheval.

– Commandant Anax !

Cette fois, la voix venait de derrière lui. Il fit volte-face et aperçut un groupe d'hommes en rouge à une cinquantaine de mètres environ.

– Restez en formation ! leur hurla-t-il. J'arrive !

Il donna un coup de baguette et de talons à sa jument, qui se cabra soudain. Un grondement liquide retentissait juste devant. On aurait dit le son d'une rivière détournée, qui s'enfla en un mugissement tandis que des centaines de corbeaux affluaient de toutes parts en poussant des croassements stridents. Leurs becs acérés lui déchirèrent les joues, les bras et les mollets, et s'en prirent également à sa monture. Anax fut désarçonné, il se redressa tant bien que mal et donna des coups de lame à l'aveugle, pourfendant les oiseaux sans relâche jusqu'à ce que l'attaque cesse enfin et que les volatiles se regroupent en masse sur les branches squelettiques au-dessus de lui. Sa jument, les deux yeux arrachés, hennit et s'enfuit dans le brouillard en un galop affolé.

C'est alors qu'il entendit les hurlements. Partout, tout autour de lui. À travers l'épais voile de brume et de fumée, il eut la vision fugace de tuniques rouges grimpant aux arbres. Comment était-ce possible ?

– Ils sont dans le sol ! Dans le sol ! résonnèrent d'autres cris paniqués.

Anax se dirigea d'un pas chancelant vers les voix. Les appels à l'aide semblaient s'élever de toute la forêt. Comme des gargouillis de noyés.

– Plus un bruit ! ordonna-t-il.

Il continua à avancer et vit l'un de ses hommes faire des gestes désespérés, enfoncé jusqu'au torse dans la terre – aspiré par des sables mouvants, se dit-il. Il accourut jusqu'à lui et lui agrippa les bras.

Le garçon avait du sang plein la bouche.

– C'est en train de me manger! hurla-t-il avant de disparaître.

Anax tourna la tête au moment où des branches se brisaient avec fracas juste au-dessus de lui. Un moine s'écrasa lourdement au sol, la tête retournée à l'envers, les yeux révulsés. Le chef des paladins leva les siens vers la cime des arbres, où des ombres bondissaient dans la fumée.

– Montrez-vous! cracha-t-il.

Autour de lui, la terre se souleva dans un nuage de poussière brune. Anax plongea frénétiquement son épée à l'intérieur, tomba en arrière, donna des coups de pied. Il se retourna et s'enfuit en courant, poursuivi par les cris d'agonie et de terreur de sa compagnie.

Soudain, son pied se prit dans une racine et il s'étala de tout son long. Lorsqu'il releva la tête, il vit la Sorcière Sang-de-Loup qui marchait vers lui. Elle était si petite. Dans un grognement, il tenta de brandir son épée, mais une autre racine lui enserrait le coude. Horrifié, il en vit une troisième sortir du sol en se tortillant et s'enrouler autour de son bras gauche comme un serpent.

C'était elle. C'était son œuvre.

– Pitié, bafouilla-t-il comme elle brandissait la Dent du Diable. Non!

Elle sépara son corps de sa tête.

Sur les remparts d'Escarbe, en surplomb de la place du marché presque déserte, la faction réduite des Paladins Rouges commençait à s'inquiéter : près d'une heure s'était écoulée, et pas la moindre nouvelle du commandant Anax ou de sa compagnie.

L'un d'eux finit par prendre une décision.

– Fermez les portes! ordonna-t-il.

À ces mots tant attendus, Gauvain, Wroth et une douzaine de combattants Faë se débarrassèrent de leurs habits de paysans et brandirent les épées, les marteaux et les arcs cachés sous leurs paniers de fruits et de légumes.

Wroth et Kaze se précipitèrent vers les Paladins Rouges qui tenaient les portes et les attaquèrent par surprise tandis que Gauvain transperçait successivement deux gorges de deux flèches projetées au sommet de la muraille. Les paladins basculèrent dans le vide et tombèrent à travers le toit de chaume d'une boulangerie, soulevant des nuages de farine.

Les paysans, les bergers et les marchands fuyaient en tous sens. Certains avaient la bonne idée de se cacher derrière leurs carrioles. Les Paladins Rouges étaient pris au dépourvu. Wroth chargea un moine gringalet tête la première, le projeta sur une charrette de navets et lui défonça le crâne à l'aide de son marteau de guerre.

Des archers Faunes escaladèrent des étals de légumes et s'en servirent comme boucliers de protection pendant qu'ils visaient les moines sur le chemin de ronde. De l'autre côté de la place, un Foule-Falaise s'écroulait à terre, éventré. Les autres membres de son clan encerclèrent son meurtrier et le massacrèrent à coups de hache en pierre.

Les archers encore présents sur les remparts se regroupèrent et firent tomber une pluie de flèches sur les Faë. Gauvain s'abrita derrière la tour de garde. Kaze se retrouva seule face à trois paladins.

Des renforts arrivèrent depuis la garnison qui surveillait la muraille nord-ouest. Wroth et ses Tusks foncèrent dans le tas. La bataille fut sanglante, acharnée.

Gauvain sentit qu'ils perdaient l'avantage. Il brava les projectiles venus des hauteurs pour s'en prendre au trio de paladins qui affrontaient Kaze. Une flèche lui frôla l'oreille. Un choc métallique d'épées lui fit soudain tourner la tête en direction de la porte.

Arthur faisait son entrée au grand galop sur le dos d'Égypte, pourfendant de sa lame les Paladins Rouges qui se trouvaient sur son chemin. Il bondit au bas de sa monture et grimpa quatre à quatre les marches du rempart occidental en trucidant ses assaillants au fur et à mesure.

Profitant de la distraction provoquée par l'arrivée surprise d'Arthur, Gauvain et Kaze étripèrent leurs assaillants et accoururent prêter main-forte à Wroth et ses Tusks.

La débâcle des Paladins Rouges venait de commencer. Arthur combattait comme dix hommes au sommet de la muraille. Les cadavres de ses ennemis tombaient sur les charrettes, les tonneaux et les toits des maisons.

Les soldats de lord Ector, qui subissaient l'occupation des Paladins Rouges depuis deux semaines, hésitaient à livrer bataille. Le gros de leurs troupes ayant disparu au cœur de la forêt, les derniers moines combattants décidèrent d'abandonner leurs postes et, à pied ou à cheval, franchirent précipitamment les portes de la ville.

Gauvain arrima son arc à son épaule et sauta sur un destrier délesté de son cavalier. Arthur accourut avec de grands gestes pour tenter de le retenir.

– Laisse-les partir ! Ils n'en valent pas la peine !

– Content de te revoir, Sang d'Homme, mais tu n'as pas d'ordre à me donner ! Empare-toi plutôt du donjon !

Sur ces mots, il s'élança à la poursuite des fuyards.

– Je l'accompagne ! s'écria Kaze en prenant aussi l'un des chevaux qui erraient sur la grand-place.

Arthur devait maintenant reprendre le contrôle d'une situation qui évoluait à toute vitesse. Avec le départ des derniers Paladins Rouges, les Faë n'avaient plus d'adversaires à combattre. Ils s'en prirent aux soldats d'Ector, qui n'avaient pas osé intervenir jusqu'alors, ne sachant quel envahisseur soutenir. Arthur s'interposa entre un Foule-Falaise à la carrure impressionnante et un garde terrifié.

– Ce ne sont pas nos ennemis! argua-t-il.

La tension était palpable, mais le Foule-Falaise finit par renoncer à l'attaque.

– Nous ne sommes pas venus perpétrer un massacre! déclara Arthur en se tournant vers les soldats d'Ector. Lâchez vos armes, et il ne vous arrivera rien. Je vous le promets.

Les gardes se tournèrent vers leur capitaine, blessé par l'attaque de plusieurs Foule-Falaise. Il hocha la tête. Les épées des soldats volèrent sur la place. Mais parmi les habitants, c'était la panique. Certains s'emparèrent de leurs fourches ou récupérèrent les armes abandonnées à terre pour défendre leurs enfants de ceux qu'ils voyaient comme des monstres. Wroth confisqua une lance des mains d'un paysan et la brisa d'un coup sec. Il s'apprêtait à régler son compte au malheureux lorsqu'un murmure de stupeur parcourut la foule.

Nimue venait d'apparaître à l'entrée de la ville, accompagnée de dizaines de Faë : Faunes, Serpents, Foule-Falaise, Ailes-de-Lune, et même des Sangs d'Homme.

Arthur émergea de la brume, l'air hagard et épuisé. L'adolescente le regarda sans bouger.

– Toi, déclara-t-elle simplement. Ici.

– Oui. Je sais que je n'ai rien d'un chevalier. Mais si tu veux bien de moi, je jure de te vouer mon épée. Et mon honneur. Je dois encore pouvoir me rattraper.

– En effet.

Elle le prit dans ses bras. Ses cheveux sentaient le sang et la fumée. Elle essuya ses yeux, ses joues sales, et pressa ses lèvres contre les siennes.

Arthur prit son visage entre ses mains.

– Je suis si heureux de te revoir.

Nimue se tourna vers la populace terrifiée. La violence semblait à deux doigts d'éclater. Les gens savaient qui elle était, et ils avaient peur d'elle. La jeune fille grimpa sur une charrette renversée, le cœur battant.

– Je suis Nimue de Roseprée, née du clan Célestien ! Fille de Lénore, archidruidesse de mon village ! Mes ennemis m'ont baptisée la Sorcière Sang-de-Loup. Mais je ne suis pas votre ennemie. Je vous annonce solennellement que la cité d'Escarbe est rendue à sa liberté ! Vous êtes libres de vivre. D'élever vos enfants dans la paix. De travailler. D'aimer. Et de vénérer les dieux de votre choix, tant qu'ils ne cherchent pas à dominer les autres. (Sa mère, présente en elle, guidait ses paroles.) Nous n'aspirons qu'à la paix. Nous voulons simplement regagner ce qui reste de nos villages et reconstruire nos maisons. Nous n'avons pas souhaité cette guerre. Mais ça ne veut pas dire que nous refusons de nous battre ! Et que nous ne pouvons pas gagner !

Tous les Faë présents crièrent leur approbation. Certains paysans martelèrent le bois de leurs charrettes en signe de solidarité.

La jeune fille montra son arme au soleil.

– Ceci est l'épée de mon peuple, l'épée de mes ancêtres, forgée dans les flammes du feu Faë quand le monde était encore jeune. Qu'elle symbolise notre courage, notre lumière dans ces ténèbres profondes, notre espoir hors de ce malheur. On l'appelle l'épée des Premiers Rois, mais je dis que le règne des rois a assez duré ! Aujourd'hui, je brandis devant vous l'épée de la Première Reine !

– Reine des Faë ! mugit Wroth, vite imité par les membres de son clan. Reine des Faë ! clamèrent-ils tous à l'unisson. Reine des Faë !

Arthur contempla la scène, éberlué. Le cri se propagea peu à peu au reste de la place en une marée de voix, celles Faë et des humains, paysans et citadins, jusqu'à une partie des sentinelles d'Ector. Le jeune homme se retourna vers Nimue, qui brandissait son arme telle une divinité vengeresse, à la fois magnifique et effrayante. Malgré ses doutes, il leva le poing et se joignit au concert d'acclamations :

– Reine des Faë ! Reine des Faë !

– Reine des Faë ! Reine des Faë !

CHAPITRE 41

Gauvain et son cheval slalomaient entre de petits arbres feuillus à la poursuite d'un Paladin Rouge en fuite. Pressant la selle entre ses cuisses, il lâcha les rênes pour se saisir de son arc. Il visa le cavalier rouge devant lui, ajusta son tir et décocha sa flèche. L'homme agita les bras et se plia en deux ; à sa posture, Gauvain comprit qu'il était mort. Son cheval poursuivit sa course, et le paladin inerte rebondit quelques instants sur sa monture avant de basculer entre les fourrés.

Gauvain ralentit. Son destrier était en nage. Guidé par le grondement d'un torrent, il avisa un petit pont de pierre aux parapets tapissés de mousse. Il mena son cheval jusqu'à la rive afin qu'il se désaltère et s'agenouilla pour boire l'eau fraîche entre ses mains. Du coin de l'œil, dans le reflet du petit ruisseau de montagne, il repéra une longue robe grise derrière lui et se jeta sur la gauche à l'instant où une flèche barbelée se plantait dans sa hanche droite.

Il tituba jusqu'au tronc le plus proche pour se mettre à l'abri. À en juger par la profondeur de sa blessure, elle avait dû être provoquée par une pointe métallique fourchue, conçue pour chasser le gros bétail et provoquer des hémorragies importantes. Le jeune homme s'adossa lourdement contre le tronc tordu d'un frêne et cassa le tube de la flèche. Il reconnut le chuintement métallique d'une lame tirée de son fourreau et se retourna pour voir le Moine Larmoyant traverser le pont. Son épée était longue et fine, légèrement incurvée à la manière des sabres que Gauvain avait vus aux ceinturons des guerriers asiatiques lors de ses voyages dans le désert, mais en plus élégant. La garde était raccourcie et plus carrée. C'était une arme de précision, pour les attaques rapides.

Ignorant la douleur atroce qui irradiait dans sa cuisse droite, Gauvain tira son épée longue et s'élança vers la rive en hurlant. L'effort le fit légèrement vaciller sur sa jambe, mais surprit néanmoins le moine, qui se ressaisit très vite et lui infligea un coup de lame que Gauvain para juste à temps. Le choc de leurs armes résonna à travers la forêt silencieuse. Le Moine Larmoyant prit l'avantage et repoussa Gauvain dans le ruisseau, où sa jambe blessée le lâcha sur les cailloux glissants. Seul son plastron vert lui permit de ne pas être pourfendu par la lame de son adversaire. Mais la force du choc le blessa quand même sous son armure endommagée et il sentit un filet de sang chaud lui couler depuis l'épaule. Il roula dans l'eau pour esquiver une nouvelle série de coups. Jamais il n'avait combattu un humain aussi rapide.

Prenant appui contre une roche, il récupéra son épée, contra une nouvelle offensive du moine et le frappa avec le pommeau de son arme. Il profita de l'avantage de sa taille pour faire reculer son ennemi jusqu'à l'autre rive et le faire tomber dans la boue, mais le moine empoigna le bout de la flèche plantée dans sa hanche et la fit tourner dans la plaie. Gauvain poussa un glapissement de douleur et le moine lui plongea sa lame dans l'arrière de la cuisse, le clouant au sol.

Il le souleva par une oreille pour le décapiter quand Kaze jaillit d'entre les branches avec un rugissement félin. Elle se jeta sur le moine dans l'eau du torrent, lui arrachant son épée au passage. Leur lutte fut sauvage. Sa queue de léopard fouettait l'air, ses griffes et ses crocs ne laissaient aucun répit au moine. Il voulut la repousser d'un coup de pied, mais elle lui sauta à la gorge. D'une contorsion habile, il parvint à se dégager au dernier moment et lui fit une clé de bras pour l'étrangler. Kaze se débattit et lui griffa la joue, entre ses étranges larmes noires. Il tint bon. Elle dessina des formes magiques en l'air en essayant d'ânonner des incantations, mais ses yeux de chat se révulsèrent et ses forces l'abandonnèrent. Le moine la rejeta contre les rochers. Il alla récupérer son épée qui gisait dans l'eau, sécha la lame d'un geste vif et la lui enfonça dans le dos.

Gauvain se redressa tant bien que mal.

– Kaze !

Le moine se dirigea alors vers lui. Le jeune homme se hissa sur la rive en se tenant aux branches basses d'un sureau. Il rampa à terre et parvint à remonter sur le pont. Le Moine Larmoyant arrivait vers lui d'un pas tranquille.

Gauvain s'écroula sur le vieux muret de pierre et enfonça ses doigts dans la mousse. Sa cuisse blessée ne supportait plus son poids. Son armure était trempée de sang, un frisson glacé le parcourut ; pourtant, quand l'arme du moine fendit l'air, il leva la sienne in extremis pour parer le coup. Leurs épées s'entrechoquèrent et le jeune homme réussit à précipiter son ennemi à terre. La lutte se résumait désormais à une épreuve de force : Gauvain essayait de presser son épée contre la gorge du moine, qui s'agrippa à la mousse pour s'arc-bouter. Le chevalier baissa alors

les yeux vers les doigts de son adversaire, et ce qu'il vit lui arracha un hoquet de stupeur.

La main du Moine Larmoyant était totalement invisible. Elle s'était fondue, couleur et texture, dans la mousse du parapet tel le camouflage d'un caméléon. Gauvain n'en croyait pas ses yeux.

– Tu… tu es des nôtres ?

Les traits déformés par la colère, le moine le repoussa de l'autre côté du pont. Gauvain tomba un genou à terre et tenta de contrer les coups impitoyables de son adversaire, mais le moine était fou de rage et lui-même avait perdu trop de sang. Il sentit son bras faiblir. Le moine en profita pour le perforer entre les côtes.

« La mort viendra vite », songea vaillamment le jeune homme, ses pensées tournées vers Kaze, qui gisait au milieu du torrent. Il attendit, prêt à recevoir le coup fatal. Mais à sa grande surprise, le Moine Larmoyant se contenta de le frapper au crâne du manche de son épée. Le monde vacilla. Gauvain s'effondra contre le parapet.

– Ils te veulent vivant, entendit-il le moine lâcher dans un souffle.

Un second coup, et tout devint noir.

CHAPITRE 42

Le château de lord Ector, d'architecture trapue et massive, était une solide forteresse avec ses quatre tours d'angle et ses remparts, son pont-levis, ses meurtrières et ses mâchicoulis. Mais depuis la reddition des sentinelles d'Ector, la voie était libre.

Les gardes désarmés échangeaient des messes basses sur le passage de Wroth, Nimue, Morgane et Arthur. Ils se rendaient à la grande salle du donjon. Son haut plafond était soutenu par une armature de poutres de bois et de colonnes de pierre noir et or ornées des armoiries du seigneur d'Escarbe dont l'oriflamme, un dragon doré sur un fond noir, était suspendue derrière son modeste trône.

Morgane et Arthur marchaient à quelques pas derrière Nimue.

– À quoi joues-tu, cher frère ? lui demanda-t-elle.

– Je vois que je t'ai manqué, chère sœur. Content de te revoir aussi.

– Tu veux me faire croire que tu es devenu le défenseur des Faë, comme par magie ?

– Mon amitié pour Nimue ne te suffit pas ? Ou bien es-tu déçue de ne plus l'avoir pour toi toute seule ?

– Nous avons bien progressé en ton absence, figure-toi. Je ne voudrais pas que tu lui mettes des idées stupides dans la tête.

– Comme de s'autoproclamer reine des Faë, par exemple ?

– Tu ne crois pas en elle.

– Je doute juste de sa stratégie.

Ils s'arrêtèrent tous les quatre devant le trône vide. De grosses bûches crépitaient dans le feu de l'immense cheminée. Nimue s'avança, grimpa les marches de l'estrade, détacha le fourreau de l'épée du pouvoir et le suspendit au dossier.

Puis elle s'assit sur le trône.

Morgane acquiesça en souriant. L'expression d'Arthur était moins enthousiaste. Wroth frappa le sol de son marteau en criant :

– *Stra'gath !*

Deux soldats Tusks amenèrent lord Ector. Son visage doux et rond semblait marqué par l'épreuve des dernières semaines, les joues couperosées par la boisson, les yeux alourdis de cernes. Mais il se comporta avec dignité en s'avançant vers Nimue.

– Lord Ector, déclara-t-elle, je tiens à vous remercier pour ce sanctuaire.

– Je ne vous l'ai pas offert, milady, vous l'avez pris, répondit l'homme d'une voix sombre.

Wroth grogna. Ector coula vers lui un regard furtif avant d'ajouter, avec un peu plus de diplomatie :

– Je n'ai aucun grief envers les Faë. Et je ne porte pas les Paladins Rouges dans mon cœur, croyez-moi. Mais quand vous proclamez la libération d'Escarbe pour venir ensuite vous asseoir sur mon trône, je ne peux m'empêcher de me questionner sur vos intentions.

Nimue examina les marques que ses paumes moites avaient imprimées sur les accoudoirs du trône. Elle prit la parole d'une voix lente :

– Nous voulons seulement rentrer chez nous. Et récupérer nos terres. Nous ne sommes pas des gens de la ville, vous le savez. Mais mon peuple meurt de faim et, pour mieux nous priver de nourriture, les paladins ont mis le feu aux champs. Si nous pouvons nous soutenir l'un l'autre dans cette épreuve, si vous acceptez de laisser mon peuple se reposer entre vos murs, alors peut-être pourrons-nous attaquer le père Carden et arrêter ses hommes. Rien ne saurait me rendre plus heureuse que de vous restituer votre château et de voir mon peuple rentrer chez lui en paix.

Lord Ector lissait sa moustache en observant les trois jeunes gens.

– Vous êtes à peine sortis de l'enfance, leur dit-il, incrédule.

– Attention à ce que vous dites, répliqua Morgane.

– Vous vous croyez en sécurité, ici ? C'est ce que vous pensez ? poursuivit-il avec paternalisme. Vous étiez bien plus à l'abri dans vos grottes, dans vos arbres ou je ne sais où. Vous êtes la femme la plus recherchée de tout le royaume, milady. Et vous venez de vous peindre une belle cible blanche dans le dos. Vous ne ressortirez pas de cette cité vivante.

Arthur garda le silence.

Mais pas Morgane.

– Serait-ce une menace ?

– Non, la réalité, jeune fille ! éructa le seigneur d'Escarbe. La sorcière est ici. L'épée du pouvoir est ici. Bientôt, les armées d'Uther Pendragon, du Vatican et du Roi des Glaces seront ici, et que se passera-t-il ensuite ? Ils feront pleuvoir le feu sur cette ville jusqu'à ce que même les rats en crèvent. Mangez avec modération, car les provisions que vous sollicitez devront durer tout un long et sanglant hiver.

Il adressa un regard noir à Nimue avant de tourner les talons et de sortir.

Mais ses paroles avaient fait mouche. L'adolescente sentit un filet de sueur glacée lui couler dans le dos. Les remparts d'Escarbe lui étaient apparus comme un bouclier protecteur : elle s'était battue pour imposer son point de vue face à ceux qui parlaient de fuite, elle s'était servie de la confiance de son peuple pour conduire cette action. Mais s'était-elle trompée ? Les remparts d'Escarbe, loin de les protéger, allaient-ils devenir une prison à ciel ouvert, les piégeant à l'intérieur jusqu'au massacre inévitable ?

– Tu te sens bien ? lui demanda Arthur.

– Absolument, mentit-elle. (Elle se tourna vers les deux soldats Tusks dont l'un était Mogwan.) Des nouvelles du Chevalier Vert ?

Mogwan fit non de la tête.

– Aucune, ma reine.

Le mot « reine » la fit tressaillir, mais elle opina sèchement.

– Que devons-nous faire des prisonniers ? ajouta Mogwan.

– Quels prisonniers ?

Elle avait du mal à suivre l'enchaînement des événements qu'elle avait elle-même déclenchés.

Mogwan conduisit Nimue et Arthur jusqu'au corps de garde avant de leur faire descendre une série d'escaliers en colimaçon menant à l'étroit corridor puant des cachots. En glissant un regard à travers la minuscule fenêtre à barreaux de l'une des portes, l'adolescente vit des dizaines de visages blêmes et terrorisés. Les prisons étaient pleines à craquer.

– Libère-les, ordonna-t-elle, écœurée par cette vision.

– Tous ? s'étonna le Tusk.

– Certains sont peut-être dangereux, suggéra Arthur.

– Ils ont été traités aussi mal que nous. Qu'ils jurent d'abord leur loyauté envers nous, s'il le faut, mais je les veux libres.

– Et ces brutes, on en fait quoi ? s'enquit Mogwan en ouvrant l'une des dernières cellules tout au fond.

À l'intérieur, enchaînés aux murs, se trouvaient quatre guerriers larges d'épaules et dépenaillés. Leurs barbes, leurs longues tuniques de laine grossière et leurs pantalons larges indiquaient qu'il s'agissait de Vikings. L'un d'eux, torse nu, avait été battu jusqu'au sang et brûlé avec des torches. Il semblait entre la vie et la mort. Sa respiration était faible.

– Des pillards, précisa Arthur.

Nimue pénétra dans le cachot. Les Vikings la toisèrent d'un œil éteint. La jeune fille s'agenouilla devant le prisonnier torturé et prit sa main entre les siennes.

Elle revit en pensée Lénore au chevet de Merlin. Se souvint de ses prières. Et se demanda si elle possédait les mêmes talents de guérisseuse que sa mère.

Le lierre d'argent s'enroula au creux de son cou, et une lueur fascinée éclaira le regard des Vikings. Nimue ouvrit son esprit et demanda aux Invisibles de refermer les plaies du blessé. Au terme d'une longue écoute contemplative, elle reposa la main de l'homme à terre.

– Il est déjà trop tard pour votre ami, dit-elle aux trois autres. Il rejoindra bientôt les Invisibles. La seule aide que je peux lui apporter est d'alléger ses souffrances.

– C'est déjà ça, murmura l'un d'eux.

La jeune fille posa son autre main sur l'épaule de l'homme. Le filin argenté des Célestiens qui se dessinait sur sa peau illuminait la pénombre de la pièce. Nimue chuchota les incantations de sa mère. La respiration du prisonnier s'apaisa. Elle supplia les Invisibles d'entourer et d'accueillir le mourant, dont le corps se détendait peu à peu. Ses compagnons baissèrent la tête et murmurèrent des prières à leurs dieux guerriers. Quelques minutes plus tard, l'homme, déjà inconscient, rendait son dernier souffle.

– Il boit à la Coupe, désormais, commenta l'un des Vikings.

Nimue se fit violence pour ne surtout pas montrer ses émotions. La mort de cet homme l'avait bouleversée.

– Vous êtes bien loin de chez vous, dit-elle.

Le chef de la bande, qui arborait une longue queue-de-cheval blonde, acquiesça.

– Nous avons accosté plus au nord en compagnie du Roi des Glaces. Malheureusement, nous sommes tombés sur des moines qui nous ont traînés avec eux jusqu'ici.

– Nous vous invitons à rejoindre nos rangs, si vous le souhaitez, déclara Nimue.

– On fait ça, nous ? balbutia Arthur, sidéré.

– Les Vikings ne sont pas les amis des Tusks, grommela Mogwan. Père n'aimera pas ça du tout.

Arthur attira discrètement l'adolescente à l'écart.

– Je suis d'accord avec Mogwan, dit-il tout bas. Ce sont des pillards, des assassins, des pirates et des voleurs. Ils tuent tout ce qui bouge. Confier le destin du peuple Faë au Roi des Glaces serait la pire des décisions.

– Nous aurions bien besoin d'assassins, de pirates et de voleurs parmi nous, rétorqua Nimue. Les ennemis des Paladins Rouges sont nos amis. (Elle se tourna vers les trois hommes.) Alors, qu'en dites-vous ?

– Nous sommes loin de chez nous, en effet. Et notre camarade qui vient de mourir est de la famille de notre capitaine. Nous devons rendre son corps à la mer.

– Dans ce cas, nous vous souhaitons bonne route. Et nous vous faisons cadeau d'une semaine de rations, ainsi que de deux chevaux.

Arthur n'en croyait pas ses oreilles.

– Une semaine de rat…

La jeune fille l'interrompit.

– Nous sommes navrés de ne pas pouvoir vous donner davantage.

– C'est très bien, répondit le guerrier blond.

La jeune fille ordonna qu'ils soient libérés sur-le-champ. Mogwan leur ôta leurs chaînes. Les trois hommes remercièrent Nimue. Au moment de sortir, le blond se retourna vers Arthur et lui empoigna le bras.

– La Lance Rouge te revaudra ça, mon frère.

Le jeune homme le toisa avec méfiance.

– Si tu le dis, répondit-il en lui rendant son geste.

Les Vikings inclinèrent respectueusement la tête devant Nimue avant de franchir le seuil de leur cellule. Soudain, des cris effrayés retentirent depuis l'extérieur :

– Ma reine ! Votre Majesté !

Nimue et Arthur sortirent précipitamment. Ils furent rapidement escortés hors du donjon et conduits jusqu'à la grand-place d'Escarbe, quelques centaines de mètres plus loin. Un attroupement de Faë s'était formé autour d'un cheval couvert de sang et d'une silhouette à terre revêtue d'une longue tunique pourpre. Nimue se fraya un passage à travers la foule et tomba à genoux auprès de Kaze, qui semblait grièvement blessée.

– Que s'est-il passé ? demanda l'adolescente, qui s'attendait déjà au pire.

– Ils l'ont emporté, ma reine, murmura Kaze, à demi inconsciente. Ils ont pris Gauvain.

Le souffle manqua à Nimue. Après ce qu'elle venait de voir, la mort lui semblait un sort bien plus enviable que de se retrouver prisonnier des Paladins Rouges.

CHAPITRE 43

L'énergie qu'il dut déployer pour ouvrir les yeux était presque au-dessus de ses forces. Les mouvements réguliers du cheval lui envoyaient des décharges de douleur dans la jambe et la hanche. Un poids lui comprimait la poitrine à chaque respiration, et son armure ainsi que les vêtements qu'il portait en dessous étaient froids et humides. En baissant les yeux, il s'aperçut qu'il baignait dans son propre sang. Il comprit également qu'il s'était évanoui sur sa selle. Il avait les mains ligotées, et le Moine Larmoyant chevauchait à sa droite. D'après la position des Monts du Minotaure, ils se trouvaient déjà à plusieurs kilomètres d'Escarbe et hors des territoires incendiés. L'air autour d'eux était pur.

– Pourquoi ? demanda Gauvain.

L'autre ne dit rien.

– Tu es des nôtres. Comment as-tu pu nous trahir ?

– Je n'ai rien de commun avec vous, répondit le moine.

– J'ai vu ta main changer. Qui es-tu ? Un Cendreux ? Les Hommes-Cendres ont disparu de ces contrées depuis des siècles. Et ils arboraient des marques, eux aussi. Comme tes taches sur…

Le moine pressa aussitôt son épée contre sa gorge.

– Répète ces paroles si tu l'oses, démon.

– Vas-y, *Cendreux*, répondit Gauvain, la mâchoire serrée. Tue-moi, si tu en as le courage. Ou mieux encore, détache mes liens et voyons de quoi tu es capable. J'ai bien reçu ta flèche, espèce de lâche. Pourquoi as-tu fait ça ? Avais-tu peur de me faire face ?

Le Moine Larmoyant parut méditer ses paroles et finit par ranger son épée.

– Dans quelques heures, tu regretteras que je ne t'aie pas tué.

Gauvain n'éprouva rien à la vue des premières torches paladines qui projetaient une lueur vacillante dans le noir. La forêt avait été déboisée à la hâte : des souches déchiquetées s'étendaient sur ces centaines de mètres dans toutes les directions, comme un champ de dents cassées. Lorsqu'ils arrivèrent devant un parterre planté de tentes, l'intrépidité du jeune homme fut quelque peu ébranlée par une méphitique odeur de chair brûlée. Debout autour de feux de camp, des hommes tonsurés à la mine lugubre les regardèrent passer sans mot dire. Gauvain aperçut une petite armée constituée d'une centaine ou plus de soldats en tunique noire. La Trinité. Il avait entendu parler de leurs prouesses et de leur cruauté. Leurs masques mortuaires, dorés et immobiles, fixaient le Moine Larmoyant, qui finit par s'arrêter devant une tente plus large que les autres. À en juger par les échanges de regards mauvais et les torses bombés, la tension était vive entre les Paladins Rouges et les sentinelles de la Trinité.

Le moine descendit de cheval et traîna Gauvain à bas du sien. Le jeune homme ne put retenir un glapissement de douleur quand ses pieds touchèrent le sol. Il tomba à genoux, ses blessures aggravées après ce long et pénible trajet. Sur l'ordre du moine, deux paladins le prirent sans ménagement par les épaules et l'emmenèrent dans la tente.

Le père Carden se tenait devant une table couverte de cartes, à côté d'un homme arborant l'habit noir de la Trinité, le crâne rasé et une barbe noire fourchue. Frère Sel était présent lui aussi, à se balancer dans un coin, son éternel sourire aux lèvres et ses paupières cousues levées vers le ciel.

Même dans son état, Gauvain sentait que l'atmosphère était électrique. Carden avait les traits pincés, mais ses joues reprirent un peu de couleur lorsqu'il vit entrer le Moine Larmoyant avec son captif. Le soulagement, sans doute.

– Quelle joie de te revoir, mon fils, déclara-t-il.

– C'est lui ? demanda l'homme à la barbe fourchue en contournant la table. Le célèbre Moine Larmoyant ?

Ce dernier se tourna vers le père Carden, déconcerté par la présence de ce visiteur imprévu.

– Je te présente l'abbé Wicklow. Il est venu parmi nous pour…

– Observer, compléta l'intéressé.

Le Moine Larmoyant inclina respectueusement la tête. Wicklow croisa les bras derrière le dos et étudia le visage du moine. En particulier ses yeux.

– J'ai beaucoup entendu parler de vous. Beaucoup. On dit que vous êtes un guerrier sans pareil. Doté d'une grâce et d'une rapidité… surnaturelles.

Carden se crispa légèrement à la façon dont Wicklow prononça ce dernier mot.

– Parle, mon fils, dit-il. Qui nous amènes-tu là ?

– Le Chevalier Vert.

L'abbé parut surpris.

– Le meneur des rebelles ?

– Quelle excellente nouvelle, commenta Carden. (Il s'avança vers Gauvain pour le toiser, le poing posé sur la hanche.) Voici donc le Chevalier Vert. Alors, qu'as-tu à nous dire? Si tu nous indiques où se trouve la Sorcière Sang-de-Loup, tu pourras encore sauver ton âme.

– Qu'ai-je à vous dire? répéta Gauvain. (Il se tourna vers le Moine Larmoyant, qui évita soigneusement son regard.) Bien des choses, sans doute. Des informations étonnantes... que j'ai découvertes.

L'abbé fronça les sourcils à ces mots.

– Qu'importe, commenta le père Carden d'un ton irrité. Nous avons l'art et la manière de faire parler les individus de ton espèce.

En observant le Moine Larmoyant, Gauvain sentit un revirement au fond de lui. Il se tourna vers le prêtre.

– Je peux au moins vous révéler ceci, vieil homme : la Reine des Faë a repris la cité d'Escarbe et laissé cinquante de vos frères paladins mourir dans les bois.

Carden serra les dents.

– Est-ce un mensonge? s'enquit Wicklow. (Sans réponse de Carden, il s'adressa au Moine Larmoyant :) Nous dit-il la vérité?

– La ville est tombée, en effet, répondit ce dernier d'une voix dépourvue d'émotion.

– Elle a pris Escarbe? s'étrangla l'abbé. Comment est-ce possible?

– Frère Sel, fit Carden, une lueur de rage dans le regard, emmenez cette abomination dans vos cuisines.

Les traits de Gauvain s'affaissèrent. Il tomba entre les bras des Paladins Rouges qui le maintenaient debout, et se débattit pendant qu'ils l'emmenaient. Le Moine Larmoyant se tourna vers lui. Leurs yeux se croisèrent fugacement avant que Gauvain disparaisse dehors.

À des centaines de mètres de là, Écureuil se glissait sur l'une des plus hautes branches d'un vieil aulne noir et écartait le feuillage pour avoir une meilleure vue. Il prit garde à ne surtout pas faire tomber de graines sur la tête des Paladins Rouges qui patrouillaient en contrebas. Nimue avait refusé qu'il se joigne aux combattants sur les chariots de marchandises à Escarbe, et cela l'avait beaucoup vexé. Mais quand Gauvain était ressorti de la ville au grand galop à la poursuite des Paladins Rouges, il avait saisi sa chance de jouer enfin un rôle et il l'avait suivi. Hélas, il était arrivé juste à temps pour apercevoir le Moine Larmoyant hisser le jeune homme couvert de sang sur la selle de son cheval. Maintenant, il le voyait se faire emmener par deux paladins, suivis d'un vieil aveugle lui aussi en robe rouge, en direction d'un pavillon carré doté de deux entrées et d'une trouée dans le toit laissant échapper une épaisse fumée grise. Les relents cuivrés et douceâtres qui se répandaient dans l'air eurent tôt fait d'informer le jeune garçon sur le genre d'activités qui se déroulait à l'intérieur. Il étudia le terrain et planifia sa course entre les tentes et les feux de camp : il lui faudrait esquiver trois groupes de paladins avant l'accélération finale jusqu'à la chambre des tortures pour sauver Gauvain.

CHAPITRE 44

– À Mont-la-Corneille, un poste de contrôle des Paladins Rouges a été retrouvé souillé par du sang de loup et des têtes de chiens décapités. Plus loin à l'est, dans les provinces de Francie, de nombreux paysans ont prêté allégeance à la Sorcière Sang-de-Loup, en qui ils voient une sorte de sauveuse. Ils ont brûlé plusieurs postes de contrôle et ont chassé les Paladins Rouges des villages de Griffon et d'Aigues-Argent. Une église a été incendiée à Griselande. Sans parler, bien sûr, du sort d'Escarbe, une large cité nichée au cœur des Monts du Minotaure. (Sir Béric marqua une pause, gratta l'un de ses sourcils broussailleux.) La ville était précédemment occupée par les Paladins Rouges, contrairement aux souhaits de Votre Majesté. Elle a été reprise voici quatre jours par la sorcière et son armée d'espèces Faë, causant de lourdes pertes aux paladins…

– À combien d'habitants s'élève la population d'Escarbe ?

l'interrompit le roi Uther d'une voix sourde, les mains crispées sur les accoudoirs de son trône.

– Aux alentours de cinq mille, Votre Majesté ? hasarda Béric.

– Grands dieux, c'est minuscule ! Et qui est le seigneur du donjon ?

– Un certain lord Ector, Votre Majesté, lointain cousin du baron de Chardonnay. Je crois qu'il assista naguère à vos joutes au...

– Peu nous importe où et quand il a assisté à nos joutes. Ce qui nous intéresse, c'est comment il a pu perdre sa ville à deux reprises en l'espace de quinze jours ! Du vin !

Uther tendit sa coupe à l'échanson, qui accourut pour la remplir.

Sir Béric abaissa le parchemin qu'il tenait à la main et, du bout de son orteil, traça nerveusement une ligne sur le sol. Il pesa soigneusement chacun de ses mots avant de répondre.

– Il *semblerait* que le donjon se soit rendu sans combattre, Votre Majesté.

– Sans combattre ?

– Il *semblerait* que nous assistions, Votre Majesté, à un soulèvement populaire au profit de la Sorcière Sang-de-Loup. Elle incarne un symbole de résistance face aux Paladins Rouges, qui se sont cru tout permis dans la région, jusqu'à incendier des dizaines de fermes dans la Vallée du Minotaure afin d'affamer la sorcière et ses acolytes. Cette stratégie a fini par se retourner contre eux.

– Je peux marcher toute seule, merci bien ! résonna soudain la voix ulcérée de lady Lunette.

La reine mère repoussa les deux valets qui l'escortaient et se dirigea vers le trône en faisant claquer ses talons sur les dalles de pierre.

– Que signifie tout ceci, Uther ? Je n'apprécie guère les convocations autoritaires. Je déteste quitter ma tour, tu le sais très bien.

Sir Béric s'écarta du chemin de Lunette aussi vite que sa dignité le lui permettait.

Uther resta de marbre sur son trône.

– Mère, avez-vous envoyé nos soldats suivre Merlin lors de son entrevue avec la sorcière ?

– Bien évidemment, persifla-t-elle. Et alors ?

– Ce n'était pas notre souhait, et ce n'est pas à vous de donner des ordres à nos soldats, fulmina Uther. Sans votre interférence, Merlin était sous notre contrôle et l'épée à portée de main. Désormais, grâce à vous, les deux se sont volatilisés.

– Je te conseille de baisser d'un ton quand tu t'adresses à ta mère.

– Nous nous adresserons à vous sur le ton qu'il nous plaira ! s'emporta le roi

– Qu'on nous laisse seuls, ordonna la reine mère.

Sir Béric ainsi que gardes et valets se dirigèrent aussitôt vers la porte.

– Restez où vous êtes ! s'exclama Uther.

Le groupe d'hommes hésita, coincé entre les deux monarques.

– Eh bien soit, soupira Lunette. Restez. Mais je vous préviens : ceux qui, par le passé, ont entendu les mots que je m'apprête à prononcer ont eu une fâcheuse tendance à mourir trop tôt.

Le silence s'abattit sur la salle du trône.

– Avec votre permission, Votre Majesté…, finit par bredouiller sir Béric avant de tourner les talons sans attendre que ladite permission lui soit accordée.

Les gardes lui emboîtèrent le pas, et les grandes portes de la salle du trône se refermèrent derrière eux.

Lady Lunette et le roi Uther se retrouvèrent seuls.

– Je t'ai beaucoup trop dorloté, Uther. Cela ne t'a pas aidé.

– *Dorloter* n'est pas le terme que j'emploierais pour qualifier vos méthodes éducatives, mère.

– En effet. Je n'étais pas faite pour élever des enfants, Uther. Ma vocation était de régner. Là résidait mon véritable talent. Mais dans ce monde régi par les hommes et leur descendance masculine, c'était impossible. Mon unique rôle était de faire de toi un roi. (Elle marqua une pause.) Et je semble avoir échoué dans cette mission.

– Vous faites tout pour saper notre autorité, puis vous vous permettez de nous juger. C'est un peu fort.

– Je n'allais pas rester là les bras ballants pendant que tu retournais comme un petit toutou auprès de Merlin. Je t'ai donné bien trop de liberté. Regarde à présent dans quel état est le royaume. Dorénavant, la couronne, c'est moi. Mes mots sortiront de ta bouche comme l'eau claire d'une fontaine à mesure que je les chuchoterai à ton oreille. Sinon, attends-toi à en payer le prix.

– Nous avons perdu le compte des offenses proférées dans vos dernières phrases, mais nous notons avec grande inquiétude que vos facultés mentales semblent affaiblies, mère. Vous n'avez plus toute votre tête. Un peu de repos et d'air marin vous feraient le plus grand bien.

Le roi jubilait intérieurement à cette pensée.

Mais la reine mère prit un air mélancolique.

– Hélas, Uther, j'ai toute ma tête. Et bien davantage. L'imposture, c'est toi.

CHAPITRE 45

Sœur Iris se tourna vers les remparts qui encerclaient la ville. Des archers Faunes surveillaient les alentours depuis le chemin de ronde. Sans un mot, elle regagna l'intérieur de la cité. L'arrivée massive de réfugiés Faë avait entraîné une grande confusion dans les rues d'Escarbe. Nombre de commerçants, effrayés par ces espèces inconnues, avaient fermé leurs échoppes pour se terrer chez eux ; ils avaient alors découvert de timides Ailes-de-Lune cachés dans les poutres de leurs maisons, emmaillotés dans des cocons de fils de soie. Les résidents les plus généreux (comme Ramona, la boulangère, ou le tenancier de l'auberge des Sept Cascades) s'efforçaient de répondre aux besoins de ces envahisseurs affamés. Les rues étaient presque inaccessibles aux charrettes à cause des galeries creusées par les Plogs. De longues files d'attente bruyantes et agitées se formaient sur la grand-place où Faë et humains s'efforçaient de travailler ensemble, comme le demandait la reine. Iris passa devant l'église de pierre et ses vitraux brisés. Les mots *Sorcière Sang-de-Loup* étaient tracés en lettres de sang sur la façade.

Elle s'avança vers deux archers Faunes en train de boire le vin d'une outre manifestement volée, profitant d'une pause entre deux rondes sur les remparts.

– *Talaba noy, wata lon?* dit l'un d'eux à propos de la fillette.

Il donna un coup de coude à son camarade, qui s'esclaffa.

– Je ne comprends pas, répondit Iris d'un ton égal.

– Pardonne à mon ami. Il est vulgaire, répondit le second Faune avec un accent mélodieux.

Sœur Iris ignora ses paroles pour s'intéresser à leurs arcs.

– Jusqu'où volent les flèches? demanda-t-elle.

– Avec un arc Faune, le plus solide du monde?

Il mima le geste de décocher une flèche, accompagné d'un long sifflement suggérant une importante distance.

Sœur Iris désigna le donjon.

– Depuis le sommet des remparts jusqu'au château, par exemple?

– Et même deux fois plus loin, s'enorgueillit le Faune.

– Vous voulez bien me montrer? demanda-t-elle en le regardant à travers le trou de son sac de toile.

L'archer fronça les sourcils.

– Tu y vois quelque chose, fillette?

– Juste ce qu'il faut.

– Pourquoi tiens-tu autant à apprendre?

Elle haussa les épaules.

– Je chasse un chien.

Les deux Faunes échangèrent un regard – *quelle étrange gamine,* semblaient-ils se dire. Ils ricanèrent. Le plus gentil des deux se pencha vers elle.

– Entendu, fillette. Je vais t'aider à tuer ce clébard.

Nimue ne trouvait pas le sommeil. Elle contempla les nombreux feux de camp allumés par les réfugiés Faë sur la grand-place d'Escarbe, où ils dormaient à la belle étoile. Ils ne se plaignaient pas : pour beaucoup, c'était presque un luxe comparé à la grotte étouffante ou aux étroites habitations humaines. Vues des hauteurs, les flammes baignaient la ville d'une douce lueur orangée. La demi-lune luisait d'un éclat blafard dans le ciel voilé par la fumée.

Elle perçut des chuchotements, baissa les yeux et vit qu'elle tenait son épée à la main. Curieux. Elle ne s'en était même pas aperçue. Sa fatigue était si grande. La lame posée au creux de sa paume, elle admira ses lignes pures et la manière dont l'acier semblait capter la lumière de la lune. Les murmures enflèrent. Comme des hurlements distants. « Les souvenirs de l'épée, bien sûr », songea la jeune fille. L'arme s'adressait à elle. Se remémorait ses victimes et leurs cris. Nimue reconnut certains d'entre eux. Ceux des Paladins Rouges. Curieusement, elle n'en fut pas horrifiée. Son pouls s'accéléra, son sang s'échauffa. Ses muscles las furent comme revigorés par un flux d'énergie circulant soudain entre la lame et elle. Ses doutes de la veille lui semblaient insignifiants et stupides.

Pourquoi doutait-elle tant d'elle-même ? Elle était la Sorcière Sang-de-Loup. La Reine des Faë. Elle possédait l'épée du pouvoir et défiait tout roi humain de la lui prendre. Elle continuerait à inspirer les espèces Faë et les humains. Tous entendraient ses appels à la liberté. Ils se battraient pour elle, verseraient leur sang pour elle et, tous ensemble, ils feraient reculer la peste des Paladins Rouges pour les renvoyer au Vatican telle une meute de rats. « Ensuite, je ferai trembler l'Église elle-même. Qu'ils aient peur de moi. Je ferai un immense bûcher de leurs croix et… »

– Nimue ?

L'adolescente fit volte-face, et la pointe de sa lame se tourna vers Arthur qui se tenait sur le seuil, une lanterne à la main.

– Je me rends, dit-il en allusion à leurs retrouvailles passées sur une sombre route forestière.

Cette scène paraissait si loin, désormais.

Nimue abaissa son arme et se tourna de nouveau vers la fenêtre.

– Je peux repasser à un autre moment.

– Non, ça va, dit-elle tout bas.

Il entra dans la pièce.

– J'ai vu ta torche.

– Je ne dors pas.

Cette interruption l'agaçait, malgré tout. Ce moment intime avec l'épée était le sien. Elle n'avait pas envie de le partager.

– Tu t'attends à du grabuge ? s'étonna Arthur en baissant les yeux vers l'arme qu'elle tenait à la main.

– Elle me tient chaud, rétorqua l'adolescente sans réfléchir.

Le jeune homme fronça les sourcils. Avant d'esquisser un petit sourire.

– Il existe d'autres manières de se tenir chaud, tu sais…

Nimue ne dit rien. Elle se contenta d'admirer le reflet de la flamme sur l'acier.

– Tu crois que les Paladins Rouges ont des fantômes ? Que leurs âmes errent parmi nous après leur mort ?

– J'imagine, fit Arthur avec un haussement d'épaules. Si tant est que ce soit possible pour nous, ça doit l'être aussi pour eux. Pourquoi ?

– Je les ai entendus à travers l'épée. Leurs cris.

Arthur ne répondit pas tout de suite.

– Tu es fatiguée. Tant de choses nous sont arrivées…

– Et à Gauvain, que crois-tu qu'il soit arrivé ?

Le jeune homme secoua la tête.

– Mieux vaut ne pas y penser.

– Impossible, répondit Nimue avec colère.

– Nous ne pouvons pas attaquer leur campement. Nos combattants sont blessés. (Il marqua une pause, comme s'il craignait de l'irriter davantage.) J'imagine que ton entrevue avec Merlin ne s'est pas déroulée comme tu le souhaitais.

– Mon peuple avait raison. C'est un menteur.

Cette fois, Arthur acquiesça.

– Dans ce cas, nous devrions envisager la possibilité de fuir par la mer. Rafler tout l'argent que nous trouverons de cette ville, du moins ce qu'il en reste, et payer notre passage à bord d'un bateau.

Il la rejoignit à la fenêtre.

– La reddition. Bien sûr, marmonna Nimue. (La lueur des feux de camp sur la place se reflétait dans ses yeux.) Je vois que tu n'as pas changé.

– Que veux-tu dire ?

– Rien. Eh bien, va. Enfuis-toi. Qu'est-ce qui t'en empêche ?

– Tu veux que je te donne un conseil, oui ou non ?

– Je ne sais pas. Comment pourrais-je te faire confiance ? Comment savoir si tu ne vas pas être là un moment et disparaître l'instant d'après ? Comment accorde-t-on sa confiance à quelqu'un qui passe son temps à fuir ?

– J'appelle cela survivre au jour le jour, répliqua le jeune homme.

– Pourquoi ne crois-tu pas en nous ?

– Qui est ce *nous* ?

– Moi. Pourquoi ne crois-tu pas en moi ? insista-t-elle en se tournant vers lui.

Il la prit par les épaules.

– Croire en quoi ? Quelles options avons-nous ? Attaquer le château Pendragon ? Déclarer la guerre à l'Église ? Ils peuvent t'appeler

Reine des Faë autant qu'ils veulent, tu n'en restes pas moins seule avec ton épée.

– Je suis peut-être seule, mais je ne suis pas n'importe qui, rétorqua Nimue, les yeux brillants de colère.

– Crois-moi, tu n'as pas besoin de me convaincre sur ce point. Mais ta mission est accomplie. Ne le vois-tu pas ? Tu leur as accordé une seconde chance. Tu as chassé les Paladins Rouges des Monts du Minotaure. C'est une formidable réussite. Cependant, ne doute pas un instant qu'ils riposteront, et en plus grand nombre. Et à cause de cela, tu dois trouver le moyen de mettre ton peuple à l'abri.

– Alors je me trouverai une armée. Les Vikings.

– Tu t'imagines que le Roi des Glaces va se rallier à une paysanne armée de l'épée du pouvoir, plutôt que de s'en emparer lui-même ?

La jeune fille s'apprêtait à lui assener une réponse cinglante lorsqu'une profonde sensation de calme l'envahit.

– Les Invisibles sauront me guider. Ce n'est pas ta faute, tu ne peux pas comprendre.

– Pourquoi ? Parce que je suis un Sang d'Homme ?

Le silence de Nimue fut sa seule réponse.

Vexé, Arthur tourna les talons.

– Avec tout le respect que je vous dois, *ô ma reine,* vous commettez une énorme bêtise.

– Vous pouvez disposer, rétorqua-t-elle sèchement.

Arthur lui fit une courbette avant de disparaître dans le couloir.

CHAPITRE 46

Assise dans les jardins seigneuriaux du manoir Chastellain, lady Hide écoutait les rires de sa famille. Au soleil couchant, les serviteurs apportaient la suite du repas sur la table dressée à l'extérieur : faisans et chapons rôtis à la sauce citronnée, ragoût de cygne et pâtés d'anguilles. On se chargea de lui remplir sa coupe de vin aux épices. Elle pressa une rose pourpre contre ses lèvres tandis que son époux et leurs petits-enfants se livraient à des jeux dansants au son du violon joué par une domestique.

– Attrapez-le, Marie, il ne doit pas vous échapper ! lança-t-elle à l'une des fillettes.

Lord Hide n'avait pas son pareil pour filer entre les mains des petits. Lady Hide se cala contre son dossier, souriante et sereine. Des chiens aboyaient au loin. Elle vit soudain sa femme de chambre traverser les jardins depuis le donjon de pierre magnifié par le rosier pourpre qui grimpait le long de sa tour.

– Qu'y a-t-il, Mavis ?

La jeune femme avait l'air troublée.

– Un visiteur attend au portail, milady. Il demande à vous voir. En personne.

– Savez-vous de qui il s'agit ? fit-elle, intriguée.

– Non, milady. Mais il assure que vous le connaissez.

Lady Hide pâlit et reposa sa coupe de vin. Puis elle rassembla ses esprits, se leva et aplanit le tissu de sa longue robe. Elle commença à se diriger vers les grilles, Mavis à ses côtés, avant de s'arrêter.

– Non, merci, dit-elle, j'irai seule.

– Vous êtes sûre ?

Lady Hide eut un sourire crispé.

– Oui. Assurez-vous que les petits mangent. Et que mon cher époux ne s'agite pas trop.

La jeune femme obéit à contrecœur.

– Bien, milady.

Lady Hide reprit son chemin jusqu'aux lointaines grilles du manoir Chastellain. À son arrivée, elle découvrit Merlin, derrière les barreaux de fer, en train de donner de l'herbe à son cheval. Le cavalier et sa monture étaient sales, couverts de poussière et de sueur. Lady Hide et le mage échangèrent un long regard sans dire un mot.

– Ta famille se porte bien ? finit-il par lui demander.

Elle hocha la tête.

– À merveille. J'ai sept petits-enfants en pleine forme.

– Tes besoins et les leurs sont-ils tous comblés ?

Les traits de lady Hide se figèrent.

– Jusqu'au dernier des souhaits que pourrait avoir une paysanne.

Merlin caressa la crinière de son cheval.

– Le moment est venu de tenir ta promesse envers moi.

Lady Hide respira profondément et sortit un trousseau de clés des replis de sa jupe pour ouvrir le verrou du portail.

– Suis-moi, dit-elle à Merlin avant de l'emmener au verger, où ils s'assirent sur un banc à l'ombre de deux pruniers.

Ils restèrent un long moment sans rien dire. Jusqu'à ce qu'elle reprenne la parole :

– J'ai toujours su que ce jour viendrait. Mais cela me fend le cœur tout de même.

Une vague d'émotion la submergea. Ses larmes coulèrent en silence. Elle les essuya avec un mouchoir et reprit son calme.

– Accepterais-tu de dîner avec nous ? Cela me permettrait de passer une dernière soirée en leur compagnie.

Il fit non de la tête.

– Les chiens sont à mes trousses. Nous devons partir sur-le-champ. Je t'attends pendant que tu vas faire tes adieux.

Lady Hide lut l'inflexibilité sur le visage de Merlin. Elle acquiesça rapidement et se leva. Elle marcha jusqu'à l'extrémité du verger, d'où elle aperçut son mari, hilare, absorbé par ses jeux avec ses petits-enfants. Non loin, assis sous le vieux noisetier, ses propres enfants riaient en sirotant leur vin. Elle sourit, savourant chaque détail. Puis elle entra discrètement dans la maison principale et en ressortit quelques instants plus tard avec une grande sacoche de cuir souple contenant ses vêtements de rechange.

– Pas d'adieux, dit-elle à Merlin. Je préfère qu'ils s'amusent.

Le fort de Dun Lach semblait jailli directement du rivage déchiqueté et rocailleux de la Côte du Gueux. Ses tours penchaient, et ses murailles étaient encerclées par une barrière naturelle de grès qui protégeait la forteresse non seulement des envahisseurs, mais aussi des assauts de la marée. Nombreux étaient les navires de guerre échoués sur la plage. Merlin chercha parmi eux le célèbre drakkar de la Lance Rouge, à la proue si particulière, mais ne le trouva point. Les archers nordiques s'arrêtèrent sur le chemin de ronde pour observer l'arrivée des deux visiteurs à cheval. Au terme d'une série de messes basses et de regards noirs en direction de Merlin, les gardes à l'entrée ordonnèrent la levée de la herse.

Déclinant la proposition qui lui fut faite de se rafraîchir et de se reposer après un si long voyage, le mage demanda une audience immédiate avec lord Cumber et fut conduit aussitôt, en compagnie de lady Hide, à la grande salle où la chaleur de cinq feux de cheminée offrait un contraste saisissant avec le froid qui sévissait dehors, dans le camp de guerre établi au pied des remparts. Sans parler du son inattendu qui résonnait dans la pièce : on y entendait rire. Cela n'arrivait jamais à la cour d'Uther. Quand Merlin et lady Hide entrèrent, la joie tonitruante de lord Cumber faisait presque trembler les murs. Son hilarité avait pour cause le spectacle d'un faucon pèlerin qui sautillait sur le sol en faisant claquer son bec, les ailes déployées, pour effrayer un louveteau. Le Roi des Glaces portait une simple peau d'ours noir tendue en travers de son torse, à la mode viking, et retenue par une broche en platine incrustée d'ambre, d'or et de verre bleuté. Le visage tanné par le vent marin, il avait de longs cheveux auburn retenus en queue-de-cheval et une barbe bien taillée.

Les quatre enfants adultes de Cumber (deux frères et deux sœurs) semblaient plus amusés par le fou rire de leur père que par les réactions du louveteau. Sa longue expérience des cours royales avait fait de Merlin un fin analyste des tempéraments humains : contrairement à leur guerrier de père, les enfants de Cumber semblaient avoir été élevés en véritables bêtes politiques. Ils devaient se montrer plus méfiants de nature envers les nouveaux venus.

Hilja, la Reine des Glaces, observait tout cela avec calme, à la fois majestueuse et discrète dans sa simple robe bleu pâle. Ses cheveux, jadis blonds et désormais grisonnants, étaient tressés avec soin. Elle buvait son vin dans une corne tout en filant de la soie pour les broderies d'une robe. Mais son œil attentif ne ratait aucun détail.

Confirmant l'instinct premier de Merlin, Cumber autorisa sa fille aînée, Eydis (chevelure de jais, le teint pâle, des pigments verts peints autour de ses yeux bleus), à prendre la parole pour les accueillir :

– Merlin le mage. Un sorcier dépourvu de pouvoirs magiques, envoyé par un souverain dépourvu de légitimité.

Elle se tourna, ravie, vers sa sœur et ses frères. Dagmar, l'aîné, celui qui ressemblait le plus à leur père aussi bien dans son attitude que dans son apparence, grogna son approbation. Le plus jeune de la fratrie, Calder, roula des yeux et Solveig, une blonde couverte de bijoux, jeta un regard assassin à Merlin.

Ce dernier fit comme si de rien n'était.

– Puis-je avoir du thé ou du vin doux pour lady Hide ? Elle est frigorifiée et a chevauché toute la nuit.

Hilja adressa un signe de la tête à l'un des serviteurs, qui invita lady Hide à prendre place sur un banc longeant un mur, pendant que d'autres lui apportaient une corne et du vin.

– Mille mercis, lady Cumber, dit-elle.

– Devons-nous également vous préparer un lit, ou souhaitez-vous en venir tout de suite aux faits ? demanda Eydis d'un air de défi.

– Jeune demoiselle, je ne suis pas venu ici pour dormir, mais pour agir.

Les traits d'Eydis se durcirent.

– Vous vous tenez devant le seul et unique roi, magicien.

– Peut-être. Si vos nuits durent six lunes et que vous ne marchez que sur la neige.

Les enfants de Cumber s'agitèrent et jetèrent des regards nerveux en direction de leur père, toujours absorbé par les facéties de son louveteau.

Merlin lissa la barbe.

– Vous avez reçu une éducation royale. Et je suis certain que vous ferez une excellente reine, un jour. Hélas, vous avez les manières d'une bourrique.

La jeune femme eut un hoquet de stupeur.

– Comment osez-vous ?

Hilja reposa brusquement son fuseau. Dagmar se leva en tirant son épée.

– Je vais te trancher la langue, sale chien !

Calder, quant à lui, se renfonça dans son siège pour ne pas rater une miette du spectacle.

Seul Cumber eut une réaction amusée et lâcha un rire sonore qui résonna jusqu'au plafond.

– Vous autres, les druides, n'avez pas d'enfants. Je crois que c'est le secret de votre longévité. Je gâte trop les miens. C'est une faiblesse que tu ne saurais comprendre.

– Vous seriez surpris, répondit Merlin. Et je serais ravi, en des temps plus paisibles, de me lancer dans d'interminables joutes politiques avec votre fille, mais le vent de la guerre se lève. Avez-vous un plan, lord Cumber ? La prise des ports d'Uther était un coup d'éclat magnifique, mais vous vous contentez désormais de rester assis sur cette plage infecte comme une poule qui hésite à pondre ses œufs.

– Voyons, père, vous allez le laisser se moquer de vous ainsi ? fulmina Eydis.

Cumber plissa les yeux.

– Comment Uther supporte-t-il ton insolence, Merlin ? Pour ma part, je ne la tolérerai pas. Et je ne crois pas t'avoir demandé conseil en matière de stratégie militaire.

– En partant du principe que vous en ayez une, était-il raisonnable d'envoyer votre redoutable Lance Rouge affronter les camps paladins situés le long de la côte de Granite, sachant que les hommes de Pendragon étaient cent fois plus nombreux que les vôtres ? N'était-il pas plus sage de laisser le père Carden en dehors de cette histoire, plutôt que de vous le mettre à dos ?

– Voilà une excellente question, Merlin. Félicitations, railla Calder. Père, qui commande la Lance Rouge ?

Cumber s'adressa à son plus jeune fils.

– Ferme-la, petit, ou ma hache se chargera de t'imposer le silence. (Il se tourna de nouveau vers Merlin.) Les agissements de la Lance Rouge ne te regardent pas, grogna-t-il. Je suis resté un homme simple. Je n'ai aucune envie de jouer à ces petits jeux ni de me livrer à un concours de repartie avec un individu de ton espèce. Énonce clairement les raisons de ta visite. Pour ton bien, j'espère qu'elles me siéront.

– Je souhaiterais connaître le caractère et l'intelligence de l'homme que je m'apprête à asseoir sur le trône d'Angleterre, déclara simplement Merlin. Cet énoncé est-il assez clair pour vous ?

Cumber ne répondit pas tout de suite. Il reposa son louveteau à terre.

– De bien belles paroles, finit-il par déclarer, de la part d'un conseiller qui a trahi son roi.

– Je n'obéis qu'à moi-même.

– Un félon restera toujours un félon.

– Si seulement le monde pouvait être aussi simple, se mit à philosopher Merlin. Je suppose que vous végétez ici, sur ces côtes glaciales, parce que vous vous retrouvez dans une contrée inconnue qui ignore tout de vos prétentions légitimes au trône en tant que seul héritier de la maison Pendragon... Or cette vérité ne pourra être établie que par la seule personne vivante ayant vu le fils mort-né de la régente.

Cumber se leva, abasourdi.

– Est-ce... la sage-femme ?

Merlin acquiesça d'un air grave.

– En effet. Et à présent, je vais vous dire ce que je veux en échange.

CHAPITRE 47

Assise sur le trône de lord Ector, Nimue baissa les yeux vers le Tusk à la mine morose qui répondait au nom de B'uluf. Plutôt mince pour son clan, il arborait une corne brisée sous sa mâchoire droite. Ses bras étaient maintenus derrière son dos par Arthur et deux archers Faunes. Wroth restait sur le côté, le regard menaçant, les bras croisés contre sa poitrine, face à lord Ector. Morgan se tenait à la droite de Nimue.

L'adolescente avait le même âge que B'uluf, dont le sourire narquois indiquait qu'il faisait partie des rares Faë à la considérer encore comme une gamine entêtée et non comme une souveraine. Elle savait qu'il s'était distingué par sa bravoure lors de la bataille des marécages. Elle connaissait aussi sa réputation de fauteur de troubles ; pour lui, la moindre contrariété était un manque de respect à son égard, et son attitude avait irrité beaucoup de monde dans la grotte des réfugiés.

Il comparaissait aujourd'hui devant elle pour le meurtre d'un résident d'Escarbe, un charpentier issu du plus pauvre quartier de la ville. Il l'avait battu à mort avec trois autres Tusks devant chez lui, sous les yeux de sa femme et de ses enfants. Le sang de sa victime maculait encore ses poings velus. L'ambiance à Escarbe était déjà critique, prête à s'enflammer à la moindre étincelle. « Ce n'était pas une simple *étincelle,* songea la jeune fille, mais une torche devant un tonneau d'huile inflammable. » Rien que ce soir-là, Arthur et son escouade improvisée de Foule-Falaise et de Faunes avaient dû séparer un groupe d'Escarbiens qui tentait de cambrioler une armurerie afin de récupérer leurs épées confisquées.

– Qu'est-ce qui t'a pris de commettre un acte pareil ? demanda-t-elle à B'uluf, la voix tremblante de rage.

La tempérance de Gauvain lui manquait en un moment comme celui-ci. Nimue sentait l'épée du pouvoir suspendue à côté d'elle. Il était si tentant de s'en emparer.

L'accusé haussa les épaules sans manifester le moindre signe de remords.

– Il nous avait adressé des remarques hostiles, se justifia-t-il avec l'accent prononcé de son clan. Et il a la croix peinte sur sa porte. Il n'est pas des nôtres. Il est des leurs. Ça en fait un de moins.

Il coula un regard en direction de Wroth, qui tourna sa mine sinistre vers Nimue. Elle savait que le jeune Tusk comptait sur la protection de son chef. Les Tusks étaient les meilleurs combattants Faë et leurs troupes avaient déjà subi de lourdes pertes.

Elle ne pouvait pas se permettre d'en perdre un de plus.

Lord Ector avait l'air tout aussi furieux.

– Es-tu conscient que les Paladins Rouges occupaient cette ville avant notre arrivée ? demanda-t-elle sèchement à B'uluf. (Ce dernier eut un nouveau haussement d'épaules. Cette conversation ne semblait pas du tout l'intéresser.) Que les non-chrétiens étaient arrêtés, pendus et brûlés vifs par les hommes en rouge ? Et que, pour se protéger, la plupart des habitants d'Escarbe avaient peint une croix sur la porte de leur maison ?

B'uluf semblait ailleurs.

– Regarde-moi, lui ordonna Nimue.

– Ce crime odieux doit être vengé par le sang, éructa lord Ector. Si nous n'apportons pas une réponse prompte et sévère, ce sera l'escalade !

Avant que Nimue puisse répondre, Wroth intervint :

– Deh moch, grab buur. Augroch ef murech.

Comme toujours, son fils Mogwan était là pour traduire :

– Wroth dit que les Tusks ont le sang guerrier. Il reste bouillant longtemps après la bataille. (Il laissa son père poursuivre.) Il dit qu'il punira B'uluf, ajouta-t-il.

– De quelle manière ? s'enquit Nimue.

Wroth la foudroya du regard.

– Negh fwat, negh shmoch, gros wat.

– Il aura moins à manger, moins à boire, et davantage de travail.

– C'est tout ? railla lord Ector. Inadmissible !

Wroth lui aboya quelque chose dans sa langue natale.

– Assez ! s'écria Nimue.

Le silence s'abattit dans la salle. La jeune fille sentait son pouls battre à ses tempes.

L'épée lui parlait tout bas. Elle refusa de l'écouter. Son crâne semblait sur le point d'éclater.

– Qu'il s'avance, ordonna-t-elle d'une voix sourde. (Arthur et les Faunes menèrent l'accusé jusqu'au pied du trône.) J'ai bien précisé, quand nous avons pris cette ville, qu'aucune goutte de sang humain ne serait versée. Ce n'était pas une demande, mais un *ordre de la reine*.

B'uluf la défia du regard.

L'épée continuait à lui dire des choses. Nimue repoussa ses murmures. Se frotta les tempes. Ferma les yeux pour faire le vide dans sa tête. Quand elle les rouvrit, ils se posèrent sur les mains du jeune Tusk.

– Qu'as-tu donc sur les doigts ? lui demanda-t-elle. Montre-les-moi.

Arthur et les Faunes tendirent les mains ensanglantées de B'uluf.

– Qu'est-ce que c'est ? insista-t-elle en désignant les taches couleur rouille.

– Du sang humain, répondit-il avec mépris.

– Tu exhibes sans vergogne la preuve de ta culpabilité. Ainsi que ton insolence. (Nimue prit sur elle et assena sa sentence.) Tu passeras une semaine entière dans nos cachots avant d'être remis à Wroth pour subir, je l'espère, un châtiment exemplaire. Ce sera tout.

Lord Ector jura dans sa barbe.

Wroth opina, satisfait.

Mais B'uluf n'en resta pas là.

– Les Sangs d'Homme doivent comprendre où est leur place, dit-il.

À ces mots, Nimue se tourna pour saisir l'épée du pouvoir et, d'un geste vif, lui trancha les deux poignets. Le jeune Tusk ouvrit la bouche durant une longue seconde avant d'émettre un hurlement guttural. Il retomba entre les bras d'Arthur.

– Ose me défier encore ! vociféra Nimue.

Wroth se rua vers elle. Les Faunes s'interposèrent, pour être balayées comme des fétus de paille. Seul Mogwan eut la force de retenir son père tandis qu'il couvrait la jeune fille d'un flot d'injures. B'uluf, à genoux, mugissait de douleur. Arthur tira sa propre épée et la brandit d'un geste menaçant devant Wroth. Nimue tenait l'épée du pouvoir à deux mains, la pointe tournée vers le chef des Tusks, qui se débattit un moment pour se libérer de l'étreinte de son fils avant de renoncer. Il se dirigea vers B'uluf, le remit debout en le tirant par sa corne brisée, et sortit de la salle d'un pas furieux.

Morgane prit Nimue par les épaules. La jeune fille venait de lâcher son arme, les mains tremblantes, et ânonnait d'une voix faible :

– Je... Je ne peux pas... Pardon...

Dans son esprit, ses pensées s'entrechoquèrent. « Monstre. Je suis un monstre... Tu es la Reine des Faë. Un monstre ! Ton peuple a besoin de toi. Ils ont tous besoin de toi. Ce n'est que du sang. Ce n'est qu'un imbécile. Je ne peux pas continuer... Je ne veux plus de tout ça... Tu détiens l'épée du pouvoir. Je n'en veux pas ! »

– Tu as fait ce qu'il fallait, la rassura Morgane.

Mais sa voix tremblait aussi.

« Je suis en train de devenir comme Merlin. L'épée va fusionner avec ma main. »

Arthur rangea son arme et les rejoignit.

– Nous avons perdu le soutien des Tusks, désormais, dit-il à Nimue d'une voix sombre.

« Ce n'est pas moi. Je ne sais plus qui je suis.

Tu es la Reine des Faë, par tous les dieux ! »

– Que voulais-tu qu'elle fasse, hein ? cria Morgane à son frère.

Paladin, paladin, prends tes jambes à ton cou, gare au courroux de la Sorcière Sang-de-Loup !

– Je ne sais pas ! Nous n'avons que cinquante personnes, au mieux, capables de se servir d'une épée. Et... grands dieux ! bredouilla-t-il en désignant les mains tranchées et sanguinolentes du Tusk, qui gisaient sur la première marche du trône. Ramassez-les, dit-il aux Faunes.

Lord Ector, atterré par ce spectacle, s'éloigna à son tour vers la sortie.

– A-t-on retrouvé Écureuil ? demanda Nimue au jeune homme, les joues ruisselantes de larmes.

– Pas encore.

– Elle est épuisée, dit Morgane à Arthur. Elle n'a pas mangé ni dormi depuis des jours.

– Nous sommes tous épuisés, répliqua-t-il.

– Ma reine ! Votre Majesté ! s'écria Cora en accourant dans la salle du trône, ses ramures noisette luisant à la flamme des torches. Venez vite !

Quelques instants plus tard, Nimue, Morgane, Arthur, Cora et plusieurs archers Faunes se précipitaient vers le chemin de ronde de la muraille nord d'Escarbe, où des soldats Faë poussaient des exclamations en désignant la Vallée du Minotaure.

Une centaine de mètres plus loin, sœur Iris comprit qu'il se passait quelque chose. Elle se leva. Elle était devenue une figure familière sur les remparts. Les archers Faunes la trouvaient originale, amusante. Elle les avait harcelés jusqu'à ce qu'ils acceptent de lui apprendre le tir, et ils l'autorisaient même à s'entraîner sur les éperviers et les balbuzards à condition qu'elle redescende vite récupérer les flèches tombées hors des fortifications. Ses progrès stupéfiaient les Faunes, qui étaient eux-mêmes d'excellents tireurs. Au bout d'une semaine, Iris était capable d'atteindre un vautour en vol, et en plein cou, à deux cents mètres de distance. Elle était devenue si habile, si vite, que ses instructeurs avaient convié d'autres de leurs camarades à venir admirer leur jeune prodige.

Ils étaient allés jusqu'à lui offrir un arc rien qu'à elle pour qu'elle s'entraîne, même si la corde en boyau était un peu râpée et le bois légèrement voilé. Iris avait toujours été à l'aise avec le maniement des armes. Dans l'arène de combat, c'était une question de vie ou de mort. À cet instant précis, où tous les regards étaient dirigés vers la vallée au loin, celui d'Iris se concentra sur Nimue. Elle se saisit de son arc et sortit une flèche de son carquois. La corde grinça à son oreille lorsqu'elle l'étira. Ses doigts suivirent les mouvements de sa cible. À cette distance, Iris n'aurait aucun mal à lui perforer la nuque. Elle s'apprêtait à décocher sa flèche lorsqu'une grande confusion de bruits et de pas l'engloutit.

– Aux remparts !

L'ordre se répandit tel un écho le long des fortifications à mesure que des dizaines Faunes accouraient en la bousculant pour se mettre en position d'attaque. Quand Iris se retourna, il était trop tard : Nimue était inaccessible au milieu de la foule des soldats.

Autour de la Reine des Faë, les archers s'écartèrent pour lui permettre de se hisser sur un créneau de la muraille. La vision qui l'attendait lui coupa le souffle.

Une marée de torches, de cavaliers et de chariots frappés des armoiries royales de la maison Pendragon traversait la campagne à quelques kilomètres seulement de la ville.

Nimue sentit sa gorge se nouer. La sombre mise en garde de lord Ector lui revint soudain en mémoire. Elle leur avait peint à tous une cible dans le dos.

– À l'est ! Regardez, à l'est ! s'écria un Faune.

Toutes les têtes se tournèrent en direction de l'orient. Une autre armée était en marche vers la vallée, sauf que celle-ci déployait les bannières écarlates à croix blanches du Vatican. Un millier de torches illuminaient la nuit à mesure que les Paladins Rouges émergeaient de la forêt et des chemins fermiers pour investir la campagne. Pendant l'heure qui suivit, Nimue et les siens assistèrent, impuissants, à la lente invasion de la Vallée du Minotaure par les deux armées aux torches scintillantes.

Ils étaient cernés, sans échappatoire possible.

Ils étaient cernés, sans échappatoire possible.

CHAPITRE 48

Le roi Uther pénétra de biais à l'intérieur du pavillon royal afin de ne pas renverser son plateau, chargé de deux coupes et d'un pichet de vin doux. Lady Lunette leva les yeux de ses pâtisseries, l'air surpris.

– Uther, où étais-tu passé ? Qu'est-ce que tout cela ?

– Un peu de vin d'hydromel pour fêter la bonne nouvelle, répondit-il en remplissant leurs coupes.

– Quelle bonne nouvelle ?

– Nous sortons d'une entrevue avec le célèbre père Carden. Un homme très sensé, tout compte fait.

Lunette se rembrunit.

– Nous étions convenus de le rencontrer ensemble, Uther. C'était notre accord.

– Oui, oui, c'est vrai… Mais nous avons jugé préférable, pour cette prise de contact, de ne pas apparaître comme le toutou de notre mère. (Il prit place face à elle, la mine satisfaite.) Nous sommes certain que vous le comprendrez.

L'expression de la reine mère ne se radoucit guère.

– Si nous voulons que notre association fonctionne, Uther, tu dois apprendre à surmonter ton orgueil.

– Épargnez-moi vos discours, pour cette fois. Nous sommes fort satisfait du déroulement de la rencontre.

Lunette eut un soupir de renoncement.

– Et de quoi avez-vous parlé, le père Carden et toi ?

– D'une alliance. Nous laisserons l'Église conserver la majorité des terres qu'elle a confisquées... à condition qu'elle nous verse un généreux impôt pour s'acquitter du droit d'occupation des sols, bien entendu. En échange, les Paladins Rouges défendront la Couronne et assiégeront ce... village, déclara Uther avec un geste méprisant en direction d'Escarbe. Inutile de perdre des hommes valeureux pour la cause. Quand tout sera terminé, ils brûleront la sorcière et nous récupérerons l'épée pour aller mettre un terme aux scandaleux mensonges du Roi des Glaces. À la vôtre, mère, conclut-il en choquant sa coupe contre la sienne.

Lady Lunette but une gorgée de vin, le sourcil haut et l'air dubitatif.

– Tu n'as jamais été doué pour les négociations. As-tu au moins eu la jugeote de coucher cela noir sur blanc ?

– Notre scribe était présent. Nous sommes certain que vous apprécierez tous les termes de l'accord.

– C'est ce que nous verrons, fit Lunette, un rictus aux lèvres. (Elle s'éclaircit la voix.) Fais-le donc venir ici. J'ai quelques questions pour ce père Carden. Des questions que tu as certainement oublié de lui poser, ajouta-t-elle avant de toussoter.

– Oui, mère. Nous n'en attendions pas moins de vous.

– Qui délimitera les nouvelles frontières, par exemple ? Ils se sont emparés de la moitié de l'Aquitaine. Sommes-nous censés...

Lunette se tut et regarda fixement la table. Puis se racla à nouveau la gorge.

– Vous disiez ? fit Uther.

La reine mère entrouvrit les lèvres et toucha son cou.

– J'ai l'impression que ce vin d'hydromel ne me réussit pas.

– Oui, oui, les frontières. Nous avons peut-être omis certains détails. Nous comptons sur vous pour les éclaircir.

Cette fois, lady Lunette fut prise d'une forte quinte de toux. Elle reposa sa coupe, tremblante comme une feuille.

– Va chercher le guérisseur, vite, râla-t-elle.

Insensible à sa requête, Uther se contenta de regarder tournoyer son vin dans sa propre coupe.

– Tu m'entends ? insista-t-elle, la bouche cramoisie.

Il leva les yeux vers elle, son sourire évanoui.

– Oui, mère ?

– Va me chercher ce maudit...

Elle s'interrompit, les yeux écarquillés, comme si elle venait de comprendre.

– Ce maudit quoi ?

Lady Lunette essaya de parler, mais ne parvint à émettre qu'un gargouillis rauque mêlé d'un crachotement de sang. Elle s'agrippa d'une main à la table, porta l'autre à sa gorge et s'effondra sur le tapis en suffoquant.

Uther observait, impassible.

– Nous avons oublié de préciser, mère, que nous avons chargé sir Béric d'enquêter, en toute discrétion, bien entendu, sur les circonstances de notre naissance. Ce n'était pas une mince affaire, croyez-moi. Vous avez déployé des moyens exceptionnels pour effacer vos traces. Néanmoins, grâce aux archives de la Couronne, nous avons trouvé la preuve de l'existence d'une jeune paysanne prénommée Sylvie, employée jadis dans une ferme située à deux pas du château. Et mystérieusement morte après avoir bu du vin d'hydromel. À l'âge de dix-neuf ans... Qui était-ce ? Notre véritable mère, assassinée par vos soins ?

Lady Lunette rampait péniblement à terre, un filet écarlate sur le menton, mais ses forces l'abandonnèrent et elle s'écroula aux pieds d'Uther.

– Ces derniers jours, nous avons beaucoup pensé à cette jeune Sylvie et à la mère qu'elle aurait pu être. Vous dites l'avoir payée en pièces d'or. De toute évidence pour nous faire croire que cette paysanne était ravie d'échanger son nourrisson contre une belle somme. Pourtant, cela nous fait nous interroger. A-t-elle vraiment eu le choix ? Vous aviez déjà tout prévu. Cette pauvre femme n'avait aucune chance de survivre, étant donné l'énormité de votre secret. Cela dit, nous ne sommes guère surpris que vous ayez accouché d'un enfant mort-né. Comment un bébé pourrait-il s'épanouir à l'intérieur de vous ? Avec tout ce sang glacé autour de lui ?

Lady Lunette gisait sur le dos, les yeux exorbités, le visage blanc comme la craie, la bouche grande ouverte. Seul en sortait un râle presque inaudible. Uther s'agenouilla et écrasa ses joues entre ses mains.

– Mais toutes ces rêveries que nous avons eues au cours des jours derniers à propos d'une autre vie, d'une autre mère et d'un amour que nous ne connaîtrons jamais ont été balayées par cette ultime coupe de vin partagée avec vous : aucun doute, je suis bel et bien *votre* fils.

Des larmes de haine coulèrent sur les jours d'Uther. Peu à peu, lady Lunette cessa de respirer. Mais avant que ses yeux se figent pour toujours, ils s'adoucirent et se mirent à briller d'un éclat qu'Uther n'avait jamais vu chez elle. Ils étincelaient de *fierté*.

Le roi sanglota un moment sur le cadavre de la reine mère. Puis, d'un geste rageur, il essuya ses larmes et lança un cri en direction de l'entrée :

– Béric ! *Béric !*

L'homme entra dans le pavillon quelques instants plus tard, accompagné d'un valet. En découvrant le corps de lady Lunette, il lâcha un hoquet de stupeur.

– Votre Majesté !

Uther se releva.

– Elle est tombée. Nous étions en pleine discussion lorsqu'elle s'est effondrée. Morte.

Sir Béric claqua des doigts en direction du valet.

– Vite ! lui ordonna-t-il, allez chercher le guérisseur, il n'est peut-être pas trop tard !

Uther lui prit le bras.

– C'est inutile. Elle nous a déjà quittés.

– Mais il y a peut-être encore…

Le jeune roi resserra sa poigne autour du bras de son conseiller.

– Elle est morte.

Sir Béric tressaillit en voyant le regard de son souverain.

– Oui, oui, Votre Majesté. (Il se tourna vers le valet, qui avait soulevé le corps de la reine mère dans ses bras.) Ramenez-la dans sa tente et attendez la suite des instructions.

L'homme, effrayé, acquiesça et s'empressa d'obéir.

Béric tendit sa main tremblante vers le pichet de vin, mais Uther interrompit son geste.

– Je vous suggère plutôt de boire de l'eau.

Le conseiller comprit aussitôt et s'efforça de se ressaisir. Mais son regard trahissait l'effroi.

Uther jubilait.

– Organisons au plus vite une autre rencontre avec le père Carden. De nouvelles clauses sont à discuter.

– Oui, Votre Majesté.

Sir Béric s'inclina bien plus bas que d'habitude et sortit sans demander son reste.

CHAPITRE 49

– Cent soixante fûts de bière, quarante-cinq tonneaux de vin et plusieurs centaines de sacs de farine. Nous avons procédé au salage des viandes et des poissons, nous faisons sécher tous les fruits que nous pouvons, et les puits devraient encore nous donner du poisson frais jusqu'à ce que nos ennemis les souillent. Nous avons quantité de canards et d'oies qui barbotent dans les douves. Malheureusement, nos réserves de petit bois sont en péril à cause des incendies. Nous n'aurons bientôt plus de quoi faire du feu. Le réapprovisionnement en bois serait la plus urgente de nos priorités.

Steuben était le capitaine de la garde de lord Ector : grand, chauve et maigre, il s'exprimait d'une voix calme et rassurante.

– Il nous faudra sans doute sacrifier quelques maisons, commenta Arthur.

Autour de la table de la grande salle étaient réunis Nimue, lord

Ector, Morgane, Arthur et Cora. Wroth n'était pas reparu depuis l'incident avec B'uluf.

– Oui, répondit Steuben. La seule difficulté sera de déterminer lesquelles…

– Combien de temps avons-nous ? s'enquit Nimue. Avant de…

– Mourir de faim, ma reine ? compléta le capitaine.

– Oui.

Il se gratta le menton.

– Avant que vous… n'arriviez dans notre ville, nous avions assez de provisions pour tenir un ou deux mois. Mais dans l'état actuel des choses, et compte tenu des quantités de nourriture nécessaires à certains d'entre vous… je dirais une semaine, tout au plus. Même sans subir le siège, nous avons trop de bouches à nourrir.

– Une semaine, répéta Nimue tout bas.

– Nous n'avons pas d'autre choix que de nous rendre, argua lord Ector d'un ton amer.

– La reddition pour vous, répliqua Nimue, et les croix enflammées pour nous.

– Ou la mort pour tout le monde, répondit le seigneur d'Escarbe. Dans un jour ou deux, les engins de siège seront à nos portes. Nous verrons si vous ferez preuve de la même témérité quand ils projetteront de la poix brûlante derrière les remparts.

– Ma reine !

Nimue se retourna. Deux archers Faunes se tenaient sur le seuil.

– Oui ?

– Un cavalier est à l'entrée de la ville. Il dit s'appeler Merlin.

Quelques instants plus tard, des archers escortaient le mage dans la salle où Nimue l'attendait, assise sur le trône, le regard noir, flanquée de Morgane et Arthur.

– Lady Nimue, déclara Merlin avec une courbette. Quel plaisir de te revoir.

– Vous vous adressez désormais à la reine Nimue, le corrigea Morgane. Détentrice de l'épée du pouvoir.

– Tâchons de ne pas trop nous attacher à nos titres. Je crains que cette arme ne devienne une simple monnaie d'échange dans un conflit plus large à venir.

– Arthur, Morgane, je vous présente Merlin l'Enchanteur, déclara Nimue d'un ton glacial. *Mon père.*

Les deux jeunes gens la dévisagèrent, sous le choc.

– Ton quoi ? balbutia Morgane.

Nimue ignora la réaction de son amie et, sarcastique, s'adressa directement à Merlin.

– N'était-ce pas votre plan depuis le début ? Trouver un roi humain à qui remettre l'épée du pouvoir ?

– Mon intention était de détruire l'épée afin d'éviter justement ceci : les luttes mesquines pour le pouvoir, la conquête et le redécoupage de terres qui existaient bien avant la naissance du temps et qui n'appartiennent à personne.

– De bien belles paroles qui ne reflètent en rien votre action.

– J'aurais été bien idiot de te tendre un piège avec les soldats d'Uther, comme tu l'affirmes. Pourquoi ne t'aurais-je pas plutôt tuée sur la route ? Pourquoi aurais-je interprété un rôle ? Pourquoi t'aurais-je confié mes pensées les plus intimes si mon but était de te trahir ? Réfléchis, voyons.

– Je les ai vus de mes yeux !

– Moi aussi. Cela confirme que nous avons les mêmes ennemis. J'ai été trahi. Maintenant, l'armée d'Uther s'apprête à t'attaquer avec la complicité des Paladins Rouges. Nous sommes au bord du gouffre : nous devons accepter de nous serrer les coudes et de faire des choix difficiles, ou nous résoudre à l'extinction de notre peuple.

– *Notre* peuple ? éructa Morgane. Depuis quand êtes-vous du côté des Faë ?

Merlin s'avança d'un pas menaçant jusqu'au pied du trône.

– Depuis sept cents ans, je me tiens dans les tranchées entre humains et espèces Faë, où j'œuvre avec acharnement à les empêcher de s'entre-tuer. J'ai perdu plus que je n'ai gagné, et cet effort a lourdement pesé sur mon cœur, mon esprit et mon âme. Vous feriez mieux de réviser vos leçons d'histoire avant de poser pareille question.

– Morgane est mon amie, répliqua Nimue en posant sa main sur celle de la jeune femme pour lui intimer le silence. Continuez, dit-elle.

– Tu es sous l'emprise de l'épée, Nimue. Tu le sais. Je l'ai été, moi aussi. Elle t'incite à massacrer. À conquérir. L'épée est puissante, mais elle n'a pas les réponses. Un meneur a autant besoin de sagesse que de courage.

En l'entendant parler de l'épée, Nimue sentit la colère nouer son ventre. « Comment ose-t-il ? Il la veut pour lui tout seul ! » L'influence de l'épée orientait ses pensées comme le vent qui soufflait dans les voiles d'un bateau. Elle attisait sa passion. Sa rage.

Mais elle se retint. Les Doigts d'Airimid brillèrent d'un éclat fugace dans son cou. « Les Invisibles contrôlent l'épée », observa-t-elle.

– Quelle est votre proposition, Merlin ?

– J'ai récemment apporté un cadeau à la cour de lord Cumber, le Roi des Glaces, un seigneur viking affirmant occuper la première place dans la ligne de succession au trône. Ce cadeau lui permettra d'asseoir ses prétentions royales Ou, du moins, d'affaiblir celles d'Uther. J'espérais ne pas devoir en passer par là. Ces histoires mènent fatalement à la mort d'innocents. Je ne veux par ailleurs aucun mal à Uther Pendragon. Il a été mal conseillé par ceux en qui il avait le plus confiance. Je n'en dirai pas plus, fit Merlin d'un air contrit.

– Mais ? fit Nimue.

– Je n'avais pas le choix, répondit Merlin. C'était le prix pour que tu aies la vie sauve.

Nimue croisa ses mains devant elle. Contre toute attente, ces paroles l'avaient émue. Mais une pensée troublait son humeur.

– Et les espèces Faë ?

Le regard de Merlin s'assombrit.

– Le Roi des Glaces t'offre la protection de sa cour. En qualité de prisonnière d'honneur, pour ainsi dire. Tu y seras traitée avec tous les égards dus à une invitée, mais tu seras néanmoins sa captive. Son hospitalité s'arrête là.

– Vous appelez cela de l'hospitalité ? maugréa Morgane. La transformer en otage ?

Nimue s'apprêtait à protester, mais Merlin reprit la parole.

– Je vous suggère de m'accompagner jusqu'à la Côte du Gueux afin d'être reçue en audience par le Roi des Glaces. Ensemble, nous plaiderons la cause des Faë et tenterons de le faire changer d'avis.

– Vous voulez que j'abandonne les miens à la veille d'un siège ? fit Nimue, stupéfaite.

– J'ignore qui t'a mis dans la tête, dit-il avec un regard appuyé vers Morgane, que tu étais la sauveuse de ton peuple. Ce n'était nullement la charge confiée par ta mère. Elle t'a ordonné de m'apporter l'épée du pouvoir. Tu as fait tout ton possible, mais tu dois maintenant écouter la voix de la raison. Rester ici, c'est mourir. Le seul espoir pour les Faë est que tu ailles plaider leur cause auprès du Roi des Glaces et solliciter sa protection.

Nimue s'imagina un instant confier cette responsabilité à quelqu'un d'autre. Ce poids envolé. Comme un cauchemar qui s'arrête. Elle se tourna vers Arthur.

– Qu'en penses-tu ?

– C'est risqué. Les Vikings ne sont pas réputés pour leur grande clémence. Mais si Merlin a promis le trône à Cumber, c'est peut-être un risque à prendre.

– Morgane ?

– Tu connais ma réponse. L'épée est à sa juste place. Auprès de toi.

Nimue sentit la chaleur de l'arme palpiter dans son dos. Lui résister. Elle repensa soudain au vent brûlant durant l'incendie de Roseprée, à l'effondrement des poutres de l'étable, à la fuite des chevaux affolés. Le Roi des Glaces ne connaîtrait jamais cela. Les Faë et leur calvaire demeureraient à ses yeux ce qu'ils représentaient pour tous les rois humains : un désagrément, une diversion, une obligation.

« Il n'existe pas de sauveur humain. Nous ne pouvons compter que sur nous-mêmes. »

– Navrée que vous vous soyez donné tant de mal pour moi, répondit-elle, mais je ne peux pas les quitter.

– Je t'en supplie, laisse-toi la soirée pour réfléchir. C'est la seule issue.

La jeune fille se leva du trône, exténuée par la fatigue et les tensions de cette rude journée.

– Restez ce soir au château si vous le souhaitez. Ma décision est prise.

Sur ces mots, elle sortit de la grande salle en emportant l'épée.

CHAPITRE 50

– C'est ma faute, déclara Nimue à Arthur en contemplant, depuis la fenêtre de sa chambre, la ligne d'horizon illuminée par les milliers de feux de bivouac. Je nous ai attirés dans cette souricière.

Il vint s'asseoir à côté d'elle.

– Nous étions tous d'accord. C'était le moins mauvais des choix qui s'offraient à nous.

La jeune fille eut un sourire las.

– Tu aurais dû rester où tu étais.

– Il n'est pas trop tard pour partir, dit Arthur en lui prenant la main. Rien que toi et moi. Jetons cette maudite épée par-dessus les remparts et allons-nous-en. Nous aurions une vraie chance de nous en sortir. Rejoignons la mer.

– Cela me plairait beaucoup, répondit Nimue en lui caressant les doigts.

Mais elle observa la cité d'Escarbe qui s'étalait au pied du donjon, ses tonneaux enflammés sur la grand-place, les mouvements de sa foule.

– Je ne suis pas ce qu'ils s'imaginent. Mes actions ne sont qu'imposture. Ils doivent croire ou espérer que je sais ce que je fais. C'est faux… Je ne sais même pas qui je suis. J'ai de moins en moins le contrôle de ma propre personnalité. (Ses yeux tombèrent sur l'épée du pouvoir, posée sur une chaise près du lit.) Il vaut peut-être mieux que je meure demain.

Arthur la prit délicatement par le bras.

– Non, ça n'arrivera pas.

– Au moins, ça m'évitera de devenir une espèce de monstre. Tu ne comprends pas de quoi *elle* est capable, ajouta-t-elle sans détourner son regard de l'arme.

– Ce n'est qu'une épée, Nimue.

– C'est bien plus que ça, dit-elle avec une fêlure dans la voix.

– Ta fureur est légitime. Ils t'ont tout pris. Ta mère. Tes amis. Les gens que tu aimais. Tu as mérité ta colère, mais ne la laisse pas… Tu es Nimue. Pas la sauveuse de ton peuple, ni la Reine des Faë. Cette épée n'est rien de plus que le prix de ta liberté.

– C'est l'épée de mon peuple, protesta-t-elle.

– Tu n'auras plus de peuple si tu ne négocies pas en échange de l'épée.

Une clameur en contrebas attira soudain leur attention. Il y avait de l'agitation aux portes de la ville.

– Nous avons de la visite, commenta Arthur.

Quelques instants plus tard, Steuben apparut sur le seuil, légèrement essoufflé.

– Un représentant du roi Uther requiert une audience auprès de la Reine des Faë, dit-il.

Nimue ne répondit pas tout de suite.

– Est-ce vraiment le titre qu'il a employé ?

– Oui, milady.

Sir Béric fit son entrée dans la grande salle d'un air pincé, aux côtés d'un soldat portant la bannière de la maison Pendragon. Face à lui, sur le trône, Nimue s'était entourée de Morgane et d'Arthur. Merlin, quant à lui, se tenait près de la cheminée. Béric fit exprès de l'ignorer.

– Le roi Uther adresse ses salutations à la Reine des Faë ainsi que ses félicitations pour vos récentes victoires militaires. Vous avez prouvé sans conteste vos talents de souveraine.

La jeune fille fut désarçonnée par ce préambule. Elle n'était pas sûre d'avoir bien entendu. Morgane lui donna un coup de coude.

– Heu, merci, bredouilla-t-elle, consciente de l'absurdité de la situation.

Elle avait entendu dire que les monarques parlaient d'eux-mêmes à la première personne du pluriel. Devrait-elle faire la même chose ? Non. Elle se ravisa, de peur de s'embrouiller elle-même dans ses phrases.

– C'est très aimable de la part du roi Uther de vouloir s'adresser ainsi à... à moi.

Morgane grimaça.

– Sa Majesté souhaiterait conclure cette affaire de façon pacifique et m'a autorisé à venir vous présenter les termes de votre reddition.

Nimue sentit comme un échauffement à l'arrière de sa nuque. Le lierre argenté commença à s'enrouler sur sa joue.

– Ma... reddition ?

– Vous êtes cernés et nous avons l'avantage du nombre. Jusqu'à présent, Sa Majesté a toujours refusé la suggestion de l'Église d'assiéger la ville en un front uni, mais il peut encore revenir sur sa décision. Vous n'avez tout simplement pas le choix. Acceptez les termes de Sa Majesté Uther, ou vos troupes seront exterminées.

Nimue respira profondément.

– Et quels sont ces termes ?

Sir Béric prit un air hautain.

– Votre armée Faë doit rendre les armes et quitter la ville sous vingt-quatre heures, après quoi vous vous présenterez devant Sa Majesté afin d'être jugée pour haute trahison. Si vous êtes déclarée coupable, vous finirez le reste de vos jours au cachot. Sa Majesté vous accordera cette faveur en échange de l'épée du pouvoir.

– Puis-je lui suggérer ce qu'il peut faire de son offre ? grogna Merlin dans son coin.

– Taisez-vous, lui répliqua sèchement la jeune fille.

Sir Béric renifla avec mépris en direction du mage.

– Je vous assure que vous ne recevrez pas d'offre plus généreuse, milady.

– Et mon peuple ? Ai-je la moindre garantie qu'ils pourront quitter la ville librement, et sans danger ? La seule raison de notre présence à Escarbe, c'est qu'ils ont été chassés de leurs villages en n'emportant rien d'autre que les vêtements qu'ils avaient sur le dos, après avoir vu leurs amis et leurs familles brûlés vifs par la flamme des paladins.

Le conseiller d'Uther se dandina avec embarras.

– Sa Majesté promet que son armée ne s'en prendra à aucun représentant des espèces Faë.

– Et qu'en est-il des Paladins Rouges, qui se sont livrés à ces exactions au nez et à la barbe du roi sans recevoir la moindre sanction ? Uther mettra-t-il un terme à ce déchaînement de violence ? demanda Nimue en élevant la voix.

– Sa Majesté ne commande pas les Paladins Rouges, répondit Béric avec agacement.

– Quelle sorte de roi est-il, s'il est incapable de protéger son peuple ?

– Vous n'êtes pas en position d'exiger quoi que ce soit.

La jeune fille tira l'épée, baignant la grande salle d'une lueur verte et spectrale.

– Ceci est l'épée du pouvoir. On dit que celui qui la brandira deviendra le seul vrai roi. Elle a été forgée par mon peuple quand le monde était jeune. Si le roi Uther s'estime digne de la posséder, qu'il le prouve. Qu'il montre qu'il est le protecteur des hommes et des Faë.

Sir Béric eut un geste d'impuissance.

– Hélas, c'est tout ce je peux vous offrir, milady. Avez-vous un message à transmettre à Sa Majesté ?

Nimue se renfonça dans le trône, dépitée.

– Dites-lui qu'il peut encore choisir de se montrer digne de son peuple.

Le conseiller opina.

– Entendu, milady. (Il tourna les talons, puis parut hésiter.) Pour que les choses soient bien claires, si Sa Majesté le roi Uther garantissait de protéger votre peuple des forces de l'Église, vous accepteriez de vous rendre et de lui donner l'épée ?

Morgane tourna un regard affolé vers son amie. Merlin s'avança :

– Ne réponds surtout pas !

– Oui, répondit Nimue. J'accepterais.

CHAPITRE 51

Gauvain osait à peine respirer. Retenir son souffle était le seul moyen de contrer les atroces élans de douleur qui l'assaillaient. Ses mains et ses chevilles étaient attachées à la chaise sur laquelle il était assis. On ne lui avait laissé qu'un pagne d'étoffe pour exposer son torse nu aux instruments de torture chauffés à blanc. Le moine aveugle lui avait arraché un œil. Ses paupières gauches semblaient collées l'une à l'autre. De son autre œil, il s'efforça de ne surtout pas regarder sa chair brûlée. Il tressaillit en sentant du mouvement à l'entrée de la tente, craignant le retour de l'aveugle avec sa sacoche en cuir. Il découvrit à la place un ange noir. « Non, pas un ange noir », réalisa-t-il. Le Moine Larmoyant.

– N'aie pas peur, Cendreux, je ne mords pas, marmonna-t-il entre ses lèvres tuméfiées.

Le moine entra, mais resta proche du mur.

Gauvain se sentit agoniser. Sa tête tomba en avant et il gémit durant un long moment. Puis son souffle s'accéléra.

Le moine abaissa son capuchon et promena ses yeux cernés de larmes noires à l'intérieur de l'antre de torture.

Une fois la vague de douleur passée, à nouveau capable de respirer, le jeune homme pencha la tête en direction de son visiteur.

– Tu es venu me regarder mourir ?

– Pourquoi n'as-tu rien dit ? demanda le moine.

– Quand ça ?

Le jeune homme avait du mal à réfléchir.

– Dans la tente. Quand on est arrivés. Tu aurais pu... (Il marqua une pause.) Tu aurais pu leur dire ce que tu savais à propos de moi. Pourquoi as-tu gardé le silence ?

Gauvain essaya de rire.

– Parce que tous les Faë sont frères. (Son seul œil valide s'emplit de larmes.) Même ceux qui se sont égarés.

Le moine s'avança vers lui.

– Tes souffrances vont te purifier.

– Tu n'en crois pas un mot. Tu sais que ce sont des mensonges, mon frère.

– Ne m'appelle pas comme ça.

– Regarde-toi. (Gauvain s'efforça de tenir sa tête droite face à lui.) Ils t'ont lavé le cerveau.

– Seule la souffrance fait briller la lumière de la vérité.

– Pourquoi ton dieu veut-il que des enfants meurent ? J'ai vu des paladins poursuivre des petits à cheval... Pourquoi eux ?

– Je ne reproche rien aux enfants. Ils ignorent ce qu'ils sont.

– Vous tuez des enfants.

– Pas moi, insista le moine en élevant la voix.

– Peut-être, mais tu fais cause commune avec ceux qui le

font. Au nom du même dieu que le tien. Et tu ne dis rien. Tu l'as vu de tes propres yeux larmoyants. Par conséquent, tu es coupable.

Le moine secoua la tête et tourna les talons pour partir.

– Frère, l'implora Gauvain, tu sais te battre comme personne. Tu pourrais être notre plus grand combattant. Nous avons besoin de toi. Ton peuple a besoin de toi.

– Ce n'est pas mon peuple, grogna le moine.

– Alors dis la vérité au tien, fit Gauvain. Dis à tes Paladins Rouges, s'ils sont ta vraie famille, qui tu es vraiment, et vois comment ils réagiront.

La porte de la tente s'ouvrit et le Moine Larmoyant sursauta, comme s'il craignait qu'on ait pu surprendre leur conversation.

Un Paladin Rouge passa sa tête à l'intérieur.

– Le père Carden souhaite vous voir, monseigneur.

Le moine opina avant de se tourner vers Gauvain.

– Je prierai pour vous, dit-il.

– Et moi donc, répondit le jeune homme d'une voix sombre.

Écureuil vit le Moine Larmoyant s'éloigner à cheval. Il le suivit en courant vers le cœur de la forêt profonde qui séparait le camp des Paladins Rouges de celui de l'armée Pendragon.

Au bout de quelques kilomètres, le Moine Larmoyant retrouva le père Carden, l'abbé Wicklow et une vingtaine de paladins et de gardes de la Trinité. Ensemble, ils pénétrèrent dans le campement d'Uther. Les soldats les regardèrent passer avec plus de curiosité que d'agressivité. La plupart d'entre eux avaient seulement entendu les rumeurs qui entouraient les Paladins Rouges et surtout le Moine Larmoyant, dont la puissance de mort avait atteint un statut légendaire. Les masques mortuaires de la Trinité apportaient quant à eux une touche exotique à cette arrivée. Les murmures et les regards de biais se multipliaient sur leur passage.

Écureuil, arrivé lui aussi, réussit à chiper une tunique de soldat à l'arrière d'une charrette et l'enfila tout en se glissant entre les tentes, sans perdre son ennemi juré des yeux.

Quand la délégation s'arrêta devant l'immense pavillon royal, seuls le père Carden, Wicklow et le moine furent autorisés à y entrer.

Le jeune garçon attendit plusieurs minutes, caché derrière un engin de siège en construction. Quand les gardes de la Trinité se déplacèrent vers l'entrée du pavillon, il en profita pour filer sur le côté de la tente et passer la tête sous un coin de toile.

Il se trouvait juste derrière le trône. L'abbé Wicklow et le père Carden se tenaient face au roi.

Le Moine Larmoyant était plus au fond, à l'écart.

La tension était palpable. Wicklow prit la parole :

– Nous espérons tous un dénouement heureux au soulèvement des Faë. Comment l'envisagez-vous, roi Uther ?

– Avec l'épée du pouvoir dans notre main, répondit le jeune monarque.

– La Dent du Diable est une relique Faë très puissante, symbolique et fortement convoitée par l'Église, intervint Carden, soucieux d'asseoir son autorité. Sa confiscation constituerait une importante victoire morale sur les Faë. Si nous devions renoncer à nos prétentions sur l'épée, nous souhaiterions au minimum que la sorcière Faë nous soit livrée vivante, afin que son sort ait valeur d'exemple et qu'elle réponde de ses crimes devant notre Dieu tout-puissant.

Le roi lui répondit :

– Si vous aviez coordonné vos forces depuis le début, nous aurions pu accepter un tel compromis. Hélas, cette paysanne Faë a soulevé la passion des foules. La brûler vive ne fera qu'attiser leur ferveur. Nous avons donc décidé de l'accueillir comme notre prisonnière, enfermée dans nos donjons, jusqu'à ce que les esprits se calment. Alors seulement nous discuterons de son éventuelle remise aux autorités de l'Église.

– Combien de semaines ? De mois ? De quel délai est-il question ici ? s'anima Carden.

Wicklow posa une main apaisante sur son bras.

– Et que faites-vous des Faë regroupés à l'intérieur des remparts d'Escarbe, Votre Majesté ? Ces créatures assassines ont du sang paladin sur les mains.

– Nous leur fournirons des navires afin qu'ils s'exilent vers le nord. Qu'ils aillent donc s'installer au Danemark, en Norvège, ou qu'ils disparaissent de la surface de la terre. Cela nous est bien égal.

– Cela sera interprété comme une victoire de leur part, fulmina Carden. C'est inacceptable.

L'abbé croisa ses mains sous le drapé de ses longues manches et adopta un air de profonde humilité.

– Je partage l'inquiétude du père Carden, Votre Majesté. Je connais bien la position du pape Abel sur ces questions, et je peux vous assurer qu'il s'indignera du traitement de faveur accordé à ces créatures démoniaques.

– Nous sommes bien chagrinés de froisser l'Église, rétorqua Uther. Vous auriez connu nos intentions plus tôt si vous n'aviez pas eu la présomption de négocier avec la reine mère dans notre dos. Si l'Église prend ombrage de notre décision, nous avons justement mis en place cinq mille soldats prêts à recueillir vos doléances.

– C'est scandaleux ! tonna le père Carden.

Tout à coup, Écureuil se sentit soulevé par les jambes et traîné hors de la tente. En se tortillant, il se retrouva face aux masques mortuaires des gardes de la Trinité. L'un d'eux l'empoigna par le cou et l'emmena vers l'entrée de la tente dont Carden, Wicklow et le Moine Larmoyant sortaient justement en trombe.

– Vous n'avez fait que saboter notre cause depuis votre arrivée, persifla le prêtre.

– Je ne serais pas là, rétorqua l'abbé, si vous aviez su étouffer cette rébellion dans l'œuf au lieu de transformer cette immonde putain Faë en icône ! Maintenant, c'est à moi de réparer vos erreurs !

Leur attention fut attirée par Écureuil, qui se débattait comme un beau diable entre les bras du garde.

Le Moine Larmoyant le reconnut.

– Qu'est donc cette chose ? demanda le père Carden.

– Nous l'avons surpris en train d'espionner dans la tente du roi, répondit le garde derrière son masque d'or.

– Je vous arracherai les yeux, espèce de…

Écureuil poursuivit en crachant les pires jurons qu'il connaissait. Carden eut une moue de dédain.

– Que frère Sel prenne ses mesures. Et qu'il commence par sa répugnante petite langue.

Les Paladins Rouges acquiescèrent, mais le Moine Larmoyant intervint.

– Ce n'est qu'un enfant, dit-il.

L'abbé Wicklow s'arrêta et le dévisagea.

Carden se retourna et gifla le moine avec une force qui faillit les projeter tous deux à terre. Il remit de l'ordre dans sa tunique pendant que le moine se frottait la joue.

Wicklow s'adressa aux sentinelles de la Trinité :

– Eh bien, qu'attendez-vous ? Emmenez-le !

Les hommes obéirent et emportèrent Écureuil. Carden agrippa le Moine Larmoyant par le bras.

– Pourquoi m'humilier de la sorte ? Qu'est-ce qui t'a pris ?

Le moine dégagea son bras et s'éloigna sans un mot vers le labyrinthe de tentes.

L'abbé Wicklow lança aussitôt un ordre silencieux à deux de ses gardes. Ils acquiescèrent et partirent dans la même direction.

De retour au campement des Paladins Rouges, le père Carden regagna sa tente pour découvrir qu'une visiteuse l'attendait. Elle se tenait debout, dos à l'entrée. Sa longue cape en peau de léopard des neiges traînait sur le tapis. L'inconnue se retourna, abaissa son capuchon et fixa sur lui ses yeux bleu de glace entourés de motifs peints en vert.

– Père Carden, déclara-t-elle. Mon nom est Eydis, fille aînée de lord Cumber, seul descendant légitime de la maison Pendragon. Je crois que nous partageons des intérêts et des ennemis communs.

CHAPITRE 52

– Non ! criait Morgane en dévalant le couloir menant à la grande salle.

À son arrivée, Nimue, Merlin, Arthur, lord Ector, Steuben, Cora et plusieurs autres Sages des clans Faë étaient déjà réunis autour de la table, en train de discuter du minuscule rouleau de parchemin que venait d'apporter un corbeau messager.

– Est-ce vrai ? demanda-t-elle.

La réponse de Nimue se lisait sur ses traits et dans son regard défait.

– Non ! hurla la jeune femme en accourant vers elle. Tu ne peux pas la leur donner. Ils te tueront. Ils nous tueront tous !

– Morgane..., commença Arthur.

– Tais-toi ! Tu es content, à présent ? Tu t'imagines qu'il t'adoubera, pauvre idiot ? Que tu deviendras le favori du roi Uther ? Il se moque bien de toi ! Tu es condamné au même sort que nous autres !

– Et que suggères-tu ? lui rétorqua-t-il sèchement. Quel est ton plan génial ? Ah oui, j'oubliais : combattons ces fumiers ! Tuons-les tous, jusqu'au dernier !

– Exactement !

– Mais bien sûr ! Tu n'as que ces mots-là à la bouche. Tu ne connais rien d'autre ! mugit Arthur. Et où cela t'a-t-il menée, chère sœur ? Nulle part. Tu consumes ta colère et tu passes à autre chose.

– Tu *oses* me dire des choses pareilles ?

– Assez ! intervint Nimue avant de se tourner vers son amie. C'est ma décision, à moi seule. Le roi Uther nous offre des bateaux pour fuir au nord, ajouta-t-elle en montrant le parchemin.

Morgane enfouit son visage entre ses mains.

Nimue la prit par l'épaule en refrénant ses propres émotions.

– C'est le seul moyen, murmura-t-elle. Toutes ces vies sont sous ma responsabilité. Je ne veux pas vous quitter, mais je n'ai pas le choix...

– On pourrait t'exfiltrer en cachette, par les tunnels, insista Morgane. Tu pourrais te réfugier dans d'autres villes.

– Et ensuite ? Que crois-tu qu'il arrivera aux enfants d'ici ?

– S'ils apprennent que tu as quitté Escarbe, la cité ne les intéressera plus. Ils abandonneront le siège.

– Ah oui ? répliqua l'adolescente. C'est mal connaître le père Carden. Quelque chose me dit que si je partais, il se vengerait plutôt sur vous tous.

Morgane se planta devant Merlin, les larmes aux yeux.

– Ne pouvez-vous pas faire quelque chose ? Vous êtes Merlin l'Enchanteur, après tout ! Pourquoi ne pas la transformer en oiseau, changer son visage pour la rendre méconnaissable ? Ou autre chose ? *N'importe quoi ?*

Nimue se tourna vers le mage, portée par une soudaine lueur d'espoir. Elle était curieuse d'entendre sa réponse. Mais Merlin semblait presque rattrapé par le poids de ses sept siècles d'existence. Il secoua tristement la tête.

– Quand bien même j'aurais pu accomplir ce genre de prouesse, Uther exige que Nimue se constitue prisonnière. En outre, elle a déjà rejeté la proposition du Roi des Glaces.

– Uniquement parce qu'il n'offre aucune garantie au peuple Faë, lui rappela Nimue. Je dois m'assurer de leur protection.

L'humeur était sombre et silencieuse autour de la table. La jeune fille réfléchissait. Sa voix n'était presque plus qu'un murmure lorsqu'elle demanda à Merlin :

– Comment cela va-t-il se passer ?

Le mage réfléchit à son tour avant de donner sa réponse :

– Quelqu'un devra conduire les Faë hors d'Escarbe. Ce sera la première étape périlleuse. Nul ne peut prédire la réaction des Paladins Rouges. Ils ne doivent sûrement pas se satisfaire de la proposition du roi Uther. C'est une mission pour un soldat.

– Arthur ? fit Nimue en prenant la main du jeune homme.

– Non, dit-il d'une voix tremblante. Je reste avec toi.

– Je ne confierai la vie des Faë à personne d'autre. Je t'en prie, insista-t-elle.

– Je refuse de te quitter. Je… je ne veux plus m'enfuir, finit-il par avouer avec honte.

– Ça n'a rien à voir. (Elle prit son visage entre ses mains.) Écoute-moi, Arthur. C'est l'occasion de prouver ton honneur.

– Il doit y avoir un autre moyen, l'implora-t-il tout bas.

– Je ne connais que toi pour accomplir cela.

Merlin poursuivit :

– Il faut une journée de marche jusqu'à la mer. Quand les Faë auront tous embarqué à bord des navires affrétés par le roi, Arthur enverra un corbeau pour te prévenir. (Il marqua une pause.) Tu devras alors te rendre auprès d'Uther et lui remettre l'épée du pouvoir.

– Comment ?

Le mage se gratta la barbe, comme s'il hésitait.

– Une escorte royale t'attendra sans doute aux portes de la ville. Le message exige que tu sois seule.

Morgane secoua la tête avec effroi. Tout à la pensée de la sinistre épreuve qui l'attendait, Nimue demanda soudain :

– Et Gauvain ? Ils doivent nous rendre le Chevalier Vert. Vivant.

Merlin ne semblait guère optimiste sur ce point.

– Nous pouvons toujours le leur demander. Mais si ce Chevalier Vert est aux mains des Paladins Rouges, je crains le pire.

– Telle est ma condition, déclara Nimue d'une voix ferme.

– Nous pouvons toujours le demander, répéta Merlin.

– Vous voudrez bien rédiger la réponse ? lui demanda la jeune fille, qui se sentait soudain très jeune et très ignorante. Je ne voudrais pas avoir l'air…

Elle n'acheva pas sa phrase.

Merlin acquiesça. Il comprenait.

– Je rédigerai le message pour informer le roi de notre approbation et de nos nouvelles conditions, et je viendrai te le faire relire.

Nimue se leva et regagna ses appartements sans un mot.

Une heure plus tard, elle était à sa fenêtre, les yeux rivés sur les lumières jumelles des campements ennemis. Un croassement attira son attention vers l'entrée nord : un corbeau messager passait en rase-mottes juste au-dessus des archers qui patrouillaient sur le chemin de ronde. Quelques instants plus tard, on frappa à sa porte.

– Oui ?

Merlin entra.

– Le corbeau vient d'être envoyé à Uther avec ta réponse.

– Je l'ai vu partir, répondit la jeune fille.

Le mage parut hésiter sur le seuil.

– Je te laisse, dit-il.

– Non, restez avec moi.

Il referma la porte et s'avança vers la fenêtre.

– Vous devez me trouver bien stupide, dit-elle.

– Au contraire, dit-il, l'air émerveillé. Tu es la digne fille de Lénore.

Nimue esquissa un sourire.

– Avec une petite touche de Merlin en prime, ajouta-t-il. Combinaison explosive s'il en est.

– Cela explique beaucoup de choses, en effet, dit l'adolescente en riant.

Merlin cacha son sourire derrière sa main. Cela lui arrivait si rarement…

– Laisse-moi te dire une chose : elle serait extrêmement fière de tes choix… Comme je le suis, d'ailleurs.

Ces mots la touchèrent bien au-delà de ce qu'elle avait cru. Ses propres larmes la prirent au dépourvu. Elle s'empressa de les essuyer. Au fond, elle n'avait jamais eu de vrai père. Une partie d'elle voulait désespérément s'ouvrir à Merlin, mais l'autre craignait un rejet de sa part.

– Moi-même, je ne sais pas ce que je fais.

– C'est ainsi que se forge le vrai courage. Quand on avance sans y voir clair.

Il semblait sur le point d'ajouter autre chose, mais il se ravisa.

– Quoi ? demanda Nimue, notant son hésitation.

– Je suis désolé… de ne pas avoir pu la sauver.

Nimue hocha la tête, reconnaissante pour ces paroles.

– Et j'avais tort à propos de l'épée, ajouta-t-il.

– Comment ça ?

Il se détourna, comme saisi d'une soudaine prise de conscience.

– Ce n'est pas le sang d'Uther qui est tombé sur le château. Ni le mien. Il ne fallait pas y voir un présage de mort, mais de grande transformation. C'était une pluie de sang de loup.

– Je ne comprends pas.

– Tout ce temps passé à traquer l'épée, convaincu qu'elle seule décidait du cours des événements… Mais ce n'était pas elle. C'était toi. La Sorcière Sang-de-Loup. (La tristesse assombrit ses traits.) J'aurais pu t'aider. Je…

– Vous êtes là, désormais.

– J'irai demander une audience préliminaire au roi Uther. Histoire d'aplanir le terrain comme je le peux. Ne te fais pas d'illusions : cela fait un moment qu'il veut ma tête, et mes actions de ces derniers jours ont sans doute attisé son animosité. Je serai peut-être mort bien avant ton arrivée.

L'adolescente se tourna vers Merlin. Il plongea ses yeux las dans les siens. Aucun calcul, aucune manipulation ne se lisait dans son regard. C'était un être profondément humain. Son père.

– Rien ne vous y oblige, dit-elle.

– Si. J'y tiens. C'est mon devoir.

CHAPITRE 53

Arthur ouvrit la porte grinçante d'une écurie située en bordure de la ville, près du rempart sud.

– Tu es vraiment sûre ? dit-il en se tournant vers Nimue.

Elle passa devant lui sans un mot. Il faisait très sombre, et une forte odeur de musc flottait dans l'air. Les chevaux hennirent de nervosité dans leurs stalles. La jeune fille tendit sa torche devant elle pour éclairer un jeune Tusk qui surgissait de la pénombre en grondant et montrant les dents.

Arthur tira son épée, mais Nimue ne se laissa pas impressionner.

– Où est Wroth ? demanda-t-elle.

Le Tusk grimaça. Au même moment, un grognement sourd retentit depuis le fond de la grange ; à contrecœur, le jeune les laissa passer. À mesure que la flamme de sa torche éclairait les Tusks recroquevillés ou blottis, effrayés, l'un contre l'autre sur la paille, Nimue se souvint qu'ils voyaient dans le noir et préféraient l'obscurité. Ils finirent par trouver Wroth avachi sur une botte de foin, en train de grignoter une racine de gypsophile. B'uluf se tenait à côté de lui, livide et silencieux, ses moignons sanguinolents serrés sous ses bras.

Mogwan se leva et vint à leur rencontre.

– Vous n'êtes pas les bienvenus ici.

– Qu'aurais-tu fait à ma place ? fit Nimue en s'adressant directement au chef des Tusks. Si tu avais l'épée en main et qu'un Célestien te défiait publiquement ?

Wroth cracha sa réponse dans sa langue et chassa la jeune fille d'un geste.

Mogwan demeura impassible.

– Nul ne le saura jamais, dit-il.

– Je ne demande ni votre amour ni votre dévotion. Même pas votre respect. Mais j'ai besoin de vos forces pour protéger les Faë en mon absence.

Arthur prit la parole à son tour.

– Nimue va remettre l'épée et sa liberté aux mains du roi Uther, expliqua-t-il. Elle se sacrifie pour nous permettre de rester en vie. Et pour que la prochaine génération de Tusks voie le jour.

Visiblement surpris, Mogwan commença à traduire mais Wroth l'interrompit :

– Mon père dit que ça ne te ressemble pas de renoncer.

– Ce n'est pas un renoncement. Les Faë ont déjà assez souffert. Je refuse de les envoyer à l'abattoir. Si le prix de ma vie est celui de votre liberté, j'accepte de le payer.

Il y eut de l'agitation dans la pénombre. Wroth s'avança dans le faisceau de la torche, le torse large, la mine farouche. Il examina l'adolescente de ses yeux noirs et enfoncés.

– *Gof uch noch we'roch ?*

Mogwan réprima un sourire. Nimue fronça les sourcils.

– Que dit-il ?

– Il demande si tu es sûre de ne pas avoir du sang Tusk dans les veines.

Wroth s'autorisa un sourire, révélant une canine en or.

– *Brach nor la jech.*

– Tu es encore plus coriace que sa première épouse, expliqua Mogwan. Ma mère.

Le chef des Tusks grogna quelque chose à l'intention d'Arthur et lui allongea une bourrade en pleine poitrine. Le jeune homme faillit se plier en deux.

– Mon père dit que si tu te lasses un jour de ce Sang d'Homme maigrichon, tu pourras devenir sa troisième femme.

– N'allons pas trop vite en besogne, fit Nimue en souriant. (Elle prit la main de Wroth dans la sienne.) Mais j'ai besoin de guerriers valeureux sur qui compter. J'ai besoin qu'Arthur et toi meniez le peuple Faë jusqu'aux navires du roi Uther. Acceptes-tu de m'apporter ton aide ?

Wroth referma ses grosses mains autour de la sienne. Elle sentit sa chaleur, sa peau rugueuse.

– *Gr'luff. Bruck no'dam.* (Sa bouche se tordit pour former des mots dans la langue de Nimue.) Nés à l'aube...

– ... pour mourir à la nuit, conclut-elle, la main sur le cœur en signe de profonde gratitude.

Charrettes, brouettes, moutons, ânes, chevaux, enfants braillards, une dizaine de bœufs, des Faunes autoritaires, des Ailes-de-Lune vrombissants, des bébés vagissants et des centaines de réfugiés, Faë et Sangs d'Homme confondus, affluèrent sur la grand-place d'Escarbe par l'entrée ouest. Diverses rumeurs de trahisons avaient failli éclater en bagarres durant la journée, et il avait fallu toute la détermination et la discipline d'Arthur et de

Wroth pour parvenir à calmer les esprits. Les gens n'étaient pas stupides. Ils savaient qu'ils se rendaient en territoire paladin sans la moindre défense. Tout le monde était à cran.

Le guichet de la grande porte s'ouvrit pour laisser sortir Merlin, escorté par Nimue et Mogwan. La jeune fille n'avait jamais vu le mage aussi tendu et peu sûr de lui.

– Attends le corbeau messager, lui répéta-t-il pour la énième fois. Assure-toi qu'il s'agit bien de l'écriture d'Arthur.

– Promis, répondit-elle.

– Demande-lui de te laisser une copie de sa lettre à l'avance afin de comparer les deux. Uther est un expert en contrefaçon.

– C'est déjà fait.

– Tant mieux. (Il lissa sa barbe.) Si je sens qu'on complot se trame, je ferai tout mon possible pour te prévenir. Mais…

– J'ai confiance en toi, dit Nimue en souriant.

Merlin s'apprêtait à ajouter quelque chose, mais les mots lui manquèrent. Il se contenta d'opiner avant de s'éloigner vers son cheval fraîchement sellé. Après un dernier regard en direction de Nimue, il saisit les rênes et s'élança au galop sur la route.

La jeune fille se tourna vers Morgane, qui s'apprêtait déjà à lui faire ses adieux.

– Non, pas encore, dit-elle.

Elle la prit par le bras et l'entraîna, à l'écart de la foule, dans un lacis de ruelles au pied des remparts.

– Où allons-nous ? demanda Morgane à mesure qu'elles s'enfonçaient d'un pas vif dans ce labyrinthe.

Nimue ne semblait guère pressée de lui répondre. Elles finirent par s'arrêter devant une charrette immobilisée dans un recoin sombre entre deux maisons ; négligemment allongé à l'arrière, un Faune arborant une barbiche était en train de se curer les dents avec un brin de paille.

– Par les neuf cercles de l'enfer, je peux savoir où on est ? demanda Morgane en dégageant son bras.

– Je te présente Prosper, répondit Nimue.

Le Faune sauta à bas de la charrette et la poussa sur le côté. Un sac de toile vide était posé à plat en dessous. Nimue le souleva, révélant l'entrée d'un tunnel. Morgane se pencha vers le trou, fascinée. Au même moment, un Plog à la peau sombre passa sa tête à travers l'ouverture et se mit à babiller dans une langue incompréhensible.

– Grands dieux ! s'écria Morgane en faisant un bond.

Prosper éclata de rire.

– Et voici Effie, ajouta Nimue.

Morgane se tourna vers elle, la mine radieuse.

– Tu vas t'enfuir ! se réjouit-elle.

– Non, ma belle, répondit la jeune fille en décrochant l'épée du pouvoir dans son dos. C'est toi.

CHAPITRE 54

La plus populaire des tavernes d'Escarbe avait pour nom Au Cheval Solitaire d'Œil Rouge. Nimue avait décidé d'y établir son quartier général afin de suivre au plus près les préparatifs de l'exode des Faë. Quand Arthur poussa la porte, sale et exténué, il parut surpris d'y trouver l'adolescente presque seule, simplement en compagnie d'Ingrid, la serveuse et arrière-arrière-petite-fille d'Œil Rouge, le patron d'origine. Celle-ci le salua sèchement du menton, sans sourire, tandis qu'il tirait une chaise pour s'asseoir à côté de Nimue.

– C'est drôlement calme, fit-il observer.

– Pas autant que dans cet affreux donjon, répondit-elle en portant sa coupe de vin à ses lèvres. Tous les Sages ont regagné leurs clans, ajouta-t-elle.

Avant de boire une autre gorgée de vin.

L'énormité du sacrifice qu'elle s'apprêtait à faire revenait sans cesse accabler Arthur.

– Tu n'es…

– Tais-toi, le coupa-t-elle. Je n'ai pas le choix. (Elle eut un petit rire, les yeux brillants de larmes.) J'adorerais venir avec toi, crois-moi.

Arthur la prit dans ses bras, lui déposa un baiser sur l'oreille.

– Ne m'oblige pas à faire ça.

Elle pressa sa joue contre la sienne. Leurs lèvres se touchèrent.

– Tu ne regrettes pas d'être revenu ?

– Assez de regrets et d'excuses. Tu n'es pas ma reine. Tu n'as pas d'ordre à me donner. Tu es mon amie, dit-il en passant son pouce sous ses yeux pour essuyer ses larmes.

– J'ai un secret, lui confia-t-elle. Je ne suis jamais montée à bord d'un bateau. C'est mon rêve depuis toujours. Être sur l'océan. Au milieu de l'infini. Voguer vers l'endroit où la mer et le ciel se rejoignent. N'être plus qu'un point dans l'immensité bleue.

– Bizarre, pour une Célestienne, la taquina-t-il.

– Je suis une traîtresse envers mon clan, avoua-t-elle. Dire que j'ai raté ça à quelques jours près. Mon bateau. Le jour de notre rencontre… Tu te rends compte ?

– Le destin l'a voulu ainsi. Pense à tous ces bons moments que tu n'aurais jamais connus !

Nimue prit sa tête entre ses mains et laissa échapper un petit rire amer. Puis elle se tourna de nouveau vers Arthur et il la berça dans ses bras, sans rien dire, pendant plusieurs minutes. Elle l'embrassa longuement avant de se lever. Et de l'inviter à la suivre. Ensemble, ils sortirent de la taverne.

La foule de réfugiés Faë se tut et s'écarta pour laisser passer les deux jeunes gens, qui avançaient main dans la main. Ceux qui étaient conscients du sacrifice de leur reine lui touchaient le bras ou l'épaule, tandis que les enfants se faufilaient pour la suivre. D'autres s'inclinaient ou murmuraient des prières dans leur langue natale. Nimue leur souriait à tous. Elle ne voulait surtout pas montrer sa peur.

Arrivée au bout du chemin, elle se tourna vers Arthur et l'embrassa une dernière fois. Elle caressa sa joue, son cou, ses cheveux en bataille en s'efforçant de mémoriser chaque détail. Puis ils se séparèrent, lentement. Il essuya ses yeux d'un geste furtif avant de grimper sur la selle d'Égypte. La jument tendit son long cou vers Nimue, qui lui déposa un baiser sur le bout du nez.

Un grognement sonore retentit soudain. Wroth émergea d'une ruelle sur le dos de son sanglier géant, à la tête de sa cavalerie de guerriers Tusks. La foule, prudente, fit place à l'énorme bête, qui tirait avec colère sur son mors. Wroth s'arrêta à côté d'Arthur.

– *Budach ner lom sut! Vech dura m'shet!* lança-t-il à l'intention de Nimue.

– Si ces ordures de paladins essaient de nous enfumer, ils le paieront! traduisit Mogwan sur son cheval.

– Je n'en doute pas, répondit Nimue, la main sur le cœur.

Wroth imita son geste avec le poing.

Nimue serra longuement la main d'Arthur dans la sienne avant de reculer d'un pas et d'adresser le signal aux Faunes qui gardaient l'entrée. La herse se leva dans un grondement métallique, et la longue procession se mit en marche. Nimue les regarda passer en saluant tous ceux qu'elle pouvait d'un signe de tête ou d'un geste de la main. Peu à peu, ils franchirent la grande porte d'Escarbe pour s'engager sur la Route Royale. La jeune fille avait le cœur lourd. Son propre sort était le cadet de ses soucis lorsqu'elle voyait la confiance qui brillait dans le regard des Faë; comment savoir s'ils n'allaient pas droit vers les croix enflammées des paladins?

C'est quand la dernière charrette eut franchi le portail et que la herse fut abaissée que Nimue se sentit terrassée par le poids de sa décision. « Qu'ai-je fait ? Je les ai condamnés à mort. » Comment en était-elle arrivée là ? À se considérer comme la mère de toute son espèce ? Elle qui n'avait jamais été acceptée par son propre clan, qui s'était toujours sentie rejetée, jugée à cause de ses cicatrices et de son lien incontrôlable aux Invisibles... « Nul n'est parfait », songea-t-elle. Comme B'uluf et les Sages du clan Célestien, les Faë étaient capables d'entretenir des haines tribales et de nourrir de vieux conflits ancestraux. Comme les Sangs d'Homme, ils avaient peur de ce qu'ils ne comprenaient pas. Mais ceux-là constituaient l'exception. Nimue repensa à tous ces visages, uniques et magnifiques, éclairés par la lumière des torches le premier soir dans la grotte avec Morgane et Arthur. La beauté et la créativité des Invisibles étaient si évidentes, ce soir-là. Le cœur des Faë battait de concert avec celui de la terre, avec leurs territoires et les animaux qui y vivaient. Leurs visages curieux étaient à la fois un miroir et une fenêtre vers ces mondes. Là où le père Carden ne voyait que des monstres, Nimue voyait des familles unies aux Invisibles et aux dieux anciens par un lien profond, ancestral et respectueux. Chacune avait ses danses et ses rituels, sa langue natale, son artisanat, ses histoires. Les Paladins Rouges voulaient exterminer tous les Faunes, les Ailes-de-Lune, les Tusks et les Célestiens, brûler les textures et les couleurs jusqu'à ce qu'il ne reste plus que le gris des cendres de Roseprée. Nimue refusait de se résoudre à cette tragédie.

« Si j'en meurs, ce ne sera pas en vain, songea-t-elle. J'aurai protégé les miens. D'ancienne paria, devenue reine. »

Elle contempla la place déserte et ne vit que des visages humains tournés vers elle avec fascination et peur, curiosité et dégoût. Lord Ector se fendit d'un rictus avant de diriger son cheval vers son château – ce château qu'il allait enfin pouvoir reprendre.

Les deux premiers kilomètres de marche se déroulèrent dans un silence lugubre. Pas le moindre chant d'oiseau ni le moindre bourdonnement d'insecte ne résonnait dans les fourrés. Il faisait froid, mais le ciel était calme. Même les vents acérés des Monts du Minotaure semblaient avoir décidé de faire relâche le temps de la traversée des Faë. Seuls résonnaient le grincement des roues, le frottement des semelles et des sabots sur le sol rocailleux, ainsi que le pas régulier du sanglier de Wroth. Le paysage devant eux n'était qu'arbres nus et collines escarpées.

Une première menace s'annonça sous la forme d'un point de contrôle paladin. Cinq frères tonsurés montaient la garde près d'une bannière aux couleurs du Vatican, leurs goupillons et leurs masses d'armes posés sur leurs épaules. Ils les regardèrent approcher d'un œil sanguinaire.

– Tout doux, Wroth, murmura Arthur, conscient que les Tusks calqueraient leur réaction sur celle de leur ombrageux meneur, lequel avait beaucoup de mal à tourner le dos à la violence.

Pour le moment, il ne disait rien. Et cela inquiétait encore plus Arthur.

Alors que la caravane se trouvait à une quinzaine de mètres du point de contrôle, les insultes commencèrent à pleuvoir. Les Paladins Rouges avaient différents surnoms selon les clans : braillards, cafards, vautours, pourceaux… Tous y passèrent. C'était une provocation évidente afin de pousser les guerriers Faë à la colère et justifier un ordre d'assaut général.

Wroth regardait fixement la route. Mais, arrivé à hauteur du point de contrôle, il éperonna sa monture, laquelle poussa un cri à faire trembler les montagnes. Les Paladins Rouges, affolés, s'éparpillèrent dans la forêt. Arthur craignit aussitôt des représailles mais ne vit venir personne. Il adressa un sourire narquois au chef des Tusks, qui grogna de satisfaction. Mais cette joie fut de courte durée : un kilomètre et demi plus loin, ils pénétraient en plein cœur du campement paladin.

À quatre cents mètres derrière Arthur, sœur Iris ralentissait l'air de rien pour se rapprocher de la queue de la caravane. Elle n'appartenait à aucun clan. Nul ne se souciait de son sort. Ni ne recherchait sa compagnie. Personne ne la remarqua lorsqu'elle se mit à l'écart du groupe. Profitant de ce que tout le monde regardait droit devant, elle s'enfonça entre les hautes herbes jusqu'à un petit talus humide. Elle sortit un arc volé de sous sa cape de grosse laine, inséra une flèche entre ses doigts et fila à travers la forêt en reprenant la direction d'Escarbe.

En tête de la procession, Arthur vit des lances enflammées plantées de chaque côté de la route, ainsi que des centaines de Paladins Rouges à cheval massés entre les arbres de la forêt qui les entourait. C'était mauvais signe. Le jeune homme sentit tous ses espoirs s'envoler. Jamais ils ne survivraient à pareil assaut. Il se jura d'emporter le plus d'ennemis possible avec lui dans la mort, mais cela était une bien maigre consolation. La certitude de ne plus jamais revoir Nimue acheva de lui serrer le cœur. Le sanglier de Wroth laissa échapper un grondement rauque ; il sentait la menace autour d'eux. D'instinct, Arthur agrippa le pommeau de son épée.

– Ne vous arrêtez pas, lança-t-il au reste du groupe, dont il sentait la panique monter.

Le chef des Tusks se saisit de son marteau de guerre.

– Non, Wroth, lui dit-il dans un souffle.

Dans les bois, les chevaux des paladins devinrent nerveux à leur tour. Le jeune homme vit leurs queues s'agiter, leurs têtes remuer. La moindre étincelle pouvait mettre le feu aux poudres. Quelqu'un avait ordonné aux paladins de ne surtout pas bouger, mais Arthur voyait bien que ce répit n'était que temporaire. Ils n'attendaient qu'une excuse pour attaquer. La moindre provocation leur servirait de prétexte.

Une série de hennissements attira l'attention d'Arthur vers le devant de la route. Une colonne de cavaliers arrivait droit sur eux depuis le nord.

« C'est terminé», songea-t-il.

– Pas eux, constata Wroth avec son accent prononcé.

Il avait raison. Les soldats portaient la bannière de la maison Pendragon.

«Je rêve?»

La procession continua à avancer et les soldats s'écartèrent de chaque côté, formant ainsi une barrière protectrice entre les réfugiés et les Paladins Rouges.

Arthur faillit pleurer de joie quand l'un des soldats du roi lui adressa un signe de la tête en le croisant. Il lui rendit son salut, la gorge nouée. Les murmures effrayés des familles Faë se transformèrent peu à peu en soupirs de soulagement. Certains applaudirent ou fondirent en larmes, d'autres en profitèrent pour hurler des invectives aux paladins. Parvenus tout au bout de la file, les cavaliers firent demi-tour et chevauchèrent aux côtés des Faë.

Le roi Uther avait tenu parole.

«Je n'aurais jamais dû la quitter. Tout est ma faute. C'est moi qui l'ai encouragée à remettre l'épée au roi.» Arthur contempla les sourires reconnaissants de ces familles qui avaient eu si peu d'occasions de se réjouir au cours des derniers mois. C'était une victoire. L'intuition du jeune homme ne l'avait finalement pas trompé : les Faë survivraient, grâce à l'intervention d'un roi humain. «Mais le prix à payer n'en reste pas moins énorme.» Négocier l'épée, c'était une chose. Mais pas la vie de Nimue. «Non. Pas elle. Je dois y retourner.» Les Faë n'étaient pas totalement tirés d'affaire, du moins pas avant d'atteindre les bateaux de la flotte royale. Il avait promis à Nimue de veiller sur eux. Mais il ne pouvait s'empêcher d'imaginer la scène. «Elle arrive au camp d'Uther. Ils l'arrêtent. Lui confisquent l'épée. La livrent au père Carden et aux Paladins Rouges. Et ensuite?» Il n'osait même pas l'imaginer. Ils avaient livré leur louve en pâture aux lions.

Le reste de la journée ne fut qu'un long rêve étrange, baigné d'une douce amertume. Les Faë étaient d'une humeur joyeuse, voire festive, soucieux d'oublier un temps l'incertitude de leur avenir pour savourer leur gratitude et leur chance. La caravane progressait à travers la plaine, et l'air marin commençait à se faire sentir. L'océan se rapprochait. Les falaises de grès dessinaient des lignes déchiquetées, façonnées par des siècles de tempêtes incessantes, et la forêt céda progressivement la place à de vastes étendues d'herbe ondulante.

Arthur et Wroth s'avancèrent jusqu'au bord, descendirent de leurs montures et contemplèrent les eaux tumultueuses et verdoyantes de la Côte du Gueux. Un épais brouillard flottait sur la mer et voilait tout le paysage hormis la plage rocailleuse léchée par les vagues. Ils fouillèrent l'horizon du regard, guettant le moindre signe de vie. Seul leur parvint le cri des mouettes. Un lourd silence s'abattit sur les Faë. L'espoir était de nouveau en train de le céder à la peur.

Un mât se découpa soudain dans la brume, suivi du large triangle d'une voile ornée de l'emblème des Pendragon. Une immense clameur s'éleva de la foule, et même Arthur se laissa aller à l'euphorie du moment. Wroth le prit dans ses bras, manquant de l'écraser sous la force de son enthousiasme. Tout au long de la côte, les Faë s'embrassaient, les enfants pointaient la mer du doigt en criant, et les parents pleuraient de gratitude.

Arthur essuya ses propres larmes en pensant très fort à Nimue.

CHAPITRE 55

Deux soldats Pendragon traînèrent Merlin dans le pavillon royal et le jetèrent au pied du trône. Sir Béric, incrédule, se leva d'une table couverte de parchemins pour aller rejoindre son monarque.

– Il est arrivé à cheval et s'est aussitôt rendu, Votre Majesté, expliqua l'un des soldats.

Merlin lissait calmement les manches de sa tunique sous le regard du roi, qui l'observait avec un calme reptilien.

– Bonjour, Uther.

Le souverain lui adressa un sourire glacial.

– Tu as préféré te passer des formalités, à ce que je vois ?

– Que comptez-vous faire de la fille Faë ? rétorqua Merlin, soucieux d'entrer dans le vif du sujet.

– Es-tu ici au nom de la sorcière ? N'avais-tu pas prêté allégeance au Roi des Glaces ? Fais attention, Merlin, sans quoi tu finiras par passer pour un sorcier sans attaches et sans loyauté. Ta venue prouve que ta bassesse est sans limites. Nous crois-tu donc impuissant au point d'oser te présenter devant nous, malgré tous tes crimes, et de t'imaginer survivre à cet affront ?

– Je ne fais même plus l'effort de survivre, Uther. J'y parviens sans le demander.

– Il me tarde de mettre cette théorie à l'épreuve.

– Je pensais vous trouver de meilleure humeur à la veille de la plus éclatante victoire de votre règne, répondit le mage. Vous avez assujetti l'Église et empêché le massacre d'innocents, négocié un traité de paix ferme mais juste avec la meneuse de la rébellion Faë et, en dépit de mes efforts acharnés pour la détruire, vous êtes sur le point de vous emparer de l'épée du pouvoir.

Une lueur froide passa dans le regard d'Uther.

– Si tu oses t'en arroger le mérite, Merlin, nous te ferons écarteler dans l'instant, sous nos yeux, sur ce même tapis.

– Loin de moi cette idée. Ce triomphe est le vôtre et il n'appartient qu'à vous. Notre ami Béric ici présent serait incapable de négocier la paix avec un panier de navets. Force est de reconnaître que cet exploit relevait pour vous d'une course à handicaps.

– Vraiment ! se contenta de répondre le conseiller d'un ton indigné.

Uther ne put s'empêcher de sourire. Il se délectait toujours des attaques de Merlin contre sir Béric. Mais son air amusé fut vite chassé par un rictus mauvais.

– Contrairement à toi, Béric s'est toujours montré loyal envers nous. Malgré tes grandes déclarations d'amitié, tu t'es précipité chez notre rival pour lui offrir l'instrument de notre chute.

– Où est donc passée madame votre mère ? demanda l'Enchanteur, indifférent à la rage menaçante d'Uther.

– Elle est morte, cracha le roi.

Merlin lut entre les lignes.

– Sincères condoléances, dit-il.

– Oh, sèche tes larmes : tu ne tarderas pas à la rejoindre. Ensemble, vous pourrez comploter *ad libitum* depuis les neuf cercles de l'enfer.

– L'histoire de la sage-femme était le crime de votre mère, Uther. Pas le vôtre. Vous aurez beau la combattre, la lumière de la vérité finira toujours pas transpercer l'obscurité du mensonge. Vous êtes enfin un homme libre. Si vous voulez être reconnu comme le seul vrai roi, c'est le moment ou jamais de vous en montrer digne. Coupez-moi la tête demain si cela vous chante, mais tâchons au moins d'en finir avec cette histoire d'épée. Je réitère donc ma question : que comptez-vous faire de la fille Faë ?

– Exactement ce que je lui ai promis.

– Faites-vous confiance au père Carden ?

– À peu près autant qu'à toi, répondit froidement Uther.

– Dans ce cas, qu'avez-vous prévu de faire au cas où il vous trahirait ? Son obsession est de capturer la Sorcière Sang-de-Loup. Je vous assure qu'il n'a pas fait tout ce chemin pour courber l'échine.

– Comment oses-tu nous soumettre à cet interrogatoire après tes innombrables fourberies ? Tu n'es décidément qu'une langue de vipère. Gardes, placez-le sous surveillance jusqu'à l'arrivée de la Sorcière Sang-de-Loup. Dès que nous aurons l'épée, tuez-le.

Les hommes d'Uther se saisirent du mage et le traînèrent sans ménagement hors du pavillon royal.

Assise dans ses appartements, Nimue regardait fixement l'assiette de pâté d'anguilles placé devant elle. Son estomac vide gargouillait, mais elle n'avait pas faim. Les heures passées à attendre des nouvelles de la caravane Faë la rendaient morte d'inquiétude.

Lady Marion, l'épouse d'Ector, semblait mettre un point d'honneur à ce que la jeune fille avale quelque chose.

Elle s'avança vers elle et lui reprit son assiette.

– J'ai donné ordre de vous faire porter une délicieuse pintade rôtie aux amandes, dit-elle.

– Oh non, ne vous donnez pas cette peine, répondit Nimue.

La châtelaine s'assit à côté d'elle et leva les mains pour couper court à ses protestations.

– Ne comptez pas sur moi pour vous laisser mourir de faim sous mon toit. Vous êtes bien trop pâle, ma chère.

– Je vous remercie infiniment pour votre hospitalité, lady Marion. Surtout après que j'aie…

Elle n'osa pas terminer sa phrase.

– … que vous ayez volé le trône de mon époux ? acheva la châtelaine à sa place.

– Oui, fit Nimue avec un sourire gêné.

Lady Marion prit un air pensif.

– Pourquoi une femme ne pourrait-elle pas s'asseoir sur un trône ?

L'adolescente saisit sa coupe de vin. Sa main tremblait.

Marion la couva d'un regard bienveillant.

– Ce que vous avez fait pour votre peuple force l'admiration, dit-elle.

Nimue s'apprêtait à lui répondre lorsqu'un croassement résonna derrière la porte, dans les couloirs du donjon. Elle se leva d'un bond.

– N'était-ce pas un corbeau ?

Elle se rua hors de la pièce, suivie d'assez loin par lady Marion, et se mit à inspecter tous les couloirs. À l'angle de l'escalier, elle tomba nez à nez avec le capitaine Steuben qui gravissait les marches pour venir à sa rencontre, un message à la main.

– Du nouveau ? lui demanda-t-elle.

– Le corbeau est arrivé, milady.

Nimue déroula le minuscule parchemin et le lut à voix haute :

– « Les navires sont bien là. Nous embarquons. Le roi a tenu parole. Les Faë mettront bientôt le cap vers l'endroit où la mer et le ciel se rejoignent. Grâce à toi, mon bel amour. Signé : Giuseppe Fuzzini Fuzzini. »

Elle laissa tomber le message et porta sa main à sa bouche, les larmes aux yeux.

– Ils sont sauvés, lâcha-t-elle.

– Heureux de l'apprendre, milady, répondit Steuben en mettant sa main sur son épaule.

CHAPITRE 56

La herse se leva bruyamment jusqu'à sa position fixe au sommet de l'ouverture. Nimue franchit la muraille nord d'Escarbe pour s'engager à cheval, seule, sur la Route Royale. Un vent frais soufflait entre les hautes herbes et les feuilles rouille des arbres. La forêt était vibrante de vie. Nimue reconnut le pépiement des grives, le sifflement mélodieux des merles. La peur intense, l'angoisse qui la rongeait depuis des jours, voire des semaines, s'envola bientôt, remplacée par une sérénité nouvelle. Elle sentait la présence toute proche des Invisibles. « N'aie pas peur. » Elle repensa au faon dans la Forêt de Fer. « La mort n'est pas la fin. » Ce n'était pas l'existence qu'elle aurait imaginée. Si rapide. Si brutale. Et pourtant si riche. Bien sûr, elle espérait encore plein de choses : revoir Arthur, pour commencer. Percer son mystère. Dormir dans ses bras. Franchir les mers et explorer le monde à ses côtés. Fonder une famille avec lui, un jour. La jeune fille prit une grande inspiration tremblante et lutta contre les larmes. Elle remerciait la vie de tout ce qu'elle lui avait fait connaître. Le reste n'appartenait qu'aux Invisibles. « Née à l'aube pour mourir à la nuit. »

Un bruit de chevaux à l'approche l'arracha soudain à ses pensées. Nimue sentit un frisson lui parcourir l'échine. Une douzaine de cavaliers en armure arrivait de face au grand galop; leur bannière à trois couronnes flottait au vent. Ils ralentirent au trot à son approche, formant comme un mur d'acier devant elle. L'un d'eux souleva la visière métallique de son casque : son regard était froid, la peau de son visage grêlée, sa moustache noire bien taillée.

– Es-tu la Sorcière Sang-de-Loup ? lui demanda-t-il.

– C'est bien moi.

– Je me nomme sir Royce, de la garde personnelle de Sa Majesté Uther. Apportes-tu l'épée avec toi ?

Nimue le dévisagea.

– Non.

Les soldats se regardèrent entre eux. Sir Royce fronça les sourcils.

– Est-ce un trait d'humour ? Le roi a respecté sa promesse. Oserais-tu trahir la tienne ?

– L'épée se trouve tout près d'ici. Mais j'ai mes propres conditions.

La colère déforma les traits du chevalier.

– Tu ne manques pas de culot, petite diablesse ! Où est l'épée ?

– J'exige une audience auprès du roi Uther. Je ne révélerai l'emplacement de l'épée à personne d'autre que lui.

De rage, Royce serra ses rênes entre ses gantelets. Il devait s'imaginer en train de l'étrangler, songea Nimue.

– Tout ça va mal finir pour toi, fillette, assena-t-il. Suis-nous.

Sur ces mots, il fit demi-tour, et les autres cavaliers escortèrent Nimue sur la route du camp Pendragon.

Un océan de tentes noir et or recouvrait la plaine jusqu'à flanc de colline. Jamais Nimue ne s'était sentie aussi petite et insignifiante qu'en passant devant tous ces soldats aux visages boueux et au regard mauvais. Certains la toisaient avec suspicion, d'autres avec un œil torve ou en lui adressant des gestes obscènes. Une main glacée lui serra le ventre lorsqu'elle avisa l'immense pavillon royal avec les six Paladins Rouges et les six gardes de la Trinité postés devant l'entrée. Sir Royce descendit de son cheval, prit les rênes du sien et lui fit signe de mettre pied à terre. Nimue sentait son pouls cogner. Malgré ses jambes en coton, elle rassembla tout son courage et défia du regard les paladins qui montaient la garde, avant d'entrer sous la tente.

Elle se demanda si on lui ferait l'aumône d'un peu d'eau. D'épais tapis recouvraient le sol et de luxueuses tables d'abondance s'offrirent à sa contemplation : plats débordant de fruits, de gâteaux et de pains de toutes sortes, pichets de vin et candélabres en métal précieux. Le roi Uther siégeait sur le trône, son front étroit ceint d'une fine couronne en or. Il était plus jeune qu'elle ne s'y attendait. Debout à sa gauche, Nimue reconnut sir Béric, son conseiller. À côté de lui se tenait un petit homme aux yeux sombres, vêtu d'un somptueux habit religieux entièrement noir. Le père Carden faisait face au roi : il était toujours aussi grand, ses traits ronds et bienveillants en parfaite contradiction avec la cruauté profonde qui l'animait. Il couva Nimue d'un regard de pitié méprisante.

Sir Royce s'empressa d'aller s'agenouiller devant son roi.

– La sorcière demande une audience, dit-il. Elle n'a pas apporté l'épée et ne souhaite révéler son emplacement qu'à Votre Majesté.

– Elle se moque de votre générosité, Sire, intervint le père Carden. Pourquoi gaspiller une seconde supplémentaire de votre précieux temps ? Nous saurons lui faire avouer où se trouve l'épée. Ce serait même un honneur, ajouta-t-il en souriant à Nimue.

– J'approuve, Votre Majesté, renchérit le petit homme en noir. Confiez-nous la sorcière, et l'épée du pouvoir sera entre vos mains avant le coucher du soleil.

– Jeune demoiselle, déclara Uther, tu sembles présumer à tort de notre clémence. Es-tu consciente du sort qui t'attend si nous te remettons aux mains de la confrérie rouge ?

– Absolument, Votre Majesté, répondit-elle en se tournant vers Carden. Cet homme a fait assassiner ma mère. Ma famille. Ceux qui m'ont élevée. Ma meilleure amie. Il a incendié note village. Je le connais très bien.

Carden serra la mâchoire. Nimue sentit une onde de colère brûlante l'envahir.

– Tu perdras ton arrogance sous le regard du Seigneur tout-puissant, petite, marmonna-t-il. Je le jure.

– C'est aussi ce qu'ont cru vos hommes dans la clairière, lui rétorqua-t-elle.

Le père Carden s'avança d'un air hargneux. Sir Royce s'interposa aussitôt. Nimue se tourna vers le roi, bouillant de rage.

Uther l'examinait attentivement.

– Tu nous avais promis l'épée. Où est-elle ?

– Je vous la remettrai, Votre Majesté, lorsque le Chevalier Vert sera libéré et à mes côtés. Vivant, précisa-t-elle à l'intention de Carden.

– Le Chevalier Vert est à nous, s'offusqua ce dernier. Nous continuerons à le purifier jusqu'à ce que son âme soit propre.

– Dans ce cas, vous pouvez faire une croix sur l'épée, promit la jeune fille à Uther. Et vous ne serez jamais le seul vrai roi.

Sir Béric ouvrit des yeux ronds.

– Comment osez-vous parler au roi en ces termes ?

– Votre Majesté, insista l'homme en noir, il m'est insupportable de voir cette sorcière vous manquer de respect.

– Je sais que vous êtes juste, fit Nimue à Uther. Et magnanime. Sinon, vous n'auriez pas envoyé votre flotte sauver les espèces Faë. J'ai accepté de me constituer prisonnière. Je paierai pour mes crimes, s'il doit en être ainsi. Mais en échange de ma vie et de l'épée, je vous supplie de libérer le Chevalier Vert.

– Mensonges ! s'enflamma le père Carden.

– Je suis prête à mourir. Et vous ? lui lança-t-elle.

– Serait-ce une menace, petite ?

– Torturez-moi tout votre saoul, je ne vous indiquerai jamais où se trouve l'épée. Jamais, assena Nimue en se tournant vers le roi.

Ce dernier soupira.

– Grands dieux, quelle joie ce sera de nous débarrasser de toi ! (Il se pinça l'arête du nez, pensif.) Royce, emmenez cette sorcière dans une tente pendant que nous délibérons sur son sort.

Des mains de fer se refermèrent sur ses bras pour l'entraîner dehors. Derrière elle, les vociférations commencèrent.

Depuis la plage, Arthur suivait du regard avec angoisse les canots qui transportaient les Faë vers les deux-mâts ancrés au large en pleine mer démontée. Le ressac hivernal ne cessait de les renvoyer vers le rivage, et il fallait chaque fois faire descendre des passagers supplémentaires pour tenter de les alléger. La tâche était d'autant plus compliquée que les Faë n'avaient pas du tout le pied marin ; l'océan était une grande inconnue pour eux. Beaucoup paniquaient dès que les canots quittaient le sable, et seule la peur que leur inspiraient Wroth et son marteau de guerre les faisait remonter à bord. Depuis douze heures, seuls la moitié des réfugiés avaient pu être mis à l'abri sur les navires tandis que les autres grelottaient sur la plage, blottis contre les rochers au pied de la falaise.

Arthur se précipita vers deux enfants Faunes en pleurs qui cherchaient à s'enfuir plutôt que de monter dans l'un des canots. Il en souleva un par-derrière, au prix de nombreux coups de ses jeunes bois, et le remit à un Sage de son clan. Alors qu'il maintenait l'embarcation pour l'empêcher de tanguer sous l'effet de brisants particulièrement forts, des cris affolés retentirent depuis le large. Quand le jeune homme leva les yeux, il constata que tous les réfugiés accouraient vers la proue des navires.

– Les Vikings ! hurlaient-ils en pointant la mer du doigt.

Avec horreur, Arthur vit peu à peu l'ombre de drakkars se découper comme des fantômes dans le brouillard. Ils jaillirent tels des requins prédateurs, portant la marque d'Eydis, et encerclèrent les deux-mâts. Flèches et crochets d'abordage ne tardèrent pas à pleuvoir sur les ponts des navires Pendragon. Un mouvement de panique balaya les bateaux déjà surchargés ; des blessés commencèrent à tomber dans les eaux glaciales, où les archers ennemis prenaient un malin plaisir à les achever.

Des dizaines de Faë accoururent dans l'eau, accompagnés d'Arthur, pour récupérer les survivants tandis que les premiers cadavres s'échouaient déjà sur la plage, noyés ou criblés de flèches. À bord des navires Pendragon, la panique était totale. Les marins de la flotte royale tentaient en vain de résister aux redoutables Vikings, pour qui se battre en mer était un jeu d'enfant.

Arthur traînait péniblement les corps jusqu'au rivage en buvant la tasse lorsqu'une flèche atterrit juste à côté de lui. Il leva les yeux : une autre cohorte de tireurs, alignés le long de la falaise, visait délibérément la plage. « Nous sommes pris au piège », réalisa-t-il. Deux autres flèches se plantèrent non loin de lui dans le sable. Les Faë s'éparpillèrent en tous sens, affolés, et Arthur en vit plusieurs s'écrouler en pleine course, fauchés par les flèches vikings. Au désespoir, il scruta la plage en quête d'un abri et repéra une saillie rocheuse ; elle était située juste au pied de la falaise où tiraient les archers, mais cela en faisait justement une cible plus difficile à atteindre.

– Vers les rochers ! hurla-t-il en désignant l'affleurement de grès situé à une centaine de mètres.

Wroth, une flèche dans l'épaule, évacua les Faë vers l'abri pendant que les archers Faunes organisaient une riposte de leur cru, provoquant la chute spectaculaire de plusieurs de leurs assaillants dans le vide.

Arthur souleva un enfant Serpent dans ses bras et aida un couple de Faiseurs d'Orage vieillissants à courir se mettre à l'abri. Les projectiles ennemis leur sifflaient aux oreilles. Lorsqu'il se retourna, il constata avec effroi que le bord de la plage était noirci de cadavres. Là-bas, au large, l'un des deux-mâts était déjà la proie des Vikings : de la fumée s'échappait du pont et les marins royaux étaient balancés, morts, par-dessus bord. Les quatre cents mètres de distance séparant les bateaux de la plage étaient parsemés de Faë et d'humains dont seules les têtes dépassaient de l'eau. Parmi les quelque deux cents réfugiés encore présents sur la plage, ils n'étaient que quarante ou cinquante capables de se défendre. Arthur eut un sentiment de vertige à la pensée du massacre qui s'annonçait. Il courut se réfugier sous la saillie rocheuse, où des dizaines de Faë avaient déjà pu se mettre à l'abri grâce à Wroth. Heureusement, le renfoncement était plus profond qu'il n'y paraissait de l'extérieur. Il formait une sorte de cavité profonde d'une cinquantaine de mètres et capable de protéger tout le monde. Du moins jusqu'au moment où les Vikings envahiraient la plage.

CHAPITRE 57

Nimue vit ses longues et terribles heures d'attente toucher brutalement à leur fin quand deux Paladins Rouges firent irruption dans sa tente en soutenant Gauvain, chacun d'un côté, avant de le jeter par terre, nu jusqu'à la ceinture. Ses épouvantables blessures luisaient d'un éclat humide à la lumière des torches.

– Voici le tas de fumier que vous avez commandé, cracha l'un des paladins en ressortant.

L'horreur submergea Nimue lorsqu'elle se laissa tomber auprès du jeune homme et posa sa tête sur ses genoux.

– Gauvain ?

Elle lui palpa le cou et le torse à la recherche de son pouls, pressa son oreille contre ses lèvres. Il avait le souffle rauque, saccadé.

– Non, non, non, non, non, répéta-t-elle en effleurant les traces de brûlure, les multiples plaies et les entailles sur tout son corps. Non, non, non, non, non, Gauvain…

Les doigts du jeune homme tremblèrent. Il essaya d'ouvrir son œil valide et des mots semblèrent se presser derrière ses lèvres. Nimue se pencha vers lui.

– Écureuil, lâcha-t-il en un souffle à peine audible. Il est… leur prisonnier.

La jeune fille éclata en sanglots. Les dernières forces de Gauvain parurent l'abandonner. Son œil roula dans son orbite. Nimue prit son visage entre ses mains.

– Non, reste. Reste avec moi !

Le lierre argenté qui venait d'envahir sa joue emplit la tente de lumière. Une rage profonde monta en elle, culminant en un mugissement qui fit s'éteindre toutes les torches du camp et frissonner les arbres de la forêt.

Morgane sursauta sur son cheval. Elle se tenait cachée au creux d'un épais bosquet surplombant le camp de l'armée royale. Le hurlement de Nimue flottait dans l'air tel un écho spectral, et les yeux de la jeune femme s'emplirent de larmes. Elle savait ce que cela signifiait. Les instructions étaient claires : si Nimue trouvait la mort, ou que les choses tournaient mal de quelque manière que ce soit, elle devait rapporter l'épée auprès des Faë. Son cheval s'agita, perturbé par ce cri glaçant. Les yeux de Morgane tombèrent sur le pommeau de l'arme, à l'abri dans sa sacoche de selle. Si, par chance, Nimue était encore en vie, elle allait en avoir besoin. Morgane l'avait vue accomplir des choses incroyables avec cette épée. Elle n'avait pas fait tout ce chemin pour l'abandonner. Certainement pas.

Elle éperonna sa monture, qui s'élança au galop entre les arbres et dévala la piste menant droit au camp Pendragon.

Écureuil grelottait dans la pénombre de la tente. Il était retenu là depuis des heures. Qui sait, un jour entier, peut-être. Ce son inhumain qu'il avait entendu lui évoquait fortement la voix de Nimue. Curieusement, sa force avait soufflé toutes les torches de la chambre de torture, et les Paladins Rouges avaient le plus grand mal à les rallumer. Le jeune garçon avait les mains liées aux accoudoirs d'une chaise en bois encore humide du sang de Gauvain. Il ne pouvait pas non plus bouger les pieds, car ses chevilles étaient liées de la même manière. Son cœur se mit à cogner dans sa poitrine quand frère Sel franchit l'entrée de la tente.

– Nous nous efforçons de rallumer les torches, déclara l'un des deux Paladins Rouges qui l'accompagnaient.

– Je peux m'en passer, répondit le bourreau en s'avançant vers Écureuil.

Il posa une vieille sacoche en cuir sur la table devant lui et la déroula, révélant toute une collection d'instruments de torture.

– N'avez-vous pas besoin de feu pour, hum... procéder? insista le paladin.

– Non, répondit frère Sel d'une voix douce en sélectionnant une série de tenailles épaisses qu'il brandit devant ses paupières cousues. J'ai d'autres talents.

Écureuil ne parvenait même plus à respirer. Il sursauta quand le moine lui toucha la jambe.

– Si nous commencions notre petit jeu? suggéra l'aveugle.

Le garçon ferma les yeux. Il entendit un hoquet de stupeur suivi de deux bruits sourds. Surpris, il entrouvrit un œil.

Frère Sel se tenait la tête penchée, l'oreille aux aguets.

– Mes frères? lança-t-il.

Écureuil y voyait à peine dans le noir, mais il discerna une silhouette nouvelle à l'intérieur de la tente. Quelques secondes plus tard, un large capuchon gris se profila derrière frère Sel, qui esquissa un sourire inquiet.

– Es-tu venu regarder, mon cher frère en pleurs ?

– Non.

Au même moment, une lame d'acier perfora le torse du bourreau pour s'arrêter à quelques centimètres du nez d'Écureuil. Le corps inerte de frère Sel bascula en arrière, et ses sandales soulevèrent un nuage de poussière. Le Moine Larmoyant tâta son cadavre avec le pied, puis il examina les entraves d'Écureuil avant de libérer ses mains en tranchant les deux accoudoirs de sa chaise. Les pieds en bois connurent le même sort, dégageant les chevilles du jeune garçon.

Le moine l'empoigna par le col, le soulevant presque dans les airs.

– Tu peux marcher? lui demanda-t-il.

– Je... je crois, bredouilla Écureuil.

– Reste près de moi, lui recommanda-t-il en se dirigeant vers l'entrée.

L'ourlet de sa longue tunique grise balaya au passage le visage effaré d'un paladin figé dans la mort.

Quand ils sortirent du sanctuaire de frère Sel, il faisait nuit noire. Grâce au clair de lune, Écureuil distinguait la forme des autres pavillons, mais pas davantage. Le Moine Larmoyant l'entraîna par le bras en louvoyant entre les tentes, avant de s'arrêter net. Un bruit de chaînes retentit dans le silence. Écureuil jeta un coup d'œil derrière lui et vit un rayon de lune éclairer le masque mortuaire d'un garde de la Trinité. Et d'un autre. Et encore un autre. Lorsqu'il regarda devant lui, il aperçut un second mur d'hommes de la Trinité, leurs fléaux d'armes bien accrochés à leurs ceintures. Il en compta dix en tout. L'abbé Wicklow écarta deux gardes pour venir se planter devant le moine.

– Nous doutions depuis un moment déjà de ta loyauté sincère envers l'Église. Pourquoi ?

– Ce n'est qu'un enfant, répliqua le Moine Larmoyant.

– En effet. Un orphelin Faë. Peut-être te rappelle-t-il quelqu'un, suggéra l'abbé. Donne-le-nous, Lancelot.

– Derrière ce tonneau, ordonna le moine à Écureuil d'une voix calme.

Le garçon courut se cacher derrière une grosse barrique d'eau pendant que le moine sortait son épée.

– Je n'ai pas envie de me battre contre vous, dit-il à l'abbé.

Ce dernier croisa ses mains derrière son dos.

– L'Église a repris la main sur ce déplorable épisode. La sorcière Faë périra par le feu, comme il se doit. Au moment où nous parlons, son espèce est en passe d'être exterminée sur la Côte du Gueux. Et, enfin, la faiblesse corruptrice du père Carden sera éradiquée. Rends-toi, mon frère, et je te promets une mort propre. Tu connais l'agilité de mes gardes. Ne faisons pas couler plus de sang que nécessaire.

La réponse du moine fut de rester parfaitement immobile, les poings serrés autour du manche de son épée, la lame dressée devant ses paupières closes.

L'abbé Wicklow comprit le message.

– Eh bien, soit.

Il adressa un signe de la tête à la Trinité, qui se déploya en cercle autour du moine. Les goupillons métalliques commencèrent à tournoyer. Quand les premiers se rapprochèrent, le Moine Larmoyant fit un bond prodigieux et décocha un coup de pied qui envoya deux gardes s'étaler contre deux tentes opposées. En atterrissant, il trancha le bras d'un troisième et en décapita un quatrième. Mais un fléau d'armes lui arracha son épée des mains.

Écureuil assistait à la scène avec effroi et admiration. Le moine prit un coup de botte sous le menton. Une sphère de métal piquante le heurta en pleine nuque. Il bascula vers l'avant et en profita pour se jeter sur un garde, le plaquer au sol et lui faire une clé de bras. En se redressant, il lui brisa l'échine d'un geste sec et le relâcha comme un sac de briques. D'un bond, il évita une série de goupillons tournoyants pour aller récupérer son épée, qui gisait plus loin dans la boue. Il tourbillonna entre deux gardes, sa lame à la verticale, et leur coupa les jambes, avant de s'affaisser tout à coup. Ses forces semblaient l'abandonner.

Écureuil observa le Moine Larmoyant agenouillé sur le sol et vit une sombre tache de sang s'élargir sur son capuchon, à l'endroit de sa blessure.

Le moine tenta de se relever, mais les trois derniers gardes se jetèrent sur lui. Les masses de fer s'abattirent sur son dos, ses bras et son crâne, tandis que ses assaillants lui brisaient les côtes à coups de pied. Deux d'entre eux le soulevèrent pour le maintenir debout pendant que le troisième lui déchirait les joues et le torse avec son fléau d'armes. Le sang gicla et le moine retomba entre leurs bras. Ils le remirent debout. Le troisième homme arma son bras pour frapper, mais le moine parvint à enrouler ses jambes autour de son cou. Témoignant d'une force et d'une adresse hors du commun, il coinça son pied gauche derrière la nuque de son assaillant et le droit sous son menton pour lui briser les cervicales. L'homme s'effondra au sol comme une poupée de chiffon. Mais les deux autres abattirent leurs armes et le Moine Larmoyant tomba sous leurs coups.

Écureuil se cacha les yeux pour ne pas voir.

De l'autre côté de la Vallée du Minotaure, dans le camp de l'armée royale, des cris affolés s'élevaient de partout, emplissant l'air de leurs échos répétés : « Où est le roi ? » « Préparez-vous au combat ! »

Merlin était comme un lion en cage. Il faisait les cent pas dans la tente qui lui servait de prison tandis que les deux soldats qui le gardaient devenaient de plus en plus nerveux à mesure que la clameur enflait dehors. N'y tenant plus, ils finirent par attraper un archer pantelant pour le traîner à l'intérieur.

– On peut savoir ce qui se passe ? lui demanda l'un des deux soldats, dont la bedaine ressortait par-dessus la ceinture.

– Les navires de Sa Majesté ont été attaqués ! haleta l'archer. L'Église a fait alliance avec les Vikings !

Sur ces mots, l'homme ressortit en courant.

– Bon sang, s'exclama le second soldat en passant fébrilement sa main dans ses cheveux sales. (Il ne devait pas avoir plus de quinze ans.) Nous sommes les prochains.

– Reste ici. Surveille-le, lui ordonna son collègue ventripotent en sortant à son tour.

Le jeune soldat se retourna pour s'adresser à son prisonnier, mais Merlin était déjà sur lui, ses bras autour de son cou et de sa bouche. Tandis que l'adolescent se débattait, le mage s'efforça de se rappeler qui lui avait enseigné cette prise miraculeuse : était-ce le chef bédouin Mohammed Saleh abu-Rabia Al-Heuwaitat, ou bien le maître d'armes de Charlemagne, dont il avait hélas oublié le nom ? Tous deux avaient été d'excellents instructeurs. Le temps de trancher finalement en faveur du second candidat, Merlin se retrouva avec le jeune soldat inconscient dans ses bras. Il le déposa délicatement par terre, s'empara de son épée large et sortit de la tente.

CHAPITRE 58

Nimue sanglotait sur le corps immobile de Gauvain. La peau du jeune homme était recouverte d'une scintillante couche de givre et le lierre argenté des Célestiens luisait à son cou et à ses joues. Mais il était bel et bien mort. Nimue avait déversé toute son énergie en lui, sans effets. Ses plaies étaient à vif, profondes, son corps encore parsemé de brûlures. Dans un coin de sa tête, l'adolescente entendait le chaos qui régnait dehors et les hurlements de panique des soldats Pendragon. Elle se rassit en arrière sur ses talons, presque ivre de chagrin. Mais ses larmes cédèrent bientôt la place à une colère vive qui lui monta dans la gorge pour envahir son crâne. Elle écarta les bras et s'offrit tout entière, corps et âme, à la force des Invisibles. De sa bouche jaillit un nuage de brume qui enveloppa le corps de Gauvain avant d'emplir l'intérieur de la tente et de se répandre à l'extérieur.

Des nappes de brouillard déferlaient également des forêts avoisinantes par vagues gargantuesques, engloutissant les collines et les tentes sous leur voile opaque et oppressant, ce qui ne fit qu'accroître la panique ambiante.

Avant même qu'ils comprennent ce qui se passait, Nimue se glissa devant les gardes postés à l'entrée de sa tente, nimbée de la brume des Invisibles. Des soldats épouvantés passèrent en courant à côté d'elle sans la voir. D'autres s'écriaient : « Où est le roi ? » ou encore « Le roi nous a abandonnés ! »

Sous la tente où reposait désormais, seul, le corps de Gauvain, il se passait quelque chose – et Nimue n'était pas là pour le voir. De minuscules brins d'herbe commençaient à tisser une sorte de guipure entre le jeune homme et le sol. En l'espace de quelques minutes, l'herbe avait poussé au point de lui recouvrir les épaules et le torse pour former un linceul sur tout son corps, le momifiant sous ce drap végétal et ondulant.

Dehors, des hurlements d'agonie retentirent : des centaines de Paladins Rouges déferlaient sur le camp Pendragon avec leurs torches qui déchiraient la brume, frappant et exterminant les soldats du roi en déployant la même brutalité que dans les villages Faë. Le père Carden menait la charge avec la détermination de la vengeance.

– Retrouvez la sorcière ! Traquez-la, et amenez-la-moi !

Nimue se jeta à l'angle d'une tente au moment où deux paladins à cheval passaient à bride abattue. Elle ressortit dans l'allée, mais dut cette fois se plaquer au sol pour éviter un groupe de soldats Pendragon surgis de la brume à reculons repoussés par des Paladins Rouges à pied ou à cheval. Elle se remettait péniblement debout quand deux mains l'agrippèrent par-derrière. Nimue fit volte-face en brandissant le poing, mais Merlin interrompit son geste.

– Le camp est envahi. Suis-moi. Marche d'un pas franc, sans t'arrêter.

Il tournait déjà les talons pour s'en aller, mais elle dégagea son bras.

– Nous ne partirons pas d'ici.

– Nimue, ne sois pas stupide !

Mais elle ne voulut rien entendre. Elle s'était déjà replongée dans le brouillard, au cœur des combats. Merlin jura dans sa barbe. Il n'avait pas d'autre choix que de la suivre.

– Père Carden ! Père Carden !

Trois Paladins Rouges fendirent la brume en traînant derrière eux une Morgane à la mine défaite pour l'exposer à la lumière d'une torche.

– Nous avons la sorcière ! Regardez !

Carden écarta un groupe d'hommes en rouge pour voir la chose de plus près. Lorsqu'il découvrit Morgane, une grimace lui tordit les traits.

– Ce n'est pas elle, pauvres imbéciles.

– Elle a l'épée ! insista l'un des trois paladins tandis qu'un autre apportait l'arme sacrée, retrouvée dans la selle de la jeune femme.

– Non, non ! s'écria-t-elle en se débattant entre les bras de ses tortionnaires.

Intrigué, Carden prit l'épée et la sortit de sa gaine. L'acier étincela au clair de lune.

– Grands dieux…

Il la retourna et examina les filigranes sur la lame, ainsi que les runes du pommeau.

– C'est bien l'épée. (Il sourit, les yeux brillants.) La Dent du

Diable ! proclama-t-il en la brandissant bien haut devant ses hommes, qui poussèrent des cris de triomphe. Elle est à nous !

– Carden ! s'exclama Nimue d'une voix forte.

Le religieux et ses hommes se retournèrent et virent la jeune fille émerger de la brume. Merlin trottinait derrière en la retenant vainement par son bras pour l'empêcher de se jeter elle-même dans la fosse aux lions.

Le père Carden fit tournoyer l'épée en un geste moqueur.

– Nous sommes bénis, mes frères. Le Seigneur nous couvre de cadeaux ! Que peux-tu contre nous sans ta précieuse épée ? lança-t-il à l'adolescente. Arrêtez-la ! ordonna-t-il à ses hommes.

Les Paladins Rouges s'emparèrent de Merlin et de Nimue.

– Je n'ai pas besoin d'épée pour vous régler votre compte, gronda la jeune fille.

Un rat se faufila sur la botte de Carden, qui sursauta et le chassa d'un coup de pied. Plusieurs autres jaillirent des tentes et des nappes de brouillard pour se faufiler entre les jambes des paladins. Les torches qu'ils tenaient à la main attirèrent soudain quantité de chauves-souris. Au sol, les rats devenaient de plus en plus agressifs. Ils s'accrochèrent à la robe de bure du paladin qui retenait Nimue et le mordirent au travers.

– Haaa ! hurla l'homme.

L'adolescente en profita pour se libérer de son étreinte.

– Nimue ! s'écria Merlin.

Mais elle ne l'écouta pas et se dirigea droit vers le père Carden. Les rats s'écartèrent sur son passage et grimpèrent le long des jambes des frères rouges.

Le prêtre ne la vit guère s'approcher, pour la bonne raison qu'une nuée de mouches venait de se coller sur ses yeux. Il essaya de les chasser avec des gestes furieux, mais elles lui entraient par le nez, les oreilles et la bouche. Il toussa, suffoquant.

– Tuez-la ! Tuez-la ! Frappez-la, jusqu'à la mort !

Au même moment, Nimue se jeta sur lui pour lui arracher l'épée des mains.

– Non ! Non ! s'écria-t-il, ouvrant grand la bouche.

Les mouches s'engouffrèrent à l'intérieur de sa gorge. Pris d'un haut-le-cœur, il se plia en deux à l'instant précis où Nimue récupérait triomphalement l'épée du pouvoir. Elle poussa un cri de rage primal et, d'un coup tranchant, sépara la tête de Carden de son cou.

Au même moment, Merlin pivota sur lui-même et s'empara de l'épée de son tortionnaire. Celui-ci leva la main pour protéger son visage et se retrouva le bras tranché. Le mage s'écarta pour parer l'attaque d'un autre paladin, qu'il projeta tête la première dans le tapis de rats à leurs pieds. D'autres moines se jetèrent sur lui, mais il pourfendit bras et jambes sans relâche jusqu'à ce qu'il atteigne enfin les hommes qui retenaient Morgane. Assaillis par les dizaines de rats accrochés à leurs robes, aveuglés par les chauves-souris, ils n'eurent pas la possibilité de se défendre face au mage qui les acheva chacun d'un coup d'estoc en plein cœur. Morgane était libre.

– Maintenant, Nimue ! s'écria-t-il. Maintenant !

La jeune fille recula, horrifiée par la vision de la tête tranchée de Carden ensevelie sous les mouches et les rats.

Au loin, une autre cohorte de Paladins Rouges s'annonçait dans un bruit de tonnerre. Ils se rapprochaient à toute vitesse, conscients qu'il se passait quelque chose de grave et réagissant aux cris affolés de leurs frères. Merlin, Morgane et Nimue n'eurent d'autre choix que de fuir sur-le-champ.

Arthur se risqua hors de la grotte en courant pour récupérer l'arc d'un Faune abattu. S'abritant derrière son cadavre comme derrière un bouclier, il prit une flèche dans le carquois et visa les cavaliers vikings, qui avaient quitté leur position au sommet de la falaise pour déferler sur la plage. Les marins de la flotte Pendragon et les réfugiés Faë qui continuaient à se traîner hors de l'eau pour s'échouer sur le sable, en sang et à bout de forces, constituaient des proies faciles. Arthur tira toutes les flèches du carquois, mais il était presque le seul à riposter. Des centaines de Faë se tenaient blottis et terrifiés au fond de l'abri sous la falaise. Le jeune homme savait que leurs ennemis ne feraient pas de prisonniers. Ils étaient venus les exterminer. À court de flèches, il tira son épée et s'avança vers eux d'un pas vacillant. Le martèlement des sabots résonnait avec fracas à ses tympans. Les Vikings étaient suffisamment près pour qu'il aperçoive leurs sourires sanguinaires. Il resserra ses doigts autour du manche, prêt à livrer bataille jusqu'au bout, lorsqu'un étrange sifflement retentit à l'est. Du coin de l'œil, il aperçut un flash de lumière, juste avant qu'une énorme boule de poix enflammée s'abatte sur l'avant de la cavalerie viking. Une dizaine d'entre eux furent touchés. La force de la déflagration fut telle qu'Arthur lui-même fut projeté en arrière. L'air s'emplit d'une épaisse fumée noire et d'une pluie d'étincelles. Des chevaux atrocement brûlés se traînaient sur leurs jambes cassées ou hennissaient de douleur, couchés sur le sable. Les survivants, paniqués, s'approchèrent du cratère provoqué par l'impact lorsqu'un nouveau sifflement fendit l'air. Une seconde boule de feu dissémina cette fois l'arrière de la cavalerie. Une autre dizaine d'hommes se retrouvèrent à hurler à la mort au milieu de cadavres déchiquetés.

Arthur se tourna vers la mer. Au même moment, l'un des navires vikings fut percuté et brisé en deux par un drakkar orné à sa proue d'une gigantesque lance enflammée. Le jeune homme eut l'impression de vivre un rêve.

– La Lance Rouge, lâcha-t-il dans un souffle.

Il se souvint alors des quatre Vikings enfermés dans le cachot du donjon d'Escarbe, de la magie guérisseuse de Nimue, et d'une promesse scellée par une poignée de main. Une nuée de boules de feu acheva de réduire la flotte ennemie en charpie, grâce à la baliste et au trébuchet actionnés depuis la flotte de la Lance Rouge.

À terre, les Vikings semblaient hésiter à poursuivre leur attaque en voyant les bateaux à fond plat de leurs assaillants se diriger vers le rivage. De robustes guerriers vêtus de capes en peau d'ours et armés de haches débarquèrent sur la plage et coururent sur le sable mouillé pour affronter ce qui restait de la cavalerie ennemie en un furieux fracas métallique.

Arthur ne comprenait pas bien la raison de cette violence fratricide entre Vikings, mais elle faisait bien ses affaires. Une fois l'essentiel de la flotte ennemie en fuite, brûlée ou coulée, le drakkar de la Lance Rouge franchit habilement la barrière de brisants pour accoster. Les Vikings à bord firent de grands signes aux survivants sur la grève. Arthur comprit le message et hurla ses instructions aux Faë blottis dans la grotte. Les Tusks rangèrent les réfugiés par colonnes et les acheminèrent vers les drakkars pendant que les guerriers de la Lance Rouge achevaient les derniers Vikings ennemis encore présents sur la plage.

D'autres drakkars alliés arrivèrent pour aider à l'évacuation des Faë. Arthur se jeta dans les vagues en luttant contre le froid pour aider les plus faibles, les enfants et les vieillards. Il pataugea dans les vagues glaciales pendant plus d'une heure pour prêter assistance aux Faë, les bras gourds, les lèvres bleuies par le froid. Alors qu'il se sentait défaillir dans l'eau, une main de fer le rattrapa par la nuque et il se retrouva hissé par Wroth sur l'un des drakkars. Il s'écroula sur le pont en vomissant de l'eau de mer, parcouru de violents soubresauts. Levant les yeux, il aperçut une paire de bottes à embouts d'acier et garnies de peau de phoque. Un ensemble de haches pendait à un gros ceinturon sur des hauts-de-chausses de cuir fin. Une main sanglée du même cuir et de protections en métal se tendit vers lui. Arthur vit un dragon en cercle gravé sur le gantelet. Il accepta cette main tendue vers lui, et fut surpris par sa taille. Une fois debout, il se retrouva face à un redoutable casque en forme de dragon qu'il surpassait d'une demi-tête.

– Je te suis redevable, à ce qu'il paraît, déclara la Lance Rouge.

– Ravi de l'entendre, balbutia Arthur, flatté. Mais je crois que nous sommes quittes.

La Lance Rouge retira son heaume, libérant une cascade de cheveux roux qui se répandit sur ses épaules. Ses yeux verts pétillaient de malice.

– J'aime déjà négocier avec toi ! dit-elle. Mon nom est Guenièvre, de la cour du Roi des Glaces… Une cour à présent assiégée par une bande de traîtres.

– Je m'appelle Arthur, répondit le jeune homme. Et nous ferons tout ce qui est en notre pouvoir pour vous aider.

CHAPITRE 59

Le Moine Larmoyant respirait avec peine. Quelque chose s'était brisé en lui. Son bras gauche pendait, inerte, le long de son flanc, et sa main droite retenait mollement son épée. Les corps moribonds des gardes de la Trinité gisaient au sol. Il n'en restait plus qu'un debout, son masque d'or arraché révélant ses grands yeux effrayés. Il fit tournoyer son fléau d'armes. Le moine s'avança vers lui, indifférent à son geste menaçant. L'homme poussa un cri et projeta les sphères métalliques de son goupillon ; le moine les reçut en plein dans les côtes. Il grimaça de douleur mais eut le réflexe de coincer les chaînes sous son coude. Son assaillant tira dessus, en vain, et le moine le rapprocha vers lui pour lui plonger son épée dans la gorge. Le soldat cracha un geyser de sang et tituba vers l'avant. Le moine eut juste le temps de dégager sa lame. Ses jambes se dérobèrent sous lui.

Écureuil se précipita à ses côtés.

– Allez, courage, dit-il. Relève-toi !

Il le tira par le bras. Le moine se redressa, mû par la seule force de son instinct, et laissa le garçon l'emmener vers un cheval qui attendait non loin. Le camp des Paladins Rouges était presque désert. Au loin, les bruits de la bataille qui faisait rage dans le camp Pendragon résonnaient à travers la Vallée du Minotaure. Écureuil savait qu'un détachement de la Trinité était encore en patrouille et découvrirait bientôt le carnage.

Le moine tenta de grimper sur le dos du cheval, mais il était trop faible. Écureuil lui glissa un pied dans un étrier, plaça ses épaules sous son dos et poussa sur ses jambes pour le hisser sur la selle. Le moine s'affala mollement en travers, et Écureuil grimpa derrière lui. Il tendit les bras par-dessus la robe de bure grise pour attraper les rênes et lança le cheval au galop en direction de la forêt. Il dut plaquer son corps sur celui du blessé à plusieurs reprises pour l'empêcher de tomber. Cette terrible nuit s'achevait enfin ; les teintes roses de l'aube s'annonçaient dans le ciel.

Ils chevauchèrent une bonne heure en silence parmi les hauts sapins à flanc de colline.

– Comment... (Le moine avait du mal à parler. Il respira longuement, histoire de rassembler ses forces.) Comment t'appelles-tu ?

– Écureuil.

– Ce... (L'effort était trop violent. Il dut encore s'y reprendre à deux fois.) Ce n'est pas un prénom. C'est... un animal.

– C'est le surnom qu'on me donne, répondit Écureuil en haussant les épaules.

– Quel est le nom que t'ont choisi tes parents ?

– Je ne l'aime pas, maugréa le garçon.

Le Moine Larmoyant garda le silence un long moment.

Écureuil se demanda s'il n'allait pas rendre son dernier souffle. Il pouvait bien répondre à la question d'un mourant.

– D'accord, soupira-t-il. Ils m'ont appelé Percy.

– Percy ? répéta le moine.

– Je crois que c'est le diminutif de Perceval… Et toi ? demanda-t-il soudain. Je ne sais même pas comment tu t'appelles.

– Lancelot, répondit le moine. C'était mon nom. Il y a très longtemps.

De l'autre côté de la vallée, les Paladins Rouges investissaient la forêt pour traquer la Sorcière Sang-de-Loup, bien décidés à venger la mort du père Carden.

Quelques centaines de mètres plus loin, Merlin et Morgane tentaient de convaincre Nimue de ne pas se rendre dans le camp de l'armée vaticane.

– Je ne peux pas abandonner Écureuil une seconde fois ! Ils l'ont capturé, vous ne comprenez pas ?

Morgane prit le visage de son amie entre ses mains.

– Si, je comprends très bien. Mais c'est fini pour lui, Nimue. Ils ne le laisseront pas vivant. Toi, tu es en vie et ton peuple a besoin de toi !

– Ils ont attaqué les bateaux, fit la jeune fille en larmes. Tous sont morts, tous… c'est ma faute. Je refuse de le perdre lui aussi.

Elle se dégagea de l'étreinte de Morgane et repartit en titubant sur le sentier.

– Nimue ! s'écria Merlin.

Au sommet de la colline, la jeune fille hésita. Baissant les yeux, elle vit une véritable armée rouge envahir les bois. Plus d'une centaine de Paladins Rouges se rapprochaient dangereusement. Cette vision suffit à la faire changer d'avis. Résignée, elle laissa Morgane la ramener auprès de Merlin.

– Si nous parvenons à atteindre le Passage du Lièvre, nous

pourrons peut-être les semer dans Le Pertuis, analysa le mage. Par ici, vite. C'est à un moins d'un kilomètre.

Ils descendirent la colline, Merlin en tête. Au bout de longues minutes de marche, un ruissellement parvint à leurs oreilles. Ils arrivèrent au bord d'un large torrent traversé par un pont en bois vermoulu. Une centaine de mètres plus loin, la rivière était projetée dans une vertigineuse cascade, marquant le début des gorges sombres du Minotaure. Ils se précipitèrent tous trois vers le pont. Le grondement de la chute d'eau étouffait le martèlement des chevaux paladins derrière eux.

– Vite ! Allons-y ! hurla Merlin.

Il s'élança sur la passerelle avec Morgane avant de s'apercevoir que Nimue ne le suivait pas.

Il se retourna.

La jeune fille se tenait immobile à l'entrée du pont.

– Désolée, dit-elle. Je repars le rechercher.

À la seconde où le mage entendit ces mots, il repéra du mouvement derrière les arbres, à l'opposé du côté où arrivaient les paladins. Nimue se retourna ; une silhouette frêle émergeait de la forêt, vêtue d'une robe de paysanne en haillons. Elle tenait à la main un arc bien trop grand pour elle. Une flèche était déjà encochée.

– Oh non, souffla Merlin.

Nimue crut reconnaître la fillette, bien qu'elle eût ôté son effrayant masque.

– Petite Faucheuse ? dit-elle à l'instant où une première flèche atteignait son épaule droite.

Elle mit un genou à terre. D'un geste souple, sœur Iris prépara sa deuxième flèche sans cesser d'avancer vers le pont. *Tchac*. Nimue chancela en arrière et aperçut le projectile niché sous ses côtes. Ses doigts griffèrent le sol, elle se retourna pour essayer de se relever, mais sœur Iris tira une troisième fois. *Tchac.* Cette fois, la flèche se planta dans son dos et elle vacilla vers l'avant. Elle resta en suspens, à genoux et immobile, tandis que Merlin et Morgane accouraient vers elle.

Les Paladins Rouges apparurent au sommet de la colline et dévalèrent la pente vers le pont.

Le regard déjà vitreux, Nimue tira l'épée du pouvoir mais l'arme lui échappa et tomba par terre dans un cliquetis métallique. La jeune fille tenta de se relever en s'agrippant au parapet glissant et bascula dans le vide, atterrissant une quinzaine de mètres plus bas dans les eaux vives du torrent. Le courant l'engloutit aussitôt.

Morgane se pencha par-dessus le muret.

– Nimue !

Sœur Iris arrima son arc à son épaule et regarda les Paladins Rouges s'engouffrer sur l'étroit pont.

Merlin baissa alors les yeux vers l'épée du pouvoir qui gisait à ses pieds. Il se pencha pour la ramasser. Elle lui parut légère et vivante, comme si un pouls battait à l'intérieur. Une onde d'énergie se propagea aussitôt en lui. Sa magie coulait à nouveau dans ses veines avec la force incandescente de la lave en fusion. Ses yeux bleus étincelants se tournèrent vers les paladins. De la pointe de l'épée, il traça en l'air un signe cabalistique. L'effet fut immédiat : les cieux s'assombrirent et des rafales de vent déferlèrent en sens contraire au cœur de la vallée, s'entrechoquant avec une telle violence qu'elles arrachèrent les cavaliers à leurs montures pour les projeter contre les troncs d'arbres, les soulever à des dizaines de mètres au-dessus du sol ou les précipiter sur les rochers de la cascade.

Sœur Iris se replia sagement derrière les sapins. Une deuxième vague de Paladins Rouges venait de franchir le sommet de la colline pour se retrouver frappée de plein fouet par la tempête.

Merlin mugit et brandit l'épée très haut. Une succession d'éclairs foudroyèrent la lame en un fracas assourdissant, culminant en une explosion de feu qui souleva une immense colonne de fumée noire. Peu à peu, les rafales s'apaisèrent et les paladins survivants se retrouvèrent errant au bas de la colline. Quand la fumée se dissipa enfin, le Passage du Lièvre n'était plus qu'un champ de cendres et de corps déchiquetés.

Merlin et Morgane avaient disparu.

Nimue dérivait dans un tourbillon bleu cobalt. Le courant dansait avec son corps inerte tandis que des volutes de sang tournoyaient autour d'elle. Une traînée de bulles s'échappa de ses lèvres entrouvertes avant qu'une immense spirale ne l'entraîne vers les profondeurs obscures.

« L'épée est encore toute proche. »

Elle ne pouvait ni la voir ni la toucher, mais elle sentait sa présence, et cette pensée réchauffa son corps transi.

Ses paupières tremblèrent et elle convulsa tout à coup, avalant une gorgée d'eau glaciale. L'image du faon de la Forêt de Fer lui revint en esprit. « La mort n'est pas la fin. »

La lumière du clan Célestien l'atteindrait-elle au fond de ces abîmes de ténèbres ? Lénore l'attendait-elle ? Nimue l'espérait. Les bras de sa mère lui manquaient tant. Sans parler de Pym. Merveilleux feu follet.

« Et Arthur. Mon cœur battant. Mon jeune loup. Le reverrai-je un jour ? »

De nouveaux soubresauts la parcoururent. Elle succombait aux ténèbres et au froid. Les Doigts d'Airimid s'enroulèrent lentement sur son visage.

« C'était ma vision.

Je veillerai sur l'épée. Ni l'Église, ni Uther, ni Cumber ne s'en empareront. La Guerre de l'Épée meurt ici, avec moi.

Jusqu'à ce qu'advienne un vrai roi qui la revendiquera. »

Nimue dérivait dans un tourbillon bleu cobalt.

ÉPILOGUE

Le pape Abel portait sa tiare cérémonielle en or, sa lourde chape d'apparat et sa *falda* à longue traîne afin de souligner la solennité de l'événement. Dans sa main droite, il tenait la férule papale, sorte de bâton pastoral surmonté d'un crucifix. Les torches de la petite basilique Saint-Pierre-aux-Liens faisaient briller l'anneau du Pêcheur à son majeur gauche. Il contempla les colonnes muettes de soldats de la Trinité rangées devant lui. L'abbé Wicklow se tenait sur le côté, en grand habit liturgique, les mains jointes en un geste de prière.

Abel sourit à la congrégation.

– De l'obscurité jaillit toujours une lumière. Aveuglante de clarté. Éblouissante de force. Aussi innocente qu'une enfant. Pure comme notre Seigneur tout-puissant. Car ne vous trompez pas : pour anéantir l'abomination de la Sorcière Sang-de-Loup, Dieu nous a envoyé son ange vengeur. Ses origines modestes sont un modèle de sainteté et d'humilité. Sa conviction est inébranlable. Aujourd'hui, un nouveau soldat de Dieu rejoint les rangs de la Trinité. Lève-toi, sœur Iris.

La fillette leva son œil unique vers le pape et resta parfaitement immobile tandis qu'il recouvrait son visage de son propre masque d'or mortuaire. Elle se tourna vers ses frères de la Trinité, qui penchèrent la tête en signe de respect.

– Nous accomplirons de grands miracles ensemble, mon enfant, lui chuchota Abel à l'oreille.

Son haleine sentait comme les ossements des morts.

Le corps de Nimue s'échoua sur un banc de sable dans l'ombre des gorges rocheuses du massif des Minotaures. La flèche dans son dos s'était brisée à ras. Les autres s'étaient pliées sous son poids. Son souffle était lourd, irrégulier.

Quelque chose se rapprocha. Des pas crissèrent sur le sable caillouteux. De longues robes noires tourbillonnèrent autour d'elle. On entendait des voix sifflantes, des murmures. Des dizaines de corps étaient à présent penchés au-dessus du sien. Des mains putrescentes, certaines réduites à l'état de moignons, la repoussèrent doucement, tâtèrent sa peau. Au terme de longs palabres dans une langue ancienne et secrète, ces mains morbides se glissèrent sous la jeune fille pour la soulever du sol. La masse grouillante des lépreux l'emporta alors et disparut avec elle dans un sombre et inquiétant tunnel.

REMERCIEMENTS

Je tiens à remercier Arthur Rakham, A.B. Frost, Al Foster, Wallace Wood, John R. Neil, Thomas Wheeler, Silenn Thomas, Madeleine Desmichelle, Tony DiTerlizzi, Angela DiTerlizzi, Jeannie Ng, Chava Wolin, Tom Daly, Justin Chanda et Lucy Ruth Cummins.

F. M.

Je m'en souviens encore. Je roulais le long de Moorpark Street, à Studio City, Californie, quand les premiers dessins de Frank pour *Cursed* sont arrivés sur mon téléphone. J'avoue avoir brièvement perdu le contrôle de mon véhicule ; j'ai quand même eu la présence d'esprit de m'arrêter sur le bas-côté et là, à mesure que défilaient sous mes yeux de sublimes et sombres créatures féeriques ainsi que l'image surréelle de Nimue, de dos, révélant les cicatrices de l'Ours Démon, je me suis dit dans mon for intérieur : « Oh mon Dieu. Ça y est. C'est pour de vrai. »

J'ai été fan de Frank Miller toute ma vie, et notre collaboration a été pour moi le plus improbable des rêves exaucés. Il fait partie de la poignée d'artistes dont l'œuvre a façonné ma propre créativité au fil des années, et je suis honoré au-delà des mots d'avoir pu raconter cette histoire avec lui. Je le remercie pour sa confiance, sa grande sagesse, et son idée d'associer sœur Iris à une armée d'enfants tueurs (un concept choc pour le deuxième tome).

Ce projet n'aurait jamais vu le jour sans la ténacité et la passion créatrice de sa chère complice, Silenn Thomas. Présente dès le premier jour, elle a vu éclore avec nous la petite graine qui a donné naissance aux labyrinthes de ronces de *Cursed*.

Phillip Raskind chez WME a été l'un des premiers à croire en *Cursed*. Et quand il se lance dans quelque chose, le plus sage est de s'écarter de son chemin pour le laisser faire ce qu'il doit faire.

C'est grâce à Phillip que j'ai fait la connaissance de Dorian Karchmar et Jamie Carr chez WME New York. Leur enthousiasme, leurs encouragements et leurs commentaires avisés ont aidé *Cursed* à devenir ce qu'il est aujourd'hui.

Dorian et Jamie ont alors convaincu Justin Chanda et Simon & Schuster de s'embarquer dans l'aventure. J'ai beaucoup de chance d'avoir bénéficié de l'expérience de Justin et de ses conseils bienveillants tout au long du processus éditorial. Pour moi, il incarnait la combinaison idéale et nécessaire entre le supporteur et l'attaquant pour m'aider à marquer les points décisifs. Avec le regard expert de Lucy Cummins en prime, ils forment un duo imbattable. Merci également à Alyza Liu, Chava Wolin, Jeannie Ng et l'équipe de S&S qui ont rendu tout ceci possible.

C'est à ce stade qu'est intervenue Cori Wellins, chez WME, poussée par son idée folle d'adapter le roman en un somptueux projet de série pour Netflix. Harris Hartman, mon conseiller juridique, nous a formidablement aidés à débroussailler le terrain.

Sur ce point, je tiens à exprimer ma gratitude éternelle envers Brian Wright, Matt Thunell et Ro Donnelly chez Netflix pour s'être investis si tôt dans l'histoire de Nimue sans jamais baisser les bras. Leur ambition pour *Cursed* a excédé mes rêves les plus dingues. Frank et moi n'aurions pas pu espérer trouver meilleurs collaborateurs et défenseurs acharnés.

Alors que le roman dorait tranquillement au four, pour ainsi dire, je me suis retrouvé assis autour d'une table en compagnie d'un groupe de scénaristes talentueux. Ensemble, nous avons passé les mois suivants à concocter les scénarios et les arcs narratifs des futurs épisodes de *Cursed*. Certaines de leurs idées étaient si brillantes que je ne pouvais pas les laisser filer. Je mentirais si je disais que certaines d'entre elles n'ont pas trouvé leur chemin dans les pages du roman, d'une façon ou d'une autre. Merci du fond du cœur à ma fabuleuse équipe : Leila Gerstein, Bill Wheeler, Robbie Thompson, Rachel Shukert, Janet Lin, Michael Chang (notre coordinateur d'écriture) et Anna Chazelle (notre assistante éditoriale, dont la mère, Celia Chazelle, historienne du Moyen Âge, nous a aidés de ses précieuses connaissances sur les traditions, la culture et la richesse du monde médiéval). Leur poussière de fée magique a saupoudré ces pages !

Mon assistante, Micaela Jones, a été un phare vaillant dans la tempête de ces mois d'automne où la plasticité et la bande passante de mon cerveau ont été mises à rude épreuve. Entre les différents brouillons de scénarios, les notes de la production, les corrections multiples à intégrer, les déménagements intercontinentaux, les retours de mon éditeur, les brouillons de roman successifs et mes jérémiades ponctuelles, ses talents de jongleuse et de coordinatrice ont été essentiels à la préservation de ma santé mentale.

Je tiens à dire que mon épouse, Christina Wheeler, a un sourire magnifique et qu'elle a réussi à le conserver alors que le train chaotique de *Cursed* traversait nos vies avec excitation et fracas, nous séparant à des milliers de kilomètres l'un de l'autre, parfois durant de longues périodes. Elle est ma muse, mon amour, ma meilleure amie. Je me fie à son instinct créatif, contre vents et marées, aujourd'hui, demain et pour toujours.

T. W.

LES CRÉATEURS DE *CURSED*

Créateur de bandes dessinées, de romans graphiques et de films à l'esthétique noire et intense, devenus cultes, **Frank Miller** est l'un des professionnels les plus influents et les plus primés de l'industrie du divertissement. Il est notamment l'auteur des ouvrages *Sin City*, *300*, *Batman : Année Un* et *Batman : The Dark Knight Returns*. Il a également créé, entre autres, le personnage d'Elektra pour la série de comics *Daredevil* chez Marvel. Au cinéma, on lui doit les succès mondiaux des adaptations de ses titres *Sin City* qu'il codirige avec Robert Rodriguez, et *300* qu'il produit. Il a aussi transposé sur grand écran, en 2008, le comics *The Spirit* de Will Eisner. En 2015, Frank Miller entre au panthéon du très prestigieux prix Will Eisner Comic Award, pour l'ensemble de son œuvre et sa contribution à la bande dessinée.

Thomas Wheeler est auteur, scénariste et réalisateur. Il a coécrit les scénarios des films d'animation *Le Chat potté* – nommé pour l'Academy Award – et *Lego Ninjago, le film*, ainsi que du film *Dora et la cité perdue*. Paramount Pictures vient d'acquérir son premier scénario original pour un film qui sera réalisé par Michael Bay. Il a également créé et produit les séries *Empire*, sur l'Antiquité romaine, et *The Cape*, sur les super-héros, applaudies par la critique.

Ensemble, **Frank Miller** et **Thomas Wheeler** ont imaginé toutes les facettes de l'univers de *Cursed*. Le duo de choc a créé simultanément le roman brut et passionnant magnifiquement mis en images, et son adaptation en une série à découvrir sur Netflix en 2020, dont ils sont aussi producteurs délégués.

AVEZ-VOUS LU
À LA CROISÉE DES MONDES,
LA CÉLÈBRE TRILOGIE DE PHILIP PULLMAN?

I. LES ROYAUMES DU NORD

Pourquoi la jeune Lyra, élevée dans l'atmosphère confinée du prestigieux Jordan College, est-elle l'objet de tant d'attentions? De quelle mystérieuse mission est-elle investie? Lorsque son meilleur ami disparaît, victime des ravisseurs d'enfants qui opèrent dans le pays, elle se lance sur ses traces... Un périlleux voyage vers le Grand Nord, qui lui révélera ses extraordinaires pouvoirs et la conduira à la frontière d'un autre monde.

II. LA TOUR DES ANGES

Le jeune Will, à la recherche de son père disparu depuis des années, croit avoir tué un homme. Dans sa fuite, il franchit la brèche qui lui permet de passer dans un monde parallèle. Là, à Cittàgazze, la ville au-delà de l'Aurore, il rencontre Lyra. Les deux enfants devront lutter contre les forces obscures du mal et, pour accomplir leur quête, pénétrer dans la mystérieuse tour des Anges…

III. LE MIROIR D'AMBRE

Lyra est retenue prisonnière par Mme Coulter qui, pour mieux s'assurer de sa docilité, l'a plongée dans un sommeil artificiel. Will, l'ami de Lyra, armé du poignard subtil, s'est lancé à sa recherche, escorté par un duo d'anges acerbes. Il délivre Lyra mais, à son réveil, elle lui annonce qu'une mission encore plus périlleuse les attend : ils doivent descendre dans le monde des morts.

DÉCOUVREZ COMMENT TOUT A COMMENCÉ DIX ANS
AVANT À LA CROISÉE DES MONDES,
DANS *LA BELLE SAUVAGE*, LE PREMIER TOME
DE LA TRILOGIE DE LA POUSSIÈRE

I. LA BELLE SAUVAGE

À l'auberge de la Truite, tenue par ses parents, Malcolm, onze ans, voit passer de nombreux visiteurs. Tous apportent leurs aventures et leur mystère dans ce lieu chaleureux. Certains sont étrangement intéressés par le bébé nommé Lyra et son dæmon Pantalaimon, gardés par les nonnes du prieuré tout proche. Qui est cette enfant? Pourquoi est-elle ici? Quels secrets, quelles menaces entourent son existence? Pour la sauver, Malcolm et Alice, sa compagne d'équipée, doivent s'enfuir avec elle. Dans une nature déchaînée, le fragile trio embarque à bord de *La Belle Sauvage*, le bien le plus précieux de Malcolm…

ON LIT
PLUS
FORT.
COM

L'ACTUALITÉ DES ROMANS
GALLIMARD JEUNESSE

Le papier de cet ouvrage est composé de fibres naturelles, renouvelables, recyclables, et fabriquées à partir de bois provenant de forêts gérées durablement.

Mise en pages : Françoise Pham

ISBN : 978-2-07-513017-2
Numéro d'édition : 365423
Premier dépôt légal : octobre 2019
Dépôt légal : décembre 2019

Imprimé en Italie par L.E.G.O. S.p.A